Veronika Serwotk

W0415220

Wyvern

Das Streben des Jägers

Eisermann Verlag

Wyvern 1 – Das Streben des Jägers

Taschenbuchausgabe 1. Auflage 04/2017
Copyright ©2017 by Eisermann Verlag, Bremen
Printed in Poland 2017
Umschlaggestaltung: Juliane Schneeweiss
Illustrationen: Janina Robben
Satz: André Piotrowski
Lektorat: Christine Hochberger
Korrektur: Marie Weißdorn

http://www.Eisermann-Verlag.de
ISBN: 978-3-946172-95-6

Die Autorin

Veronika Serwotka wurde 1992 geboren. Sie ist ausgebildete medizinisch-technische Analytikerin der Funktionsdiagnostik, hat ein Fernstudium zur Drehbuchautorin abgeschlossen und bereits mehrere Kurzgeschichten und Romane veröffentlicht.

Mehr zur Autorin unter:
www.veronika-serwotka.de

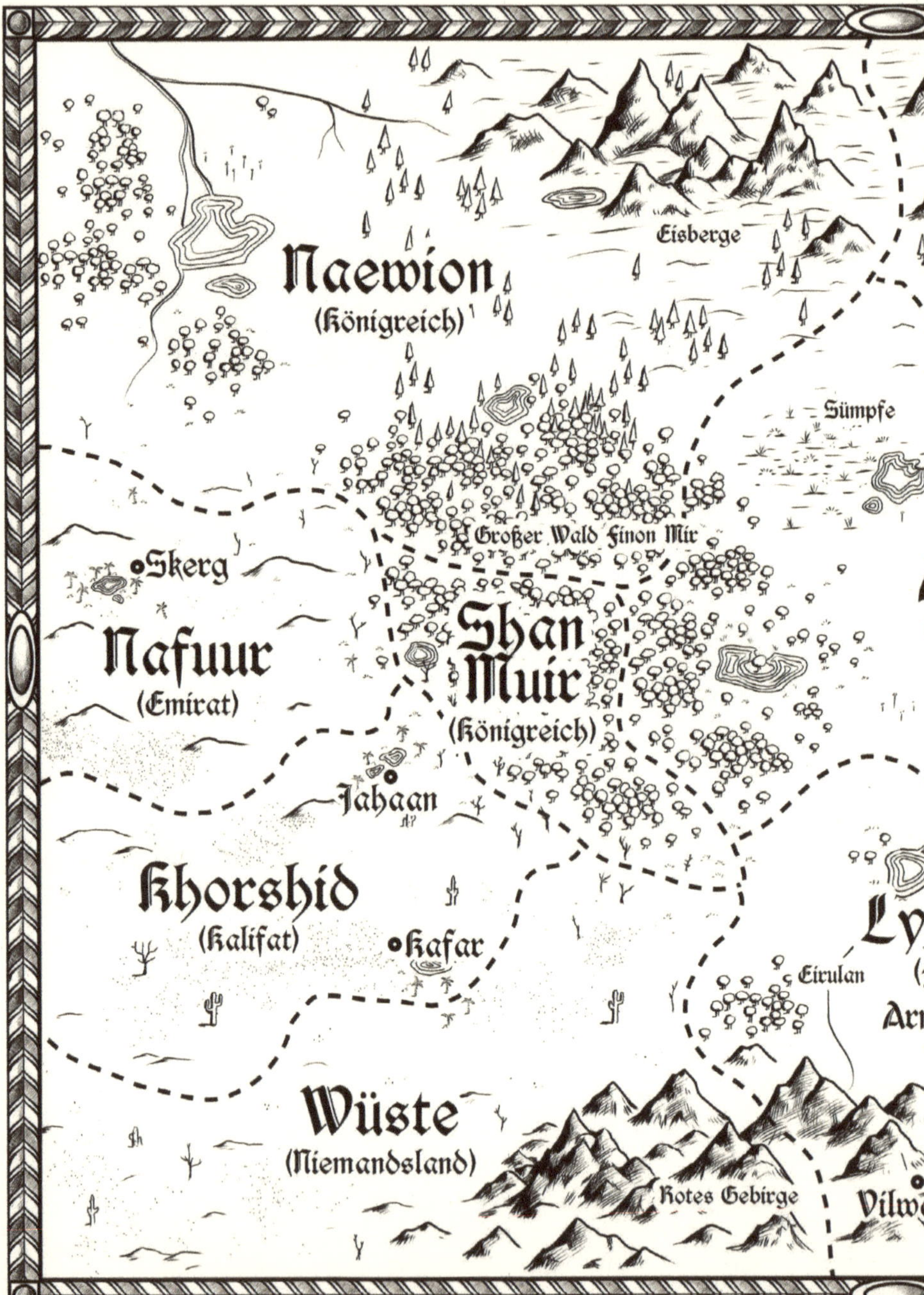
Naewion
(Königreich)
Eisberge
Sümpfe
Großer Wald Finon Mir
Skerg
Nafuur
(Emirat)
Shan
Muir
(Königreich)
Jahaan
Khorshid
(Kalifat)
Kafar
Eirulan
Wüste
(Niemandsland)
Rotes Gebirge

N
W
O
S
Shal'dun
Ohaed
(Königreich)
Mirraw Thur
Baerön
(Piraten)
Azunai
(Königreich)
Azunite
Norfurt
Kapheim
Lyth'Airyn
(Fürstentümer)
Rhodan
Arnstein
Eyck
Siander
Leonita
Beringsee
(Inselkönigreich)
Vilwarin
Canthar
Teitur

Vereinfachtes Schema der Cantharischen Jagd

Primo: *Ein Verbund besteht stets aus fünf unterschiedlichen Untergruppen von Jägern.*

1. Sucher: *Fährtenleser und Architekt ausgeklügelter Fallen, um den Wyvern ausfindig und flugunfähig zu machen. Meist gesondert ausgebildet. Oftmals wird diese Aufgabe aber von den anderen Mitgliedern des Verbundes ergänzt, oder sogar völlig übernommen.*

2. Reißer: *Waffe ist die Sciss, eine Klinge oder Klaue am Ende eines langen Seiles aus Wyvernsehnen, mit der der Reißer das am Boden gefesselte Echsentier bis zur Weißglut reizt. Meist vier Reißer pro Verbund, für jede Himmelsrichtung, aus der der Wyvern angegriffen wird.*

3. Fäller: *Waffe ist der Iacter, ähnlich der azunaischen Armbrust. Größe kann stark variieren. Der Fäller unterstützt die Reißer in ihrer Aufgabe, kann die Jagd im Verlauf durch einen Goldenen Schuss aber auch vorzeitig beenden. Mindestens ein, meist zwei bis drei Fäller pro Verbund.*

4. Gnadenbringer: *Waffe ist die Trilanze, ein Speer mit drei Klingen, um dem gefesselten und blindwütigen Wyvern an seinen Schwachstellen den Gnadenstoß zu versetzen und ihm endgültig den Garaus zu machen. Meist zwei Gnadenbringer pro Verbund.*

5. Schlitzer: *Im Volksmund »fleischlicher Gärtner« genannt, erntet die noch im Tod gefährlichen Teile vom Kadaver des Wyvern, so beispielsweise die Säuredrüsen. Macht somit den Transport des Kadavers erst möglich.*

Secundo: *Die Aufgaben der einzelnen Mitglieder des Verbundes sind klar strukturiert und bauen aufeinander auf. Der Sucher macht die Echse ausfindig und sorgt mit seiner Fallenkonstruktion dafür, dass sie flugunfähig gemacht wird. Anschließend müssen die Reißer die Beute derart zur Wut treiben, dass sie von ihrer gefährlichsten Waffe, dem Speien tödlich ätzender Säure, Gebrauch machen will. Dazu muss das Echsentier seine Flügelkrallen am Boden aufsetzen, den Hals recken und den Rachen öffnen.*

In diesem Moment kann ein geschickter Fäller es mit dem Goldenen Schuss töten. Gelingt dies nicht, ist es die Aufgabe des oder der Gnadenbringer, dem Ungetüm den Todesstoß zu versetzen.

Im Anschluss verrichtet der Schlitzer seine essenzielle Arbeit.

Die Jagd nach einem Wyvern stellt eine Meisterleistung zwischenmenschlicher Zusammenarbeit dar. Das Schema bleibt im Grundsatz gleich, nie aber ist eine Jagd wie die Vorhergehende. Der Tod ist im Angesicht solcher Bestien allgegenwärtig.

Lehrbuch der Jagd
Band 1, Auflage 21
Ignis Singer
Landesbibliothek Arnstein

Prolog

Khaled spähte durch das flache Kronendach zu den weich gezeichneten Wolken eines hellen Himmels hinauf und zog die Brauen zusammen. Eine schmale Gestalt spannte ihre ledernen Schwingen und segelte an der kleinen Baumgruppe vorbei. Heißer Wind trieb ihm den roten Staub der Steppe in die Augen, aber er blinzelte kein einziges Mal. Im Hintergrund hob sich die Silhouette der Stadt Canthar majestätisch vom Horizont ab.

»Es ist das Männchen«, hörte er Gunar sagen. Der Sucher ihrer Gruppe blähte seine Nasenflügel und verzog das Gesicht. »Diesmal kriegen wir das Biest.«

Khaled erlaubte sich ein Grinsen. Er griff nach seiner Trilanze und fuhr mit der Fingerkuppe über die scharfe Spitze. Die Waffe blitzte im Sonnenlicht auf und enthüllte ihren grausamen Blutdurst. Der dreifache Speer hatte schon so vielen Wyvern den Tod gebracht, dass Khaled sich an die meisten gar nicht mehr erinnern konnte.

Sein Hass gegenüber den fliegenden Reptilien war grenzenlos, seine Gier nach deren Ausrottung ebenfalls. Doch es war ein langer Weg dorthin. Er musste vermutlich noch viele Male mit seinem Verbund ausrücken, ehe sie den Hauptbrutplatz der Wyvern ausfindig machen würden.

Angespannt beobachtete er zwischen den dünnen Stämmen hindurch, wie die Gestalt immer kleiner werdende Kreise zog und tiefer herabsank.

Khaled schlich sich an den Rand der Baumansammlung, um besser sehen zu können. Die Trilanze war im Schraubstock seiner

Faust gefangen und neigte ihre drei Spitzen in Richtung der Beute, als könne sie das Losstürmen ihres Trägers kaum erwarten.

Jemand trat neben ihn. »Ruhig Blut, Gnadenbringer«, beschwichtigte ihn eine Frau, die ihm gerade bis zum Kinn reichte. Ihr schlanker Körper war bis auf den letzten Flecken Haut mit einer dünnen Schicht Wyvernleder bedeckt. Mit der Maske und den dicken Kristallgläsern der Schutzbrille wirkte sie beinahe wie die Miniatur einer Echse. Ihre grünen Augen, unentwegt auf den Wyvern gerichtet, blitzten auf, und ihre freie Hand schwebte über der Brille, die sie zur Stirn hochgeschoben hatte. In der anderen Hand hielt sie die fingerdicke Sehnenschnur der Sciss, einer Waffe der Reißer. Die Wyvernkrallen an deren Ende neigten sich scheinbar ihrer Beute entgegen, hungrig nach Blut, gierig nach Schmerz. Sie alle hatten ihre eigene Geschichte.

Khaled bemerkte aus den Augenwinkeln, wie die Reißerin die Schutzbrille über die Augen schob und nach vorn schlich. Sie ließ die Sehnenschnur der Sciss durch ihre Finger gleiten und begann sie zu schwingen, während der Wyvern, von dem betörenden Duft eines paarungswilligen Weibchens angelockt, zur Landung ansetzte.

Um sie herum machten sich die anderen Mitglieder des Verbundes bereit. Alle beobachteten die geflügelte Bestie, wie sie der Attrappe eines Nestes näher kam, den langen Schwanz hinter sich her peitschend.

Die wichtigste Regel der Jäger war, sich nie auf einen Kampf gegen einen fliegenden Wyvern einzulassen. Aus der Luft waren sie den Menschen um ein Vielfaches überlegen. Deshalb musste jede Jagd sorgfältig geplant werden. Meistens lag es am Sucher, einem erfahrenen Fährtenleser, die Beute ausfindig zu machen.

Sobald die Krallen des Wyvern über die Attrappe schrammten, wurden die Fallen aktiviert. Gunar erwies sich hier stets als wahrer Meister.

Eiserne Fesseln wurden in diesem Augenblick durch Sprungfedern aus der tarnenden Staubschicht geschleudert. Doch das Reptil bewies eine unglaubliche Reaktionsschnelligkeit, nur eine der metallenen Klammern schloss sich um den Hinterlauf des Wyvern.

Ein schrilles, ohrenbetäubendes Brüllen brandete gegen Khaleds Trommelfell. Das Blut in seinen Adern siedete bereits und er musste sich zwingen, nicht gleich loszustürmen und der Echse die Trilanze ins Herz zu rammen.

Die vier Reißer des Verbundes preschten vor und formierten sich blitzartig wie flüssiges Pech um den Wyvern. Der wand sich rasend vor Zorn, brüllte, peitschte den gehörnten Schwanz hin und her, schlug ihn dröhnend auf die Erde, riss an seiner unnachgiebigen Fessel.

Die Reißer schleuderten ihre Waffen gegen die Flanke des mächtigen Wesens. Durch das Sehnenseil konnten sie nur wenig Druck auf die Krallenspitze ausüben, wodurch die meisten Angriffe wirkungslos abprallten. Einige aber, offensichtlich genügend, drangen zwischen die winzigen Kerben der Schuppen und rissen sie brutal heraus. Dunkles Blut sprühte in den Staub der Steppe, klatschte gegen die kristallgläsernen Brillen und ledernen Rüstungen der Reißer.

Gefesselt, umzingelt und rasend vor Wut und Angst, ließ sich das Männchen auf die kleinen Krallen seiner Flügel nieder und fauchte den vorderen Reißer an. Im nächsten Moment ertönte ein Zischen, als winzige Tröpfchen wie Pfeile aus dem Rachen schossen. Sie glitzerten wie Kristalle auf, aber der vorderste Reißer wich ihnen geschickt aus. Die wenigen Tropfen, die ihn berührten, flossen wirkungslos an seinem geschuppten Schutz ab.

Ein Knallen neben Khaled offenbarte den Abschuss des Iacters. Der kurze, gefiederte Bolzen pflügte durch die Luft und schlug dumpf durch den Schuppenpanzer. Der Fäller begann sofort, an seinem Iacter zu kurbeln und ihn erneut zu spannen, bereit, einen zweiten, vielleicht tödlichen Schuss abzugeben.

Khaled aber stürmte vor, angetrieben von seiner Mordlust. Sein Moment war gekommen!

Es war dem Fäller nicht gelungen, den Augenblick zu nutzen, als der Wyvern Säure spie. Nun war es an ihm, dem Gnadenbringer, die Echse auf die Erde zu nageln.

Er hob die Trilanze vor die Brust und flog nur so über den roten Boden. Die Reißer formierten sich neu, um ihm Platz zu machen.

Platz, den er benötigte, damit seine Trilanze die Luft und das Fleisch der Beute zerschneiden konnte. Er war berühmt für seine kräftigen Hiebe, die schon so manchen Panzer hatten zerbersten lassen.

»Reiter!«, ertönte plötzlich Gunars gellender Ruf, als Khaled nur noch wenige Meter von dem verletzten Ungetüm trennten.

Er blieb schlitternd stehen und riss den Kopf in die Höhe. Dort! Aus Richtung des Roten Gebirges näherte sich rasch eine kleine Gruppe berittener Wyvern.

Der gefesselte Wyvern hob kreischend den Kopf.

»Nein! Diesmal nicht!«, brüllte Khaled zornig und wollte erneut losstürmen, als er von den Reißern gepackt und weggeschleift wurde.

»Khaled, bist du wahnsinnig? Komm schon!«, rief ihm jemand ins Ohr.

Er versuchte, sich zu befreien und schnaubte wie ein durchgedrehter Wisent. »Lasst mich los! Ich bringe dieses Biest um! Lasst mich los, verdammt noch mal!«

»Krijn, tu etwas!«, waren die letzten Worte, die er vernahm, bevor er einen kurzen, stechenden Schmerz an seiner Schläfe spürte. Die dunklen Punkte der Herannahenden explodierten, bis sie sein gesamtes Gesichtsfeld einnahmen. Er sackte kraftlos in sich zusammen. Etwas in ihm protestierte wild. Er wollte gegen diese Verräter kämpfen. Wollte sie endlich stellen und nicht erneut fliehen wie ein verängstigter Bilgot. Wollte den Mord an seiner Verlobten rächen.

Alles versank in Schwärze.

1. Morguns Zelle

Hass.

Welch' ungebändigt, mächtig Wort.

Treibt es doch den Geist voran, in eine Richtung nur.

Umso gewaltiger die Kraft der Zerstörung.

Vereinsamt das Geschöpf, das vergiftet durch dies Strohfeuer seines Herzens, welches es erblinden lässt, gegenüber der Wahrheit?

Er ließ die Feder über dem Pergament schweben und starrte auf die Worte. Ein Tropfen bildete sich an der metallenen Spitze, wuchs und löste sich schließlich. Ein kaum hörbarer Laut zitterte durch die schwüle Luft, als die Tinte auf das Pergament fiel, sich in die Fasern fraß und ausbreitete.

Der Fluch der Zweifel lastete auch auf ihm, Tarik van Cohen. Seine Worte waren der Beweis. Er verharrte und verkrampfte seine Finger um den Kiel. Nein. Er konnte sich weder Worte noch Zweifel leisten. Kompromisslos riss er das Pergament entzwei und warf es in die Glut, wo es schon bald zu Asche zerfiel. Die glimmenden Kohlen ätzten in seinen Augen und fraßen sich in seine Iris, ohne dass er den Blick hätte abwenden können.

Er musste seine Unsicherheit endgültig abstreifen, sollte er jemals in den ehrenvollen Orden der Jäger eintreten dürfen. Ganz gleich, was dies auch bedeuten mochte.

»Tarik?«, erklang eine kindliche Stimme hinter ihm. Er seufzte innerlich und wandte den Kopf.

Im Türrahmen stand ein Junge, um dessen dünne Beine ein Nachthemd flatterte. Das kurze braune Haar stand wirr ab. Er machte einen recht zerknautschten Eindruck.

»Wieder ein Albtraum, oder kannst du einfach nicht schlafen, Quiri?«, fragte Tarik sanft.

Der Junge kam näher. Seine nackten Füße tapsten über den Holzboden und Schatten rollten über sein bleiches Gesicht. Er setzte sich auf das Wisentfell vor dem Kamin, zog die Knie an und spannte das Nachthemd darüber. »Ich hab dir gesagt, du sollst mich Quirin nennen«, grummelte der Kleine verärgert.

Tarik musste schmunzeln, als er sich neben seinen Bruder setzte und mit ihm in die glimmenden Kohlen blickte. »Das macht keinen großen Unterschied.«

»Und ob, der Unterschied ist gewaltig! Quiri ist der Kosename für ein Baby. Du musst den letzten Buchstaben von Quirin betonen, dann klingt es ehrenhaft. Und männlich!« Der Kleine funkelte ihn herausfordernd an.

Tarik lächelte und strich Quirin übers Haar. »Du bist aber noch kein Mann, Quiri, und darüber solltest du dich freuen. Geh ins Bett, sonst verschläfst du wieder.«

Das Gesicht seines Bruders glättete sich ein wenig. Abwesend sah er an ihm vorbei. »Ich vermisse Vater.«

Die Worte schwebten schwer im Raum und ein Kloß bildete sich in Tariks Hals. Er zog die Augenbrauen zusammen, als er das Bild des Mannes beschwor, das er sich für immer bewahren wollte. Ein Gesicht, in das sich tiefe Falten der Freude gegraben hatten und dessen Züge von einem ausgelassenen Lachen beherrscht gewesen waren, nicht entstellt von getrocknetem Blut und einem endgültigen Schmerz.

Er hatte seinen Vater verloren und eine Aufgabe erhalten. Seitdem musste er für sich und seinen jüngeren Bruder sorgen. Ein

Grund mehr, dieses Mal, nach zwei abgewiesenen Jahren, um die Abschlussprüfung zum Jäger zu kämpfen.

Einmal mehr wunderte er sich, wie deutlich sich Quirin an ihren Vater erinnern konnte. Er war damals noch so unglaublich klein gewesen. »Kannst du deshalb nicht schlafen?«

Der Junge sah zu ihm auf. Sein Gesicht wirkte entschlossen. »Edy hat gesagt, er wäre von einem Wyvern getötet worden, weil er gezögert hätte, seinen Reiter zu erschlagen. Ist das wahr? Das hast du mir nie gesagt. Du hast nur gesagt, dass er von einem Reiter der Wilden Jagd getötet worden ist.«

Tarik zögerte, aber es hatte keinen Sinn, es abzustreiten. »Es tut mir leid. Du warst noch ein Kleinkind.« Er hatte Angst davor, was Quirin fragen könnte. Ob ihr Vater zu feige gewesen war, oder zu schwach.

»Mh. Das muss schwer gewesen sein.«

Tarik sah ihn seitlich an. »Wie meinst du das?«

Quirin griff nach seinen Zehen und legte den Kopf auf den Knien ab. »Vater hat keinen Reiter töten wollen. Aber dann wurde er getötet, obwohl er wusste, dass er uns allein lassen würde. Wenigstens war er kein Mörder.«

Tarik schluckte und fühlte sich auf einmal unendlich schwer. Er hasste seinen Vater nicht, aber er machte ihn dennoch dafür verantwortlich, sie für einen Reiter im Stich gelassen zu haben. Quirin dagegen empfand sein Scheiden als etwas Ehrenhaftes.

Er schloss kurz die Augen. Was dachte sich sein Bruder eigentlich? Die Reiter waren Verräter, sie überfielen die jagenden Verbunde, Karawanen und Dörfer. Sie waren diejenigen, die den Kampf begonnen hatten, nicht die Jäger. Und jeder, der den Verrätern half, wurde ausgestoßen. Auch wenn sie für das Handeln ihres Vaters nicht verantwortlich gewesen waren, hatte man ihn und Quirin aus der Siedlung der Jäger, der Kuppelsiedlung, in den unteren Teil der Stadt verbannt, wo sie sich nichts weiter als eine baufällige, kleine Hütte inmitten tausend anderer leisten konnten. Jergan van Cohen hatte seine Söhne entehrt und allein zurückgelassen. Und wofür? Damit Quirin nun sagen konnte, er war kein Mörder? Tarik seufzte.

»Er hat es uns jedenfalls sehr schwer gemacht. Ohne Khaled wüsste ich nicht, wo wir heute wären.«

»Khaled ist immer so stur.«

»Wir haben ihm viel zu verdanken. Sei nicht undankbar.«

»Ich bin nicht undankbar. Aber er hat nicht das Recht, über uns zu bestimmen. Vielleicht fühlt er sich ja schuldig und hilft uns deswegen?« Sein Bruder sah ihn trotzig an.

Tarik schubste ihn. »Bestimmt spielt das eine Rolle, aber nicht nur. Seit Cynthia ...«, er stockte, als sein Herz bei dem Klang dieses Namens stolperte, »Seit Cynthias Tod ist er uns eigentlich zu gar nichts verpflichtet. Aber er war immer für uns alle da. Und nachdem Vater gestorben ist, hat er ...«

»Ich weiß, ich weiß. Ich bin froh, dass Khaled da war. Ich finde nur ...« Auch Quirin schien nach Worten zu ringen. »Ich finde, er nimmt einfach alles zu ernst.«

»Die Wyvern haben unsere Schwester getötet. Cynthia war seine Verlobte.«

»Ja doch, Tarik. Er hasst die Wyvern und will sie ausrotten und alles. Aber ich finde, na ja, ich finde, das ist nicht gut, was wir mit ihnen machen. Wir sperren sie ein, züchten sie in engen Käfigen, quälen sie und töten sie in den Arenen. Ich sehe ihnen in die Augen und habe das Gefühl, dass sie Angst haben. Sie flehen. Ich will ihnen eigentlich nur helfen, aber das wäre gegen die Regeln ...«

»Quirin!«, zischte Tarik erschrocken und sah sich hastig um. »Bist du verrückt geworden? So etwas darfst du nicht einmal denken! Die Wyvern sind wilde Bestien, die unseren Vater und unsere Schwester ohne zu zögern ermordet haben!«

»Ja, aber sie waren doch beide Jäger ...«

»Genug! Ich werde dir morgen beweisen, wie grausam diese Monster sind. Jetzt geh ins Bett, es ist schon spät.« Er drosselte seine Stimme. »Morgen nach dem Unterricht hole ich dich und wir gehen zur Arena.«

Der Junge sprang auf und wollte wütend davonstürmen, blieb aber in der Tür stehen und griff an den Rahmen.

Tarik wartete geduldig, bis sein Bruder sich nach einer Weile umdrehte.

»Tarik … wieso bringt man uns in der Schule eigentlich bei, dass die Reiter Dämonen der Wilden Jagd sind? Das sind sie doch nicht wirklich?«

»Nein, das sind nur Legenden, die sich über die Jahre entwickelt haben. Reiter sind Menschen wie du und ich. Sie haben die Jäger und Canthar verlassen, um mit den Wyvern zu leben. Dass sie Dämonen sind, die aus rotem Nebel entstehen und schwarze Wyvern reiten, um Rache an den Cantharern zu nehmen, sind Gruselgeschichten.«

»Aber wieso erzählt man es uns dann so?«

»Die einen wissen es nicht besser, andere wollen es nicht besser wissen, manche wissen es, bevorzugen aber diese Geschichten. Es ist zum Großteil Tradition, es so an die Kinder weiterzureichen, damit sie Angst vor der offenen Steppe haben. Mach dir nichts draus, Quirin, ich habe auch daran geglaubt.«

Der Junge sah nachdenklich vor sich hin, dann nickte er und ging ohne ein weiteres Wort ins Schlafzimmer.

Tarik erlaubte sich ein leises Seufzen, als er sich wieder einmal bewusst machte, dass die Zweifel seiner Familie vor allem vor dem jüngsten Mitglied nicht haltmachten. Quirin besaß von ihnen allen den größten Starrkopf.

Noch bevor der erste Sonnenstrahl auf die Erde fiel, war Tarik aufgewacht. Er schlug die dünne Stoffdecke zurück und lief barfuß aus dem winzigen Zimmer. Nur zwei schmale Betten fanden darin Platz.

Sein Bruder lag noch in tiefem Schlummer.

Tarik schloss leise die Tür hinter sich und nahm ein Hemd aus der Kommode, streifte es über, schlüpfte in eine dunkle, kniehohe Leinenhose und ein Paar Bundschuhe.

Der Tag versprach, heiß zu werden. Schon jetzt lag die Luft schwer auf seiner Lunge. Mit einem hölzernen Eimer trat er in den anbrechenden Sonnenaufgang hinaus. Die Lehmziegel der umliegenden Häuser glänzten ölig im Licht. Tarik blieb kurz stehen, um dem lodernden Ball am Horizont bei seinem Aufstieg aus dem Reich der Nacht Gesellschaft zu leisten.

Eine kleine Gestalt verschwand rasch hinter einem Regenfass, als er den Weg zum Brunnenplatz entlangschritt. Er lächelte, denn er hatte das zottelige Fell des Grimbalds erkannt. Der kleine Bär von der Größe eines dreijährigen Kindes linste mit seinen schwarzen Knopfaugen treuherzig um die Ecke und beobachtete Tarik.

Viele hielten Grimbalds für niedliche Wesen, Haustiere, doch in Wahrheit waren es äußerst eigensinnige Geschöpfe, die nur einen einzigen Herrn oder eine einzige Herrin anerkannten. Wer sich ihnen auf unrühmliche Weise näherte, bekam die messerscharfen Reißer schneller zu sehen, als ihm lieb war. Vor allem Fremde machten diesen Fehler allzu oft. Grimbalds lebten nur in diesem Teil des Landes und waren eine der unbekannteren Attraktionen. Der wahre Grund für die Heerscharen an Besuchern, die zurzeit Einzug in Canthar hielten, waren die alljährlichen Wyvernfestspiele, die vor der Tür standen.

Fünf Tage Jubel und Trubel in den Arenen. Gladiatorenkämpfe gegen Wyvern. Hinrichtungen von Mördern und Verrätern. So manch ein Jägerverbund würde zu Ruhm kommen, oder diesen mehren. Und er, Tarik, würde hoffentlich einer von ihnen sein. Nur eine letzte Prüfung trennte ihn noch von seiner eigenen Trilanze. Er würde ein Gnadenbringer sein, wie sein Vater und seine Schwester vor ihm.

Er erreichte den Platz mit dem Ziehbrunnen, hängte den Eimer an den Haken und ließ ihn am Seil hinab. Zu dieser frühen Stunde waren noch nicht einmal die Waschweiber am Werkeln. Sobald der Eimer gefüllt war, eilte er die staubige Straße zurück zu seiner Hütte, wobei er zur Silhouette des Hügels blickte, auf dem die Kuppelsiedlung der Jäger thronte. Dort, wo auch er und Quirin einziehen würden, sobald er die Rüstung eines Jägers trug. Noch höher hinauf ragte nur die Weiße Krone der Stadt, die Arena Valeria. Sie war die größte in Canthar; nur die grausamsten Wyvern und die wildesten Jäger erhielten dort die Gelegenheit, unsterblich zu werden.

Der Grimbald verfolgte ihn auf lautlosen Pfoten. Wie ein schwarzer Schatten huschte er von Hauswand zu Hauswand, verbarg sich hinter Bänken und Blumentöpfen und ließ ihn nicht aus den Augen. Bevor Tarik seine Hütte betrat, lächelte er dem Geschöpf zu. »Mach's gut, Kleiner. Schenk deiner Herrin einen lieben Gruß.«

Er schloss die Tür hinter sich. Rasch schüttete er den Großteil des Wassers in einen Kessel, der über der Feuerstelle hing. Den Rest stürzte er selbst hinunter und verzog das Gesicht, als der fade Geschmack sich auf seine Zunge legte.

Er entfachte ein kleines Feuer. Quirin sollte abgekochtes Wasser zu trinken bekommen. Anschließend angelte er eine pfirsichähnliche Moe aus der Fruchtschüssel und biss in das süße Fleisch. Noch während er aß, schnappte er sich seinen ledernen Armreif von der Kommode, warf seinen gepackten Rucksack über die Schulter und machte sich auf den Weg.

Die Ausbildung zum Jäger begann erst zu einer späteren Stunde, doch um die Geldbörse für Quirin und sich ein wenig zu füllen, arbeitete er zuvor in den Zwingern Telamons, der nicht gerade für seine Geduld bekannt war. Er musste sich sputen.

Sobald er aus dem Wohnviertel auf die Nebenstraße des gepflasterten Hauptweges getreten war, trennte ihn noch ein kurzer Fußmarsch an einer der vielen kleinen Arenen vorbei vom Tor des Telamons. Hier im unteren Teil der Stadt zwängten sich Wohnsiedlungen neben Zwinger und kleine Händler. Die wahren Attraktionen lagen auf den drei Hügeln der Stadt. Zum einen die Arena Valeria, die als Weiße Krone über Canthar auf dem höchsten Gipfel thronte. Zum anderen die Kuppelsiedlung der Jäger und das imposante Herrenhaus des Bürgermeisters, die sich den doppelhügeligen zweithöchsten Platz der Stadt teilten. Gwalhir van Sidahan, der Bürgermeister, besaß den mit Abstand schönsten Garten im Fürstentum Lyth' Airyn, wobei die Grünanlage in der Kuppelsiedlung ebenfalls nicht zu verachten war.

Zwei Wachen, die weitkrempige Strohhüte zum Schutz gegen die Sonne trugen, grüßten Tarik am Eingang des Zwingers. Sie saßen auf kleinen, verzierten Hockern und konnten jederzeit nach einer Erfrischung rufen. Telamon mochte aufbrausend sein, aber ein Tyrann war er nicht. Tarik kannte sich damit inzwischen gut aus. Letztes Jahr hatte er in den Zwingern einer mittelgroßen Arena geschuftet, war sich dort allerdings wie ein Sklave vorgekommen. Für den unerheblich höheren Lohn hatte er mit Peitschenhieben bezahlt, die dünne Narben zierten noch immer seinen Rücken.

Im Schatten eines Blätterdaches betrat er den Gang der Bediensteten, der zu einer steinernen Treppe und über diese ins Erdreich führte. Die Luft war voller Staub und wurde zusätzlich von Fackeln erstickt. Tarik überreichte einer alten Frau, die am Fuße der Treppen auf einem Schemel saß und in einem zerfledderten Buch geblättert hatte, seinen Rucksack.

»Guten Morgen, Junge. Die Viecher sind heute ein wenig aufgekratzt. Tut mir leid.«

»Was tut Ihnen leid, Frau Ella?«

Sie deutete mit ihren runzligen Fingern den matt erleuchteten Flur hinunter. »Der Herr hat ausdrücklich verlangt, Morguns Käfig auszumisten.«

Tarik schluckte. Morgun war einer der wenigen Wyvern in Telamons Zwingern, deren Säuredrüsen nicht entfernt worden waren. Bei Hinrichtungen wurden Wyvern eingesetzt, die ihre Opfer nicht so leicht töteten, sondern sich mit ihren Zähnen und Krallen eingehend mit den Mördern und Verrätern beschäftigten. Die Wyvern, die in Gladiatorenkämpfen gegen Jäger geschickt wurden, sollten hingegen noch im Vollbesitz ihrer Fähigkeiten sein. Also schnitt man die Drüsen erst kurz vor dem Kampf heraus, und auch nur, um die Zuschauer zu schützen.

»Bist ein guter Junge, Tarik. Wär schade, dich vom Boden wischen zu müssen. Ich schick dir Bullco runter, der soll dir helfen.« Die Alte zog an einer Schnur. Irgendwo erklang ein glockenhelles Klingeln.

»Danke, Frau Ella.« Tarik ging in einen kleinen Nebenraum, an dessen Wänden Schutzkleidung aus Wyvernleder hing. Er warf sich ein unförmiges Wams über, schlüpfte in eine schwere Hose, deren Latzträger nur aus Stoff bestanden und nachträglich befestigt worden waren, und tauschte seine Bundschuhe gegen viel zu große Stiefel. Über den Kopf zog er eine Haube, deren freien Spalt er mit einer Brille aus Bergkristall verdeckte.

Er war jedes Mal froh, sich nicht selbst sehen zu müssen, denn als Bullco kam, bestätigte dessen brüllendes Gelächter sein lächerliches Aussehen, als er mit Schaufel und Eimer durch den Türrahmen trat.

Der grobschlächtige Hüne eines Wächters schlug ihm glucksend auf die Schultern und wischte sich mit der anderen Hand Tränen aus den Augen. »Van Cohen, du verdammter Kerl! Könntest glatt als hässlicher Wyvern durchgehen!«

»Lass die Witze Bullco, du sollst dem Jungen helfen, Morguns Zelle zu schrubben«, rief Ella von hinten.

Das Grinsen troff von Bullcos Gesicht. »Was? Frau Ella, das ...«

»Komm schon Bullco, ich muss noch zur Akademie.« Tarik stapfte schwerfällig den Gang hinunter. Eine Eisentür versperrte den Weg in die Zellen. Bullco musste den Schlüssel dreimal drehen, ehe er die Tür aufstemmen konnte.

Ein beißender Gestank nach den Ausscheidungen der Kreaturen waberte ihnen entgegen.

Der Wächter würgte und presste die flache Hand auf seine Nase.

Tarik verengte die Augen zu Schlitzen und ging voran. Links von ihm befanden sich die einzelnen Zellen. Die Wyvern wurden streng nach Geschlecht getrennt. Selbst in den Zuchtfarmen, in denen die meisten von ihnen geboren und aufgewachsen waren, bevor Telamon sie für die Arena gekauft hatte, durften Wyvern ab einem bestimmten Alter nur zu Paarungszwecken zusammenkommen.

Dicke Eisenstäbe hielten die Bestien in ihren Löchern. Ohne die ätzende Säure aus ihren Rachen hatten sie keine Chance, sich zu befreien und durften sich auf den erbärmlich wenigen Quadratmetern frei bewegen.

Zartes Licht und ein wenig frische Luft flatterten durch winzige Öffnungen in der Decke herein und boten den Schatten Platz zum Tanzen.

Tarik und Bullco ignorierten die Abzweigungen in die Tiefe der Zwinger. Der staubige Flur verjüngte sich und die steinernen Mauern wichen nacktem Lehm. Eine kreisrunde Höhle ergoss sich vor Tarik und seinem Begleiter in das Reich der Erde, geflutet vom Schein eines kleinen Feuers in der Mitte.

Ein greiser Wächter starrte in die Flammen, das dünne Haar rötlich glänzend. »Ich bin informiert. Morgun erwartet euch bereits«, krächzte er heiser, ohne aufzublicken.

Tarik holte tief Luft und steuerte auf einen von etwa einem Dutzend Vorhängen in der Wand zu. Kleine Finger hatten *Morgun* in den Lehm geritzt.

Der Vorhang bestand aus Wyvernhaut und trug noch die leuchtenden, kleinen Schuppen der Echse. Er sollte das Licht daran hindern, in die Zelle zu dringen, die etwa zweimal so groß war wie die der gestutzten Wyvern.

Bullco befestigte den Vorhang an einem Haken.

Tarik spähte durch eine dicke Kristalltür in das Loch Morguns. Wahrscheinlich hatte das plötzliche Licht das Untier geweckt, denn im Halbdunkeln erkannte er ein Paar rot glühende Augen.

»Nur um das klarzustellen, ich gehe da nicht rein«, brummte Bullco.

»Hätte mich auch sehr gewundert«, gab Tarik gelassen zurück.

»Du kleiner Klugscheißer hältst mal lieber die Klappe! Schwing den Lappen und tu gefälligst deine Arbeit«, grollte der Wächter ärgerlich, wobei er einen Schritt zur Seite trat, um Platz zu machen.

Tarik schwitzte schon jetzt unter dem dicken Leder und umklammerte den Griff der Kristalltür. »Leuchte mir rein, damit ich Ella guten Gewissens sagen kann, dass du mir eine große Hilfe warst«, spöttelte er, bevor er die Tür öffnete, Schaufel und Eimer packte und sich in die Zelle wagte. Langsam tastete er sich voran und schaute angestrengt nach vorn.

Die roten Augen verfolgten jeden seiner Schritte.

Während sich seine eigenen an die spärlichen Lichtverhältnisse gewöhnten, erschienen immer mehr Details.

Der Kopf des Wyvern schwebte etwa einen Meter über dem Boden. Der kräftige Hals und der Rest der Bestie verloren sich in der Dunkelheit. Es stank grauenerregend. Das Stroh, vermischt mit den Ausscheidungen des Reptils, türmte sich zu Tariks linker Seite auf Hüfthöhe.

Aus den kleinen Löchern in den Wänden verspürte er einen leichten Windhauch. Ein leises Grollen brachte ihn zum Stehen.

Das Augenpaar fixierte ihn. Er erkannte die schwarzen Schlitze der Pupillen.

Auf einmal wurde die Zelle vom Fackelschein geflutet. Ein jähes Brüllen ließ die Höhle erzittern und Morguns Kopf schoss nach vorn. Tarik stolperte erschrocken zurück, fiel über einen Strohhaufen und prallte auf den Rücken. Nur eine Armlänge trennte ihn von den Nüstern des Wyvern, der zornig an seinen Ketten riss und sich immer wieder aufbäumte.

»Mach die Fackel aus!«, rief Tarik und robbte zurück.

»Hä? Ich hab sie gerade erst geholt«, widersprach Bullco, der ihn überrascht musterte. »Was machste denn da unten?«, fragte er und offenbarte Tarik einmal mehr, was für ein dummer Riese er war.

»Du hast Morgun aufgeschreckt, du Trottel! Ihm direkt ins Gesicht zu leuchten, nachdem er tagelang kein Licht gesehen hat, war das Intelligenteste, was du machen konntest!«, gab er wütend zurück; auch um zu verbergen, wie tief ihm gerade das Herz in die Hose gerutscht war.

Er wusste zwar, dass Morgun und die anderen Wyvern angekettet waren und die Mäuler nur einen Spaltbreit öffnen konnten, um flüssige Nahrung zu sich zu nehmen, doch so oft war er noch nicht hier unten gewesen, um eine solche Attacke mit abgebrühter Fassung zu tragen.

»Na gut, bitteschön der Herr«, grummelte Bullco und wandte sich ab. Es wurde merklich dunkler.

Tarik rappelte sich mit rasendem Herzen auf und spähte durch das Kristall seiner Brille. Er schwamm bereits in seiner eigenen Suppe, ohne nur einen Spatenstich getan zu haben.

»Also Morgun, sei schön brav, damit ich hier ein wenig Platz schaffen kann«, murmelte er, mehr um sich selbst zu beruhigen, als den Wyvern zu beschwichtigen.

Er achtete darauf, der Bestie nicht zu nahe zu kommen.

Bullco erwies sich erstaunlicherweise doch als Hilfe. Er tauschte die mit Mist gefüllten Eimer gegen leere Behälter und lenkte ihn mit seinem sinnlosen Geschwafel ab.

So nah wie Tarik kam kaum einer einem Wyvern. Jedes Mal,

wenn sein Blick das Untier streifte, wallte etwas in seiner Brust auf. Er sah Bilder vor seinem inneren Auge aufsteigen, die besser verborgen geblieben wären. Aber sie würden ihn nie mehr loslassen.

Er sollte Angst haben, wie zu Beginn, als er vor Jahren das erste Mal in einem Zwinger gearbeitet hatte. Damals waren er und Quirin in finanzieller Not gewesen und er hatte keinen anderen Ausweg gesehen, als den Dreck der Wyvern zu schaufeln.

Er hatte im Angesicht des Scheusals gestanden und so sehr gezittert, dass er zu keiner Arbeit taugte. Die nächsten Tage hatte er damit verbracht, anderen zuzusehen und sich an die Nähe der Wyvern zu gewöhnen. Zwar hatte es eine Weile gedauert, doch schließlich war er zu der Einsicht gekommen, dass gefangene Wyvern nichts mit den unbändigen wilden Bestien in seiner Erinnerung zu tun hatten. Es waren vielmehr erbärmliche Kreaturen, die die letzten Augenblicke ihres Daseins in winzigen Zellen fristeten und gebrochen und halb tot in die Arenen entlassen wurden. All die Verbrecher, die durch die stumpfen Zähne der Echsen ihre Bestrafung fanden, wurden durch deren jämmerliche Existenz verhöhnt.

Morgun war ein Wyvern, der noch nicht allzu lang im Zwinger saß. Erst vor ein paar Wochen hatten die Jäger vom Verbund Córas Fiach ihn gefangen und Telamon verkauft. Es war ein Auftrag gewesen, der dem Herrn des Zwingers zu viel Ruhm bei den Wettkämpfen in der Arena verhelfen sollte.

Morgun, der rotäugige Drache. Das starke Männchen, das noch all seine Lebensgeister besaß und kämpfen würde, bis auch die letzte seiner Schuppen zerbrochen war.

Tarik schickte Bullco mit einem weiteren Eimer fort und näherte sich dem Wyvern. Er war fast fertig, doch nun musste er in dessen Reichweite.

Seine anfängliche Angst war mit den Jahren verblichen. Die gestutzten Wyvern waren tatsächlich nicht mehr als Haustiere. Allerdings hatte Tarik noch nie das Loch eines Gladiatorenwyvern gesäubert. Er war näher an der Realität, als je zuvor. Mit zusammengezogenen Brauen starrte er Morgun in die Augen. Eine herausfordernde Geste, die der Wyvern aufgrund der Brille aber nicht wahrnehmen konnte. »Du weißt, ich bin nicht dein Feind«, flüsterte er gepresst. »Nicht hier unten. Aber ich freue mich schon auf den Tag, an dem wir uns in der Arena gegenüberstehen werden.«

Seine Worte waren voller Bitterkeit. Die Nähe Morguns erinnerte ihn schmerzhaft daran, was seine Artgenossen ihm angetan hatten. Unterdrückte Wut sickerte heiß durch seine Adern und er wollte gerade die Schaufel heben, als Morgun den Kopf hob und das Maul so weit öffnete, wie es ihm möglich war.

Tarik zwang sich, unbeeindruckt stehen zu bleiben, taumelte aber zurück, als ihn ein Schwall Säure hart an der Schulter traf. Er prallte gegen die Lehmwand und erwartete einen lähmenden Schmerz. Der allerdings blieb aus.

Morgun beließ es knurrend bei seiner Antwort und verzog sich in eine dunkle Ecke, sodass Tarik nur noch seine glühenden Augen sehen konnte. Zornig stützte er sich an der Wand ab und packte die Schaufel. Mit dem ersten Schritt fiel er der Länge nach hin. Ein Prusten trieb ihm das Blut in die Wangen.

»Van Cohen, du Trampel, bist du endlich fertig? Oder macht dich der liebe Morgun fertig?« Bullco lachte und wich dem Eimer aus, den Tarik auf ihn schleuderte.

Die Säure des Wyvern hatte seinen linken Latzträger weggeätzt, sodass ihm die Hose nur so um die Beine schlotterte. Er musste sie festhalten, um nicht wieder zu stolpern. »Sehr witzig. Lass uns gehen«, grollte er. Nachdem er die Kristalltür geschlossen hatte, zog er die Haube vom Kopf und atmete die abgestandene Luft ein. Sein Haar war klatschnass, die Hitze der Höhle tat ihr Übriges.

Ella begrüßte die beiden mit einem markerschütternden Schnarchen.

Bullco verzog das Gesicht und schüttelte sich beim Anblick der alten Frau, deren Kopf an der Wand lehnte. Das Buch war ihr aus den Fingern gerutscht.

»Gruslig«, wisperte er Tarik zu, der wortlos in die kleine Kammer ging, um sich aus dem Gefängnis stinkender Hitze zu befreien. Er machte sich an einem mit Wasser gefüllten Eimer frisch, so gut es ging.

Bullco wartete auf ihn. »Weck du sie«, befahl er ruppig.

Tarik wusste, dass der Wächter gehörigen Respekt vor Ella hatte und grinste.

Bullcos Augen blitzten gefährlich auf.

»Frau Ella, meine Arbeit ist getan«, sagte Tarik laut, ehe die Faust seines Gegenübers die Höhe seines Gesichtes erreichte.

»Wie, was?«, schreckte die Alte hoch. Sie blinzelte einige Male, dann gruben sich Falten eines Lächelns um ihren Mund. »Ah, gut gemacht, Junge. Gestern hat dieser andere Kerl panisch die Flucht ergriffen. Hat sich glatt in die Hosen gemacht! Sehr gut, ja. Nimm deine Sachen und komm morgen wieder«, ordnete sie an. Tarik deutete eine Verbeugung an, nahm den Rucksack entgegen und ging an ihr vorbei zu den Treppen.

Bullco folgte ihm schweigend. Oben stieß er Tarik zur Seite. »Kein Wort zu irgendwem, sonst bist du tot«, rief er im Vorbeigehen.

Der Wächter tat ihm leid. So groß und kräftig er auch war, wusste er sich nie anders zu helfen, als seine Muskeln spielen zu lassen. Er würde nie einen anderen Beruf ausüben können, als den eines Wächters oder Kriegers. Wahren Ruhm und wirklichen Respekt fand man weder hier noch da. Höchstens als Heerführer, aber Bullco war das Paradebeispiel eines niederen Soldaten, der nur blind Befehle ausführte.

Während Tarik durch den überdachten Hof zum Tor ging, streifte er den ledernen Armreif über die linke Hand. Das Symbol der Jäger war darauf eingebrannt und zeichnete Tarik als Schüler der Akademie aus. Ein Wyvern bildete mit seinem langen Körper einen Kreis, das Maul in scheinbarem Brüllen weit geöffnet. Eine Trilanze durchbohrte ihn von außen, sodass die drei Klingen genau in die Mitte des Kreises stießen.

Die Akademie lag in einem anderen Teil der Stadt. Sie drängte sich auf der Rückseite des Hügels der Kuppelsiedlung an die glatte Stadtmauer und bildete mit der Schule, die Quirin besuchte, einen abgegrenzten Bereich.

Die Sonne war bereits weitergeklettert und bedeutete Tarik, seine Schritte zu beschleunigen. Inzwischen war die Stadt erwacht und die Straßen voll von Besuchern, die die unzähligen Läden und

Geschäfte stürmten, stets auf der Jagd nach einer neuen Überraschung, Sonderangeboten, oder Arbeit. Die Zeiten vor, während und nach den Festspielen spülten jedes Jahr viel Geld in die Kassen der Stadt, sicherten aber auch den Familien außerhalb zusätzliche Einkommen.

An einer Straßenecke hatte sich ein Stau gebildet. Ein Farmer trieb mit seinen Gehilfen eine Herde junger Wisentbullen durch die Gasse, wahrscheinlich, um sie zum Schlachthof zu bringen. Die Tiere, deren Fleisch ein Grundnahrungsmittel des Landes darstellte, wurden von Seilen zusammengehalten, schienen aber nicht in der Stimmung, ihrem Schöpfer gegenüberzutreten. Sie bockten und schwärmten in alle Richtungen aus, wobei sie ihre Artgenossen mitrissen und die Gehilfen in die Verzweiflung trieben. Die pelzigen Huftiere sorgten für lautes Gebrüll, heftigen Ärger und grobe Streitereien.

Tarik wich in eine Seitengasse aus. Hier wurde normalerweise der Müll gesammelt, deshalb achtete er darauf, wohin er seine Füße setzte.

Ein Zaun begrenzte die Sackgasse. Mit einem halbherzigen Sprung gelangte er auf die andere Seite. Er legte die Hände um die Träger seines Rucksackes und pfiff eine leise Melodie. Aus einem offenen Fenster folgte ihm der Blick eines neugierigen Malaks. Das Äffchen mit den großen haarigen Ohren hatte die Flügel angelegt und schmatzte laut an einer halbierten Moe. Die purpurfarbene Frucht spritzte ihren süßen Saft auf die staubige Erde. Das Tier leckte sich genüsslich über die Schnauze.

Nach einer Weile erreichte Tarik den Marktplatz. Pflastersteine formten einen großen Kreis, um den sich die Taverne *Zur Goldenen Klaue*, Gasthäuser, ein Bordell und unzählige Geschäfte drängten. Hier und da standen Gaukler und wirbelten Feuerzungen durch die Luft. Das Publikum war überschaubar und würde sich erst gegen Abend mehren, wenn Händler aus der ganzen Stadt hier zusammenkamen.

Nun war es nicht mehr weit zur Akademie, deren dunkle Ziegel schon zu sehen waren. Es ging sanft bergab. Am Fuße der Anhöhe befand sich das große, reich mit Schnitzereien verzierte Portal der Jägerschule. Eine Mauer, doppelt so hoch wie Tarik, schloss Canthars Herz der Bildung ein.

Eine schmale Tür, eingelassen in das mächtige Portal, führte ihn ins Innere. Es war eine kleine Welt für sich. Mehrstöckige Häuser aus Stein erhoben sich in den Himmel. Zwischen ihnen drängten sich eine breite Straße, kleinere Scheunen, Übungsplätze verschiedenster Arten, ausgelegt auf die vielen unterschiedlichen Aufgaben, die ein Jäger übernehmen konnte. Im Trakt der allgemeinbildenden Schule waren Gärten angelegt, in denen Pflanzen- und Kräuterkunde gelehrt wurde. Zuchttiere wurden in eigenen Gehegen gehalten, um den Schülern die Arbeit eines Farmers zu vermitteln. Werkstätten zeugten von der Vielfalt der Handwerksberufe. In einem Zelt, erbaut auf einer hölzernen Plattform, die auf dem kleinen See der Schule trieb, gewährte der Schamane Isgaroth Einblicke in seine Künste.

Canthar war nicht nur berühmt für seine Jäger und die Festspiele, sondern ebenso für den hohen Wert, der auf Bildung gelegt wurde. Jedem Kind in der Stadt, egal, aus welcher Schicht es stammte, wurde bei seiner Geburt ein Platz in der Schule zugeteilt, um den Grad an hochwertigen Arbeitern zu erhalten. Wer in einer anderen Stadt, in einem anderen Land, sein Glück versuchte, war als ehemaliger Bürger Canthars hoch angesehen.

Tarik war stolz, sich zu dieser Gemeinschaft zählen zu können. Noch mehr würde es ihn aber freuen, wenn er endlich zur Prüfung der Jäger zugelassen würde. Er war einer der ältesten Anwärter, aber nicht, weil er bisher immer durchgefallen war, sondern weil die dafür verantwortliche Kommission ihn bisher nicht zugelassen hatte. Er glaubte zu wissen, woran das lag.

Denn wie ein Jäger Ruhm und Ehre erlangen konnte, war auch die Gefahr, sein Leben bei der Jagd zu verlieren, enorm. Er war das einzige Familienmitglied, das Quirin noch besaß. Sein Bruder war nicht alt genug, um auf sich selbst aufzupassen. Er musste erst die Schule abschließen und sich für eine Spezialisierung, ob als Farmer, Handwerker, Soldat, Händler, oder Jäger, entscheiden, ehe er als vollwertiges Mitglied der Stadt anerkannt würde.

Andererseits war es für Tarik ohne abgeschlossene Ausbildung schwer, genügend Geld aufzutreiben, um sie beide ordentlich zu ernähren. In Notsituationen griff Khaled ihnen unter die Arme, aber der Verlobte ihrer verstorbenen Schwester konnte nicht all ihre Probleme lösen. Schlussendlich würden sie auf eigenen Beinen stehen müssen.

»Tarik!« Auf halbem Weg zum Unterricht holte Larius ihn ein. Sein bester Freund war einige Jahre jünger als er. »Puh, endlich! Ich hab dich schon auf dem Marktplatz gesehen!«

»Dann musst du spät aufgestanden sein.« Tarik betrachtete die Sommersprossen auf Larius' Gesicht.

Sein Freund machte eine wegwischende Handbewegung. »Ich hab mein Frühstück vergessen und musste noch mal zurück. Warst du heute wieder in den Zwingern?«

»Ja ... bei Morgun.«

»Was? Dem rotäugigen Drachen? Ich habe gehört, Telamon darf ihn in Valeria kämpfen lassen!«

Tarik runzelte die Stirn. »In der Weißen Krone? Steht der Verbund schon fest?«

»Córas Fiach, eine doppelte Ehre für den Wurm!« Larius lachte.

Sein Vater war einer der Leiter der Festspiele und für die Hauptarena Valeria zuständig. Die Entscheidung seines Sohnes, Jäger zu werden, hatte zu einer heftigen Kontroverse mit dem Oberhaupt der Familie geführt, der Larius nicht in einer Arena sterben sehen wollte. Tarik war dieser Mann sympathisch. Selbst wenn Jäger sehr angesehen, mancherorts sogar verehrt wurden, war es ein sehr gefährlicher Beruf.

»Morgun ... Wie war er?«, fragte Larius mit leuchtenden Augen.

Tarik zögerte. »Ich war ihm völlig gleichgültig. Er sah in mir keine Bedrohung, nicht einmal einen kleinen Happen für zwischendurch. Seine Augen aber ... brannten. Er wird Canthar einen fantastischen Kampf bieten.«

Larius nickte heftig. »Wahnsinn! Ich kann es kaum erwarten!« Er pustete sich eine rote Locke aus dem Gesicht und drehte den Armreif herum, bis das Zeichen der Jäger nach oben zeigte.

Tarik warf ihm einen seitlichen Blick zu. »Bald werden wir in der Arena stehen, in der erbarmungslosen Steppe jagen und unsere Rüstungen mit Trophäen behängen.«

Der Rotschopf nickte erneut. »Ich kann es kaum erwarten«, wiederholte er.

Sie betraten ein flaches, halbkreisförmiges Gebäude, in dessen Innern Stufen in die Tiefe führten. Auf einem Podium in der Mitte thronte das Skelett eines ausgewachsenen Wyvern, auf einem langen Tisch daneben lagen einzelne Knochenteile.

Die Treppen dienten gleichzeitig als Sitzplätze, ähnlich wie in den Arenen. Ein Teil des Saals war bereits gefüllt. Nach Tarik und Larius, die sich in die erste Reihe setzten, folgten nur noch ein weiterer Schüler und die hochgewachsene Lehrerin.

Mit zügigem Schritt postierte sich die Frau vor dem Skelett und ließ ihren strengen Blick über die Reihen schweifen. Ihr kurzes Haar hatte die Farbe einer überreifen Moe, was einem dunklen Rot entsprach. Genau dafür wurden die Früchte am Ende ihrer Zeit auch verwendet: als Färbemittel.

»Ihr seid die Abschlussklasse dieses Jahres«, stellte die Frau zur Begrüßung fest. »Ich sollte euch nichts mehr beibringen müssen. Die meisten von euch werden bald in Tywlis zu ihrer Prüfung schreiten. Einige werden anschließend in den größeren Arenen ihr Können als Jäger unter Beweis stellen. Doch wie ihr wisst, wird die Kommission zuvor entscheiden müssen, ob ihr die nötigen Voraussetzungen dafür erfüllt.« Bei diesen Worten musterte sie Tarik, der die Arme vor der Brust verschränkte.

»Nun, als Jäger müsst ihr die Wyvern genau kennen. Nicht nur ihre Bewegungen, ihre Waffen, ihre Eigenheiten während der Brutzeit. Ihre Seelen müssen euch offenliegen. Ihr müsst sie verstehen, um sie zur Strecke zu bringen. Für Echsen sind sie unglaublich intelligent. Deshalb ist jede neue Information über sie ein wertvoller Schatz.«

Sie begann, auf und ab zu gehen. »Stellen wir uns folgende Situation vor: Der erfahrenste Jäger eures Verbundes, der Sucher, hat einen Wyvern aufgespürt. Seine Falle schnappt zu, die Reißer machen ihre Arbeit hervorragend, bringen ihn mit ihren Sciss zur Weißglut, damit eure Beute die Flügelkrallen aufsetzt und Säure speien will. Doch so weit kommt es nicht. Entgegen allen bisherigen Beobachtungen unterlässt der Wyvern den Einsatz seiner normalerweise mächtigsten Waffe und schwingt stattdessen den nicht minder tödlichen, gehörnten Schwanz. Der Reißer, der die Hinterseite übernommen hat, wird von einem Peitschenhieb zur Seite gefegt, die beiden Fäller, die inzwischen herbeigeeilt sind, können die empfindliche Stelle am Hals nicht treffen und verschießen wahllos ihre Bolzen gegen den Panzer der Kreatur. Trotz der Fesseln gelingt es ihr, sich zu drehen und einen zweiten Reißer mit den Krallen aufzuschlitzen. Was soll man als Gnadenbringer in einer solchen Situation tun? Vanja?«

Tarik sah zu der jungen Frau, die aufmerksam gelauscht hatte. Sie trug ihr Haar zu einem langen, dunklen Zopf gebunden und konnte mit einer Sciss umgehen wie keine Zweite. Er war sich sicher, dass sie eine der besten Reißerinnen in der Geschichte Canthars abgeben würde.

»Abgesehen davon, dass der Fehler gleich zu Beginn begangen wurde, würde ich als Gnadenbringer die Bestie ablenken, bis der Sucher den Rückzug organisiert hat, Tris.«

Die Lehrerin sah zu Larius. »Welchen Fehler meint Vanja?«

»Die Falle hat offensichtlich den Schwanz des Wyvern nicht fixiert«, antwortete Larius sofort, als hätte er diese Frage geahnt. »Von daher hätte sich kein Reißer von hinten nähern dürfen. Man nimmt zwar an, dass ein Wyvern von den vorderen drei Reißern so sehr abgelenkt wird, dass er sich nicht mehr auf seinen Schwanz konzentriert, aber die Gefahr besteht dennoch und ist, wie das Beispiel zeigt, viel zu hoch.«

»Mich stören bei dieser Geschichte mehrere Dinge«, warf Tarik nachdenklich ein.

Tris nickte ihm aufmunternd zu.

»Ein Verbund besteht immer aus aufeinander eingespielten Jägern. Und ein erfahrener Sucher ist mit seinem Wissen nie allein. Sollte die Falle erfolgreich zuschnappen, wie es angeblich der Fall war, dürfte der Wyvern seinen Schwanz nicht rühren, geschweige denn, sich noch so bewegen können, dass er sich halb umdreht. Lag der Fehler beim Sucher? Aber selbst wenn es so wäre, müssten die

Reißer doch so geistesgegenwärtig sein – immerhin sprechen wir von ausgebildeten Jägern und keinen naseweisen Schülern – dass einer von ihnen von seiner eigentlichen Aufgabe abweicht, um vorn zu helfen. Aber alles wäre trotz der Schlamperei vom Sucher und des Übermuts des Reißers wahrscheinlich glatt verlaufen, wenn der Wyvern keine für seine Art untypische Verhaltensänderung gezeigt hätte. Nämlich die Attacke eines Säureangriffs zu unterbrechen und somit instinktiv den Bolzen der Fäller die nötige Angriffsfläche zu verweigern. Was also, und das ist meine brennendste Frage, hat den Wyvern dazu veranlasst?«

Als seine letzten Worte verhallt waren, legte sich eine drückende Stille auf die Schüler.

Tris bedachte ihn mit einem langen Blick, ehe sich ein sanftes Lächeln ihrer strengen Züge bemächtigte. »Genau das ist die Frage, die wir uns stellen müssen, Tarik van Cohen. Hast du einen Vorschlag?«

Tarik starrte auf den knöchernen Schädel des Skeletts und legte die Stirn in Falten. »Du hast eingangs erwähnt, dass Wyvern intelligente Wesen sind. Das heißt, sie sind fähig, zu lernen. Beachtet man aber, dass Menschen schon seit unzähligen Generationen Wyvern jagen, bezieht man die Tatsache mit ein, dass die Jagdweise von dieser Akademie immer weiter verbessert worden ist, muss man Parallelen zwischen Wyvern und Jägern ziehen. Soweit ich mich erinnern kann, ist die Jagd inzwischen ein relativ sicherer Beruf geworden. Jahrzehntelang haben wir die Wyvern studiert, ihre Schwächen herausgefunden und genutzt. Was sie auch gelernt haben mochten, half ihnen bisher nicht. Sie mögen intelligent sein, aber sie konnten ihre Erfahrungen aus einem verlorenen Kampf nicht an ihre Nachfahren weitergeben. Ich glaube«, er stockte und sah auf, »ich glaube, dieser Fortschritt im Verhaltensmuster des Wyvern ist ein Werk der Reiter.«

Ein wirres Gemurmel erhob sich.

Larius stieß Tarik in die Rippen. »Mensch, wovon redest du?«, zischte er.

Die anderen Schüler unterhielten sich ungehemmt, schüttelten den Kopf und schienen auf eine Reaktion von Tris zu warten.

Die Lehrerin wiegte den Kopf in einem langsamen Nicken. Sie schien nachdenklich und schwieg, kehrte der Klasse den Rücken zu und schritt zu dem großen Skelett. Sie fuhr mit ihren Fingern die Halswirbel entlang, bis hin zum starken Kiefer. »Alles, was du gesagt hast, ist wahr, Tarik.«

Sämtliche Gespräche verstummten augenblicklich.

Tarik sah Tris aufmerksam an. Sie war als Jägerin im gleichen Verbund aktiv gewesen, in dem auch Khaled Mitglied war. Doch sie hatte ihren Beruf aufgegeben, als ihre Mutter krank geworden und seitdem auf ihre Hilfe angewiesen war. Khaled hatte ihm das erzählt, genau wie die Tatsache, dass Tris wohl ein Auge auf den Gnadenbringer geworfen hatte.

»Ein beispielloses Problem hat sich gebildet. Eine neue Aufgabe für uns Jäger. Waren wir früher auf die Rohstoffe der Wyvern aus, darauf bedacht, den Jähzorn und die unerklärliche Angriffslust dieser Bestien zu bekämpfen, so müssen wir heute gegen einen ganz anderen Feind zu Felde ziehen. Die Reiter formieren die Reihen der Wyvern. Sie sind uns seit einigen Jahren ein Dorn im Auge, aber wenn sich ihre Übergriffe auf jagende Verbunde weiterhin vervielfältigen, führen wir bald Krieg.«

»Krieg?« Larius schnappte nach Luft.

Tarik konnte sich vorstellen, dass der gutmütige Junge selten weiter dachte als an den unvorstellbaren Ruhm, den ein Jäger erlangen konnte.

»Vater bringt mich um, wenn er davon erfährt«, entschied er sichtlich überzeugt und etwas zu laut.

Tris' Blick blieb auf dem Jungen ruhen.

»Ist Krieg nicht eine Angelegenheit für Soldaten? Dafür werden sie ausgebildet, dachte ich«, warf ein kräftiger Junge mit schiefer Nase und eng stehenden Augen ein. Cord war ein Waisenjunge, der nicht nur seine Muskeln zu nutzen wusste, sondern auch seinen Verstand. Er hatte sich bewusst gegen den Dienst in einer Kaserne entschieden und war über eine mögliche militärische Auseinandersetzung entsprechend ungehalten.

»Soldaten haben nur eine Grundausbildung in Bezug auf Wyvern genossen. Diese Kreaturen sind unser Spezialgebiet. Schicke zehn von ihnen aus, nicht ein einziger überlebt einen Angriff der Echse. Reiter hingegen sind mit ihnen verschmolzen. Niemand kennt die Wyvern so gut wie sie.« Tris sah durch die Runde. »Ich glaube, dieses Kapitel sollten wir wiederholen. Also Cord, was wissen wir über die Reiter?«

Der Junge umfasste mit den mächtigen Pranken seine Knie und kramte in seinem Gedächtnis. »In der Schule haben wir nur Legenden gehört. Von seelenlosen Menschen, die sich der Wilden Jagd verschrieben haben. Sie können die Wyvern kontrollieren und machen sich die Grausamkeit dieser Wesen zunutze, um uns zu unterjochen.« Er legte eine kurze Pause ein. »In der Akademie wurden diese Legenden schon am ersten Tag zu Rauch. Reiter sind Verräter. Ehemalige Jäger, die verweichlicht waren und sich auf die Seite ihrer Beute gestellt haben.«

»Ihre Begründung?«, wollte die Lehrerin wissen.

»Wyvern seien keine Monster, keine Bedrohung, derer wir uns erwehren müssten, sondern Geschöpfe wie Grimbalds, Bilgots oder Wisents. Sie würden nur ihr Revier verteidigen, und ihre Brut. Anders gesagt, sie hatten Mitleid. Und da sie in Canthar natürlich auf taube Ohren stießen, gingen sie in die Wildnis, vermutlich in die Berge. Sie haben tatsächlich einen Pakt geschlossen, aber nicht mit der Wilden Jagd, sondern mit den Wyvern selbst. Wahrscheinlich haben diese Bestien all ihren menschlichen Verstand geraubt. Warum sonst sollten sie ihre ehemaligen Gefährten, die Jäger, angreifen? Und bis zum Tod gegen sie kämpfen?« Cord lehnte sich zurück.

Tris setzte sich auf die Tischkante und stützte die Hände ab. »Vielleicht haben sie recht. Wir sind grausam zu den Wyvern. Wir knechten sie in den Arenen, rauben ihnen ihren Lebenswillen, morden sie.« Sie ließ den Kopf hängen.

Überrascht starrten die Schüler sie an.

»Kannst du mir sagen, was die Wyvern von Wisents unterscheidet, Lelani?«, fragte sie ein Mädchen, das sein Kinn auf den Handflächen abstützte.

»Sie leben bis zur Gefangenschaft für die Arenen oder ihren schnellen Tod für Rohstoffe in freier Natur. Sie wachsen auf, ohne vom Menschen gemästet, geschoren und geschlachtet zu werden. Eigentlich haben es die Wyvern ziemlich gut.«

»Was ist mit den Zuchtfarmen?«, gab Vanja zu bedenken.

Lelani rümpfte die Nase. »Das ist doch minderwertige Ware. Die besten Preise erzielt man mit wilden Wyvern. Selbst das Leder von ihnen ist besser als dieses weiche Zeug von den Farmen.«

»Reden wir hier gerade wirklich über eine artgerechte Haltung dieser Ungeheuer? Die Wyvern sind voller Mordlust! Sie greifen den Menschen seit jeher grundlos an. Sie zerfleischen Kinder und Frauen, lassen sie sterbend zurück und reißen Ziegen und Wisents! Meine Mutter fiel ihnen zum Opfer, als sie in der Steppe nach Kräutern suchte. Alles, was sie von ihr übrig ließen, waren ihre Haare«, rief ein bleicher Junge. Er war aufgesprungen, zitternd vor Wut, die Hände zu Fäusten geballt. Eine Ader pochte auf seiner Stirn.

Tarik wurde auf einmal klar, dass Tris genau das beabsichtigt hatte.

»Das ist es also. Der Grund, warum ich eine Jägerin war, warum ihr Jäger sein wollt.« In ihrer Stimme schwang ein gefährlicher Unterton mit. »Jeder für sich hat sich diese Frage längst beantwortet, aber sobald wir hinterfragen, was uns im Innersten antreibt, drohen wir, den Reitern ähnlich zu werden. Sie sind eine Schande für unsere Gesellschaft. Unsere Aufgabe muss sein, sie in ihre Schranken zu weisen. Ihnen deutlich zu machen, was für einen schrecklichen Verrat sie begangen haben. Und eben deswegen können auch nur wir Jäger gegen sie kämpfen. Weil in unseren Adern heißes Blut wallt. Wir kämpfen aus Überzeugung!«

2. Der Weg des Jägers

Tariks Entschluss, der Gemeinschaft der Jäger beizutreten, war wohlbedacht. Diese Berufung lag in der Familie, wie die Besonnenheit, zukunftsträchtige Schritte nicht voreilig und nur aus einem Gefühl heraus zu beschließen.

Er war mit den Geschichten über diese tapferen Krieger aufgewachsen und hatte seinen Vater immer bewundert. Noch mehr aber hatte er seine ältere Schwester Cynthia geliebt und verehrt, die wie seine Mutter gewesen war, die diese Welt nach Quirins Geburt verlassen hatte.

Cynthia van Cohen hatte sich mit ihrem beeindruckenden Können und unerschütterlichen Willen in die Geschichtsbücher Canthars eingetragen. Als jüngstes Mitglied, das der Jägerorden je anerkannt hatte, hatte sie die Ausbildung als eine der wenigen weiblichen Gnadenbringer abgeschlossen. Ihr Talent war gewaltig und ihr Charme ansteckend gewesen. Noch zu Lebzeiten galt sie als Legende, als strahlender Stern über dem hasserfüllten Schlachtfeld gegen Wyvern und Reiter.

Sie brachte Tariks Familie Ruhm, noch ehe sie ihren ersten Wyvern erlegte. Die Erwartungen, die auf der jungen Frau lagen, waren enorm. Gemeinsam mit dem erfahrenen Vater hätte der Verbund um die van Cohens unsterblich werden können.

Aber es sollte nie so weit kommen. Stattdessen stürzte der mit Ehrfurcht ausgesprochene Name von Tariks Familie in eine schreckliche Tragödie, die er mit seinem kindlichen Verstand kaum zu verstehen vermocht hatte.

Cynthias Ära war nicht von großer Dauer gewesen. Nur zwei

glorreiche Jahre nach ihrer frühzeitigen Ernennung zur Jägerin hatte ihr viel zu kurzes Leben ein jähes Ende genommen. Tarik hatte ihren Tod nie überwinden können, zumal sein Vater wenige Jahre später seinem Gewissen und damit der Klinge eines Reiters zum Opfer gefallen war. Wo vorher noch Trauer und tiefes Beileid geherrscht hatten, keimten Entsetzen und Empörung auf. Der Hass gegen Wyvern, Reiter und deren Gönner war tief in den Cantharern verwurzelt. Cynthia van Cohen wurde zur Märtyrerin gegen den Einfluss des Vaters emporgehoben und ihr Name bis zum heutigen Tag mit größtem Respekt ausgesprochen.

Tarik und Quirin van Cohen, die beiden letzten Sprösslinge dieser umstrittenen Familie, hatten es zu keiner Zeit leicht. Mit Misstrauen und Argwohn wurde ihre Entwicklung in der Gesellschaft der Stadt beäugt. Tarik blieb nichts anderes übrig, als zu kämpfen. Gegen Vorurteile und Vorwürfe. Gegen Ungerechtigkeit und die Verbannung aus der Kuppelsiedlung. Nur einer hielt zu ihm und seinem kleinen Bruder: Khaled, der Gnadenbringer. Er war der Verlobte Cynthias gewesen und ihr Tod hatte tiefe Narben in seiner Seele hinterlassen. Seine Treue zu den van Cohens aber war geblieben und so hatte er nach Jergan van Cohens Tod die Vormundschaft für Tarik und Quirin übernommen, bis sie sich selbst versorgen konnten. Ohne ihn wüsste niemand, welches der Gossenkinder den edlen und gleichzeitig beschämenden Namen der van Cohens trüge. Nur durch seine anfängliche Unterstützung war es Tarik möglich gewesen, die Grundausbildung zu beenden und sich für den Weg des Jägers zu entscheiden.

Bis auf seine Mutter waren alle in der Familie Jäger gewesen. Doch niemand hätte es ihm zum Vorwurf machen können, wenn er einen ungefährlicheren Beruf gewählt hätte. Einen, der nicht belastet war, durch Ruhm und Schande gleichermaßen. Immerhin musste er für den Bruder sorgen, der dem Kleinkindalter zum Zeitpunkt des Todes des Vaters kaum entwachsen gewesen war.

Sein Entschluss, denselben und deutlich beschwerlicheren Weg eines Jägers zu gehen, war die Folge langer schlafloser Nächte, Gespräche mit Khaled und Grimbalds – Letztere waren ihm gegenüber nicht besonders aufgeschlossen gewesen, weshalb man eher von

Selbstgesprächen reden musste – und tagelangen Wanderungen von Farm zu Farm, Handwerker zu Handwerker und Arena zu Zwinger, um den richtigen Pfad für die Zukunft zu wählen.

Würde Tarik danach gefragt, spräche er sicher von der Reinwaschung seines Namens. Tatsächlich aber lag ihm nicht vordergründig daran, da er weder die Tat seines Vaters noch das Stigma der Stadtbewohner verurteilte. Es hatte vielmehr damit zu tun, dass er dem Beispiel seiner Schwester folgen wollte, seine Furcht vor den Wyvern besiegen und das Reich der Jäger kennenlernen. Die Bezahlung reichte, um für sich und Quirin zu sorgen, außerdem wohnte ihm ein Ehrgefühl inne, das es ihm unmöglich machte, die grausamen, geflügelten Geschöpfe der Steppe ungestraft über die Bevölkerung herziehen zu lassen.

Trotzdem hatte ihn diese Entscheidung nah an einen schwarzen Abgrund geführt, der ihn beinahe an deren Richtigkeit zweifeln ließ.

Er erinnerte sich an Khaleds Worte, als er diesem sein Vorhaben dargelegt hatte.

»Damit hast du dir den schwersten Weg ausgesucht.«

Tarik hatte auf einem Schemel am schweren Zedernholztisch gesessen und Jori, Khaleds Malak, mit überreifen Stückchen einer Moe gefüttert.

»Niemand verlangt das von dir, weißt du?«, hatte der Gnadenbringer hinzugefügt und sich ihm gegenübergesetzt.

Tarik hatte gelächelt, als Jori ihm mit seiner weichen Zunge den roten Saft von den Fingern ableckte. *»Und darum werde ich es tun.«*

Khaled hatte die Unterarme auf den Tisch gelegt und sich vorgebeugt. Sofort war das geflügelte Äffchen ihm auf die Schulter gesprungen, hatte sich mit seinen winzigen Fingern an seinem Ohr festgehalten und mit kugelrunden Augen zu Tarik gelinst.

»Diese Eigenschaft ist beeindruckend. Ich habe noch keinen van Cohen kennengelernt, der vor großen Herausforderungen oder Problemen zurückgeschreckt wäre.«

»Es liegt nun einmal in der Familie. Aber nicht alles ist ein Segen.« Bei seinen Worten hatte Tarik an das ruhige Lächeln seines Vaters gedacht, das nun für immer erloschen war.

An seinem ersten Tag in der Jägerschule hatte Tris ein ähnliches Gespräch mit den Anwärtern geführt. Sie fragte nicht, warum sie Jäger werden wollten, sondern ließ sie es selbst herausfinden. Sich selbst präsentierte sie in der ersten Unterrichtsstunde als bestes Beispiel. Ihr Bruder war in jungen Jahren in der Steppe verschollen und man hatte stets angenommen, dass er einem Schnapper, dem tödlichen Stich eines Vaskas, oder gar einem hungrigen Wyvern zum Opfer gefallen war. Doch es war weitaus schlimmer. Er war zu einem Reiter geworden.

Im Jägerorden gab es verschiedene Gerüchte, wie es dazu hatte kommen können. Die Stadtbewohner glaubten fest an einen Raub durch die Wilde Jagd.

»*Ich sollte Demut lernen*«, hatte Tris auf diesbezügliche Fragen zurückhaltend geantwortet.

Bisher hatte noch niemand genau verstanden, was sie damit sagen wollte.

Tarik kehrte mit seinen Gedanken in den Unterricht zurück und betrachtete seine Lehrerin. Sie hatte sich offenbar in Rage über den Kampf gegen die Reiter geredet und stemmte nun die Hände in die Hüften. Energisch schüttelte sie ihre roten Strähnen aus dem sonnengebräunten Gesicht. Auf ihrer linken Schläfe zeichneten sich weiße Linien ab. Narben von einem Säureangriff. Kaum eine Jagd verlief nach dem vorgegebenen Schema und noch wesentlich seltener ließ sich ein Plan perfekt in die Tat umsetzen. Improvisation war etwas, das man im Blut haben musste. Etwas, das man nicht lernen konnte und mindestens ebenso wichtig war wie das Beherrschen der eigenen Waffe.

Tarik ließ seinen Blick über die überschaubare Abschlussklasse schweifen. Nur ein Bruchteil der Plätze war besetzt. Zu Beginn seiner Ausbildung war der Saal zum Bersten gefüllt gewesen. Im Laufe der Jahre hatte eine natürliche Selektion stattgefunden. Viele Gesichter waren aus den Reihen der Schüler verschwunden. Sie hatten einen anderen Beruf gewählt, der besser zu ihnen passte und ungefährlicher war.

Larius an seiner Seite wäre mehrfach gescheitert, wenn ihn seine Sturheit nicht bis in die Abschlussklasse gebracht hätte. Tarik behielt seine Zweifel für sich, ob sein Freund als Jäger geeignet war.

Seine Gedanken schweiften zu den jungen Menschen, die er hatte kommen und gehen sehen. Eine Person spielte für ihn bis heute eine besondere Rolle. Fajeth van Sidahan, die Tochter des Bürgermeisters.

Im Rahmen ihrer Erziehung hatte sie die Grundausbildung zwei Jahre nach Tarik abgeschlossen und einige Monate bei den Jägern gelernt, ehe sie zu den Farmern, Kaufleuten und Handwerkern gegangen war, um als künftiges Oberhaupt Canthars deren Spezialisierung besser beurteilen zu können.

Tarik war von seinen Mitschülern lang gemieden oder verhöhnt worden. Selbst als er sich im dritten Lehrjahr befunden und beinahe die Hälfte der fünfjährigen Ausbildung hinter sich gebracht hatte, gab es niemanden, der sich gern mit ihm hatte sehen lassen.

Als er Fajeth zum ersten Mal begegnet war, befand er sich in einer prekären Lage. Einige Schüler der Abschlussklasse hatten ihn beiseitegenommen, um ihn zum Abbruch der Ausbildung zu drängen.

3. Die Tochter Canthars

»Deine Anwesenheit beschmutzt die Ehre dieser Schule, also verschwinde!«, spie ihm der bullige, junge Mann ins Gesicht. Ein anderer spuckte ihm vor die Füße.

»Mit Verrätern wollen wir nichts zu tun haben.«

Eine orangerote Dämmerung ließ die Häuser der Akademie lange Schatten werfen. Die dunklen Ziegel der Dächer wirkten schlammbraun und hoben sich als Silhouetten vor dem leuchtenden Himmel ab.

Die Worte der beiden großen Jungen beinhalteten keine neuen Anschuldigungen und vor allem war es keine neuartige Situation für Tarik. Besonders am Anfang, in den ersten Monaten, hatte er wohl mehr Zeit in den heilenden Händen der Schamanen verbracht als im Unterricht. Allerdings hatte er zaghaft an die Möglichkeit zu glauben begonnen, in Vergessenheit zu geraten, denn die letzten Wochen waren glimpflich an ihm vorbeigezogen. Überhaupt war er nur durch unglückliche Verstrickungen in die Hände dieser beiden übereifrigen Gesetzeshüter geraten.

Er blieb trotz ihres drohenden Untertons gelassen. »Es tut mir leid, aber ich kann eurer Bitte nicht nachkommen.«

Die beiden sahen sich an. Durch das Halbdunkel wurden sie mutiger und stießen Tarik gegen die Lehmwand des niedrigen Schulgebäudes.

»Und uns täte es außerordentlich leid, wenn wir dich zwingen müssten«, sprach der Erste wieder und ließ die Fingerknöchel knacken.

Tarik kamen Khaleds Worte in den Sinn. In der Tat, er hatte

sich für den schwierigsten Weg entschieden. Er konnte so gut sein, wie er wollte, er würde immer den Zorn der anderen auf sich ziehen.

Er klopfte seine graubraune Tunika ab und sah hoch. »Es ist ohnehin fraglich, ob ich es schaffe. Wieso macht ihr euch diese Mühe? Ihr solltet lieber abwarten, ob sich die Dinge nicht von selbst zu euren Gunsten entwickeln.«

Im nächsten Moment grub sich eine Faust in seinen Magen und raubte ihm jegliche Luft. Er wurde hochgezogen und ins Gesicht geschlagen. Sterne tanzten vor seinen Augen. Instinktiv hob er die Arme und blockte den nächsten Angriff, auch wenn er nicht vorhatte, zu kämpfen. Seine Chancen waren gleich null und er würde nur den Hass der gesamten Schule auf sich ziehen.

Zu seiner Überraschung blieben weitere Schläge aus.

»Interessant. Hinter den Mauern der ach so ehrenvollen Akademie verbirgt sich nichts weiter als primitive Gewalt.«

Mühsam hob Tarik den Kopf. Ein Mädchen stand vor ihnen, in ein beigefarbenes Kleid gehüllt und die Hände in die Hüften gestemmt. An ihrem dünnen Gürtel hing ein kleines Messer, über ihre schmalen Schultern wallte langes, helles Haar.

»Wer bist du?«, frage der bullige Grobian wütend.

»Eine sehr enttäuschte Erstklässlerin«, gab das Mädchen kühl zurück.

»Soso, dann kennst du diesen Abschaum hier wohl noch nicht. Das ist Tarik van Cohen.«

Eine eisige Stille legte sich über sie. Tarik hatte das Gefühl, dass das Ausbleiben jeglicher Reaktion seitens des Mädchens eine gewisse Überraschung bei den älteren Schülern zur Folge hatte.

»Du kennst ihn nicht?«, fragte der andere schließlich verblüfft.

Energisch ging das Mädchen auf Tariks Peiniger zu und verpasste jedem eine schallende Ohrfeige. »Verschwindet!«, zischte sie.

Die beiden waren zu perplex, um zu widersprechen. Lautlos trollten sie sich.

Das Mädchen beugte sich zu Tarik, nahm sein Gesicht in die kühlen Hände und betastete sein geschwollenes Auge.

»Kennst du mich wirklich nicht?«, fragte er leise. Zum ersten

Mal sah er ein Lächeln ihre schmalen Lippen umspielen und ein Funkeln erschien in ihren bernsteinfarbenen Augen.

»Wie könnte ich, van Cohen?«

Tarik zuckte zusammen, aber sie strich ihm nur eine der wirren Strähnen aus der Stirn und half ihm auf die Beine. Ihm wurde übel und er erbrach sich. Sie blieb bei ihm, bis es ihm besser ging und wich auch nicht zurück, als er hustete und sich aufrichtete.

»Entschuldige ... Es gibt«, begann er angestrengt, »immer wieder Menschen, die mich trotz meiner Herkunft akzeptieren, aber niemand hat sich bisher gegen die Anschuldigungen der anderen aufgelehnt. Niemand bis auf ... dich.«

Sie hob die Augenbrauen und setzte erneut ihren geringschätzigen Blick auf. »Tatsächlich? Das ist enttäuschend. Deine Herkunft ist überaus spannend und tragisch. Davon abgesehen ist sie mir völlig gleich.« Sie reichte ihm die zierliche Hand. »Ich bin Fajeth.«

Tarik schlug ein. »Danke, Fajeth. Du hast meine Hoffnung neu entfacht.«

Sie belohnte seine Ehrlichkeit mit einem zauberhaften Lachen. Seine Hand fest in ihrem Griff zog sie ihn mit sich. Er stolperte erstaunt hinterher, während sie ihn quer durch die Akademie in den allgemeinbildenden Trakt führte, als wäre sie hier schon hundertmal gewesen. Zielsicher brachte sie ihn an den niedrigen Drahtzaun des Gartens, ohne auch nur eine Sekunde ihren fröhlichen Ausdruck zu verlieren.

»Sagtest du nicht, du wärst Erstklässlerin?«, fragte Tarik verwirrt zurückschauend. Inzwischen hatte sich ein tiefes Blau des Horizontes bemächtigt und die ersten Sterne blitzten silbern hinter purpurfarbenen Wolken hervor.

»Ach, ich war schon so oft hier, ich kenne die Schule bald auswendig«, winkte Fajeth leichthin ab. Ihr Kleid strahlte beinahe in der wachsenden Dunkelheit. Ohne zu zögern, ging sie durch das kleine Tor in den Kräutergarten und lief bestrebt zwischen den dicht bewachsenen Beeten umher, bis sie augenscheinlich fand, was sie gesucht hatte.

Tarik wartete. Er ignorierte das Pochen unter seinem Auge, von Übelkeit war längst keine Spur mehr. Wahrscheinlich hatte ihn der

Schreck dazu gebracht, sich zu übergeben. Er beobachtete Fajeth fasziniert.

Obwohl sie zwei Jahre trennten, wirkte sie nicht wie jene Anfänger, die voll sprühender Begeisterung ihre Ausbildung zum Jäger aufnahmen, nur um kurze Zeit später meist zu resignieren und aufzugeben. Sie bewegte sich mit ungewöhnlicher Sicherheit, ihr Blick wirkte ernst und entschlossen. In ihrer Stimme lag eine Autorität, die er einem dreizehnjährigen Mädchen nicht zugetraut hätte.

Fajeth kehrte zu ihm zurück und sie setzten sich auf zwei Steine, die den Weg säumten. Sie zerrieb etwas zwischen ihren Fingern, ein herber Duft verbreitete sich.

»Yamsblüten«, bemerkte Tarik und ließ es zu, dass sie ihm die lädierte Wange damit einrieb.

»Arbeitest du bei einem Schamanen?« Sie ließ ihre Hand sinken, sodass er ihr in die Augen blicken konnte.

Es war schwierig, in der beginnenden Dunkelheit etwas zu erkennen, aber er glaubte, den Schatten der Traurigkeit in ihnen tanzen zu sehen. »Dasselbe könnte ich dich fragen.«

Sie senkte den Kopf und sprang abrupt auf. »Ich muss gehen. Auf Wiedersehen, Tarik van Cohen«, rief sie und eilte fort.

Völlig überrumpelt blieb er sitzen. Ihr Auftreten hatte etwas Theatralisches. Erst allmählich dämmerte ihm, dass er ihr nicht gedankt hatte. »Ich stehe in deiner Schuld, Fajeth«, flüsterte er verspätet in die Nacht.

Er sollte sie so bald nicht wiedersehen. Der Zwischenfall mit den Abschlussschülern wurde nicht bekannt. Tarik vermutete, dass den Grobianen nicht danach zumute war, sich damit zu rühmen, vor einem Mädchen aus dem ersten Jahr gekuscht zu haben.

Einige Wochen später wurde dem dritten Jahrgang wie üblich die Patenschaft für die Erstklässler zugeordnet, aus dem jeder Frischling eine Bezugsperson zugesprochen bekam, an die sie sich in jeder Hinsicht wenden konnten.

Tarik rechnete nicht damit, dass jemand freiwillig zu ihm käme. Dennoch fiel ihm als Einzigem die Ehre zu, gleich zwei Erstklässler betreuen zu dürfen.

Zum einen Larius, der sich bereits erste Feinde gemacht hatte und wie ein Aussätziger behandelt wurde. Man hielt ihn für einen Schwachkopf, der nur durch das hohe Amt seines Vaters zur Ausbildung zugelassen worden war. Tatsächlich hatte ihm sein Vater zu allem geraten, nur nicht dazu, ein Jäger zu werden.

Er war ein schmächtiger Junge voller Sommersprossen und furchtbar naseweis. Das rote Haar schien sich nicht bändigen zu lassen, seine Bewegungen waren schlaksig und unbeholfen.

Er steuerte nach einigen herben Absagen der anderen Schüler auf Tarik zu und hielt ihm die Hand hin. »Ich bin Larius Eyla Tarn«, stellte er sich mit gedämpfter Euphorie vor. »Bitte sei mein Pate!« Es klang fast schon verzweifelt.

Der Junge war entweder verrückt oder wirklich am Ende, dass er ausgerechnet Tarik darum bat. »Tarik van Cohen«, stellte er klar, bevor er Larius' Hand ergriff. »Bist du dir sicher, dass du es ernst meinst?« Er hatte erwartet, dass der Junge zusammenzuckte, den Arm zurücknahm und ohne eine Entschuldigung die Flucht ergriff.

Aber Larius lächelte nur schief. »Ich habe keine Wahl, Tarik. Nimm es mir bitte nicht übel ...«

Natürlich überhörte er den versteckten Hohn nicht. Doch es war ein Hohn, der nicht aus dem Herzen kam. Vielmehr schien es, als wolle Larius ihn um Verzeihung bitten, die Wahrheit so offen ausgesprochen zu haben. »Also gut, Larius. Wenn du Fragen oder Sorgen hast, kannst du zu mir kommen. Ich werde tun, was ich kann.«

»Gilt das auch für mich?«, erklang eine helle Stimme hinter ihnen.

Verwundert drehte Tarik sich um. »Fajeth?«

Sie strahlte ihn fröhlich aus bernsteinfarbenen Augen an. Obwohl sie mehr als einen Kopf kleiner war, schien sie ihn zu überragen. Ihre Haare waren zu einem Zopf geflochten, der sich wie eine Schlange um ihren Kopf wand.

Sämtliche Schüler um sie herum schienen den Atem angehalten zu haben. Mit Sicherheit hatten sich die männlichen Vertreter Hoffnungen gemacht, das Mädchen betreuen zu dürfen – wie auch immer das zu verstehen war.

Ungewollt stahl sich ein Lächeln auf Tariks Lippen. »Es wäre mir eine Ehre.« Er deutete eine Verbeugung an.

Gemeinsam holten sie sich ihre Proviantpakete in der Küche der Akademie ab, um den Tag zum Kennenlernen zu nutzen. Sie entschieden sich für ein schattiges Plätzchen am Teich, in dessen Mitte die hölzerne Plattform mit dem Schamanenzelt thronte.

Gelbe und weiße Seerosen bedeckten die Wasseroberfläche nahe dem Ufer und schwankten auf den Wellen, die ein warmer Wind verursachte. Die Sonne stand im Zenit und brannte mit ihrer geballten Macht auf die Stadt nieder. Die Malaks, die normalerweise hier und da durch die Lüfte sausten, versteckten sich in den kühlen Häusern ihrer Menschen. Grimbalds suchte man vergeblich zu dieser Stunde. Sie verkrochen sich mittags stets in ihren Erdhöhlen und wagten sich erst am Abend bis in die frühen Morgenstunden heraus.

Selbst die Brillentodis, kleine, blaue Vögel mit schwarzen Ringen um die Augen, wurden geschont. Sie waren Botentiere, die Briefe und kleinere Gegenstände von einem Ort zum anderen brachten. Sie verhielten sich oft chaotisch und flogen nicht selten Umwege, aber schlussendlich fanden sie immer ihr Ziel.

Tarik hatte die Beine angezogen und sah zufrieden auf das Wasser.

Larius lag schräg vor ihm auf dem Rücken, die Arme hinter dem Kopf verschränkt.

Fajeth kniete daneben und ließ ihre Finger von dem weichen Gras umschmeicheln.

»Tarik also«, seufzte Larius. Er richtete sich auf und grinste. »Ich sag dir, wir zeigen es diesen eingebildeten Jägerzöglingen!«

Fajeth kicherte. »Du bist also keiner?«

Der Junge winkte ab. »Im Gegenteil. Mein Vater ist Spielmacher in Valeria und sorgt dafür, dass die Wyvernfestspiele geordnet ablaufen. Er hatte gehörig etwas dagegen, dass ich mit der Ausbildung anfange. Er glaubt nicht, dass ich es schaffe, sondern dass ich merke, dass es nichts für mich ist. Aber Sandbeerensaft, der wird sich noch wundern!«

Wieder lachte Fajeth in sich hinein.

Larius legte den Kopf schief. »Was ist so komisch daran?«

»Sandbeerensaft, haha!«

Tarik schmunzelte. Sandbeeren, so hieß der Kot der Brillentodis. Es war Ironie in ihrer reinsten Art, daraus auch nur einen Tropfen Flüssigkeit pressen zu wollen.

Larius verdrehte gespielt die Augen. »Kommt wohl aus feinem Hause, die Dame, was?«

Schlagartig wurde Fajeth ernst. Ihr Lachen verstummte und ihr Blick verdunkelte sich. Larius wirkte kurz unsicher, eher er sich mit seinen dünnen Armen abstützte und zu ihr robbte. Neckisch stieß er ihr den knochigen Ellbogen in die Seite. »He, sag bloß, du bist die Tochter des Bürgermeisters.« Es war nicht ernst gemeint, doch es machte alles nur noch schlimmer. Fajeth stand auf und stürmte mit großen Schritten davon.

Larius wollte ihr nachlaufen, aber Tarik legte ihm eine Hand auf die Schulter. »Ich mache das.«

Nachdem er ihr ein Stück gefolgt war, blieb sie stehen und wartete auf ihn.

Tarik hob ihren Kopf mit einem Finger an. Er ließ sich seinen Schreck angesichts der glitzernden Tränen nicht anmerken und wischte sie weg. »Ich habe dein Lächeln viel lieber«, bemerkte er leise.

Sie zog die Nase hoch und blinzelte. Kurz zuckten ihre Mundwinkel und eine verzerrte Grimasse entstand. Das sah so lustig aus, dass Tarik laut lachen musste. Er hielt sich den Bauch und schüttelte sich. Beinahe wäre er sogar in die Knie gegangen.

Fajeth schmollte mit vor der Brust verschränkten Armen, das Gewicht auf das linke Bein gelagert und mit dem rechten Fuß wippend.

Als Tarik Minuten später immer wieder Lachanfälle bekam, schnaubte sie und schnappte sich seinen Arm. »Lass uns einfach zurückgehen.«

Larius hatte inzwischen offenbar die Proviantpakete inspiziert. Er kaute zufrieden auf einem Amberbrot und hielt in der anderen Hand ein Stück Bilgotfleisch. »Da scheid ihr ja. Esch gibt escht gude Schachen!«, sagte er mit vollem Mund und sah Fajeth mit großen Augen an. »Tut mir leid, wenn isch disch gekränkt habe.«

Sie ließ sich auf den Boden plumpsen, griff nach einer Moe und biss ein großes Stück ab, sodass der rote Saft ihre Mundwinkel hinablief. Es schien sie nicht zu stören. »Vergessen wir das einfach«, sagte sie, nachdem sie den Mund wieder frei hatte. »Also, van Cohen, für welche Kampfwaffe hast du dich entschieden? Lass mich raten ... die Trilanze?«

Tarik spürte, dass sie es nicht böse meinte, aber ihre Worte glichen einem Angriff. »Es ist die Waffe meiner Familie«, erklärte er deshalb nur. »Und ihr?«

»Trilansche, gansch klar!«, rief Larius und spuckte sie beide voll. Hastig versuchte er, sich zu entschuldigen, was einen weiteren Schwall Amberbrot zur Folge hatte.

»Uäh ... Jeder Junge will Gnadenbringer werden. Was machen wir denn, wenn es bald nur noch Gnadenbringer gibt? Also ich finde Fäller viel interessanter. Und die Bolzen meines Iacters würden die Wyvern sofort ins Herz treffen. Ihr hättet rein gar nichts zu tun!«, entgegnete Fajeth und streckte ihnen die Zunge raus.

»Blödsinn! Einen Wyvern kann man nicht so leicht töten!«, begehrte Larius auf. Sein Gesicht war so rot, dass man seine Sommersprossen kaum noch sah.

»Ich könnte das!«

»Niemals, die Wahrscheinlichkeit, dass der Wyvern sich ...« Tarik versank in Gedanken. Fajeths Verhalten war ihm seltsam erschienen und er hatte leise Zweifel, ob es eine gute Idee gewesen war, ihre Patenschaft zu übernehmen. Er musste seine Patenschüler kennen, noch mehr Anfeindungen und Probleme konnte er sich nicht leisten. Es war ohnehin nicht das Schlauste gewesen, Larius unter seine Fittiche zu nehmen, aber er hatte ihm leidgetan. Und er hatte ihn an sich selbst erinnert. Wie viel einfacher hätte er es gehabt, wenn sich damals jemand seiner angenommen hätte.

»Fajeth«, unterbrach Tarik das hitzige Gespräch seiner beiden Schützlinge, »darf ich dir eine Frage stellen, ohne dass du wieder davonrennst?«

Fajeth zögerte. Schließlich seufzte sie: »Ich kann es sowieso nicht ewig geheim halten. Ich *bin* die Tochter des Bürgermeisters.«

Larius klappte der Mund auf.

Tarik nickte. Er hatte es vermutet. Spätestens, als sie sagte, sie könnte als Fällerin Wyvern töten. Ihre Formulierung hatte erahnen lassen, dass es nur eine unbestimmte Vorstellung war. Es erklärte auch, wieso sie sich in der Schule so gut auskannte. Sie war zu anderen Zwecken bereits hier gewesen.

»Ich werde höchstens ein Jahr bleiben, bevor mein Vater mich in eine andere Lehre steckt.«

»W... Was sagst du da?«, fragte Larius offenbar vollkommen überfordert.

Sie lächelte traurig. »Das macht die Sache kompliziert, nicht wahr?«

»Allerdings«, gab Tarik zu.

»Hättest du mich als Patenschülerin genommen, wenn du es vorher gewusst hättest?«

»Ich hätte zumindest darüber nachgedacht.«

»Also nein?«

Tarik schwieg. Wahrscheinlich hätte er sie abgewiesen. Allein ihre Position verlieh ihr eine Stellung der Unantastbarkeit. Niemand wäre im Traum darauf gekommen, sich mit ihr zu streiten. Andererseits war das wahrscheinlich der Grund, warum Fajeth es unheimlich schwer hatte, Freunde zu finden. Wäre es nur darum gegangen, hätte er nicht anders gehandelt als heute.

Doch im Wesentlichen ging es um etwas anderes. Ihre Zeit war begrenzt und somit auch der Schutz, den er dank ihr genießen würde. Sobald sie ihre Ausbildung wechselte, war er vor dem geballten Zorn der anderen Schüler nicht mehr sicher. Eigentlich wollte er diesen Schutz nicht. Er wollte nicht, dass seine Unversehrtheit von einer Beziehung abhing. Er wollte es allein schaffen.

Fajeth schien seine Gedanken erraten zu haben. »Tut mir leid«, flüsterte sie.

Tarik sah ihr in die Augen. »Ich möchte nicht, dass du dich jemals für mich einsetzt.«

»Ich werde es nicht müssen.«

»Dennoch bitte ich dich darum.« Es war eine mehr als unangenehme Situation. Für alle drei – Larius, der wahrscheinlich nicht einmal verstand, worüber die beiden sprachen; Fajeth, die sich ihrer Schuld bewusst, aber ihrem Herzen gefolgt war und ihre Entscheidung nicht bereuen konnte und wollte; für ihn, der ein Mädchen darum bitten musste, seinen Kampf nicht für ihn auszufechten.

»Abgemacht! Niemals«, lenkte Fajeth ein. »Und nun schnapp dir eine Moe. Wir haben eine Patenschaft zu feiern!«

4. Unzulässige Entscheidung

»Ich habe hier die Zulassungsbescheide.« Tris hielt einige Umschläge in die Höhe.

Tariks Herzschlag stockte. Er war völlig in Gedanken versunken gewesen, doch nun wurde ihm wieder gewahr, dass er sich im Klassenraum befand. Unwillkürlich spannte er sich an. Larius gab einen erstickten Laut von sich. »Tarik, es ist soweit«, flüsterte er aufgeregt. Er zappelte mit den Beinen und rutschte unruhig auf seinem Platz hin und her, während Tris durch die Reihen ging.

Wortlos übergab sie Larius seinen Brief. Tarik hingegen warf sie erst einen langen Blick zu, ehe sie ihm den Umschlag mit dem wachsroten Siegel der Jägerkommission überreichte.

Neben sich hörte Tarik Papier zerreißen. Jubelschreie wurden ausgestoßen und Lachen erhob sich.

»O mein Gott«, brachte Larius zitternd hervor. Er starrte mit tränennassen Augen auf seine Bescheinigung und schüttelte sich. »Ich glaub es nicht ... Ich hab's geschafft!«

Tarik starrte weiterhin auf das Pergament. Zweimal hatte er es schon in den Händen halten dürfen; zweimal war er schwer enttäuscht worden, hatte Jahre verloren. Was, wenn er einen erneuten Rückschlag einstecken musste? Was würde er tun?

»Mach schon auf! Wenn ich dabei bin, hast du es dir längst dreimal verdient!«, drängte Larius.

Tarik brach zaghaft das Siegel auf. Seine Finger zitterten, als er die schwarze Tinte und die geschwungenen Linien des Vorstandes erkannte. Er zwang sich, langsam zu lesen. Sein Herz klopfte so stark, dass ihm die Luft wegblieb. Ein Rauschen in seinen Ohren verschluckte Larius' Worte. Bewegungslos versuchte er zu verstehen, was die schnörkelige Schrift formte. Wie eine Welle schlug die Leere über ihm zusammen.

Die anderen Schüler sprachen freudig durcheinander und liefen von einem zum anderen, um sich gegenseitig zu beglückwünschen.

Mit aller Kraft stand Tarik auf und ging zu Tris, die mit verschränkten Armen am Pult lehnte.

»Der Unterricht ist beendet«, rief sie und führte ihn durch eine Tür in einen langen Raum voller Wyvernpräparate in großen Gläsern. Schmale Regale lehnten an den grauen Steinwänden, die Flüssigkeiten in den Behältern brachen das Licht, das durch eine Öffnung in der Decke fiel, in allen Farben. Es roch streng säuerlich. Tarik wurde schwindlig davon.

Tris deutete auf einen angefressenen Holzstuhl. »Setz dich besser.«

Er ließ sich darauf fallen und atmete tief durch. Den Umschlag mit der schwarzen Nachricht zerknüllte er in seiner Faust. »Wieso tun sie das?«, presste er die einzige Frage hervor, die ihn beherrschte. »Wenn sie mich nicht als Jäger haben wollen, sollen sie es mir ins Gesicht sagen. Das würde mir einiges ersparen!«

Tris sah ihn an. In ihren Augen funkelte Ärger. »Das können sie nicht. Du bist der erfahrenste Schüler und wärst ein großartiger Jäger.«

Tarik legte verzweifelt den Kopf in die Hände. »Was soll ich denn tun? Ich bin schon zwanzig. Ich kann nicht noch mal von vorn anfangen!« Niemals zuvor hatte er sich so hilflos gefühlt. Nicht einmal, als er letztes Jahr dieselbe Nachricht erhalten hatte. All seine Sehnsüchte ruhten darauf, endlich die Anerkennung zu erhalten, um die er seit Jahren rang.

»Die Gemeinschaft der Jäger besteht im Kern aus Verfechtern des guten Rufes. Die Ehre wiegt oft mehr als die Bereitschaft, neue Wege einzuschlagen. Risiken einzugehen. In deinem Fall kann ich die Entscheidung der Kommission nicht gutheißen. Ich sehe, wie sehr du kämpfst. Deine Bemühungen reichen viel weiter als die der meisten Anwärter. Der Zeitpunkt ist gekommen, an dem selbst der Vorstand das einsehen muss. Es gibt so viele Möglichkeiten für einen Jäger. Selbst als Lehrer würdest du eine große Bereicherung darstellen.« Tris strich sich unwillkürlich über die Narbe an ihrer Schläfe, während ihr entschiedener Blick auf einem unsichtbaren Punkt lag. »Ich werde mich für dich einsetzen. Du musst mir nur eine Frage beantworten, Tarik.« Sie sah ihn ernst an. »Wofür kämpfst du?«

Er musterte den faserigen Holzboden und lächelte. »Wie oft habe ich das schon gehört ... Was willst du denn wissen, Tris? Was willst du hören? Dass ich die Wyvern verabscheue und ihnen den Garaus machen will? Zweifelst du daran? Sie haben mir beinahe alles genommen. Meine Schwester und meinen Vater, erinnerst du dich?«

»Die Wahrheit, Tarik. Ich muss wissen, wie ernst du es meinst. Unter uns Lehrern bin ich nicht die Einzige, die das Vorgehen der Kommission missbilligt. Gemeinsam können wir vielleicht etwas verändern. Aber es ist zweifelsohne ein Risiko und ich muss mir sicher sein können, dass du uns nicht enttäuschst.«

Er schüttelte leicht den Kopf. »Selbst unter euch gibt es genügend, die meine Familie derart hassen, dass sie es niemals zulassen würden.«

Tris kniete sich vor ihn und legte ihm eine Hand aufs Bein. Sie lächelte sanft.

Er fragte sich kurz, warum Khaled diese Frau abgewiesen hatte. Doch er kannte den Grund und schämte sich sogleich für seine Gedanken.

»Deshalb brauchst du jede Unterstützung, die du kriegen kannst. Also?«

Tarik holte tief Luft, lehnte sich zurück und schloss die Augen. »Ich will keine ... Rache. Es mag feststehen, und ich vertrete diese Ansicht aus Erfahrung, dass Wyvern Bestien und der Grund für so viele Albträume von Kindern, Hass unter den Bürgern und Verzweiflung sind.« Er stockte kurz, als ungewollt ein schreckliches Bild aus vergangenen Tagen vor seinem inneren Auge erschien. Er blinzelte es mit aller Kraft fort. »Abgesehen davon, was wäre Canthar ohne Wyvern? Nur eine weitere unbedeutende Stadt des

Fürstentums. Die Hauptattraktion wären womöglich Grimbalds.« Er schmunzelte. »Was für eine absurde Vorstellung.« Sogleich wurde er wieder ernst. »Es geht mir um Quirin. Darum, ihm eine feste Zukunft zu bieten, ihn ernähren zu können, ohne nach dem Unterricht noch stundenlang in den Zwingern arbeiten zu müssen. Darum, ihm ein großer Bruder zu sein, keine Schattenfigur, die nur ab und zu da ist, um ihn zu lehren und in Schach zu halten. Er ist noch so jung und bereits jetzt ein solcher Rebell. Ich habe schon so viel Zeit verloren ...«

Tris stand auf. »Das wird die Kommission nicht ignorieren können. Der Grund dafür, warum sie dich nicht zulassen, ist ebenfalls Quirin. Sie glauben, du hast den Jungen nicht im Griff, aber dir fehlen schlichtweg die Argumente. Deine Verantwortung für ihn ist zu groß, als dass man dich noch weiter von der Jagd fernhalten könnte, oder dürfte. Ich werde sehen, was ich tun kann, Tarik. Vielleicht wäre es gut, wenn du auch mit Khaled darüber sprichst.« Sie wandte sich zum Gehen.

»Danke, Tris«, rief Tarik ihr nach.

Sie nickte ihm noch einmal zu.

Er blieb noch eine ganze Weile sitzen und starrte unverwandt das zerknüllte Pergament in seiner Faust an. Es war ein schreckliches Gefühl, schon wieder versagt zu haben. Aber seine Schuldgefühle wandelten sich immer mehr in blanke Wut.

Er wollte nicht mit seinem Schicksal hadern und doch konnte er nicht anders, als lautlose Verwünschungen gegen die Ungerechtigkeit der Kommission auszustoßen, die ihm so viele unüberwindbare Hindernisse in den Weg legte. Als ob die Erziehung Quirins ohne Eltern und Geschwister nicht schon schwer genug wäre. Sicherlich bekam sein Bruder von ihm nicht die Aufmerksamkeit, die nötig wäre, andererseits musste er sie beide versorgen und sich dafür den Rücken krumm schuften.

Er erhob sich und ging zurück in den Unterrichtssaal. Der war wie leer gefegt.

Nur eine Person saß reglos auf ihrem Platz und wartete.

»Wieso bist du nicht heimgegangen?«, fragte Tarik ärgerlich.

Larius sprang auf und eilte auf ihn zu. »Was ist denn los?«

Tarik sah ihm an, wie schwer es ihm fiel, seine Freude und gleichzeitig seine Besorgnis im Zaum zu halten.

»Haben sie es schon wieder getan? Tarik, ich könnte meinem Vater sagen, er solle mal mit der Kommission reden. Er kann bestimmt …«

»Lass gut sein.« Tarik versuchte ein zaghaftes Lächeln. »Tris wird sich der Sache annehmen.«

Larius wirkte verwirrt. »Tris? Kann sie das denn?«

Tarik erklomm die Stufen Richtung Ausgang. Er straffte die Schultern, als wolle er sich Mut machen. »Ich hoffe es.« Kaum waren sie aus dem Saal in die Hitze des Tages getreten, wandte er sich entschlossen zu Larius um. »Nein, ich weiß es. Dieses Jahr werde ich die Kommission überzeugen, was auch immer ich dafür tun muss.« Er musterte den sommersprossigen Jungen, der sein Patenschüler war und noch immer zu ihm aufsah, auch wenn er bereits erleben musste, wie sein Vorbild zwei Jahre nacheinander gescheitert war. Auf einmal fiel es ihm gar nicht mehr schwer, sich für Larius zu freuen. Er nahm ihn in den Schwitzkasten und lachte laut. »Du verdammter Bursche hast es tatsächlich geschafft! Du hast deinen Dickkopf durchgesetzt und es deinem Vater bewiesen. Larius, ich bin stolz auf dich!«

»Haha, danke Tarik! Ohne dich wäre ich nie so weit gekommen.«

»Das stimmt, deshalb wirst du mir auch den Gefallen tun und dich heute feiern lassen. Und dann lernst du für die mündliche Prüfung, verstanden?«

Larius befreite sich aus seinem Griff und zog die Augenbrauen zusammen. »Das werde ich. Und du kämpfst für deinen Traum!«

»Einverstanden. Wir sehen uns morgen.«

»Holst du Quirin ab?«

Tarik nickte und verabschiedete sich von seinem Freund. Mit einem Blick zum Himmel erkannte er, dass er spät dran war.

Sein Bruder wartete bereits auf ihn, als er den allgemeinbildenden Trakt der Schule erreichte. Er saß auf dem Querbalken des Holzzaunes, der die kleine Amberplantage begrenzte, und ließ die Beine baumeln. Aus dem weißen Korn wurde Brot hergestellt, das Grundnahrungsmittel der Stadt.

Quirin spielte verträumt mit einem Brillentodi, der wie eine Kugel durch die Luft schoss und freudig fiepende Geräusche von sich gab.

Als der Junge Tarik erkannte, sprang er herunter. Der Brillentodi stürzte sich auf Quirins zerzauste Haare, wo er es sich bequem machte und zufrieden gurrte.

»Da bist du ja«, grummelte Quirin. Er schulterte seine Tasche und vergrub die Hände im Innenleben seiner Weste. Die Leinenhose reichte ihm bis zu den Knien, seine Füße waren nackt.

»Wo sind deine Schuhe?«

»Zu Hause. Warum kommst du so spät?«

Tarik wollte Quirin die Tasche abnehmen, aber der machte eine Drehung und warf ihm einen vorwurfsvollen Blick zu. Mit einem Seufzen ließ Tarik die ausgestreckte Hand sinken. »Ich hatte noch ein Gespräch mit Tris. Man hat mich wieder nicht zur Prüfung zugelassen.«

Kaum merklich hellte sich Quirins Gesichtsausdruck auf.

»Aber sie wird versuchen, etwas daran zu ändern«, fügte Tarik missmutig hinzu.

»Warum musst du unbedingt ein Jäger werden?«

Einmal mehr fühlte er seine Ohnmacht gegenüber dem Bruder, der seine eingefleischte Meinung hatte. Es wäre ihm lieber gewesen, er hätte ihm vorgeworfen, niemals zu einem Ende zu kommen oder zumindest enttäuscht von seinem Versagen zu sein. »Was redest du da schon wieder? Es wird jeden Tag schlimmer mit dir, weißt du das? Soll ich etwa Amber anpflanzen, oder Wisents züchten?«

»Wieso nicht?«

»Ein Mann darf nicht aufgeben, was er für sich entschieden hat«, gab er versöhnlicher zurück.

Quirin trat einen Stein fort und sah zu Boden, während sie durch das Portal die Stadt betraten, wo die Straße noch ausgestorbener wirkte.

»Khaled möchte, dass wir zu ihm gehen«, bemerkte Quirin, als der Brillentodi ihm freundschaftlich auf den Kopf pickte.

Tarik schenkte dem Vogel des Gnadenbringers keine Beachtung. Er hatte den Weg zur Kuppelsiedlung ohnehin schon eingeschlagen. Ihre Schritte wirbelten den Staub auf und Tarik fragte sich unwillkürlich, wann es zum letzten Mal geregnet hatte.

Sie durchquerten das Viertel der Handwerker und begannen mit dem steilen Aufstieg zur Kuppelsiedlung, die das Herrenhaus des Bürgermeisters flankierte, welches an der höchsten Stelle Canthars thronte. Als er einen langen Blick darauf warf, stieß ihm sein Bruder in die Seite. »Du warst lange nicht mehr bei Fajeth. Hat sie etwa keine Zeit für dich?«, feixte er.

Tarik schlang die Arme um den Jungen und hob ihn in die Höhe. Mühelos wich er den strampelnden Beinen aus und trug ihn den Weg hinauf.

»Ah, lass los, wenn mich jemand so sieht!«, rief Quirin empört.

»Du solltest endlich mal wachsen, sonst werde ich dich in fünf Jahren noch verhätscheln müssen.« Tarik lachte im Gehen.

Der Brillentodi war aufgeflogen und flatterte um sie herum, als wolle er einen Wirbelsturm entfachen. Dabei fiepte er wie verrückt und überschlug sich beinahe.

Quirin gab sich alle Mühe, sich zu befreien. Schließlich bekam Tarik Mitleid und setzte ihn ab. Der Junge keuchte, fuhr sich durch die wirr abstehenden Haare und streckte seinem großen Bruder die Zunge raus. Gleichzeitig rannte er los. Tarik blieb nichts anderes übrig, als ihm zu folgen. So klein Quirin auch war, so schnell trugen ihn seine dünnen Beine. Er musste sich anstrengen, um ihn zu überholen. Seine Waden brannten wie Feuer, aber er hielt bis zum hölzernen Tor der Kuppelsiedlung durch, wo er mit einem herrlichen Blick über Canthar belohnt wurde. Die Dächer der Stadt verschwammen in der flirrenden Hitze und hinter der Stadtmauer erstreckte sich die weite Steppe. Erst am Horizont erhoben sich gewaltige Berge aus rotem Gestein. Sie wirkten wie schlafende Riesen, zerklüftete Golems, die die Zeit überdauerten, ohne sich von dem Gewusel der Menschen beeindrucken zu lassen.

Quirin und der Brillentodi erreichten atemlos das Tor. Während der Vogel sich mit aufgeplusterten Federn in den Haaren des Jungen niederließ, stützte sich dieser mit den Händen an den Knien ab, um Luft zu holen. Ihm lief der Schweiß über die Schläfen. Es war eine schlechte Idee gewesen, sich um diese Uhrzeit ein Wettrennen zu liefern. Das lederne Armband mit dem Zeichen der Jäger rieb unangenehm an seinem Handgelenk. Aber er war dankbar für die kurze Zeit mit seinem Bruder, die ihn davon ablenkte, weshalb er Khaled aufsuchte. Er trat in den kühlen Schatten der Kugelhäuser, die wie gigantische Pilzköpfe aus dem Boden sprossen und durch runde Öffnungen Einlass boten. Dichte Farne und Gräser umringten die Häuser aus gut isolierendem Lehm. In einem schmalen Wasserlauf hielt sich tapfer ein letzter Rest Nässe gegen die aggressive Hitze. Große Steine säumten kleine Teiche, die liebevoll angelegt für gewissen Luxus sorgten. Die Straße war mehrfarbig gepflastert, Statuen von legendären Jägern, die ihre Waffen in den Leib von Wyvern jagten, zierten das Erscheinungsbild der Kuppelsiedlung.

Khaleds Hütte lag am Rand des weitgefächerten Gartens, der dank sorgsamer Pflege unzählige Blumen gedeihen ließ.

Ehe sie die Hütte betraten, schoss Jori heraus, um sie zu begrüßen. Der Brillentodi flog hinein, ohne den fliegenden Affen zu beachten.

Khaled saß an einem langen Steintisch und polierte mit einem öligen Lappen seine Trilanze. Die Waffe wirkte selbst in diesem harmlosen Zustand erhaben. Der Stiel war aus einem harten, aber genügend biegsamen Holz hergestellt, das durch die meisterliche Verarbeitung kaum zu brechen war. Das Rohmaterial lag lange Zeit in einem speziellen Bad und wurde in regelmäßigen Abständen gedreht, wodurch es nach der Trocknung einen um sich selbst gewundenen Wirbel darstellte, der abschließend versiegelt wurde. Die Herstellung des Stiels war ein langwieriger und komplizierter Vorgang, doch im Vergleich zu den drei Klingen erschien es wie ein Kinderspiel.

Das silberne Metall bestand aus einer Legierung genau abgestimmter Metalle, in die Splitter von Wyvernzähnen und Pulver aus den Knochen der Echsen eingearbeitet waren. Dies und die Anordnung der großen Klinge, in die die beiden kleineren integriert waren, machten die Trilanze trotz ihrer scheinbaren Einfachheit zu einem Meisterwerk, das förmlich nach aufmerksamer Pflege schrie.

Khaled legte den Lappen beiseite. Ein schmales Lächeln lag auf seinen Lippen, aber seine Augen blickten ernst, als er aufstand und Tarik und seinen Bruder begrüßte.

Quirin jagte daraufhin Jori nach, der im hinteren Teil des Hauses verschwand.

»Tris hat es mir erzählt. Eine hässliche Angelegenheit«, bemerkte der Gnadenbringer mit tiefer Stimme.

Tarik versteifte sich. »Ich werde das nicht auf sich beruhen lassen. Dieses Jahr entscheidet über meine und Quirins Zukunft.«

Khaleds sonnengegerbte Haut spannte sich über die stark gewölbten Muskelstränge seiner Arme. Sein ausgeblichenes Haar hatte er zu einem kurzen Pferdeschwanz gebunden und ein Bart bedeckte sein kantiges Gesicht. Die hellblauen Augen fixierten Tarik. »Sehe ich genauso. Entweder sie reden offen mit dir, oder sie müssen sich gegen mein Wort behaupten.«

»Tris will ebenfalls helfen.«

Ein Schatten legte sich über Khaleds Gesicht. »Tatsächlich? Wäre vielleicht gar nicht so schlecht. Je mehr wir sind, desto besser. Diesmal sind sie eindeutig zu weit gegangen. Ich wäre mehr als enttäuscht, wenn sie auf ihrer Meinung beharren würden.«

Tarik seufzte. Er wandte sich dem Kessel mit Wasser zu, holte einen Becher und goss sich etwas ein. »Wieso ist das Leben nur so verdammt schwierig?« Ihm war unwohl dabei, über sein Scheitern zu reden, auch wenn der Gnadenbringer auf seiner Seite stand und ihm keine Vorwürfe machte. Im Gegenteil, Khaled hatte seit Jahren nicht gerade das beste Verhältnis zur Kommission, der er Fahrlässigkeit bezüglich der aggressiven Auslöschung der Wyvern unterstellte.

Khaled schnappte seinen Brillentodi, der gerade durch die Luft segelte, und befestigte ein Stück Papier an dessen Fuß. Anschließend warf er den Vogel Richtung des Ausganges, wo sich das Tier fing und davonflog.

Sie sahen dem quirligen Boten nach.

»Ich schlage vor, du trainierst, als ob du in drei Wochen zur Prüfung antreten würdest. Und ich sorge dafür, dass es so weit kommt.«

»Danke, Khaled ... Es ist ... unglaublich niederschmetternd.« Tarik schüttelte den Kopf und versuchte, an etwas anderes zu denken. »Wann rückt ihr wieder aus?«

»Nicht vor den Festspielen. Uns erwarten noch zig Gespräche mit den Spielmachern in Valeria.« Der Gnadenbringer rollte mit den Augen.

Tarik griff nach seinem Becher. »Ist dein Verbund, Córas Fiach, wieder für den Höhepunkt der Spiele geplant?«

Khaled grummelte. »Wahrscheinlich. Auf jeden Fall geht es dem rotäugigen Drachen an den Kragen. Dieses Viech war schwer genug zu fangen.«

Tarik nahm einen großen Schluck Wasser und dachte an Morgun. Heute Morgen war der Wyvern noch voller Energie gewesen, trotz seiner Gefangenschaft in einer schwarzen Zelle in den Zwingern des Telamons. Bald war seine Zeit abgelaufen, er all seines Stolzes beraubt, in den Staub getreten von ein paar Menschen. Überrascht stellte Tarik fest, dass leises Bedauern in seinen Gedanken mitschwang. Wieso? Er hatte keinen Grund, Empathie für einen Wyvern zu empfinden.

»Was ist los?« Khaled sah ihn forschend an.

Tarik schüttelte den Kopf. »Ich war heute bei Morgun.«

»Wie gibt sich diese Bestie? Ich hoffe, sie ist stark. Alles andere schändet die Ehre.«

»Telamon gibt sich alle Mühe.«

Khaled brummte etwas Unverständliches.

Tarik bewunderte den Gnadenbringer. Trotz der katastrophalen letzten Jagd ließ er sich nicht aus der Ruhe bringen. Im Gegenteil, Khaled verfolgte seinen persönlichen Rachefeldzug gegen die Wyvern ohne jeden Zweifel. Jeder Tod einer geflügelten Echse trieb ihn weiter in seinem Vorhaben voran. Manchmal sorgte sich Tarik um all die anderen Bereiche des Lebens, die Khaled so verzweifelt zu vergessen versuchte. Doch er war durch und durch Jäger. Seine Berufung war sein Schicksal, nichts sonst war nötig. Er hatte seit Cynthias Tod vor gut elf Jahren nichts von seiner Entschlossenheit eingebüßt.

Es machte Tarik traurig, wenn er daran dachte, dass Khaled jegliches Interesse an anderen Dingen verloren hatte. Andererseits gab es wohl niemanden, der ein größeres Vorbild für die Anwärter auf den Jägerorden war. Mit Sicherheit würde in einigen Jahren ein Standbild des Gnadenbringers aufgestellt, um alle daran zu erinnern, was wahre Leidenschaft bedeutete.

»Was macht ihr beiden heute noch?«, fragte Khaled, der aufgestanden war und Eintopf aus einem zweiten Kessel in eine Knochenschüssel schöpfte.

Tarik nahm sie gemeinsam mit einem Löffel entgegen und schnupperte in dem würzigen Dampf. »Ich gehe mit Quirin in die Arena.«

Khaled wandte sich zu ihm um. »Meinst du die Vorbereitung der Wyvern auf die Festspiele?«

Tarik schob den Löffel in den Mund und nickte. »In Valeria fliegt heute der Wyvern von Hosea. Angeblich soll er einen Wärter des Zwingers zerfleischt haben.«

Khaled setzte sich ihm gegenüber. »Es gibt kaum einen wilderen Wyvern als Shaggrot, den Klauenreißer. Es ist ein noch junges, ungestümes, aber unheimlich kräftiges Männchen. Meinen größten Respekt vor dem Verbund, der es gefangen hat. Quirin wird seine Lehre daraus ziehen.«

In diesem Moment fiel der Junge lachend durch die Tür.

Jori sprang von seinem Rücken und landete mit geöffneten Flügeln auf dem Holzboden. Das Äffchen legte die großen Ohren an, als Quirin nach ihm schnappte. Mit einem Satz saß Jori auf Khaleds Schulter, der breit grinste.

»Komm essen, Bursche. Ich konnte ein saftiges Stück Wisentnacken auf dem Markt ergattern. Nur für dich, damit du groß und stark wirst.«

Quirin rappelte sich auf und warf ihm einen strafenden Blick zu. »Wenn ihr mich ständig hetzt, wachse ich bestimmt nicht«, protestierte er, holte sich aber eine Schüssel Eintopf. Hungrig verschlang er die Hälfte in wenigen Sekunden, ehe er sich zügelte, um nach Luft zu schnappen. »Ich habe am Aushang gesehen, dass die Farmen Helfer für die Schädlingsbekämpfung suchen.«

»Das habe ich auch gehört«, gab Khaled zu. »Die Feldräuber sind verdammt dreist geworden. Eine richtige Plage.«

Tarik überlegte kurz. »Ich fürchte, diesmal wird man auf mich verzichten müssen. Telamon bezahlt besser und auch Meister Isgaroth hat angedeutet, dass er mich öfter brauchen wird. Außerdem«, er zwang sich zu einem Zwinkern, »muss ich für die Prüfung üben.«

Quirin rollte theatralisch mit den Augen.

Khaled hingegen musterte ihn. »Du hast dein Mädchen vergessen.«

»Fajeth? Wie kommst du darauf?«, fragte Tarik überrascht.

Der Gnadenbringer zuckte mit seinen breiten Schultern. »Du musst auch mal an dich denken. Wie wäre es, wenn ich Quirin heute mit nach Valeria nehme und du dafür zum Herrenhaus gehst?«

Augenblicklich schüttelte Tarik den Kopf. »Vielen Dank, aber das ist meine Aufgabe.«

»Ach, gib doch zu, du würdest mich viel lieber mit Khaled losschicken«, funkte Quirin dazwischen. Er hatte die Arme auf der Tischplatte abgestützt und leckte den Löffel ab. »Mir ist es egal, wer von euch beiden mit mir geht. Ich muss da überhaupt nicht hin.«

»Abgesehen davon, dass ich deinen Bruder ohne Wenn und Aber mitschleifen würde, hast du dir eine Pause wirklich verdient.«

Tarik rang mit sich. »Es ist nun einmal so ... ich sollte das tun«, begann er zögernd.

Khaled trommelte mit den Fingern auf die Tischplatte. »Es ist die Aufgabe der Familie. Und was sind wir anderes? Es sei denn, du siehst mich nicht als Mitglied an.«

»Khaled ... sei nicht ungerecht.« Er dachte an all die Jahre, in denen der Gnadenbringer sich wie ein Bruder um sie gesorgt hatte, als er selbst damit noch überfordert war. Wie er sich gegen die Anschuldigungen der anderen Jäger gestemmt hatte und heute trotz allem so angesehen war wie nur wenige.

»Dann ist es also beschlossen. Ich zeige dem Burschen einen netten Wyvern und du besuchst deine Angebetete.«

»Musst du es unbedingt so ausdrücken?«, stöhnte Tarik, der einsah, dass ihm nichts anderes übrig blieb.

»Wer muss sich denn hier mit einem verrückten Gnadenbringer sehen lassen?«, warf Quirin ein.

Der Einzige, der aus vollem Hals lachen konnte, war Khaled.

Sie betraten die Arena durch den Eingang der Jäger. Quirin kam nicht umhin, zuzugeben, dass es ein erhabenes Gefühl war, die Weiße Krone, wie Valeria unter den Bewohnern Canthars genannt wurde, aus der Perspektive der Kämpfer zu erblicken. Er kam sich furchtbar klein und unbedeutend vor, als er einige Schritte auf den sandigen Platz hinaustrat und zu den Zuschauerrängen hinaufsah, die einen perfekten Kreis bildeten.

Hier also starben die Wyvern. Diesen Boden tränkte das Blut unzähliger Echsen. Er glaubte, das Toben der Menge in seinen Ohren rauschen und das gequälte Brüllen der todgeweihten Tiere zu hören.

Sein Gesicht musste Bände sprechen, als sich Khaleds Schatten auf ihn legte.

»Dein Vater hat mit genau demselben Blick hier gestanden.«

Eine Gänsehaut legte sich über seine Arme. Er hatte Khaled noch nie von seinem Vater sprechen hören.

Der sah nachdenklich zu ihm herab, wobei sich eine Strähne aus seinem Pferdeschwanz löste und ihm ins Auge fiel. »Jergan mochte das Schlachten in den Arenen ebenso wenig wie du oder ich.«

»Warum sind wir dann hier?«

»Es ist ein schlechter Vergleich, das gebe ich zu. Einen in die Ecke gedrängten Wyvern zu töten, dient nur der Belustigung der Zuschauer. In freier Wildbahn erst erkennt man ihre wahre Boshaftigkeit. Ich werde dir hier niemals zeigen können, was ich dich gern erkennen lassen würde.« Er seufzte schwer. »Aber sie sind böse, das liegt in ihrer Natur. Es sind Räuber, die ein Übermaß erjagen, das sie nicht nötig haben.«

»Aber Khaled, was tun wir denn anderes?«

Der Gnadenbringer schenkte ihm ein versöhnliches Lächeln und tätschelte ihm den Kopf. Bei dieser Berührung wallte Wut in Quirin auf. Er schlug die Pranke des Mannes von sich.

»Kleiner ... sieh mich nicht so an, als würdest du mich fressen wollen.«

Quirin unterdrückte eine bissige Antwort.

»Wir rotten sie aus«, fügte Khaled schlicht hinzu.

»Warum?«

»Warum?« Der Gnadenbringer zog die Augenbrauen zusammen und stieß ihn nach vorn. Quirin stolperte ein paar Schritte weiter in die Arena. Khaled wartete nicht ab, bis er sich gefangen hatte, sondern schubste ihn wieder und wieder, trieb ihn einige Meter auf den Kampfplatz hinaus, bis er über einen vorstehenden Stein fiel.

Nur am Rande nahm er die Gesichter wahr, die von den niedrigsten Rängen auf sie herunterstarrten. Jägerschüler, wie er von Tarik wusste. Der Flug des Wyvern sollte eine Lerneinheit für die jüngeren Jahrgänge sein.

Er wich Khaled im letzten Moment aus, indem er sich zur Seite rollte und auf die Beine sprang. Er war bereit, fortzulaufen, aber die vielen Augenpaare, die sie beobachteten, hielten ihn davon ab.

»Was machst du denn da?«, fragte er empört, aber die kräftigen Arme warfen ihn erneut in den Staub.

»Was ist, Kleiner? Soll ich aufhören?«

»Ja, hör auf!«

»Das werde ich nicht!«, entgegnete Khaled und packte ihn im Genick, um ihn auf die Beine zu stellen und im gleichen Augenblick wegzuschubsen.

Quirin schnappte nach Luft und trat wütend nach seinen Beinen.

Die Augen des Gnadenbringers leuchteten auf und er verstärkte seine Angriffe.

Quirin sprang zur Seite und rannte einige Schritte zurück zum Tor, aus dem sie gekommen waren. Er hatte sich noch nie so unwohl gefühlt, wie auf dem Platz, wo ihn alle sehen konnten und Khaled ihm eine Lektion erteilte, die er einfach nicht verstand.

Er sah ihn wie einen unermüdlichen Sturm auf sich zurollen und floh weiter.

»Ist das die Art, wie du mit Schwierigkeiten umgehst?«, wollte Khaled spöttisch wissen. Quirin streckte ihm die Zunge raus.

»Du hast dich gewehrt und was war die Konsequenz?«

»Bleib stehen!«

»Ich habe härter zugeschlagen. Was werde ich tun, wenn du dich wehrst?«

»Lass mich in Ruhe!«

»Ich werde versuchen, dich zu vernichten. Und das ist die einzige Möglichkeit, wie du mich für immer loswerden kannst!« Wie ein Stier blieb Khaled vor Quirin stehen und stieß ihm mit dem Finger auf die Brust. »Du bist Canthar, ich der Wyvern. Einer von uns muss fallen.«

Quirin wischte seine Hand weg und blitzte ihn an. »Du bist total verrückt!«

»Das macht mich aus, nicht wahr? Aber das ist die Wahrheit. Komm, sie wollen Shaggrot fliegen lassen.«

»Ich gehe zurück!«

»Quirin, du machst dich lächerlich.«

»Du kannst mich nicht dazu zwingen!«

»Hör auf, sei nicht kindisch.«

Quirin traten Tränen in die Augen. Er kannte Khaleds Vorwürfe. Wie glühendes Eisen bohrte sich der Blick des Jägers in seine Brust und er spürte schon wieder diese unsägliche Wut, die das einzige Gefühl zu sein schien, das sich derzeit kraftvoll an die Oberfläche kämpfen konnte. Im selben Augenblick vernahm er ein Brüllen und ihm gefror beinahe das Blut in den Adern.

Khaled packte ihn am Arm und zog ihn durch die langen Gänge zu einer Wendeltreppe, die hinauf zum ersten Rang führte. Es waren nur einige Meter, die sie nun über dem Boden des Kampfplatzes hingen, doch die Perspektive war gleich völlig anders. Quirin verspürte eine Sicherheit, die ihm eben noch gänzlich fremd gewesen war.

»Da, siehst du ihn? Shaggrot, der Klauenreißer. Hat einen Haufen Käfige zertrümmert, bevor man ihn hergeschleppt hat. Übles Biest.«

Gerade sprang ein Riese von einem Wyvern durch ein breites Tor in die Arena, wobei er lauthals an seinen Ketten zerrte. Es gab einen ohrenbetäubenden Knall und das Wesen erhob sich mit gewaltig schlagenden Schwingen in die Luft. Die Kette taumelte hinterher, noch immer am rechten Bein der Echse befestigt. Ein Glied war geplatzt. Das metallische Überbleibsel folgte ihm wie eine eiserne Peitsche.

Quirins Herz klopfte ihm bis in den Hals.

Der Wyvern flog einen großen Bogen unter der hohen Kuppeldecke und stürzte sich zorneskreischend auf die Zuschauerränge.

Erst jetzt erkannte Quirin den schweren Maulkorb. Aufgeregt folgte er dem Flug des Tieres und fragte sich, wie gewaltig dessen Brüllen wohl ohne die Sperre klingen musste.

Khaled wich einen Schritt zurück. Im nächsten Moment schoss Shaggrot direkt vor ihnen in die Höhe.

Der Luftzug stieß Quirin nach hinten. Er riss die Arme schützend vors Gesicht und schrie auf, als der Druck der knallenden Flügel ihn beinahe taub werden ließ.

Die Sonne war bereits untergegangen; der schwache Schein der Dämmerung brach sich im grün funkelnden Schuppenkleid der Echse, die zornig durch die weitläufige Arena segelte und ihrem Frust und ihrer Hoffnungslosigkeit freien Lauf ließ. Sie war so groß, dass Quirin sich nicht vorstellen konnte, wie ein solches Wesen in Gefangenschaft geraten war.

Und Tarik wollte so etwas jagen? Sein gutmütiger großer Bruder, der vor einigen Jahren bei einem solchen Anblick vermutlich in Ohnmacht gefallen wäre? Er hielt gebannt den Atem an, und ja, er verspürte Angst. Aber da war auch noch ein anderes Gefühl. Ihm fielen die Legenden über die Reiter der Wilden Jagd ein und er konnte verstehen, warum sie Blutreiter genannt wurden.

»Es verlangt mich nach meiner Trilanze«, knurrte Khaled, die Hände um das Geländer gekrallt, dass seine Knöchel weiß hervortraten.

Stumm schaute Quirin Shaggrot nach und fühlte sich einsamer denn je.

Auf einmal packte Khaled ihn und schleifte ihn über die Wendeltreppe wieder hinab. Durch die Gänge der Arena hörte er das Brüllen des Wyvern. An einem großen Tor blieben sie stehen.

Ein Arenaarbeiter lehnte sich gegen das Gitter.

»He, Gi, steht heute eine Fütterung an?«, fragte Khaled mit zusammengezogenen Augenbrauen.

Der Angesprochene drehte sich langsam um. Er kaute auf einem Stück Süßholz. »Keine Fütterung für Shaggrot. Keine Fütterung für überhaupt einen der Süßen.«

»Könntest du das für mich arrangieren?«

Verwunderung legte sich auf das Gesicht des Mannes. »Jetzt?«

»Jetzt.«

»Hm? Piepen, verstehste? So ein Wisent ist ja nicht gerade billig.«

»Lauf zu Luithard und sag ihm, ich käme für alles auf.«

»Im Ernst? Kommt doch nächste Woche wieder, wenn es auf die Spiele zugeht. Da kriegt das Bleichauge seinen Happen.«

Khaled legte Quirin eine Hand auf die Schulter. »Jetzt, Gi. Tu mir den Gefallen.«

Der Arbeiter nahm sich das Süßholz aus den Mundwinkeln und zuckte mit den Schultern. »Von mir aus. Ich sag, es ist für schulische Zwecke, das dürfte dem Herrn zusagen. Ist immer gern für schulische Zwecke bereit, so ist er eben.«

Khaled drängte sich an das Torgitter, durch das man die Wyvern ein- und ausließ. Es war zu engmaschig, um den Kopf hindurchzustecken. Da war es nicht ganz einfach, Shaggrot bei seinem Rundflug in der Arena zu beobachten.

»Wieso tust du das?«, fragte Quirin ungehalten. Er wollte nicht sehen, wie jemand gefüttert wurde.

»Zu schulischen Zwecken«, entgegnete Khaled nüchtern.

Es dauerte Ewigkeiten, bis Gi wieder erschien, einen belanglosen Ausdruck im Gesicht. »Ist er. Einverstanden, meine ich. Musst mir helfen. Bengel und Stier sind grad Wasser holen.«

»Natürlich. Quirin, du auch.«

»Was? Wieso ich?«

»Damit du ein Gefühl dafür bekommst, wie es ist, einem frei fliegenden Wyvern nah zu sein.«

Gi öffnete das Tor und schleppte eine schwere Kette heran. Khaled überreichte Quirin einen langen Spieß mit einem Haken an der Spitze. »Versuch, die Hörner zu erwischen, und leg dein ganzes Gewicht in den Spieß.«

Quirins Hände zitterten. »Khaled?«, piepste er ängstlich, »Ich soll den Jäger spielen?«

»Den Fänger. Hab dich nicht so, dir kann nichts passieren. Gi macht diese Arbeit schon seit Jahren.«

»Stimmt. Mir wurde nur mal fast der Arm ausgerissen und ein paar Rippen hab ich mir gebrochen. Und den Unterschenkel, als Leylith vor einigen Jahren draufgestiegen ist. Ich vermisse das Schätzchen manchmal.«

Quirin bekam keine Gelegenheit mehr, seinen Protest zu äußern, als er kurz darauf von Khaled in die Arena geschubst wurde.

»Aufrecht, Kleiner«, spornte der Gnadenbringer ihn an. Er trug ebenfalls einen Hakenspieß, während Gi mit der Kette nachkam.

Von oben ertönte ein grauenhaftes Kreischen und Shaggrot stieß im Sturzflug auf sie herunter.

Quirin wollten die Knie versagen und er hätte fast sein Werkzeug fortgeworfen, als der Wyvern einen Bogen flog und sie aus sicherer Entfernung zu umkreisen begann. Ihm lag die boshafte Frage auf der Zunge, wie viele Arenaarbeiter wohl jedes Jahr von den Gefangenen gefressen wurden, doch seine Worte blieben nichts weiter als ein Abklang seiner Angst.

»Komm schon, Shaggrot, du hast mit Sicherheit genug Wut, um es zu versuchen«, stachelte Khaled den Wyvern an.

Quirin war sich sicher, dass nur er und Gi es gehört haben konnten, da wiederholte die Echse ihren Sturzflug und diesmal sah es nicht so aus, als ob sie ihn abbrechen würde.

Quirin schrie spitz auf und ließ sich auf die Knie fallen, die Hände über dem Kopf zusammengeschlagen. Der Flügelschlag des Wyvern presste ihn zu Boden und raubte ihm den Atem. Brüllen erfüllte seine Brust in tiefem Bass. Als er die Augen öffnete, zerrten Gi und Khaled an der Kette, die sie Shaggrot am Maulkorb eingehakt hatten. Quirin war dem ausgewachsenen Wyvernmännchen so nah, dass er nur seine Hand hätte ausstrecken müssen, um das Bein des Wesens zu berühren.

»Renn nach innen und hol die Kette ein!«

Er brauchte einen Moment, um zu begreifen, was Khaled meinte, dann sprang er auf und flüchtete sich ins Gedärm der Arena, den Eisengliedern folgend, die zu einem Drehkreuz führten. Es kostete ihn alle Anstrengung, das schwere Kreuz in Bewegung zu setzen und derart zu rotieren, dass Khaled und Gi nah genug am Tor waren, um ebenfalls einzutreten.

Der Arbeiter schlug seine Hand gegen einen Mechanismus in der Wand und das Gitter fiel herab. Shaggrot war an der kurzen Leine.

»Sehr gut, meine Herren«, lobte Khaled. »Lassen wir nun den Wisent hinein.«

»Bin das Viech holen, Momentchen«, gab Gi zurück. Er strich sich beiläufig den Schweiß von der Stirn.

Der Gnadenbringer betrachtete Quirin. »Sitzt es dir in den Knochen?«

»Khaled, du spinnst! Tarik wird ausrasten, wenn ich ihm sage …«

»Er wird mir dankbar sein. Vielleicht schätzt du die Arbeit der Jäger jetzt etwas mehr. Das eben war nichts, davon ging keine Gefahr aus.«

Quirin verschränkte die Arme vor der Brust und hoffte, mit einer entsprechenden Grimasse zu überdecken, wie tief sein Schreck tatsächlich saß.

»Komm, eine Ebene höher sehen wir besser.« Khaled fragte nicht nach seiner Meinung. Das tat er nie.

Auf dem untersten Zuschauerrang waren sie Shaggrot am nächsten. Der Wyvern zog und zerrte wild an seiner Kette, brüllte seine Wut hinaus und stieß seine Krallen tief in den Boden. Geifer tropfte ihm in langen Fäden von der schäumenden Schnauze.

Aus einem Seitengang an seiner Flanke erschien der Kopf eines Wisents. Das Huftier quiekte erschrocken auf und wollte umdrehen, doch von irgendwoher bekam es einen Schlag versetzt und wurde in die Arena geschleudert. Seine Schmerzensschreie und das Blut, das aus dem offenbar gebrochenen Bein schoss, lenkten Shaggrots Aufmerksamkeit auf ihn. Der Wyvern hob lauernd den Kopf, schlich sich langsam an, schnüffelte. Ohne Vorwarnung stieß er vor und grub seine Klauen in den fleischigen Körper des Tieres, dessen Schreie anschwollen und die Luft Valerias erfüllten.

Quirin konnte den Blick nicht abwenden. Sein Entsetzen lähmte ihn, er krallte sich am Geländer fest, dass seine Muskeln verkrampften.

Shaggrot zerriss den Wisent. Blut, Innereien, dunkle Fellfetzen verstreuten sich über den Sand. Dumpfes Röcheln nach einigen Minuten. Der Wisent war noch immer nicht tot.

»Das wirst du hoffentlich nie vergessen«, bemerkte Khaled. »Er tötet nicht, um zu fressen. Er tötet, weil er eine Bestie ist, der es Freude bereitet. Befriedigung. Das ist der Grund, weshalb wir die Wyvern ausrotten müssen.«

5. Das Herz eines Kindes

Noch ehe Tarik das Anwesen des Bürgermeisters von Canthar betrat, erschien der Grimbald vom frühen Morgen an seiner Seite, um ihn zu begleiten. Der kleine Bär schnaufte etwas, da es trotz des anbrechenden Abends noch immer warm war.

Sobald die Wachen ihn durchgelassen hatten, hob Tarik den Grimbald wie ein Kind hoch, um sein Gesicht in dessen flauschigem Fell zu vergraben. Das Tier hielt sich mit den Tatzen an seiner Schulter fest.

»Zu lang ist es her, mein kleiner Freund. Führe mich zu deiner Herrin«, wisperte Tarik und setzte den Grimbald wieder ab, der freudig lostapste und ihn am Herrenhaus vorbeiführte. Der Weg über das Grundstück war wie der Eingang ins Paradies. An keinem anderen Ort in Canthar wuchsen so viele verschiedene Pflanzen wie im Garten der van Sidahans. Sträucher mit verschiedensten Früchten und Blüten tränkten den Anblick in unzählige Farben. Selbst Schatten spendende, halbhohe Bäume verteilten sich in kleinen Gruppen, wie man es nur von einigen wenigen Orten in der Steppe gewohnt war.

Hinter dem Herrenhaus begann die eigentliche Oase mit einem unberührten Teich, der einen Kleinen, plätschernden Bach speiste, über den eine hölzerne Brücke mit geschnitztem Geländer führte. Der Bär lotste ihn hinüber, einen Kieselweg entlang in einen winzigen Hain, in dessen Mitte ein weißer Pavillon stand. Auf einer Bank saß eine junge Frau mit langen, offenen Haaren. Sie trug ein veilchenblaues Kleid und hatte den Kopf schlafend an eine der schmalen Säulen des Pavillons gelehnt.

Der Grimbald war stehen geblieben und sah mit seinen leuchtenden Augen fragend zu Tarik auf.

Er legte beschwörend einen Finger auf die Lippen und lächelte. Leise setzte er das Tier neben Fajeth, wo es sich glücklich an die junge Frau kuschelte, ohne sie zu wecken.

Lautlos kniete er sich vor die beiden. Im Fajeths Schoß lag ein dickes Bündel beschriebenes Pergament, beschwert mit ihren Händen.

Er betrachtete eine Weile ihr friedliches Gesicht. Ihnen waren selten Augenblicke gegönnt, in denen sie einfach nur beisammen sein konnten. Er musste arbeiten, für Quirin sorgen und sich in der Ausbildung bewähren. Fajeth hatte mit jedem Jahr mehr Aufgaben erhalten, musste an Delegationen und politischen Veranstaltungen teilnehmen und noch immer die Grundlagen der verschiedenen Berufe erlernen. Oft sahen sie sich tage- oder wochenlang nicht.

Seit er Fajeths Patenschaft vor fast fünf Jahren übernommen hatte, war vieles geschehen. Er hatte mit ihr und Larius eine beinahe unbeschwerte Zeit in der Jägerschule verbracht. Niemand hatte eine offene Auseinandersetzung gewagt. Er hatte Fajeth als Mädchen kennengelernt, das hin- und hergerissen war zwischen Verantwortung und Aufbegehren. Lange hatte sie sich nicht eingestehen wollen, dass die Position als Tochter des Bürgermeisters ihr die ungeahnte Möglichkeit verschaffte, Dinge, über die andere sich nur beschwerten, selbst in die Hand nehmen zu können. Fajeth hatte geglaubt, ihr Leben selbst bestimmen zu müssen. Aber sie war wie geschaffen für das Amt des Oberhauptes dieser Stadt.

Inzwischen hatte sie ihre Situation erkannt und akzeptiert. Sie lernte wissbegierig und engagierte sich über ihre Pflichten hinaus.

Er lächelte und strich ihr mit dem Handrücken über die Wange. Inzwischen berührte die Sonne den Horizont und tauchte den Himmel in feuriges Leuchten. Die langen Schatten der Bäume und des Pavillons krochen über den Boden, Fajeths Beine hinauf und bedeckten den Grimbald in einem einzigen Streifen. Der sah neugierig zwischen seiner Herrin und Tarik hin und her, bis er Fajeth schließlich seine Nase in die Seite drückte und sich genüsslich an ihr rubbelte.

Fajeth schreckte auf und starrte Tarik überrascht an. Ein warmer Ausdruck bemächtigte sich ihrer bernsteinfarbenen Augen. »Ich hab mich schon gefragt, ob du mich vergessen hast«, bemerkte sie neckisch.

Er hob leicht die Schultern. »Dein pelziger Gefährte musste mich erst an dich erinnern.«

Im nächsten Moment wirbelten die Pergamentbögen durch die Luft und er fiel nach hinten, als Fajeth sich ihm an den Hals warf. Er umschlang ihre Hüfte und vergrub sein Gesicht an ihrer Halsbeuge, wo er ihren Duft einsog und keine Anstalten machte, sie wieder loszulassen.

Er drückte Fajeth so nah an sich, wie es nur irgend möglich war.

Sie nahm sein Gesicht in ihre Hände und stahl sich einen langen Kuss von ihm. Dann sahen sie sich an, und der Moment schien ewig. Er erkannte, dass auch sie von seinem Scheitern wusste. Wenig verwunderlich, sie war immer über alles bestens im Bilde. Insgeheim war er froh, es ihr nicht sagen zu müssen.

Sie berührte seine Brust. »Du hast ein so großes Herz. Zu groß, um nur vom Hass gegen die Wyvern erfüllt zu sein. Sie fürchten sich davor«, erklärte Fajeth.

Er lächelte und strich ihr eine Strähne hinters Ohr. »Lass uns nicht darüber reden.«

Sie schüttelte leicht den Kopf. »Du sollst wissen, dass es mich nicht stört.«

»Aber ein Versager wie ich kann deinem Namen nicht gerecht werden.«

»Tarik van Cohen«, rief sie aus und stand umständlich auf. Ihr Kleid warf lange Falten. »Du solltest dich mal reden hören! Was du sagst, tut meinem Vater unrecht.«

Er stützte sich mit seinen Unterarmen ab. »Dein Vater ist ein großartiger Mann. Ihn habe ich aber nicht gemeint.«

Sie ließ sich wieder neben ihm nieder, zog ihn an sich und verschränkte ihre Finger mit seinen. »So etwas darfst du nicht denken.

Selbst wenn du nur die Äcker für die Farmer umgraben würdest, würde das nichts daran ändern, dass du der Einzige für mich bist. Ich gehöre doch keiner Adelsfamilie an, die auf lächerliche Weise ihr Geschlecht wahren muss.«

Tarik blickte auf ihre Hände hinab. Er liebte ihre herzliche Offenheit, bei der er sich sicher sein konnte, ernst genommen zu werden, unabhängig davon, was er dachte oder sagte. »Ich weiß«, gab er zurück.

Sie runzelte die Stirn. »Aber auch darum ging es nicht, habe ich recht?«

Diesmal scheiterte er kläglich an einem Lächeln. »Du kannst nun einmal nichts daran ändern. Es ist das, was ich empfinde. Jedes Mal, wenn ich dich sehe, denke ich, dass ich dich nicht verdient habe. Egal, ob als eine gewöhnliche Magd, oder das, was du bist. Die Tochter des Bürgermeisters.«

Fajeth seufzte. »Du bist ein seltsamer Mann, van Cohen.« Sie sah ihn durchdringend an. »Aber deshalb liebe ich dich.«

In diesem Moment sprang der Grimbald in Tariks Schoß und setzte sich auf seine Knie. Seine kugelrunden schwarzen Augen wirkten so unschuldig, dass beide loslachen mussten. Der kleine Bär schnupperte verwirrt in die Luft.

»Pokey, du Strolch!«, kicherte Fajeth und stupste den Grimbald an.

Der blinzelte fragend und wackelte mit den Ohren.

»Wenn man ihn so sieht, fällt es schwer, zu glauben, dass er deine Wache darstellt«, bemerkte Tarik, erleichtert, dass der Grimbald die Situation entschärft hatte.

Fajeth kraulte das Tier an der schwarz behaarten Schnauze. »Er hätte sicher nichts gegen ein erfrischendes Bad.«

Er sah sie überrascht an. »Hast du denn Zeit dafür?«

Sie griff nach den Pergamentbündeln, die auf dem Boden verstreut lagen, und legte sie sorgsam auf die Bank zurück. »Natürlich nicht. Was ist mit dir?«

»Das fragst du mich so kurz vor der Prüfung?«

Sie zog ihn schmunzelnd auf die Beine. »Also steht unserem Vorhaben nichts im Weg.«

Pokey purzelte vor und stemmte sich auf die kurzen Beine. Zielstrebig tapste er los, Tarik und Fajeth folgten ihm.

Die Dämmerung würde noch eine Weile halten, ehe die Nacht das Zepter übernahm. Aber der Weg, den sie eingeschlagen hatten, war nicht der kürzeste. Sie schlüpften durch ein halb zugewachsenes kleines Tor in der Mauer in eine scheinbare Sackgasse zwischen einigen Kuppelhütten.

Im hohen Gras war der Grimbald kaum zu erkennen, im Gegensatz zu der Spur, die er hinterließ. Trotz seiner geringen Größe legte er ein beachtliches Tempo vor.

Ein Malak beobachtete sie von der Spitze eines steinernen Iacters, der in den Händen einer weiblichen Statue lag. Das Äffchen beugte sich vor, während sein langer schmaler Schwanz das Gleichgewicht hielt.

An manchen Stellen war das Pflaster der Kuppelsiedlung tückisch, barg aber nicht halb so viele Stolperfallen wie die versteckten Grimbaldhügel abseits des Weges.

Sie verließen die Siedlung der Jäger, durchquerten halb Canthar und passierten die Wachen des Stadttores.

»Kommt rechtzeitig zurück, sonst sind die Tore verschlossen«, ermahnte sie ein Soldat.

Pokey fauchte ihn an, wobei die langen Reihen seiner messerscharfen Zähne aufblitzten. Offenbar gefiel dem Grimbald der Ton des Torwächters nicht.

Tarik nahm Fajeths Hand und führte sie zwischen den Plantagen der Farmer hindurch. Die Felder lagen außerhalb der Stadt, wurden aber von hohen Wachtürmen umringt. Bereits jetzt wurden die Kohlen von den Aufsehern angezündet, um wildes Getier fernzuhalten.

Zwischen den langen Reben der Moeplantagen liefen Gesellen mit großen Körben auf dem Rücken umher, um die Früchte einzusammeln. Selbst im Halbdunkeln stand die Arbeit nicht still. Einige Stadtbewohner waren dem Aufruf gefolgt und machten Jagd auf Feldräuber. Tarik erkannte auf den ersten Blick, dass sie sich dabei mehr als ungeschickt anstellten.

Fajeth zeigte auf die Farmen. »Lass uns Quirin mitnehmen und den Menschen zeigen, wie sie die Käfer am effektivsten bekämpfen können. Das wird bestimmt lustig!«

»Ich habe wirklich viel zu tun ...«

»Ach was, du kannst die Ablenkung sicher gebrauchen. Und du würdest drei Fliegen mit einer Klappe schlagen.«

Er schmunzelte. »Gleich drei? Ich zähle nur zwei. Quirin und ich verdienen ein paar Skalen und ich verbringe Zeit mit meinem Bruder.«

Sie stieß ihm den Ellbogen in die Seite. »Und ich bringe dir Manieren bei!«

Er zog sie lachend an sich und küsste den ärgerlichen Ausdruck aus ihrem Gesicht fort. »Um ehrlich zu sein, interessieren mich die Skalen nicht. Ich mache es für Quirin und dich.«

Besänftigt ließ sich Fajeth von ihm führen. Nach einem Feld mit mannshohen, weißen Amberähren ließen sie die Farmen hinter sich. Die Wachtürme bildeten einen Halbkreis um die Plantagen und endeten an einer schroffen Felsformation, die die gläsern reflektierende Stadtmauer um viele Meter überragte und das Farmland von einer Seite gegen Tiere schützte. Ihr Rand war wild bewachsen. Riesige Sträucher und Gräser wucherten ungehemmt um die Steine herum, überdeckten gefährliche Spalten und verbargen vor allem den Eingang in eine unterirdische Höhle. Nur wenige wussten davon und kaum jemandem war bekannt, wo sie sich befand. Der Bürgermeister hielt den Ort geheim, da er die Grundwasserversorgung Canthars sicherstellen musste. Wenn sich jeder ihrer natürlichen Reinheit bemächtigte, könnte das Trinkwasser der Stadt an Qualität verlieren. Somit blieb dieses Privileg Fajeth und Tarik vorbehalten. Aber sie kamen ohnehin sehr selten hierher.

Voller Vorfreude kletterten sie den schmalen Gang hinunter, hielten sich am rauen Gestein fest und rutschten ins Innere der Erde. Die Wände waren feucht und glitschig.

Pokey bewies akrobatisches Geschick und eine beeindruckende Zielstrebigkeit, als er von einem Stein zum anderen sprang und den sichersten Weg für seine Herrin fand. Man vergaß beim niedlichen Anblick eines Grimbalds gern, dass diese Tiere in freier Natur in komplizierten Höhlensystemen lebten, ähnlich den Mungos.

Sobald sie noch tiefer hinabgestiegen waren, ergoss sich vor ihnen ein großer Hohlraum, von dessen hoher Decke lange Wurzeln herabhingen. Eine glatte, silberne Fläche bedeckte den Boden, als wäre er aus Eis. Als ein Tropfen hineinfiel, wurde das Trugbild deutlich. Es war die Wasseroberfläche, die nun immer größer werdende Kreise zog. Licht fiel durch unregelmäßige Öffnungen in der Decke, ohne die es hier stockfinster gewesen wäre.

Pokey hatte sich auf einen schmalen Vorsprung gehockt und beobachtete, wie sie sich die Kleider vom Leib streiften und mit eleganten Sprüngen in das tiefe Nass tauchten.

Als Tarik die Augen unter Wasser öffnete, sah er dicke Luftblasen in die Höhe steigen, ehe das immer schwächer werdende Licht nicht mehr ausreichte, um noch etwas erkennen zu können. Ein feiner Schauder lief über seinen Körper und er öffnete den Mund, um die herrliche Kühle aufzunehmen.

All die Hitze des Tages wich. Seine Gedanken an enttäuschende Nachrichten verflüchtigten sich für den Augenblick. Er tauchte zum Grund, ertastete die weichen Flechten an den Steinen und ließ alle Luft aus seinen Lungen strömen. Eine Weile schwebte er in völliger Dunkelheit. Er spürte, wie seine Haare wie wabernde Algen umhertrieben und zählte die Sekunden, bis sein Körper seinen Tribut forderte. Mit aller Kraft stieß er sich ab, schoss mit angelegten Armen hinauf, durchstieß die Oberfläche und schüttelte seinen Kopf, während er tief einatmete.

Bevor er sich nach Fajeth umsehen konnte, wurde er von hinten niedergedrückt. Zarte Hände lagen schwer auf seinen Schultern. Er legte seine darüber, drehte sich und entführte Fajeth in die Tiefe, gerade bis zur Lichtgrenze. In absoluter Stille musterte er ihr Gesicht, das ihm unter Wasser furchtbar bleich vorkam, aber ihr Lächeln sprach eine andere Sprache. Ihr Haar glich einer Wolke, schwerelos und den Gesetzen der Anziehung entrückt. Sie war so makellos schön, dass er nicht anders konnte, als sie an sich zu ziehen und seine Lippen auf ihre zu legen. Sie waren warm. Er hatte noch nie etwas Besseres gekostet.

Die Unendlichkeit hüllte sie in ihren gütigen Mantel. Als wäre die Zeit stehen geblieben, trieben sie durch den Raum, hielten sich fest und waren erfüllt von der Anwesenheit des anderen. Kein spitzfindiger Gedanke konnte sie erreichen. Er prallte einfach ab, machtlos gegen die Magie des Moments.

Als sie wieder auftauchten, wurden sie von einem Lachanfall geschüttelt, ausgelöst durch das fischähnliche Schnappen nach Luft. Sie schwammen an den Rand und setzten sich auf die Felsen. Tarik legte seine Arme von hinten um Fajeth und küsste zärtlich ihren Nacken.

Über ihnen thronte Pokey, der pelzige Wächter, und behielt alles im Blick.

»Weißt du, was jetzt noch fehlt?« Sie lehnte sich an seine Brust.

Tarik sah zur Decke, an der das Licht an Intensität verloren hatte und die Höhle mit unzähligen Schatten auskleidete. »Ich habe in letzter Zeit nicht viel Schönes geschaffen.«

Sie kuschelte sich noch näher an ihn. »Dann tu es jetzt. Ich liebe es, wenn du Worte zu Zauberformeln webst.«

Tarik überlegte kurz. Seine Gedanken lösten sich auf, wie Nebel, der nachts von den Bergen in die Steppe floss und sich in Morgentau verflüchtigte. Er schloss die Augen.

»Ich wünschte die Anmut eines Kindes,
so friedvoll und voller Unschuld,
erfüllte die Herzen der Verhärmten.
Die von Gram Beherrschten, Blinden,
sollen in Demut ertrinken.
Ich wünschte, wir lernten das Staunen von Anbeginn
und verbannten die Furcht
und den Kampf um ein besseres Morgen.
Vereint im Frieden,
in herrlicher Arglosigkeit.«

Er lächelte abwesend. »Ich frage mich, ob in jedem Sandkorn eine eigene Welt zu Hause ist.«

Langes, magisches Schweigen legte sich über sie. Nur ihr Atem und der des Grimbalds waren zu hören. Ab und zu löste sich ein

Tropfen von der Decke und fiel mit einem Platschen auf die Wasseroberfläche.

In Tariks Gedankenwelt herrschte eine befreiende Leere. Diese Grotte war der einzige Ort, an dem er alles vergessen konnte. Vergessen, was er tun musste, wer außer ihm und seinem Herzschlag existierte und wer er war. In diesen Momenten löste er sich von allen Ambitionen, sämtlichen Zwängen, die ihm auferlegt waren. Er verspürte die Sehnsucht, sein kleiner Bruder sein zu können. Ein Kind, behütet und doch voller Eifer. Ein Junge, der seinen eigenen Weg ging, ungeachtet der Erwartungen, welche ihm die Gesellschaft Canthars jeden Tag aufs Neue aufzwang. Allen voran war er, Tarik, darum bemüht, aus Quirin einen Menschen zu machen, der Wyvern verabscheute.

Es kam ihm schrecklich sinnlos vor, wie er hier den ewig währenden Moment genoss, wohingegen über ihm der Hass fieberte.

Er sollte stolz auf Quirin sein und ihm nacheifern, aber er wusste, dass er nicht die Kraft dazu aufbringen würde. Er müsste die Konsequenzen tragen. Die Verantwortung verbot ihm mehr, als den bloßen Gedanken an Rebellion. Die stille Bewunderung und gleichzeitig Verbitterung über das Tun seines Vaters.

»Woran denkst du?«, wollte Fajeth wissen. Ihre Stimme prallte hart vom Felsgestein ab und brach sich in dutzendfachem Echo.

»Daran, dass in meiner Familie jede Entscheidung, die getroffen wurde, mit beeindruckender Entschlossenheit bis zum bitteren Ende verfolgt wurde.«

Fajeth drehte sich halb um. Ihre Augen glitzerten im fahlen Licht, das bereits zu schwach war, um deren Farbe zu erkennen. »Wieso sagst du das, als ob es etwas Schlechtes wäre?«

Er sah niedergeschlagen an ihr vorbei. »Du siehst, wohin es geführt hat. Könnte ich wählen zwischen einer unsterblichen Legende und einer vereinten Familie, wäre mir Letzteres um Myriaden lieber.«

»Du hast denselben Weg eingeschlagen, als du beschlossen hast, deine Ausbildung auch nach der dritten Niederlage nicht aufzugeben«, gab sie zu bedenken.

»Dann habe ich also versagt?«, erwiderte er gequält. »Ich habe mich selbst verleugnet?«

Fajeth sah ihn mitfühlend an. Das feuchte Haar klebte ihr auf der Stirn. Sie strich es hinter die Ohren. »Du machst dem Namen deiner Familie alle Ehre. Und gehst deinem Bruder mit gutem Beispiel voran. Manchmal verstehe ich deine Gedankengänge nicht, aber ich wäre nicht hier, wenn ich nicht an dich glauben würde, Gnadenbringer Tarik van Cohen.«

Zweifelnd holte er tief Luft. »Quirin möchte nicht, dass ich Jäger werde.«

»Du bist Jäger. Einzig der Titel wurde dir bisher verwehrt. Und dein Bruder muss akzeptieren, dass sich nicht alles um ihn dreht.«

»Er hat es nicht leicht, Fajeth.«

Mit einem Seufzen löste sie sich aus seiner Umarmung und streckte die Glieder aus. »Natürlich. Aber im Gegensatz zu dir macht er sich nicht verrückt. Quirin reitet auf dem Rücken der Zeit. Er lässt sich nicht von ihr ertränken. Sieh mich an.«

Widerstrebend folgte er ihrer Aufforderung.

In ihrem Blick lag so viel Wärme, so viel unerschütterliche Kraft. »Sei gelassen. Nichts, was wichtig wäre, wird sich in den nächsten Wochen ändern, es sei denn, du erzwingst es durch deine Furcht vor dem kommenden Morgen.« Sie zwinkerte und ließ sich rückwärts ins Wasser fallen. Nachdenklich sah er ihr nach, wie sie wieder auftauchte und große Kreise schwamm. Sie hatte recht. Mit seinem beständigen Zweifeln machte er es nur noch schlimmer. Er sollte die selbst auferlegten Fesseln endlich abstreifen und den herrlichen Duft der Freiheit einatmen.

Eine schwarze Kugel fiel vor seine Füße. Pokey richtete sich auf und beobachtete seine Herrin mit erhöhter Aufmerksamkeit.

Lächelnd fuhr Tarik dem Grimbald durch das dichte, warme Fell. »Mir kommt es vor, als wäre es erst gestern gewesen, als du mir deine spitzen Zähnchen in den Schädel jagen wolltest«, murmelte er. Die Erinnerung an seine erste Begegnung mit Pokey war keinesfalls amüsant. Der Grimbald hatte ihn sofort als Feind eingestuft und hätte ihn in Stücke gerissen, wenn Fajeth nicht eingegriffen hätte.

Sie konnte keinen besseren Begleiter finden, selbst wenn sie es versuchte.

»Komm her, Tarik! Wer weiß, wann wir das nächste Mal hier sind«, rief sie ihm zu.

Tarik hielt Pokey die nach oben gerichtete Handfläche hin. »Schlag ein, mein kleiner Freund«, sagte er und grinste.

Der Grimbald ließ seine feste Tatze niedersausen.

Er umschloss kurz die Wärme des Tieres, ehe er sich zu Fajeth gesellte.

Sie drehten Runde um Runde und ließen sich erst in ihrer Unbeirrtheit unterbrechen, als Pokey einen hellen Warnschrei ausstieß. Der Grimbald machte sie darauf aufmerksam, dass die Zeit bereits weit vorangeschritten war und sie sich besser auf den Rückweg machen sollten.

Wenig später strich ihnen das hohe Gras sanft um die Fußknöchel und ein frischer Wind fuhr durch ihre triefnassen Haare. Unter ihren nackten Sohlen spürten sie die erkaltete Erde und Fajeth schüttelte sich fröstelnd. Sie drängte sich an Tarik, der seinen Arm um sie legte, die Bundschuhe in der freien Hand tragend.

Ein Meer aus Sternen übersäte den marineblauen Himmel, der von der Sichel eines strahlenden Mondes erleuchtet wurde. Schwarz hob sich die Silhouette Canthars ab. In einigen Häusern brannten flackernde Lichter.

»Die Tore sind mit Sicherheit bereits verschlossen«, stellte Tarik fest.

Sie schlang ihre Arme um ihn. »Wie gut, dass ich die Tochter des Bürgermeisters bin«, feixte sie, aber mit hörbarer Müdigkeit in der Stimme.

Die Felder der Farmer lagen schlafend da. Nichts erinnerte an die harte Arbeit, die noch vor wenigen Stunden hier verrichtet worden war. Nur das leise Schnarchen der Wisente war aus den Ställen zu vernehmen.

Der Torwächter hielt ihnen eine Fackel ans Gesicht. Ein Bart wucherte über sein Kinn und dünne Lachfältchen hatten sich um seine Augen gegraben. »Na so was, habt ihr euch verlaufen?«, fragte er sichtlich amüsiert. Selbst Pokey verzichtete im Angesicht solcher Freundlichkeit auf ein mahnendes Fauchen.

»Das wäre möglich«, entgegnete Fajeth mit einem Lächeln auf den Lippen, die sich leicht ins Bläuliche verfärbten.

»Kommt rein, ich wäre ungern dafür verantwortlich, wenn ihr euch erkältet. Auch wenn ich wirklich verdammt gern wüsste, wo ihr beiden geplanscht habt.« Er stemmte eine schwere Holztür auf, die in das Tor eingelassen und mit Eisen beschlagen war. Schnell schlüpften sie hindurch und hasteten die steile Straße zum Hügel des Herrenhauses hinauf.

»Quirin übernachtet heute bei Khaled«, sagte Tarik, als sie das letzte Stück der Anhöhe in Angriff nahmen.

»Herrje, musst du die Nacht etwa ganz allein verbringen?«, wollte Fajeth mitfühlend wissen, ließ ihn aber nicht los, selbst als Pokey den Wächter aus seinem Schlummer riss und das Herrenhaus offen stand.

»Nein, das wäre unverantwortlich von dir«, ließ sich Tarik auf das Spielchen ein. Er wurde in den Kreuzgang des Hofes gezogen, vorbei an mächtigen Sandsteinsäulen und einem aufwendigen Brunnen. Verzierte Fliesen bedeckten den Boden und hohe Türen verschmolzen mit kunstvollen Mauern. Das niedrige Dach verdeckte das silberne Licht der Himmelsgestirne, die den Hof mit ihrem Schein fluteten.

Er wurde polierte Treppen mit rankenartigem Geländer hinaufgeführt. Wandmalereien zogen sich, unterbrochen von Kerzenhaltern, von Gang zu Gang. Ein würziger Duft hing in der Luft.

Schließlich stieß Fajeth eine Ölbaumtür auf und führte ihn in einen großen Raum, der in tiefen Schatten lag. Weitläufige Fenster eröffneten den Blick auf den hinteren Teil des Anwesens. Ein Balkon mit Wendeltreppe bot eine direkte Verbindung in den Garten. Helle Vorhänge aus feinstem Volpay-Stoff wehten im nächtlichen Wind.

Nachdem Fajeth die Tür geschlossen hatte, sprang Pokey an ihnen vorbei, hinaus zu seiner Höhle.

Fajeth ging zu einem großen Bett, dessen Gestell filigrane Schnitzereien aufwies. Tarik legte die Bundschuhe ab und zog sich im

Gehen das Hemd über den Kopf. Sorgsam faltete er es zusammen und bettete den ledernen Armreif mit dem Zeichen der Jäger darauf. Dann streifte er rasch die Hose ab, während er Fajeth dabei beobachtete, wie sie sich entkleidete. Ihr Körper leuchtete weiß im wenigen Licht, das von Mond und Sternen hereinfiel.

Wie ein Raubtier schlich er sich an sie heran, zog sie zu sich, als sie unter die Decke schlüpfen wollte, und küsste sie voller Leidenschaft.

Ihre Überraschung wandelte sich schnell in Begierde. Wild umschlungen fielen sie auf die Matratze. Die Zeit verlor mit einem Schlag ihre Bedeutung. Hände wanderten über jeden Teil des Körpers des anderen, Fingernägel hinterließen tiefe Kratzer, aus ihren Kehlen drangen atemlose Geräusche. Sie vereinigten sich, liebten sich, als wäre es das erste Mal. Schon bald waren ihre ausgekühlten Körper erhitzt, Schweiß bedeckte ihre Haut.

Tarik flüsterte Fajeth Kosenamen zu. Er beschrieb ihre Schönheit nicht nur mit Worten, sondern ließ auch seine Finger für sich sprechen. Er konnte es, ohne müde davon zu werden. Irgendwann nahm sie seine Hand und legte sie auf ihre Brust. Er spürte ihr Herz heftig pochen und fühlte die Erschöpfung, die sich allmählich seiner bemächtigte.

Es war ein langer, anstrengender Tag gewesen. Die weichen Kissen, in die sie sich gebettet hatten, luden ein, ins Reich der Träume zu versinken. Er zog die Decke über sich und Fajeth, die sich an ihn gekuschelt hatte.

Bald verfielen sie in regelmäßige Atemzüge.

»Deine erste Jagd, Kleiner. Die Tradition gebietet es, das Ei zu zerbrechen«, munterte ihn die helle Stimme auf. Er blickte auf die gescheckte Schale des schädelgroßen Eies und schüttelte heftig den Kopf. Die schmale Schnauze der jungen Echse war gerade durchgebrochen und schnupperte in die stickige Luft. Er konnte es nicht töten.

»Du musst es tun! Deine Schwester wäre furchtbar enttäuscht«, forderte die Stimme nun heftiger. Kein Erbarmen drang an seine Ohren. Er spürte, wie der Kreis um ihn enger gezogen wurde. Bald wäre er gefangen. Müsste tun, was von ihm verlangt wurde.

Er stolperte, drehte sich um und hastete hinter dem Schatten spendenden Felsen hervor, suchte mit seinen Blicken hektisch nach ihr.

Dort, am Boden kniend betrachtete sie Spuren in der sandigen Erde, die nur von wenigen Sträuchern und Wurzeln durchzogen war.

Der Horizont verschwamm zu einem wabernden Bild. In der Hitze erkannten sie die Gestalt am Himmel nicht.

Er ließ sich keuchend neben sie fallen. Ungewollte Tränen rannen über sein schmutziges Gesicht und hinterließen vermutlich weiße Linien. Sein Zittern verebbte, als er in ihr reines Gesicht blickte und in die Wärme eintrat, die sie umgab.

»Du musst kein Jäger werden, Tarik. Und nicht jede Tradition ist nötig«, sprach sie beruhigend und strich ihm gütig durch das Haar. Neben ihr lag die Trilanze, makellos und stumm. In ihrer Klinge brach sich das Licht und blendete ihn. Er blinzelte, sah zurück.

Die Jäger kauerten weiterhin am Nest, zerstörten das Leben der Echsenkinder und ahnten nicht, was sie heraufbeschworen.

Ein eiserner Griff schraubte sich um seinen Arm. »Lauf zurück«, raunte Cynthia angespannt.

Er hob den Kopf und vergaß, zu atmen. Mit harten Flügelschlägen setzte die gepanzerte Bestie zur Landung an. Den Rachen weit vorgeschoben, bereit, ihre tödliche Säure zu versprühen.

Der Schwanz peitsche zornig durch die Luft und riss im nächsten Moment das Erdreich auf. Mit rasender Geschwindigkeit hielt die Wyvernmutter auf sie zu.

Tarik spürte, wie er zu Boden gedrückt und sein Brustkorb zusammengepresst wurde. Schwarze Flecken tanzten vor seinen Augen.

Seine Schwester wälzte sich von ihm herunter, griff nach der Trilanze und stellte sich schützend über ihn. »Lauf!«, wiederholte sie energisch, doch er war wie gelähmt.

Schwer landete der Wyvern und kam zischelnd näher. Tarik erkannte dessen Willen, zu töten, und wusste, dass es zu spät war.

Cynthia drehte sich zu ihm um. Unerschütterliche Entschlossenheit stand auf ihrem Gesicht. Aber auch Angst um ihn, den hilflosen Bruder.

Er erstarrte zu Eis, als er ihre geschmolzenen Züge erblickte. Die

Säure hatte sich tief in das Fleisch gebrannt und feiner Dampf stieg aus den hässlichen Wunden auf. Nur dort, wo die Rüstung sie schützte, perlte das Gift in Rinnsalen von Cynthias Körper.

Er musste fliehen. Alles in ihm schrie, dass er sich erheben sollte. Nur dadurch konnte er ihr helfen. Nur dadurch konnten sie die winzige Chance wahrnehmen, die es zum Überleben brauchte.

Stattdessen starrte er mit halb offenem Mund in die grausamen Augen des Wyvern, der mit dem Schwanz ausholte, um Cynthia beiseite zu fegen. Doch die Gnadenbringerin sprang über die knöcherne Peitsche und stürzte vor. Die dreiteilige Klinge durchschnitt die Brust der Echse in einem langen, oberflächlichen Schnitt. Dunkles Blut troff zu Boden und versickerte im Sand.

Mit einem Sprung zur Seite rettete sie sich vor dem mächtig zuschnappenden Kiefer. Sie rollte sich über die Schulter ab, sprang auf die Beine, richtete ihre Trilanze von der Seite auf die Bestie und verharrte.

Dieser Moment ätzte sich Tarik ins Gedächtnis. Jedes Detail leuchtete blendend in seinen Gedanken.

Das Leder ihrer Rüstung knirschte leise, ihre Hände verkrampften sich um den Stab der Waffe. Sie war vollkommen im Gleichgewicht, hatte die Aufmerksamkeit des Wyvern auf ihrer Seite und beobachtete, was dieser als Nächstes tun würde.

Die Echse fixierte mit wütender Gebärde seine Gegnerin, die zwar entstellt, aber durch ihre kraftvolle Haltung wunderschön war.

Ein Bild für die Geschichtsbücher, das durch das Vorstoßen des Wyvern jäh zersprengt wurde, als er gleichzeitig seine Klauen in den Boden stemmte und sein Maul mit den fingerlangen Reißern in Tariks Richtung schleuderte.

Er hörte einen Schrei, konnte aber die nächsten Sekunden nicht mehr erfassen. Die Bilder verschwammen. Ihm wurde kein Haar gekrümmt, doch er war gezwungen, mit anzusehen, wie Klauen, Zähne und Knochenhöcker den Leib seiner Schwester Stück für Stück zerschmetterten. Immer wieder erhob sie sich, um sich vor ihn zu stellen, doch jedes Mal schwankte sie mehr, wurde schwächer. Ihr Körper wurde durchbohrt und in die Höhe geschleudert, schlug zerbrochen vor ihm auf, als die Jäger sie endlich erreichten und den Wyvern niederstreckten.

Er wurde geschüttelt, angesprochen, konnte nicht antworten. Nur schauen. Auf das blutige Fleisch, das seine Schwester gewesen war.

Er glitt aus den Erinnerungen, schlug die Augen auf und blickte zu Fajeth auf, die seinen Kopf in ihren Schoß gebettet hatte und lautlos über ihn wachte. Ein Zittern durchfuhr seinen verschwitzten Körper. Cynthia!

Sie war so viel mehr gewesen. Jeder schien das erkannt zu haben. In Wirklichkeit wusste niemand etwas davon. Außer Khaled. Und Tris.

»Wieso bin ich nicht weggerannt?«, flüsterte er heiser. Seine Kehle fühlte sich rau an, und blutig.

Fajeth strich ihm das nasse Haar aus der Stirn und küsste ihn zärtlich. »Du warst ein Kind. Jünger als Quirin.«

»Sie hätte sich in Sicherheit bringen können, wenn ich nicht im Weg gewesen wäre«, widersprach er schwach. Die Vorwürfe waren alt, aber so frisch wie am Tag des Todes der legendären Gnadenbringerin, die sich ganz allein einem zornigen Wyvernweibchen gestellt hatte, um ihn zu retten.

»Ich kannte Cynthia nicht, aber ich bin ihr dankbar für das, was sie getan hat.«

Er horchte auf den drückenden Schmerz in seiner Brust. Es fiel ihm schwer, zu atmen und nicht in Schluchzen zu verfallen. In Wellen schlug das Entsetzen immer wieder über ihm zusammen.

Fajeth strich ihm weiter übers Haar.

Es half. Die regelmäßigen Bewegungen lenkten ihn von der Angst ab, die ihn mit jedem Albtraum packte.

Vor den Fenstern grüßte ein früher Morgen.

Er fragte sich bedrückt, wann dieser Dämon endlich aus ihm weichen würde. Gleichzeitig fürchtete er sich davor, denn er fühlte sich seiner Schwester jedes Mal so nah, wenn er sie in seinen Träumen erblickte. Und sei es nur, um sie sterben zu sehen. Wieder und wieder.

Er ging, und in ihr blieb ein seltsames Gefühl. Er erzählte ihr nie von seinen Albträumen, doch sie sah ihm den Schmerz an und fragte sich jedes Mal, was Cynthia gedacht haben musste, als sie ihren zerschlagenen Körper immer wieder dazu gezwungen hatte, sich aufzurichten und Tarik zu schützen. Was für ein Mensch musste sie gewesen sein, dass sie nicht einfach kapituliert hatte, als es längst vorbei war, sondern durchgehalten hatte, bis Tarik in der Sicherheit der herbeieilenden Jäger gewesen war?

Sie hatte ihn erst Jahre später kennengelernt, doch sie wusste von seiner Überwindung, den Weg des Jägers einzuschlagen. Khaled hatte ihr erzählt, dass Tarik nach dem Tod seiner Schwester traumatisiert gewesen war und sich nicht einmal in die Nähe eines Zwingers getraut hatte. Dass er jede Konfrontation mit einem Wyvern gemieden und lange Zeit panische Angst vor dem Schlaf gehabt hatte, in dem ihn immer wieder die Bilder seiner Erinnerung einholten.

Sie fühlte sich schuldig, damals nicht an seiner Seite gewesen zu sein, auch wenn sie sich diese Vorwürfe zu Unrecht machte. Sie hatte ihn noch nicht gekannt, aber allein die Tatsache, zu wissen, wie schlecht es ihm gegangen war, machte sie unendlich traurig.

Es war Khaled gewesen, der ihn aus dem Tal geführt hatte. Khaled, der selbst zerbrochen war. Der heute mehr litt als je zuvor. Für den es nur noch die Rache an den Wyvern gab und vielleicht auch den Stolz, mit ansehen zu dürfen, wie stark Tarik inzwischen geworden war.

Fajeth zog sich die Decke bis unters Kinn. Sie hatte kein Recht, darüber zu urteilen. Sie konnte froh sein, in dieses zarte Verhältnis hineingerutscht zu sein und sie hoffte mit aller Kraft, dass sie es Tarik und auch Quirin ein klein wenig leichter machen konnte.

6. Ungeborene Rebellion

»Aufstehen! Die Schule wartet nicht!«, rief Khaled gut gelaunt und zog ihm die Decke fort. Mürrisch grunzte Quirin etwas Unverständliches und legte sich die Arme über die Augen.

Er hatte nicht die geringste Lust, sich von dem Jäger umsorgen zu lassen. Überhaupt fand er Khaleds Eifer völlig übertrieben. Er war doch kein kleines Kind mehr!

Plötzlich juckte es ihn furchtbar an den nackten Fußsohlen. Er zuckte zusammen und schimpfte, als er den Gnadenbringer am Fuß seines Bettes erkannte, der ihn mit Joris Schwanz kitzelte. »Lass doch den Affen in Ruhe«, murrte er und schwang die Beine auf den kalten Boden. Die Müdigkeit lag schwer auf ihm und drückte ihn mit aller Macht zurück. Aber diesmal kämpfte er dagegen an und verfluchte seinen Bruder, der ihn dazu gezwungen hatte, bis in die Nacht hinein der lächerlichen Vorführung eines zum Tode verurteilten Wesens beizuwohnen. Für Khaled hatte er sich am Vorabend schon einige Verwünschungen einfallen lassen, die er sich jetzt ins Gedächtnis rief und die ihm zumindest etwas Befriedigung verschafften.

Verschlafen zog er sein Nachthemd aus und schlüpfte in Hemd und Latzhose. Ein Kopftuch würde ihm Schutz vor der Sonne bieten.

Als er in den größten Raum des Hauses trat, hatte Khaled das Essen vorbereitet und ein Proviantpaket für ihn geschnürt.

Jori jagte gerade den Brillentodi und schlug dabei gefährlich aussehende Haken. Der Vogel piepte wie verrückt und schwirrte um Quirin herum, der Jori aus der Luft fischte und ihn tadelnd ansah. Das Äffchen entwand sich seinem Griff und landete mit dem Schwanz einen harten Schlag in sein Gesicht.

Quirin schnappte nach ihm, war aber zu langsam. Misstrauisch ging er zum Tisch und begutachtete das Essen auf seinem Hornteller. »Was soll das sein?«, wollte er wissen.

Khaled, der eine Schürze trug und damit einfach nur lächerlich aussah, drehte sich grinsend um. »Feinste Wyvernpastete. Schmeckt hervorragend!«

Quirin rührte keinen Finger. »Und was genau ist da drin?«

»Leber, Niere, Herz, was eben reingehört.«

Übelkeit stieg in ihm auf. Er unterdrückte einen Würgereiz, wandte sich schnell ab, nahm eine Scheibe Amberbrot und kaute darauf herum. In großen Schlucken stürzte er einen Becher klares Wasser hinunter, wischte sich mit dem Ärmel den Mund ab und griff nach dem Beutel mit Proviant.

»Wo sind deine Schuhe?«, fragte Khaled.

Quirin verdrehte die Augen. »Brauche ich nicht. Sind sowieso nicht hier.«

»Ihr geht heute in die Steppe. Der Sand kann verdammt heiß werden. Ich werde mal schauen, was ich habe«, rief sein Gastgeber und verschwand im hinteren Teil des Hauses.

Quirin atmete tief durch. Eigentlich hatte er nicht vorgehabt, seine Klasse beim Ausflug in die Wildnis zu begleiten, aber wahrscheinlich war es besser, wenn er Tarik momentan keinen Ärger bereitete.

Abwesend strich er seine Haare unter das Kopftuch, das mit einem Band zusammengehalten wurde. Seine Arme und Beine waren dünn. Ganz anders als bei seinem großen Bruder, der seit Jahren mit der Trilanze trainierte. Wenn Tarik ihn hochhob, tat er es so mühelos, als wäre er ein Grimbald. Aber er musste auch gar nicht kräftig sein. Er würde ohnehin kein Jäger werden. Als Farmer brauchte man mehr Verstand als rohe Gewalt.

»Ob du es glaubst oder nicht, ich hab Tariks alte Sandalen gefunden.« Khaled präsentierte ihm ein Paar abgelaufener Sohlen, auf denen Kreuzriemen befestigt waren. Das Leder war rissig und spröde. Er nahm die Sandalen wortlos entgegen, packte sie in seinen Beutel, schwang diesen über seine Schulter und trat ins Freie.

»Mach's gut, Kleiner«, verabschiedete Khaled ihn.

Quirin war niemand, der gern trödelte. Heute jedoch sträubte sich alles in ihm, vor der Zeit in der Schule zu sein. Er hing seinen Gedanken nach und erinnerte sich unfreiwillig an die Peinigung des Wyvern in der Arena.

Shaggrot war eine ungestüme Echse, die den erfahrenen Jägern hoffnungslos unterlegen sein würde. Er fragte sich, wieso der Wyvern in Valeria zu sehen sein würde, wo die meisten Zuschauer Platz fanden und die großen Kämpfe ausgetragen wurden. Insgeheim kannte er die Antwort längst. Die Bewohner der Stadt wollten keinen fairen Wettbewerb. Nur die auswärtigen Besucher, die in den Wyvern nichts weiter als eine Unterhaltung sahen, waren darauf erpicht. Die Bürger allerdings wollten das Blut der Echsen in Strömen fließen sehen. Der Hass war, aus welchen Gründen auch immer, tief in ihnen verankert. Quirin wusste von den anderen Schülern, dass ihnen furchtbare Schauergeschichten über geflügelte Dämonen und die Reiter der Wilden Jagd erzählt wurden. Sie mussten mit ansehen, wie Wyvern in Arenen aufbrausten und niedergestochen wurden. Mussten sich beweisen, indem sie Eier zerschlugen und gegen geschlüpfte Jungen rangen, deren Klauen stumpf und deren Säuredrüsen noch nicht aktiv waren.

Sein Vater hatte nie etwas in dieser Richtung von ihm verlangt. Er hatte kaum etwas über die Jäger erzählt und Quirin hatte von Tarik gelernt, nicht nachzufragen. Denn sobald ihr Vater daran erinnert wurde, trübte tiefe Trauer seinen Blick.

Verdrießlich trat er einen Stein fort und zog den Riemen seines Beutels enger. Für Tarik und Khaled war das Jägerdasein mehr als ein Beruf. Doch für ihren Vater war es genau das gewesen. Nicht mehr und nicht weniger. Deswegen hatte er auch gezögert, einen Reiter zu töten.

Ihm wurde erneut übel, als er an die Grausamkeiten dachte, die die Menschen in dieser Stadt mit den Wyvern anstellten. Er war mit seiner Klasse in einer Zuchtfarm gewesen, in der die Echsen unter grausigen Bedingungen vor sich hinvegetierten, bis sie zur Schlachtbank oder als minderwertige Gegner in die Arenen geführt wurden. Sie waren derart überzüchtet, dass Kinder an ihnen gefahrlos ihre Streiche ausführen konnten. Es waren mickrige Gestalten, gebrochen und verängstigt, ihrem Schicksal ergeben. Selbst Wisente besaßen in ihrer Funktion als Fleischspender und Lederlieferanten mehr Stolz. Die rinderartigen Wiederkäuer wirkten mit ihrem Kehlbart und den langen schwarzen Hörnern furchteinflößender als ein ausgewachsener Zuchtwyvern.

Quirin schüttelte kaum merklich den Kopf. Am liebsten würde er offen gegen diese Ungerechtigkeiten protestieren, doch das Vorhaben seines Bruders hinderte ihn daran. Als Jäger musste Tarik seine Familie unter Kontrolle haben. Quirin musste sich wohl oder übel zurückhalten.

Er hatte einen Umweg durch das alte Handelsviertel eingeschlagen und kam von der anderen Seite zum Schultrakt, der im Innern an die Bereiche der Jägerakademie grenzte. Vor dem Tor warteten bereits einige seiner Klassenkameraden an einem Brunnen. Sie saßen auf dem Sims, oder tobten ausgelassen umher. Die Taschen waren prall gefüllt, obwohl sie nur einen Tagesausflug unternehmen würden.

Quirin blieb etwas abseits stehen.

Ihr Lehrer erschien kurz darauf und zählte durch. »Hat jemand Klara gesehen?«, rief er in die Runde.

»Sie kommt heute nicht, ihre Mutter hat es ihr verboten«, kam es von irgendwo her.

Quirin verschränkte die Arme vor der Brust. Verboten. Weil sie in die Steppe gingen? Hatten die Eltern des Mädchens so viel Angst vor einem Wyvernangriff? Als ob die Echsen nur darauf warteten, dass sich eine Gruppe Grundschüler hinauswagte, um sie alle zu fressen. Lächerlich.

Sie mussten sich in Zweierreihen formieren. Quirin schämte sich in Grund und Boden, so durch die Stadt gehen zu müssen, zumal sein Partner ein dicker, schwitzender Junge war, der schon nach wenigen Minuten über Hunger klagte. Gorin war bei den Schülern ein allseits beliebtes Opfer.

»Ich finde das wirklich gefährlich. Mir ist es völlig egal, was für Tiere es außerhalb der Stadtmauern gibt. Mungos interessieren mich nicht und ich hab fürchterliche Angst vor Vaskas und Schnappern!«, jammerte er unablässig und störte die Formation, weil er aus seinem überquellenden Sack zwei Amberbrote holte und zwei Straßen weiter nach einer Moe kramte.

Quirin musste sich beherrschen, ihn nicht wütend anzufahren. Er zwang sich, schweigend neben ihm herzugehen und einen Funken Freude in sich zu suchen, all die Wesen, die sie aus den Schulbüchern kannten, in natura sehen zu können. Tatsächlich verspürte er eine unterschwellige Aufregung. Tarik und er gingen selten aus der Stadt und wenn, dann nur, um bei den Farmen zu helfen. Noch nie hatte er den schützenden Kreis der Wachtürme verlassen.

Das einzige Übel waren seine Klassenkameraden und somit die Tatsache, dass er mit aufgedrehten, lauten und oberflächlichen Kindern hinausgehen musste, statt sich an der gefährlichen Ruhe der Steppe zu erfreuen.

Sie marschierten durch das Tor, durchquerten das Gebiet mit den Farmen und warteten am äußersten Wachturm. Ihr Lehrer zeigte den Wächtern seine Bescheinigung und begrüßte nickend ihre bewaffnete Begleitung, bestehend aus vier Soldaten und zwei Fällern aus dem Verbund Córas Fiach. Es war an der Jägerkommission, zu entscheiden, welchen Schutz Exkursionen je nach Tendenz der Angriffe von Wyvern und Reitern benötigten. Der letzte Angriff der Reiter lag bereits einige Zeit zurück. Quirin glaubte nicht daran, dass sie Ärger haben würden.

Endlich berührten ihre Füße den warmen Steppenboden. Sie zogen Richtung Nordwesten. Weit vor ihnen erkannte Quirin die Silhouette des Dorfes Iather, links von ihnen erhob sich das Rote Gebirge in den Himmel. Irgendwo weit im Westen lagen an der Küste die Fürstentümer Teitur und Rhodan. Er hatte vom Meer nur aus Geschichten voll mystischer Anziehungskraft erfahren. Quirin hörte den Händlern und Gauklern zur Zeit der Festspiele am liebsten zu, wenn sie Geschichten über die unendlichen Weiten des großen Wassers erzählten.

Es war noch früh und er sah keinen Grund, warum er die alten Sandalen seines Bruders anziehen sollte. Er lächelte, als seine nackten Sohlen in der sandigen Erde versanken, ihn die Wurzeln der Pflänzchen zwischen den Zehen kitzelten und die winzigen Steinchen piksten.

Sie folgten einem schmalen, festgetrampelten Weg, der immer wieder an Gruppen mit vier, fünf Bäumen vorbeiführte. An einer Gabelung wies sie ein behauener Stein mit Pfeilen und Entfernungsangaben darauf hin, zu welchem Dorf sie als Nächstes gelangen würden.

Canthar lag nach etwa zwei Stunden Fußmarsch weit hinter ihnen. Sie waren an dem Dorf Iather vorbeigegangen und in nächster Umgebung erhoben sich nun immer wieder kleine Erd- und Felshügel aus dem sandfarbenen Boden. Der Himmel erstrahlte blau, die Temperatur war inzwischen gestiegen und Gorin keuchte so laut, dass Quirin befürchtete, der Junge würde jeden Moment zusammenbrechen.

»Halt!«, rief der Lehrer von vorn. Quirin und die anderen sahen sich gespannt um. Hinter ihnen postierten sich die Wachen.

»Was ihr dort seht, sind die Eingänge zu den Höhlen der Mungos. Sie haben hier eine große Familie gegründet. Deshalb müsst ihr vorsichtig sein, wenn ihr sie euch näher anseht. Verärgert die Tiere nicht, sonst müssen wir den gesamten Rückweg fliehen. Schaut euch jetzt in Ruhe um.«

»Was?«, stieß Gorin heiser hervor. Er wischte sich mit dem nassen Ärmel über die glänzende Stirn. »Hat er nicht gerade gesagt, es wäre gefährlich?«

»Mungos sind von Natur aus neugierig. Sie werden dir nichts tun, es sei denn, du klaust ihnen ihr Futter oder zerstörst ihre Tunnelgänge. Zum Beispiel, indem du über ihnen einstürzt.« Es tat ihm nicht leid, Gorin zu beleidigen, der zu abgelenkt war, um es überhaupt zu bemerkten.

Der dicke Junge ließ sich auf den Boden fallen und kramte abwesend in seinem Beutel. »Dann sollte ich besser Pause machen und nichts riskieren.«

Quirin seufzte, auch über das wilde Gerenne der anderen. Sie schienen die Mahnung des Lehrers sofort wieder vergessen zu haben und klopften auf unanständige Weise auf die kleinen Erdhügel.

Er kniete in der Nähe vor einen solchen, senkte den Kopf und spähte in die dunkle Höhle, die nach einem halben Meter senkrecht im Boden verschwand. Nach einer Weile zog er eine Wurzel aus seiner Tasche und legte sie vor den Eingang. Es war ein süßes, nahrhaftes Gewächs, das es auch in wilder Form hier in der Steppe gab. Er hoffte, dass die Mungos keinen Unterschied zwischen seiner gezüchteten Wurzel und ihrer eigentlichen Nahrung machen würden.

Schließlich streckte sich ihm eine lange Schnauze schnuppernd entgegen. Helles Fell bedeckte den kleinen Mungo, der die Ohren aufmerksam aufgestellt hatte und sich langsam nach draußen wagte. Immer wieder ging der Blick seiner schwarzen Augen von Quirin zu der Wurzel, bis er schließlich einen Vorstoß wagte, sich die Wurzel schnappte und blitzschnell wieder im Erdreich verschwand.

Erneut verging einige Zeit, ehe sich das Tier wieder herauswagte. Es hatte seine Beute vermutlich in Sicherheit gebracht und wollte nun offenbar herausfinden, wer die riesenhafte Gestalt vor seinem unterirdischen Haus war.

Quirin streckte langsam die Hand aus und ließ den Säuger an seinen Fingern schnüffeln. Die langen Barthaare kitzelten. Er grinste breit, als sich der Mungo noch weiter hervorwagte, seine nackten Beine inspizierte und unvermittelt seine Zehen leckte. Quirin lachte auf und lenkte die Aufmerksamkeit seiner Mitschüler auf sich.

»Schaut mal, bei Quirin ist einer«, kreischte ein Mädchen.

Sofort liefen alle zu ihm. Jemand stieß ihn um und griff nach dem Mungo, der vor Schreck erstarrt war. Als sich die unnachgiebigen Hände des Menschenkindes um seinen schlanken Körper legten, wand er sich, stieß klägliche Laute aus und versuchte verzweifelt, sich zu befreien.

Quirin spuckte den Sand aus, der auf seiner Zunge hing, rappelte sich auf und ging wütend auf den Jungen mit dem Mungo los. Er rammte ihm den Ellbogen in die Seite.

Das Tier fiel zu Boden und flitzte in seinen Bau.

»Ah, spinnst du?«, brüllte Hakin. Er war etwas größer als Quirin, hatte kaum Haare auf dem Kopf und stechend grüne, eng beieinanderliegende Augen, die ihn jetzt zornig anstarrten. Der kräftige Junge hatte beinahe alle aus der Klasse auf seiner Seite. Jeder war sich sicher, dass er ein Jäger werden würde.

Der Kreis um sie zog sich immer enger. Ehe der Lehrer herbeieilen und sie trennen konnte, waren sie in eine wilde Schlägerei verfallen.

Quirin schlug seine knochige Faust in Hakins Gesicht, der zurückgeschleudert wurde, sich aber sogleich mit vollem Tempo auf Quirin stürzte und seine Schulter in seinem Magen versenkte. Sie schlugen mit aller Kraft zu, zogen sich an den Haaren, wälzten sich im Sand und traten um sich. Quirin keuchte auf, als Hakins Knie gegen seinen Kopf krachte. Sterne blitzten vor seinen Augen, aber er gab sich nicht geschlagen. Die unbändige Wut, die ihn erfasst hatte, als sein Mitschüler sich grob auf das unschuldige Tier gestürzt hatte, schwemmte jeglichen Schmerz fort.

Wie durch einen schweren Vorhang hörte er das anfeuernde Gejohle der anderen, die um sie herumstanden.

Hakin robbte auf ihn zu, umklammerte seinen Knöchel und Quirin trat zu. Sein Fußballen traf seinen Angreifer am Auge, der aufschrie, eine Handvoll Sand packte und ihm entgegenschleuderte. Quirin blinzelte, stemmte sich hoch und packte Hakins Weste. Seine Fingernägel bohrten sich tief in den Hals des Jungen, als er ihn festhielt und seine Faust gegen dessen Wange krachen ließ. Er schlug ein zweites Mal zu, holte erneut aus und wurde plötzlich am Handgelenk gepackt.

»Was ist hier los?«, brüllte der Lehrer, nachdem er und eine Wache sie auseinandergezerrt hatten.

Hakin atmete schwer im Griff der Wache. Blut lief ihm über das Gesicht und aus der Nase, die Weste war zerrissen und seine Knie wund. Er zeigte mit seinen schmutzigen Fingern auf Quirin. »Dieser Irre hat sich einfach auf mich gestürzt!«

»Genau! Wir haben es alle gesehen!«, rief ein Mädchen mit schwarzen Locken.

Alle redeten durcheinander, beschuldigten Quirin, der schwer atmend zu Hakin starrte, als wollte er ihn mit seinem Blick niederstrecken.

»Ruhe!«, donnerte der Lehrer. »Was hast du dazu zu sagen?«, fragte er Quirin, der ausspuckte und zu Boden sah. Wenn er die Wahrheit sagte, würden ihn alle auslachen, also hielt er lieber den Mund.

»Das wird ein Nachspiel haben. Quirin, du bleibst bei Gorin. Die anderen kommen mit mir. Vielleicht gibt es ein paar Mungos am anderen Ende des Feldes, die nicht vor Todesangst geflohen sind.«

Murrend folgten die Schüler, nicht ohne sich immer wieder umzudrehen und drohende Gesten in Quirins Richtung zu machen, der sich mit dem Ärmel über den blutigen Mund wischte. Seine Lippe war aufgeplatzt. Er schmeckte einen eisernen Geschmack auf der Zunge.

Mühsam bückte er sich nach dem Sonnenschutz, der halb unter dem Sand vergraben war. Er schüttelte das Tuch, legte es sich über und befestigte es mit dem Band, das einige Meter entfernt gelegen hatte. Anschließend humpelte er zu Gorin, der ein jämmerliches Bild abgab. Von einem Moment auf den anderen fühlte Quirin sich frisch und erholt, als er das knallrote Gesicht des Jungen sah, die Augen beinahe zugeschwollen und nach Luft japsend.

»Musst du … dich immer prügeln?«, brachte Gorin mühsam hervor. Um ihn herum lagen die Überreste seines Proviants. Der Wasserbeutel wirkte erschreckend schlaff.

»Im Gegensatz zu dir geht es mir blendend«, gab Quirin nüchtern zurück. Er sah sich um. »Da hinten scheint es etwas schattiger zu sein.« Er deutete auf eine niedrige Felsformation, etwa hundert Meter entfernt. Hüfthohe Büsche wankten im warmen Wind hin und her.

»Viel zu weit«, brummte Gorin. »Und du sollst …«

»Bei dir bleiben. Also beweg dich«, beendete Quirin den Satz, griff Gorin unter die Achseln und unterdrückte ein Würgen. Er wandte angewidert den Kopf ab und wich zurück. »Bah, du stinkst vielleicht! Steh auf!«

Gorin ächzte, drehte sich auf den Bauch und zog langsam die Beine an. Schritt für Schritt erhob er seinen mächtigen Körper, bis er wankend auf den Füßen stand. »Also, worum ging es diesmal?«, wollte er wissen.

Quirin schwieg eisern.

»Hat Hakin wieder etwas gegen deinen Bruder gesagt? Oder deinen Vater? Oder …«

»Kannst du einfach den Mund halten, bitte?«, presste er zwischen den Zähnen hervor. Sein Bein schmerzte höllisch und in seiner Seite pochte es. Er war so unsagbar wütend. Auf den Mungo, der einfach in seinem Loch hätte verschwinden können. Auf Hakin, der überhaupt kein Feingefühl besaß und das unschuldige Tier beinahe zerquetscht hätte. Auf sich selbst, weil er so ungestüm reagiert hatte und Tarik schon wieder Schwierigkeiten bereitete. Auf den Lehrer, der sowieso nur der Mehrheit glaubte und auf Gorin, der einfach nicht still sein konnte! Sein Bruder hatte ebenfalls eine ordentliche Portion Wut verdient. Konnte er keinen anderen Beruf annehmen und die Kreaturen in Ruhe lassen, die von den Stadtbewohnern so gequält wurden?

Endlich erreichten sie die Felsen. Gorin ließ sich neben einen Busch fallen, legte sich auf den Rücken und seufzte dankbar ob der kläglichen Schatten, die die vertrockneten Blätter warfen.

Quirin schleuderte ihm die Taschen auf den Bauch und kletterte auf einen großen Stein. Aber es war inzwischen viel zu heiß geworden. Er kehrte zu Gorin zurück, holte die Sandalen heraus und band die Kreuzriemen zusammen.

»Es wäre besser gewesen, in der Nähe der anderen zu bleiben«, stellte Gorin fest. »Wenn uns ein Wyvern oder ein Schnapper angreift, sind wir ihnen völlig schutzlos ausgeliefert.«

»Blödsinn. Weit und breit sind weder Wyvern noch Schnapper zu sehen. An deiner Stelle würde ich mir mehr Gedanken über Vaskas machen. Wenn du gestochen wirst, und das verspreche ich dir, trage ich dich ganz bestimmt nicht nach Canthar.«

Gorin saß auf einmal kerzengrade. »Vaskas?«

»Ganz genau.« Quirin sah sich um. Die handtellergroßen Insekten hatten an ihren Schwänzen giftige Stacheln und krabbelten meist im Schutz der Pflanzen umher. »Aber solang keine Harpyie in Sicht ist, können wir davon ausgehen, dass es hier kaum Vaskas gibt.«

»Du meinst, weil Harpyien Vaskas fressen?«

»Gut, du benutzt das, was in deinem Kopf steckt, sogar ab und zu.«

»Wieso bist du denn so gereizt?«

Bevor Quirin Gorin ärgerlich anfuhr, wandte er sich ab und erklomm zum zweiten Mal den Felsen. Ihm tat alles weh. Seine Haut war an etlichen Stellen aufgeschürft und brannte. Er hatte nicht genug Wasser, um alle Wunden zu säubern. Außerdem sollte er es lieber trinken, denn die Sonne erreichte bald den Zenit. Bis dahin mussten sie in dem Dorf sein, an dem sie heute Morgen vorbeigekommen waren. Das hieße, sie würden gleich wieder aufbrechen. Das hoffte er zumindest. Er hatte genug für heute. Die Steppe barg viele wundersame Dinge, die er in Gegenwart seiner idiotischen Klassenkameraden nicht genießen konnte. Er würde Tarik überreden, mit ihm zu gehen, wenn dieser endlich wieder Zeit für ihn hatte.

Etwas in seinen Augenwinkeln erregte seine Aufmerksamkeit. Er rutschte vom Felsen und ging um ihn herum. Überrascht atmete er aus. Er fand sich in der Mulde zwischen einigen Steinen wieder. Der Boden war mit getrockneten Ähren und Zweigen ausgekleidet und in der Mitte lagen die Scherben von zerbrochenen Eierschalen. War das hier etwa … ein ehemaliges Wyvernnest?

Für gewöhnlich brüteten Wyvern im Roten Gebirge. Aber ab und zu hörte man von Jägern, die Nistplätze in der Steppe ausfindig gemacht hatten. Aber legten Schnapper nicht auch Eier? Im Gegensatz zu Wyvern konnten diese großen Echsen nicht fliegen, waren ihnen von der Gestalt her aber ziemlich ähnlich. Nur die typischen Säuredrüsen waren bei dieser Unterart völlig verkümmert und die Haut war statt des undurchdringlichen Panzers von hartem Leder umgeben.

Quirin ging näher an die Eierschalen heran. Unter seinen Sandalen knirschte es. Auf einmal war er froh über die schützenden Sohlen.

»Hier ist kein Fluss in der Nähe«, flüsterte er. »Und Schnapper überleben nicht ohne Wasser.«

Ehrfürchtig hockte er sich neben die Überreste, nahm einige der scharfkantigen Scherben in die Hand und betrachtete die blau reflektierende Oberfläche. Sie zeigte ornamentartige Schlieren und war wunderschön anzusehen. Er überlegte, sich welche einzustecken, als er stutzig wurde. Etwa einen Meter vom Nistplatz entfernt schillerte es zwischen den Halmen der Steppengräser.

Er sprang auf und ging zu dem schädelgroßen Etwas. Ein Ei! Es war schwer wie eine Melone und warm. Sorgfältig wendete er es zu allen Seiten. Es war unbeschädigt.

Ihm stockte der Atem. Hielt er etwa ein einsames, Leben enthaltendes Wyvernei in den Händen?

»Wahnsinn«, hauchte er. Er überlegte fieberhaft, was er tun konnte. Das Ei seinem Schicksal überlassen? Es zerstören, wie Tarik und sämtliche Stadtbewohner gefordert hätten? Oder es mitnehmen und ... Er durfte nicht weiterdenken. In welche Richtung sollte das gehen? Was wollte er sich denn damit beweisen?

Je länger er das Ei unschlüssig, aber unendlich behutsam hielt, wägte er die Möglichkeiten ab.

»Quirin! Hey, wo bist du? Wir sollen zu der Gruppe gehen!«, rief Gorin.

Er zuckte zusammen, legte das Ei ab und huschte hinter dem Felsen hervor.

Sein Begleiter stemmte sich gerade auf die Beine.

Schnell schnappte Quirin seinen Beutel, verstaute das Ei und tauchte wieder auf.

Gorin war offenbar zu beschäftigt gewesen, um sich darüber zu wundern. Versöhnlich reichte ihm Quirin dessen Beutel.

»Hab keinen Vaska gesehen«, verkündete der Dickbauch stolz, als hätte er die ganze Zeit aufgepasst. »Und Harpyien auch nicht. Obwohl das fast schon schade ist. Sollen wahre Flugkünstler sein, diese Raubvögel.«

7. Gefährliches Potenzial

Das abgestandene Wasser vermischte sich mit dem Schmutz aus seinen Haaren, als er sich den Schweiß vom Kopf wusch. Ihm war schrecklich heiß, auch wenn die Flucht aus der Schutzkleidung schon einiges an Erleichterung gebracht hatte.

Rasch beendete er seine Arbeit, verabschiedete sich von Ella, die er aus ihrem immerwährenden Schlummer riss, und machte sich auf den Weg zur Akademie.

Larius wartete zur Abwechslung bereits auf ihn. Mit grimmig aufgeregter Miene umklammerte er die Übungstrilanze, wobei er an der Wand zum Schulgebäude lehnte. Als er Tarik erkannte, wirkte er mehr als erleichtert. »Ah, da bist du ja. Tris war schon da.«

»Was hat sie gesagt?«

Larius zuckte mit den Schultern und pustete sich eine rote Strähne aus dem Gesicht. »Dass wir sie im Helitorium finden, wenn wir Fragen haben. Wir haben die ganze nächste Woche zur freien Verfügung und bekommen drei Tage vor der Prüfung die restlichen Informationen.«

Tarik sah sich um. »Sind die anderen schon gegangen?«

»Ja, zum Trainingsplatz, der sehnlichst auch auf uns beide wartet.«

Zweifelnd sah er seinen ehemaligen Patenschüler an. »Dir ist bewusst, dass die erste Prüfung eine mündliche ist? Sollten wir nicht lieber die Theorie durchgehen?«

Zu seiner Überraschung lachte Larius. »Das von dir zu hören ... Haha, auch wenn ich größten Respekt vor der Prüfungskommission habe, ein Wyvern kann mein Leben immer noch mehr gefährden.«

»Das sehe ich allerdings ein. Lass uns die Trilanze schwingen gehen.« Tarik sehnte sich ebenfalls nach ein wenig Bewegung.

Der Staub der Übungsplätze waberte kniehoch über die Straße und wurde von angestrengten Rufen begleitet. Der Boden war sandig und voller Stolperfallen – wie die Steppe selbst. Von hohen Eisenstangen, die im Kreis angeordnet waren, hingen an dicken Ketten Ledersäcke herab. Im Innern befanden sich die Schüler, die sich gegen einen Gegner von außerhalb und die umherschwingenden Säcke erwehren mussten. Es war der Versuch, die Tücken der Wyvern nachzuahmen. Tarik wusste, dass es einem Kampf gegen eine Bestie aus Fleisch und Blut aber nur entfernt gleichkam.

Eine wesentlich bessere Simulation fand sich in dem würfelartigen, massiven Gebäude, das als klobiger Klotz neben den Platz gestellt worden war. Das Sihias.

Tarik ging zu einem hölzernen Ständer, an dem noch zwei Übungstrilanzen lehnten. Beide sahen wenig vertrauenerweckend aus, deshalb streifte er sich vorher seine fingerlosen Handschuhe über, um schmerzhaften Splittern und Blasen vorzubeugen.

Die Klingen waren stumpf und voller Kerben. Kein Sonnenstrahl konnte sich in dem matten Metall brechen. Tarik seufzte und wog die Waffe in den Händen. Er wusste, dass eine Trilanze für jeden Gnadenbringer genau angepasst wurde, deshalb war es nur natürlich, dass die Übungswaffe einen mickrigen Vergleich abgab. Ihm blieb nichts anderes übrig, als sich damit abzufinden.

Er kehrte zu Larius zurück, der sich bereits aufwärmte. In gleichförmigen Bewegungen stieß er die Trilanze nach vorn, wirbelte sie zur Seite und schwang sie hinter sich.

Tarik musste lächeln. Eine erstaunlich kraftvolle Erinnerung stieg in ihm auf. Als Kind hatte er seiner Schwester oft bei diesen Übungen zugesehen. Bei ihr hatte es einem gefährlichen und gleichzeitig wundervoll anmutigen Tanz geglichen. Cynthia hatte dem Begriff *Gnadenbringer* eine neue Bedeutung verliehen. Der tödliche Stoß durch die Jägerin war Erlösung und Geschenk zugleich. Es hatte etwas Dankbareres, durch ein Wesen gleichsamer Schönheit vernichtet zu werden, als durch die Grobheit der protzigen Männer, die nach dem Blut der Bestien lechzten.

In Cynthia war kein Hass gewesen.

»Tarik, worauf wartest du?«, riss ihn Larius aus den Gedanken. Er blinzelte und stellte sich neben seinen Freund. Synchron stießen sie die Trilanze durch splitternde Schuppen, schnitten tief in das sehnige Fleisch der Wyvern und durchbohrten tausendfach das Herz der Ungeheuer.

Später, als ihnen der Schweiß glänzend über die Haut lief, stellten sie sich einander gegenüber auf. Zunächst imitierte Tarik mit einer dicken Lederkarbatsche den peitschenden Schwanz der Wyvern, anschließend Larius. Als sich die Gelegenheit bot, übernahmen sie einen der Kreise mit den schwingenden Ledersäcken. Während Larius außen herumrannte und die Trilanze zwischen die Stangen auf Tarik zutrieb, wich dieser den schweren Hindernissen aus, schlug die spitze Waffe seines Freundes mit der eigenen beiseite und wartete auf den nächsten Angriff.

Seine Muskeln waren bald schwer wie Blei und die Säcke, von Larius immer wieder angestoßen, erwischten ihn mehrfach, wobei er jedes Mal in den Sand geschleudert wurde und aufpassen musste, nicht vom nächsten getroffen zu werden.

Er spuckte aus und kroch zwischen den Stangen aus dem Bereich des Kreises. Er atmete schwer und lehnte sich gegen das Eisen.

Larius ließ sich keuchend neben ihn fallen und wischte sich mit dem Ärmel über die Stirn. »Jetzt bin ich dran«, erinnerte er ihn.

»Lass uns danach aufhören«, erwiderte Tarik nach einer Weile.

Larius zuckte mit den Schultern und stand auf. Seine Beine zitterten, doch er setzte einen grimmigen Ausdruck auf. Entschlossen umrundete er den Kreis und schubste die Säcke an, eher er zwischen die Stangen trat.

Tarik rappelte sich auf, griff nach der Trilanze und warf einen Blick auf die Konstruktion der Jäger. Wie gern wäre er jetzt in der Kühle der Grotte, umhüllt vom kalten, klaren Wasser. Stattdessen wälzte er sich im Staub und marterte sich für eine Prüfung, zu der er noch nicht einmal zugelassen war.

Er spürte den heißen Kern der Wut in seiner Brust und stemmte sich kraftvoll gegen die Säcke, die er dadurch zu stärkeren Schwingungen zwang. Seine Muskeln protestierten. Wenn er die Waffe auch kaum noch halten konnte, griff er Larius von allen Seiten an. Mal glichen die drei Klingen einem Schnapper, der durch den Sand auf den Jungen zuschoss, im nächsten Moment sausten sie einer Harpyie gleich auf dessen Kopf zu. Auch Larius stürzte mehrfach, stand immer wieder auf und ließ es zu, dass die Geschwindigkeit eines Sackes ihn in eine andere Richtung trieb. Dadurch entging er Tariks Stoß, den er aus eigener Kraft nicht mehr hätte ablenken können.

Tarik hielt inne, während Larius sich mit letzter Gewalt auf den Beinen hielt. »Das war gut«, lobte er seinen ehemaligen Patenschüler.

Ein Lächeln ließ sich auf Larius' Gesicht nieder. »Wirklich?«, hakte er lobheischend nach.

»Genug für heute, ich bin völlig fertig.« Tarik trottete zu dem Ständer, an dem er die Übungswaffe zurückließ.

Larius besaß seine eigene. Wahrscheinlich war es eine Investition gewesen, die dem Jungen einmal das Leben retten würde, wenn er einem echten Wyvern gegenüberstand. Schließlich übte er mit einer ihm angepassten Waffe und würde sich nicht erst an seine richtige Trilanze gewöhnen müssen.

Sie schleppten sich zum See, wo sie die Hände in das herrlich lindernde Wasser tauchten und ihre Gesichter wuschen. Mit triefend nassen Haaren legten sie sich in den Halbschatten einer Zeder und genossen den kühlenden Wind auf ihrer Haut.

»Wir müssen morgen unbedingt ins Sihias«, entschied Larius. »Wir sollten nur noch dort trainieren, schließlich stehen wir bald echten Wyvern gegenüber. Tarik, erinnerst du dich an die Prüfungen im letzten Jahr? Als Elross von einer Zuchtechse zerfleischt wurde? Es hat ihn glatt in hundert Stücke geriss...«

»Schluss damit!«, befahl Tarik müde. »Elross hat einen grundsätzlichen Fehler gemacht, nicht wahr?«

»Er ist ihr zu nah gekommen. Als Fäller sollte man einem Wyvern nie zu nahe kommen, auch wenn er scheinbar von den Reißern abgelenkt ist. Es war das reinste Massaker!«

»Stimmt. Deshalb war die Reaktion des übrigen Verbundes umso eindrucksvoller. Die Reißer haben ihre Arbeit nicht unterbrochen, die Fäller ihre Bolzen verschossen und die Gnadenbringer ihrem Namen Ehre gemacht, bevor man sich um Elross' Überreste gekümmert hat.« Tarik sah seinen Freund von der Seite an. »So ein überheblicher Idiot!« Es war ein hartes Urteil, doch er hatte Elross gut gekannt. Er hätte später eine große Gefahr für jeden Verbund dargestellt. Er war der zerstückelte Beweis für die Arroganz der bestechlichen Kommission gewesen. Man hatte nach diesem empörenden Ereignis einige Mitglieder ausgetauscht, die scheinbar nicht besser waren als ihre Vorgänger.

Wenn er so darüber nachdachte, verabscheute er die Politik, die nicht einmal vor dem ehrenvollen Beruf der Jäger haltmachte. Er bewunderte Menschen wie Khaled und Tris und konnte deshalb kaum fassen, dass es im gleichen Gewerbe korrupte Blindschleichen gab.

Khaled würde ihm für diese Gedanken wahrscheinlich Prügel androhen. Nicht, weil er die Existenz der Hochwürden bestreiten würde, sondern weil er ihm, Tarik, zeigen wollte, dass er selbst die Veränderung sein musste, die er sehen wollte. Und er hatte recht. Trübsal blasen brachte nichts. Mühsam rappelte er sich auf. Eigentlich verspürte er nicht die geringste Lust sich zu bewegen, aber die Arbeit rief bereits nach ihm. Je früher er damit begann, desto mehr Zeit würde er haben, Quirin einen schmackhaften Empfang nach seinem Ausflug in der Steppe zu bereiten.

»Musst du schon gehen?«, grummelte Larius halb schlafend.

»Geh nach Hause und lern etwas! Wir sehen uns morgen.«

Langsam machte er sich auf den Weg zum Steg, der sich über das Wasser zur Mitte des Teiches spannte, wo die Hütte des Schamanen Isgaroth thronte. Der Steg bot nur auf einer Seite ein Geländer, das auch die Plattform nur halb umrundete. Oft sah man Isgaroth in seinem purpurfarbenen Gewand am Wasser sitzen, die Füße im Nass, während er in den Himmel starrte oder etwas las.

Als Tarik die Hütte erreichte, begrüßten ihn ein unangenehmer Geruch und die gut gelaunte Stimme des Schamanen, noch bevor er eingetreten war.

Isgaroth saß auf einem kruden Schemel, die Beine übereinandergeschlagen und rupfte ein Huhn. »Mein Junge, endlich hast du Zeit für den alten Isgaroth gefunden! Komm rein und setz dich! Du hast viel zu tun.«

Er tat wie geheißen, räumte den überfüllten Tisch ab und griff nach Feder und Tintenfass. »Wie geht es Euch, Meister?«

Der Alte winkte ab, wobei die Daunen durch die Luft wirbelten. »Wie soll es einem gebrechlichen Kauz wie mir schon gehen? Diese alten Knochen scheinen den lieben langen Tag nichts anderes im Sinn zu haben als mir das Leben schwer zu machen. Und dann hat Fajeth, das gute Kind, ihre Ausbildung bei mir abbrechen müssen. Eine Schande! Sie war beinah so talentiert wie du. Und kochen konnte sie!«

Tarik lächelte. Fajeth hatte schon vor einigen Wochen ihre Besuche bei Isgaroth eingestellt. »Schau, Junge, dort hinten findest du einige Pergamentrollen, die du abschreiben musst. Interessante Dinge, wirklich interessant. Völlig neue Erkenntnisse. Du solltest deine schönste Handschrift hervorholen. Ich möchte dem Bürgermeister die Abschriften zukommen lassen, hörst du? Kannst sie ihm gleich selbst bringen, sobald du fertig bist. Und nun an die Arbeit!«

Tarik öffnete vorsichtig die erste Pergamentrolle. Sie war sehr dünn und von hoher Qualität. Wahrscheinlich aus der Haut einer neugeborenen Krevoziege, wie es sie nur im Hochgebirge des Landes Ohaed gab. Der Karawanenhändler, der Isgaroth diese Ware gebracht hatte, hatte einen sehr langen Weg hinter sich. Ohaed lag so weit im Norden, dass dort fast das ganze Jahr Schnee und Eis vorherrschten. Nur im Süden, wo das Land an Azunaí grenzte und sich die unabhängige Seehandelsstadt Mirraw Thur mit dem wohlhabenden Königreich der Mitte teilte, war es fruchtbar.

Mirraw Thur war der Sitz des Rates der Sieben Länder, in denen auch Lyth' Airyn Mitglied war. Das Land war in fünf Fürstentümer aufgeteilt. Leontia grenzte dabei an die vier anderen Fürstentümer. Selbst wenn Canthar nicht die Hauptstadt war, so war sie doch beinahe berühmter als Siander.

Tarik überschlug in Gedanken die gewaltige Strecke von Canthar durch den Rest Lyth' Airyns, quer durch Azunaí und den größten Teil Ohaeds, und schüttelte unmerklich den Kopf. Dieses Pergament war ein mittelgroßes Vermögen wert. Mit spitzen Fingern rollte er es auf, beschwerte die Enden mit kleinen Schnapperstatuen aus Stein und las. Seine anfängliche Skepsis über die Abbildung einer faustgroßen Kugel, die von Lederbändern umschlungen war, wandelte sich in größtes Erstaunen, als er deren Funktion gewahr wurde. »Meister, gestattet mir eine Frage«, wandte er sich an den Schamanen, der das Huhn in einen großen Kessel gesteckt hatte und nun die Federn aufsammelte.

»Frag nur Junge, frag.«

»Hier stehen schauerliche Dinge, Meister. Ist es wahr, dass Wyvernsäure zu so etwas gebraucht werden kann? Wenn es stimmt, könnte dies die Jagd revolutionieren!«

Der alte Mann fuhr sich über den ergrauten Bart und seine Augen funkelten aufmerksam. »Nicht wahr? Ich sagte doch, es seien völlig neue Erkenntnisse, die den Bürgermeister sicherlich interessieren dürften. Und dich wahrscheinlich auch.«

Tarik wandte sich wieder dem Pergament zu. Sein Herz schlug schnell und seine Hand zitterte, als er es glatt strich. Die Überschrift formte ein Wort, in dem eine dramatische Wirkung steckte. »*Bomben*, Meister Isgaroth ... Säure und Pulver aus getrocknetem Wisentdung. Es ist so einfach und soll eine solche Durchschlagskraft haben?«

Der Schamane stemmte sich auf die nackten Füße und tapste durch die Hütte, die sich einige Meter über ihnen zu einer eleganten Spitze verjüngte. Auf voll bepackten Regalen quetschten sich Phiolen, Fläschchen, Schüsseln und Gläser aus Bergkristall, alle mehr oder weniger gefüllt mit Flüssigkeiten und Ölen.

Erst jetzt erkannte Tarik den Gestank, der ihm entgegengeschlagen war. Er stand auf und folgte Isgaroth in ein kleines Hinterzimmer, in dem der große, nicht minder chaotische Arbeitstisch stand.

Der Alte überreichte ihm schmunzelnd eine sandbeerengroße Kristallpille, die mit einer durchscheinenden Flüssigkeit gefüllt war.

Tarik rollte das winzige Ding zwischen Daumen und Zeigefinger vor seinen Augen und inspizierte es. »Ihr habt es bereits hergestellt«, stellte er verwundert fest.

»Ein grandioses Feuerwerk lässt sich daraus machen. Es sprengt dir glatt die Zehen weg, wenn du nicht aufpasst. Kleinere Kristallkugeln gibt es leider nicht. Zur Demonstration ist diese eigentlich noch zu groß. Aber wenn die Kugeln noch kleiner wären, könnte man sie kaum noch befüllen, da sie eine gewisse Stärke haben müssen, um nicht von selbst zu zerbrechen. Außerdem könnte es durchaus sein, dass sie dann überhaupt nicht mehr zu zerstören wären. Nun, da mich sowieso alle für einen verrückten Kauz halten, können wir es auch hiermit ausprobieren. Lass uns nach draußen gehen«, rief er begeistert.

Tarik folgte ihm strammen Schrittes. Die kleine Kugel hielt er so sorgsam und fest wie nötig. Er hatte das mulmige Gefühl, dass ihm das Kleinod gleich in der Hand explodieren könnte, wie es auf dem Pergament beschrieben wurde. Er war gespannt, was genau das bedeutete. Von Feuerwerken hatte er bisher nur gehört. Isgaroth benutzt dieses Wort, als wäre es etwas Selbstverständliches. Aber der Schamane war schließlich viel herumgekommen.

Isgaroth blieb auf dem Steg stehen und zeigte auf das dicht bewachsene Ufer. »Schmeiß es dorthin!«, befahl er voller Vorfreude.

Tarik warf einen letzten Blick auf die Kristallpille, ehe er sie von sich schleuderte. Als sie auf dem Boden zerschellte, schlugen Flammen aus dem Nichts, ein Donner zerriss die Luft und eine heftige Druckwelle drückte Tarik nach hinten. Mit vor dem Gesicht erhobenen Armen konnte er sich nur mühsam auf dem Steg halten. Hitze fraß sich durch seine Haut.

Das Feuer erlosch und machte dichten Rauchschwaden und knisternder Stille Platz.

Er keuchte laut und blinzelte den Ruß aus seinen Augen. Seine Muskeln waren angespannt und der Schreck ihm tief in die Glieder gefahren.

Die Explosion hatte ein tiefes Loch in die Erde gerissen.

Meister Isgaroth hielt sich lachend den Bauch. Schmutz hatte sich in seinem Bart festgesetzt und auf sein ehemals purpurfarbenes Gewand gelegt. »Explosiv, nicht wahr? Explosiv!«

Tarik entspannte sich angesichts der guten Laune des Schamanen und atmete tief durch. Er ging zu dem verkohlten Loch am Ufer, aus dem es noch immer rauchte und von dem eine ungewöhnlich hohe

Temperatur ausging. Er hockte sich hin, befühlte die heiße Erde, suchte vergebens nach Splittern und Überresten des Kristalls und wusch im Teich, so gut es ging, seine schwarzen Finger, bevor er zu Isgaroth zurückkehrte, der ihn fröhlich beobachtet hatte. »In dem Gefäß war nur Säure, Meister, so ist es doch? Ihr habt den Dung direkt in den Kristall hineinarbeiten lassen. Deswegen der strenge Geruch. Aber wenn sich die Säure entzündet, sobald sie mit dem Dung in Berührung kommt, wie kann es sein, dass sie nicht gleich explodiert, sobald sie hineingefüllt wird?«

Der Schamane lächelte. Die tiefen Furchen um seine Augen zeugten von seinem heiteren Gemüt, deuteten aber auch sein hohes Alter an. »Überleg, Tarik van Cohen. Du bist der Wahrheit schon dicht auf die Pelle gerückt.«

Er drehte sich nachdenklich um.

Inzwischen waren einige Schüler, die zu dieser späten Stunde erst den Unterricht beendet hatten, aufgetaucht und zeigten aufgeregt auf die Stelle der Explosion.

»Ich sollte mich wohl korrigieren. Den Kristallschmied habt Ihr nur damit beauftragt, die Wyvernsäure zu versiegeln. Ihr selbst habt eine zweite Schicht Kristall darübergelegt, mit dem Dungpulver darin.«

Sie gingen zurück zur Hütte, wobei leichte Wellen gegen die Stelzen schlugen.

»Beinahe richtig, mein Junge. Doch über das Kristallschmieden musst du noch viel lernen. Man kann Kristall nicht legieren.«

»Wie habt Ihr es dann angestellt?«, wollte Tarik nun mit unverhohlener Neugier wissen.

»Glas«, erklärte der Schamane knapp. »Beim letzten Mal hast du Abschriften über Herstellung von Glas erstellt. Es ist lange her. Du siehst also, du musst öfter zu mir kommen.«

Glas bestand hauptsächlich aus Quarzsand und wurde in verschiedenen Prozessen geschmolzen. Es war kein leichter Vorgang und die meisten Wörter in diesem Zusammenhang hatte er noch nie gehört. Isgaroth hatte ihm damals versichert, dass Glas schon bald an Bedeutung gewinnen würde. Nun, bisher war davon nichts zu spüren, der Kristallhandel florierte weiterhin und die angebliche

Begeisterung aus den anderen Ländern war noch nicht zu ihnen herübergeschwappt.

»Dann habt Ihr also eine zweite Schicht aus Glas darübergelegt. Sobald die Hülle auseinanderbricht, vermengen sich Säure und Dung und führen zu dieser … Explosion.« Tarik stockte. »Der Dung selbst kann nicht dafür verantwortlich sein. Irgendetwas, irgendein Bestandteil muss diese Reaktion hervorrufen. Davon wird aber nichts berichtet.«

Isgaroth setzte sich wieder auf seinen Schemel und griff nach der Wasserschale, in der er sein Gesicht von dem Ruß befreite. Der Bart hing in nassen Strähnen von seinem Kinn und Wasser tropfte ungeniert auf den Holzboden. »Weil man noch nicht so weit ist, Junge, dass man es herausgefunden hätte. Aber die Wissenschaft der Bomben wird sich rasch entwickeln, glaub mir. Es steckt zu viel gefährliches Potenzial darin.«

Noch immer aufgewühlt las Tarik das Pergament ein zweites Mal durch. Inzwischen fühlte er sich der Aufgabe gewachsen, die Informationen abzuschreiben. Während er seine Arbeit tat, ging er in Gedanken das *gefährliche Potenzial* durch.

Die Herstellung solcher Bomben, wie der Schamane es tat, konnte nur in geringen Mengen vonstattengehen. Es gab in ganz Canthar niemand anderen, der etwas von Glas verstand, geschweige denn es produzieren konnte. In dem Rezept stand nichts davon, wie man solche Bomben relativ ungefährlich bauen konnte, nur wie deren Wirkung aussah. Die Möglichkeiten waren also begrenzt. Aber im Kampf gegen Wyvern brauchte man keine Säure, die besaßen diese Bestien schon selbst. Sollte es eines Tages tatsächlich zu dem von Tris erwähnten Krieg gegen die Reiter kommen, konnte man sich sicherlich etwas ausdenken. Explodierende Wyvern würden allerdings wenig an Rohstoff übrig lassen, deshalb würden Bomben bei einer gewöhnlichen Jagd wohl kaum eingesetzt.

Er stellte sich vor, wie er Khaled davon berichtete. Sollte der Gnadenbringer Meister Isgaroth nicht auslachen, würde ihm die Vorstellung von in Stücke gerissenen Echsen sicherlich gefallen. Vor allem, wenn man ihnen nur etwas Wisentdung in den Rachen werfen musste.

Tarik hielt inne, als es in seinem Magen rumorte. Ihm wurde regelrecht schlecht bei dieser Vorstellung. Töten um des Tötens willen. Das konnte nicht die Wahrheit sein. Aber was hatte Khaled schon für einen anderen Antrieb? Ihm fehlte es an nichts, er strebte nur die Ausrottung der Wyvern an. Auch er würde sich wohler fühlen, wenn es die geflügelten Echsen nicht gäbe, aber was wäre der Preis dafür? Und vor allem, wie weit würden sie dafür gehen müssen? Einerseits würde der Handel Canthars, ach was, ganz Lyth' Airyns, zusammenbrechen, beruhte er doch zum Großteil auf den Erzeugnissen der Wyvern. Auch die Einnahmen der Festspiele würden wegbrechen, die Attraktion des Landes schlechthin. Lyth' Airyn hatte neben Grimbalds und schrecklich vielen giftigen Vaskas nicht viel zu bieten. Andererseits würde Khaled seine Lebensaufgabe verlieren. Nein, so weit würde es ohnehin nicht kommen. Zumindest war sich Tarik sicher, dass er es nicht mehr miterleben würde. Die Reiter bildeten eine immer stärker werdende Gewalt gegen die Jäger und niemand wusste genau, wie stark sie inzwischen wirklich geworden waren, oder wo sie sich formierten.

Canthar ohne Wyvern. Eine lächerliche Utopie; aber mit dem Vorteil einer neuen Waffe, die sich gezielt gegen diese Bestien richtete, längst nicht mehr in so weiter Ferne, wie er bisher immer gedacht hatte.

8. Schlammerstickte Königin

Zwei Hornteller und zwei Becher standen auf dem kleinen Tisch, als Tarik die Hütte betrat. Quirin hockte vor dem Kamin und rührte in einem verbeulten Kessel über dem kleinen Feuer.

»Herrje, das wollte ich dir eigentlich ersparen«, seufzte Tarik und stellte sich neben seinen Bruder, der unbeirrt in den trüben Sud starrte. Er wirkte winzig klein, wie er in dem viel zu großen Hemd ihres Vaters über den schmalen Schultern dasaß und mit seiner freien Hand über die nackten Zehen strich.

Tarik ließ sich neben ihm nieder und umschlang mit den Armen seine Knie. »Wie war es in der Steppe?«

Quirin senkte den Kopf.

Erst jetzt bemerkte er die aufgeplatzte Lippe. Das Gesicht hatte Quirin so auffällig abgewandt, dass Tarik ihm einen Finger unter das Kinn legte und ihn so zwang, ihn anzusehen.

Der Junge riss sich los.

»Musste das sein?«, fragte Tarik leise.

»Ich wusste, es wäre dir egal, warum es passiert ist«, giftete Quirin.

Tarik wandte sich von ihm ab. »Ich trage die Verantwortung für dich, Quirin«, sagte er nach einer langen, unerträglichen Stille. »Ich weiß, wir hatten es nie leicht, aber auch wenn ich mich zu Tode schuften müsste, ich würde alles dafür tun, dass du es einigermaßen erträglich hast. Wie ... wie kann ich es dir nur recht machen?« Er sah seinen Bruder von der Seite an. Mit aller Macht hatte er die letzten Worte zusammensuchen müssen, um ihm verständlich zu machen, wie sehr er sich um ihn sorgte.

Der Junge hatte ihm den Rücken zugedreht und den Kopf auf die Knie gelegt.

Tarik füllte seine Lungen mit Luft und spürte die Vorahnung eines Streits. Doch es konnte nicht ungesagt bleiben. Womöglich, nein sicherlich wusste Quirin längst, was auf dem Spiel stand. Vielleicht konnte er auch noch so viel reden, es würde sich dennoch nichts ändern. Aber solange er das Ohr seines Bruders hatte, würde er es versuchen. »Du hast mir versprochen, dich zusammenzureißen. Ich kann es einfach nicht schaffen, wenn du mir nicht unter die Arme greifst. Oder mir zumindest keine weiteren Hindernisse in den Weg legst, wie mit deinen ständigen Prügeleien. Manchmal ... manchmal fürchte ich, in einer Sackgasse zu stehen. Aber anstatt umzudrehen, schreie ich sie an, wieder und wieder ...«

Quirin fixierte mit aller Macht eine Kerbe im Boden. Er begann, offenbar vor Wut, zu zittern.

»Wir müssen deine Wunden auswaschen, Quiri.«

»Hör endlich auf, mich ständig zu verhätscheln! Wenn du nicht wissen willst, warum ich mich geschlagen habe, dann lass mich einfach in Ruhe! Und nenn mich gefälligst nicht Quiri!« Sein Bruder sprang auf, war mit zwei Sätzen in seinem Zimmer und knallte die Tür zu.

Tarik blieb sitzen und knirschte mit den Zähnen. Am liebsten wäre er hinterhergerannt und hätte ihm die Vernunft eingeprügelt, aber er beherrschte sich. Wieder einmal.

Es war völlig gleich, ob Quirin angefangen hatte, oder nicht. Allein die Tatsache, dass er erneut in eine Schlägerei verwickelt gewesen war, würde der Prüfungskommission bestätigen, dass er seinen kleinen Bruder nicht unter Kontrolle hatte.

Tarik spannte die Muskeln in seinen Unterarmen an, bis die Sehnen scharf konturiert heraustraten. Er spürte Hilflosigkeit in seiner Brust aufwallen. Je mehr er versuchte, seiner selbst erwählten Bestimmung zu folgen, desto flüchtiger wurde sie. Er war nicht Herr über sich. Alles hing von einer elenden Kommission ab, die ihn nicht anerkennen wollte. Und von seinem kleinen Bruder, den er liebte und über alles stellte, der sich aber scheinbar der Situation nicht bewusst war und sich jedes Mal als störendes Sandkorn im Getriebe erwies.

Sollte er Fajeths Vorschlag folgen und ihn scharf zurechtweisen? Er konnte es nicht. Quirin hatte die Augen seiner Schwester. In seinem Blick lag trotz all der Wut diese Sanftmut, mit der Cynthia ihn stets bedacht hatte. Er verehrte Quirin, den Quälgeist, den Störenfried und wundersamen Jungen, der sich niemals von Worten einschüchtern ließ. Dem die Rebellion im Blut lag, sie nicht, wie er, unterdrückte, sondern offen zur Schau stellte.

Wieso drängte es ihn zu einer Entscheidung? Musste es denn so schwer sein? Seine Hoffnung beruhte darauf, dass Khaled und Tris die Kommission überreden konnten, aber die Chancen standen denkbar schlecht. All die Jahre hatte er darauf hingearbeitet, hatte Blut und Schweiß für die Ehre eines Jägers vergossen. Seine und Quirins Zukunft stand auf dem Spiel. Nicht zuletzt sein Traum, Cynthias Weg zu folgen. Oder hatte die Kommission bereits entschieden, dass er nie an sie herankommen würde? War das der Grund? Wollte man ihn vor noch größerer Schande bewahren? Tarik lachte verächtlich auf. So viel Voraussicht traute er den Hochwürden der Jägerschaft nicht zu. Sie waren bestimmt nicht auf sein Wohl bedacht, sondern einzig auf die Erhaltung der Ehre des so hoch angesehenen Berufes fixiert.

Die Situation war noch nie so verfahren gewesen. Die leise Hoffnung, doch zur Prüfung zugelassen zu werden, schwand zusehends. Khaled und Tris mochten die ganze Lehrerschaft mobilisieren, doch es würde nichts helfen, wenn Quirin immer wieder aus der Reihe tanzte. Aber er konnte ihm ja nicht verbieten, in den Unterricht zu gehen, im Gegenteil, er musste ihn regelrecht dazu zwingen. Es kam ihm vor, als würde der Junge sich mit jedem Tag unwohler in dieser Stadt fühlen.

Ein leises Kratzen huschte über den Fußboden. Erstaunt blickte Tarik auf. »Pokey? Bist du mir etwa gefolgt?«

Der Grimbald setzte sich vor ihn, legte den Kopf schief und richtete seine Aufmerksamkeit auf ihn. Die schwarzen Knopfaugen fixierten ihn durchdringend, wobei der zottelige Bär wie zu Salzsäule erstarrte, als erwarte er etwas Bestimmtes.

»Du meinst, wir sollen heute die Feldräuber vertreiben gehen?«

Pokey löste sich aus seiner Starre und sprang auf. Das dichte dunkle Fell ließ ihn breiter wirken, als er tatsächlich war. Grimbalds konnten sehr lustig aussehen, wenn sie nass waren und ihnen die Zottel an der Haut klebten, sodass sie eher einem zu groß geratenen Malak ähnelten.

Tarik konnte ein Seufzen nicht unterdrücken. »Das wird schwierig. Quirin ist sauer auf mich und hat bestimmt keine Lust, etwas mit mir zu unternehmen.«

Auf einmal verdunkelte sich der Raum, als jemand in die Öffnung trat. »Er wird sich schon noch einkriegen. Es war übrigens nicht gerade die feine Art, wenn du meinem Vater schon etwas bringst, nicht auch bei mir vorbeizuschauen.«

Tarik wurde von befreiender Erleichterung durchflutet. Er erhob sich, ging auf Fajeth zu und schloss sie fest in die Arme. Noch nie war er so froh gewesen, sie zu sehen. Der Zeitpunkt war genau richtig gewählt, mochte es nun am Zufall liegen oder nicht.

Sie fuhr ihm durch das immer noch feuchte Haar und er erzählte ihr von dem Streit mit seinem Bruder.

»Für Quirin ist es alles andere als egal, Tarik. Du musst mit ihm reden. Wenn er glaubt, er sei dir gleichgültig, wirst du nie zu ihm durchdringen«, erklärte Fajeth danach ernst. Sie hatte sich auf einen der beiden Stühle gesetzt und die Hände auf den Tisch gelegt. Ab und zu nahm sie einen Schluck aus dem Becher. Sie trug ein luftiges Kleid, das himmelblau schimmerte und am Saum mit kunstvollen Goldbändern verziert war. In ihrem offenen Haar prangte eine Spange aus kristallenen Blumen, die das Licht in allen Farben brachen.

Tarik fuhr sich mit der Hand übers Gesicht. Inzwischen war die Suppe fertig und köchelte im Kessel nur noch etwas vor sich hin. Er überlegte lange, nickte dann und stand auf. »Hoffentlich geht das gut«, murmelte er wenig überzeugt.

Quirin hatte es nicht geschafft. Ihm liefen die Tränen über die erhitzten Wangen, während er sich darauf konzentrierte, nicht zu blinzeln. Er hatte sich vor seinem Bett auf die Knie niedergelassen. Es war gefährlich, aber er hatte auf Anhieb kein besseres Versteck gefunden.

Das Ei schimmerte in den Tüchern liegend, die er halb heruntergezogen hatte, um sich an dem Farbenspiel zu erfreuen.

Wenn Tarik herausfand, was er in ihrem Zimmer versteckte, würde er ihn wahrscheinlich umbringen. Dann konnte sich sein großer Bruder sicher nicht mehr zurückhalten und versuchen, auf diplomatischem Weg eine Lösung zu finden. Er würde von ihm verlangen, das Ei zu zerstören oder einer Zuchtfarm zu bringen. Aber er hatte etwas ganz anderes damit im Sinn.

Warum tat er das? Es brachte nur Ärger ein. Tarik würde nie Jäger werden, wenn das herauskäme und auch er würde sich wahrscheinlich eine Verbannung aus der Stadt einhandeln. Es war verboten, Wyvern ohne Genehmigung aufzuziehen, erst recht in einem privaten Haushalt. Das durften nur Zuchtfarmen und Zwinger. Nicht einmal für Unterrichtszwecke in der Akademie war es erlaubt.

Er wusste nur eines: Er würde es tun. Vielleicht würde es einige Zeit gut gehen, vielleicht musste er auch irgendwann fliehen. Aber versuchen wollte er es. Ein Abenteuer, ganz für ihn allein; selbst wenn es schwierig werden würde, es vor Tarik geheim zu halten.

Er schreckte zusammen, als es an der Tür klopfte, und schob das Ei noch weiter unter das Bett. Hastig robbte er auf die andere Seite des Zimmers und griff gerade nach dem Beutel, als Tarik eintrat.

Sein Bruder blieb unschlüssig stehen, ehe er an der Wand zu Boden rutschte. »Dann erzähl doch, wieso du dich geprügelt hast.«

Quirin rutschte auf seinen Knien umher, bis er eine bequeme Position gefunden hatte. Er war noch immer wütend, aber mit dem Gedanken an das Ei fiel es ihm wesentlich leichter, nicht wieder auszurasten. »Wieso willst du das auf einmal wissen?«

Tarik stützte das Kinn auf seiner Handfläche ab und sah ihn durchdringend an. »Weil es dir wichtig ist. Und du bist mir wichtig.«

Quirin rang im Stillen mit sich. Manchmal war Tariks Sentimentalität lästig, andererseits war er froh darum. Er erfuhr nirgendwo sonst solche Zuneigung. Khaled meinte es zwar gut, aber der Gnadenbringer war zu engstirnig und stur, um ihm zuzuhören. Fajeth sah er nicht oft genug, obwohl er sie sehr mochte. Ansonsten hatte er mit den Bewohnern Canthars wenig gemein. Er legte eine Hand in die andere. »Wir sind zu den Mungohöhlen gegangen, um zu sehen, wie sie in der Steppe leben. Wir haben schon im Unterricht darüber gesprochen, trotzdem sind die anderen wie die Verrückten umhergerannt und haben alles verscheucht, was in der Nähe war. Aber ein Mungo hat sich zu mir herausgewagt«, sagte er nicht ohne Stolz. »Hakin hat ihn einfach gepackt, obwohl der Mungo Angst hatte. Er hat ihm wehgetan und es nicht einmal bemerkt.« Er hatte seinem Lehrer gegenüber nichts davon erzählt, aber auch vor Tarik fiel es ihm alles andere als leicht, zuzugeben, dass ihm das Tier leidgetan hatte.

»Und das wolltest du nicht, das verstehe ich. Aber musstest du gleich auf Hakin einschlagen?«, wollte Tarik wissen.

Die Wut kehrte zurück und Quirin ballte seine Hände zu Fäusten. »Das verstehst du nicht! Hakin hätte mich ausgelacht und den Mungo zerquetscht!«, presste er hervor. Er beobachtete Tarik mit all der Willenskraft, die er aufbringen konnte, um nicht wieder herumzubrüllen. Die Sekunden sprangen vorbei und irgendwie halfen ihm die Stille und das ruhige Gesicht seines Bruders, gelassen zu bleiben.

Auf einmal lächelte Tarik. Er stemmte sich auf die Knie, robbte auf Quirin zu und wuschelte ihm durchs Haar. »Ganz wie unser Vater, Quiri«, schmunzelte er.

Überrascht blickte er auf. »Wie Vater?«

Tarik nickte. »Es war keine Feigheit, weshalb er den Reiter verschont hat, sondern Mut. Er tat es aus Überzeugung.« Seine Miene wurde nachdenklich. »Aber es hat dazu geführt, dass er getötet wurde. Merk dir das, Quirin, manchmal bekommt es uns gar nicht gut, unsere Meinung so vehement zu vertreten. Die Folgen können furchtbar sein. Vor allem für die, die uns nahestehen.« Er gab ihm einen Stoß gegen die Schulter. »Und jetzt lass uns ein paar Feldräuber jagen gehen. Von den verdienten Skalen können wir ausnahmsweise Amberkuchen kaufen, was hältst du davon?«

Quirin rappelte sich etwas verstört auf, warf einen gedankenverlorenen Blick auf das Bett, unter dem das Ei lag und verließ mit Tarik das Zimmer.

Ervyll begrüßte sie, bevor sie bei der Scheune angelangt waren. Der Amberbauer trug einen breiten, ausgefransten Strohhut und eine schmutzige Latzhose. Seine Frau hatte das Kleidungsstück schon so oft geflickt, dass Tarik beim besten Willen nicht sagen konnte, welches der verwendete Grundstoff sein mochte.

Das sonnengegerbte Gesicht des Mannes lag im Schatten des Hutes. Seine rauen Finger schenkten ihnen einen festen Händedruck.

»Endlich fähige Leute. Ich hatte gehofft, dass ihr auch dieses Jahr wieder zu mir kommt. Die Feldräuber wachsen zu einer gefährlichen Plage heran.«

Fajeth sah sich, die Hände in die Hüften gestemmt, um. Sie hatte ihr elegantes Kleid gegen einen Arbeitsstoff ausgetauscht, den sie bei Tarik deponiert hatte. »Ich sehe es. Die Ernte ist ernsthaft bedroht.«

»Es wäre gut, wenn du es auch dem werten Herrn van Sidahan berichten würdest«, fügte Ervyll trocken hinzu. »Du weißt ja, wo die Sachen sind.«

Sie nickte und bedeutete Tarik und Quirin, ihr zu folgen. Der Junge sprang aufgeregt umher. Er hatte sie beide schon beim letzten Mal auf der Jagd nach den smaragdgrünen Schädlingen begleitet. Es hatte ihm offenbar großen Spaß gemacht.

Die Feldräuber waren daumengroße Käfer, die in Schwärmen auftraten und die Ernte vor allem dann zerstörten, wenn die zarten Sprösslinge aus der Erde schossen.

Pokey, der aufmerksam um Fajeths Beine geschlichen war, begrüßte wenig später den kühlenden Schatten der Scheune mit einem zufriedenen Schnaufen.

Neben großen Amberkornspeichern und zwei Wisentpflügen gab es ein Regal allein für die Gerätschaften, mit denen den Käfern der Garaus gemacht werden sollte. Ervyll stellte vor allem während der Aussaat viele zusätzliche Gehilfen an, die ihm helfen sollten, vorbeugend gegen eine Plage vorzugehen oder ihrer zumindest Herr zu werden. Aber bei so großen und zahlreichen Schwärmen wie in diesem Jahr war er für jede zusätzliche Hilfe äußerst dankbar.

Fajeth hatte einige Zeit bei ihm gelernt, weshalb sie aufgrund ihres Wissens und ihres Geschicks gern bei ihm gesehen war.

Tarik und Quirin stellten sich ebenfalls nicht dumm an, als sie zielsicher nach einem Kescher und kleinen Duftdöschen griffen.

Fajeth hatte sich indessen mit einer übel riechenden Paste eingerieben, die sie an Tarik weiterreichte. Er und Quirin taten es ihr gleich. Die Feldräuber waren Parasiten, die durch ihre Bisse verschiedene Krankheiten übertrugen. Der Gestank hielt sie davon ab, ihnen zu nahe zu kommen, es sei denn, sie wurden gereizt.

Tarik half seinem Bruder, die richtigen Lederschuhe auszusuchen. Die Haare wurden unter dichten Tüchern versteckt.

Schließlich traten sie hinaus in den mäßig schwachen Sonnenschein. Ihnen blieben vielleicht noch zwei Stunden bis zur Dämmerung.

Die Ambersprösslinge trieben auf kleinen Hügeln aus der Erde, wo ihrer Jugend von den gefräßigen Käfern ein jähes Ende bereitet wurde. Zahlreiche Gehilfen sammelten die Feldräuber in mühsamer Kleinstarbeit ein, ohne das Problem bei der Wurzel zu packen.

Ervyll übergab Fajeth ein zart gewobenes Netz. »Ganz neu. Gerit hatte noch keinen Erfolg damit, aber er hat auch nicht so viel Übung wie du. Viel Glück«, brummte er und verschwand wieder.

Nachdenklich ließ sie das Netz durch ihre Finger gleiten. »Das war eine teure Anschaffung. Aber anders werden wir die Königin des Schwarms wohl kaum erwischen. Ich muss wirklich mit meinem Vater darüber reden, vielleicht erstattet er Ervyll die Kosten hierfür.« Sie blickte auf und lächelte. »Dann fangen wir mal an, würde ich sagen! Quirin, was weißt du noch von der letzten Jagd?«

»Wir müssen zuerst nachsehen, ob die Königin schon Eier gelegt hat.«

»Genau. Allerdings hat Ervyll nichts von Eiern gesagt, also können wir uns einen groben Überblick verschaffen. Ausschwärmen!«, kommandierte Fajeth fröhlich.

Tarik bewunderte einmal mehr die Befehlsgewalt in ihrer Stimme, die sie so einsetzen konnte, dass ihr niemand zu widersprechen wagte, sich andererseits aber auch nicht angegriffen fühlte. Er verspürte erneut den Drang, sie fest in seine Arme zu schließen. Stattdessen legte er Kescher und Duftdöschen beiseite und begann mit der Suche. Er stieg über die Amberhügel, stöberte zwischen gelben Farnen und Gräsern nach den milchigen Übeltätern, inspizierte verdächtige Löcher im sandigen Boden und kontrollierte die Rinde einer kleinen Zeder.

Die Gehilfen klagten über Rückenschmerzen und die eintönige Arbeit. Immer wieder gingen sie zu einer großen, umzäunten Grube, wo bereits Hunderte Feldräuber in einer klebrigen Schlammbrühe langsam verwesten. Später würden sie als Dünger auf den Feldern einen Teil ihres Schadens wiedergutmachen.

Kurze Zeit später winkte Fajeth ihn und Quirin zu sich. In ihrer Handfläche glänzten einige kleine Eier im Licht. »Die hier habe ich hinter der Scheune gefunden. Wie es scheint, haben die Feldräuber dort eine kleine Kolonie gebildet.«

»Dann finden wir da auch die Königin.« Tarik rümpfte die Nase. Er hatte sich zwar an seinen eigenen Geruch gewöhnt, aber neben Fajeth und Quirin zu stehen, verstärkte den Gestank um ein Vielfaches.

Pokey tauchte aus der Scheune auf, watschelte offenbar nach einem Nickerchen noch etwas unbeholfen und lief einmal einen Kreis um sie herum.

»Dann lass uns nachsehen!« Fajeth holte ihre abgelegte Ausrüstung.

Tarik musste zugeben, dass ihm die Eier nicht aufgefallen wären, wenn er hier nach ihnen gesucht hätte.

Seine Freundin hatte sich zielsicher durch den Boden gewühlt und dabei weder Biss noch Schmutz gescheut. Inzwischen sah sie schlimmer aus als der engagierteste Gehilfe, schien im Gegensatz zu den Angestellten aber sehr glücklich darüber, etwas Handfestes tun zu können.

Sie kniete sich hinter der Scheune unbeirrt hin und griff nach dem Duftdöschen, das Quirin ihr reichte. Sie erweiterte den Eingang zur Kolonie, bis die ersten wütenden walnussgroßen Käfer mit dem grün schimmernden Chitinpanzer herausflogen, und träufelte eine großzügige Menge des Lockduftes hinein. Er bestand aus stark konzentrierten Ausflüssen der Paarungsdrüsen der männlichen Feldräuber und würde die Männchen extrem aggressiv machen, die Königin aber, das einzige Weibchen eines jeden Schwarms, an die Oberfläche locken.

Quirin quietschte auf, als ihm ein Käfer gegen die Wange flog.

Fajeth wischte sich mit dem Unterarm über die dreckverschmierte Stirn und stand auf. »Packt eure Kescher, jetzt wird es lustig«, warnte sie und trat einige Schritte zurück.

Tarik und sein Bruder folgten ihr, nur Pokey blieb neugierig vor den immer zahlreicher werdenden Feldräubern sitzen. Der Grimbald schnappte probeweise nach einem Käfer und schlug ihn gegen die Wand der Scheune. Darin erkannte er wohl eine neue Art der Beschäftigung. Seine Pfoten wirbelten immer schneller durch die Luft.

»Was, wenn sie ihn beißen?«, fragte Quirin besorgt.

Fajeth winkte ab. »Grimbalds haben ein dickes Fell und sind gegen die Krankheiten immun, die die Feldräuber übertragen. Wenn er genug von ihnen hat, wird er schon von selbst verschwinden.«

Konzentriert beobachteten sie die wild umherfliegenden Käfer, die Pokey nun in arge Bedrängnis brachten. Der Grimbald fauchte und hatte die langen Krallen ausgefahren, mit denen er die Schädlinge noch während ihres Fluges in kleine Stücke schnitt.

Das monotone Brummen zahlreicher Flügel wuchs stetig an. Tarik hatte schon ganze Schwärme auf sich zukommen sehen und wusste, dass sie es hier mit jungen und vergleichsweise wenigen Feldräubern zu tun hatten.

Quirin machte sicherheitshalber zwei Schritte zurück und versteckte sich hinter seinem Rücken.

Fajeth hob das Netz auf Augenhöhe und beobachtete das Geschehen. Im nächsten Moment erhob sich ein besonders großes Exemplar schwerfällig aus dem Erdloch. Die harten Deckflügel, die der Farbe eines Smaragds glichen, waren weit vom Rücken der Königin abgespreizt, wodurch die beiden filigranen echten Flügelpaare ungehindert schlagen konnten. Trotz ihrer Größe und scheinbaren Trägheit wirkte sie erhaben, als sie durch die Reihen ihrer Untergebenen schnitt, einige Runden drehte und sich schließlich neben dem Loch auf der weichen Erde niederließ, wobei ihr Hinterleib auf und nieder pulsierte.

Pokey wurde inzwischen von den männlichen Feldräubern derart attackiert, dass er missmutig davonsprang und sich warnend vor Fajeth stellte.

Sie ignorierte ihn, lief an ihm vorbei nach vorn, das Netz weit von sich gestreckt.

Tarik sah kurz zu Quirin. »Du weißt, was zu tun ist?«

Der nickte entschlossen.

Sie mussten Fajeth flankieren, um die Feldräuber mit ihren Keschern von ihr fortzulenken. Vorsichtig schlichen sie zum Erdloch.

Hoffentlich klappt es beim ersten Versuch, dachte Tarik. Solang noch kein Angriff stattgefunden hatte, waren die Käfer zwar massiv aufgedreht, aber noch nicht tödlich entschlossen, die Eindringlinge bis zum bitteren Ende zu verfolgen.

Fajeth war nun nah genug, um mit einem weiteren Schritt die Königin unter ihrem Netz zu begraben.

Das Brummen um sie herum war so weit angeschwollen, dass sie sich nur noch brüllend hätten unterhalten können. Die Feldräuber schossen wie dunkle Kugeln um sie herum, hielten immer seltener Abstand und würden sich in ihren Haaren verfangen, wenn sie diese nicht unter den Tüchern versteckt hätten.

Pokey faucht angriffslustig.

Tarik presste die Lippen aufeinander, um den Käfern keine Möglichkeit zu bieten, in ihn hineinzukriechen, und verstärkte den Griff um seinen Kescher. Das hier war wahrlich nicht die Arbeit, der er ein Leben lang nachgehen wollte. Die Füße der Insekten kribbelten auf seiner verschwitzten Haut und das Sirren der Flügel an seinen Ohren jagte ihm einen Schauder nach dem anderen über den Rücken.

Sichtlich konzentriert beugte Fajeth sich vor. Ihr Schatten durfte sich nicht auf die Königin legen. Mit einer raschen Bewegung warf sie das Netz.

Als stünde der trübe Himmel aufseiten der Feldräuber, erhob sich im selben Moment eine Böe, die Käfer und Staub umherwirbelte, wodurch die Königin knapp entkam. Es war nur der Bruchteil eines Augenblickes, den sie brauchte, um sich erneut in die Luft zu erheben, wo sie zornig einen weiten Kreis drehte.

Der Schwarm bildete über Fajeth, Quirin und Tarik einen Bogen, um sich mit geballter Macht gegen sie zu werfen.

Tarik hielt seinen Bruder mit festem Griff an der Schulter davon ab, einfach davonzurennen.

»Keine Panik, sie werden sich jetzt nicht mehr zerstreuen. Erinnere dich an den Unterricht«, beruhigte er ihn.

Quirin schnappte nach Luft. »Unterricht?«, fragte er erstickt.

Fajeth atmete tief durch, als sich der Schwarm entschlossen auf sie stürzte. »Jungs, macht euch bereit!«

»Was jetzt?«, rief Quirin panisch.

Tarik warf ihm einen kurzen, amüsierten Blick zu. »Lauf, so schnell du kannst!«

Der Junge raste davon.

Tarik folgte ihm etwas langsamer, da die Käfer offensichtlich nicht die schnellsten Insekten waren. Er sah über die Schulter zurück zu Fajeth.

Sie war stehen geblieben, an ihrer Seite den verächtlich fauchenden Pokey und Tariks Kescher in den Händen.

»Wohin?«, schrie Quirin.

»Egal, nur nicht auf die andere Seite zu den Feldern! Wir müssen sie zu Fajeth treiben und hoffen, dass sie irgendwann die Königin erwischt.« Sobald sie die Königin hatten, würde ihnen der Schwarm folgen. Sie konnten sie in der Schlammgrube versenken und die Käfer würden sich direkt neben ihrer Majestät in den schwarzen Tod stürzen.

»Nicht zu schnell, sonst wenden sie sich von uns ab«, mahnte er Quirin,

Der sprang keuchend an einer Zeder vorbei und änderte die Richtung. Neben ihnen verlief der hölzerne Zaun der Farm, an dem gelbes Unkraut emporkletterte. Er wich einer Erhebung in der Erde aus und hielt auf Fajeth zu.

Hoch aufgerichtet suchte sie in der Käferwolke nach dem Weibchen, während sich Pokey mit ausgefahrenen Krallen vor sie gestellt hatte und die messerscharfen Zähne fletschte.

Tarik und Quirin liefen rechts und links an Fajeth vorbei, die sich gegen den Nebel aus Insekten stemmte und den Kescher umherwirbeln ließ. Als der letzte Käfer des Schwarms an ihr vorbeigezogen war, inspizierte sie den Kescher. Der Erfolg war ausgeblieben.

Es war die trivialste Art, eine Feldräuberplage loszuwerden, wenn auch immer noch besser und wesentlich sinnvoller, als die Käfer einzeln aufzusammeln. Es gab nicht gerade viele Experten auf diesem Gebiet, obwohl diese Insekten ganze Ernten zerstören und furchtbare Hungersnöte auslösen konnten.

Jetzt rannte Quirin wieder auf sie zu, verfolgt von dem noch jungen Schwarm.

Die Königin befand sich vermutlich in der Mitte. Fajeth musste also genau in den Kern stoßen und den Kescher nur in die richtige Position bringen. Theoretisch ganz einfach, praktisch vermutlich unheimlich mühsam und unangenehm. Fajeth musste wohl oder übel die Augen schließen, was sie daran hinderte, die Mitte des Schwarms zu treffen.

Tarik und Quirin mussten eine weitere Runde drehen und noch eine, bis sie in einem energischen Schwung mit dem Kescher, den sie sogleich auf die Erde presste, um die große Öffnung zu verschließen, die Hoheit erwischte, die wütend herumzappelte und sofort an den Fransen zu nagen begann. Fajeth griff mit einer Hand nach dem Netz, das Ervyll ihr gegeben hatte, und warf es über den Kescher. Das würde die Königin, die gerade aus all ihren Drüsen einen Duftstoff spritzte, der einem verzweifelten Hilferuf gleichkam, mit ihren scharfen Greifern nicht zerbeißen. Fajeth hatte nur sehr wenig Zeit, das Netz richtig zu packen und damit zur Grube zu rennen. In einem atemlosen Hindernislauf zur anderen Seite der Scheune wich sie tückischen Stolperfallen aus, kam an der Schlammgrube zum Stehen, hielt das äußere Netz und schleuderte den Rest in die Grube. Die Käfer stürzten an ihr vorbei in ihr eigenes Grab. Die

Königin zappelten mit ihren langen Stabbeinen wild umher, ihre Drüsen schossen weiterhin den Duft hinaus und lockten allmählich auch die anderen Feldräuber zur Grube.

Tarik schlang von hinten seine Arme um sie und hauchte ihr zwischen zwei tiefen Atemzügen einen Kuss hinters Ohr. »Glückwunsch ... du warst schon beim vierten Mal erfolgreich!«

Quirin ließ sich hektisch atmend neben ihnen auf den Rücken fallen und streckte Arme und Beine weit von sich.

Fajeth legte ihre Hände um Tariks Hinterkopf und zog ihn zu sich nach vorn. Ihr Blick verlor sich in seinem. Sie fuhr mit ihren Fingern seine Wangenknochen entlang. Sein Gesicht bedeckte eine dünne Schicht Schweiß, vermischt mit der stinkenden Paste. Mit schnellen Handgriffen hatte sie ihm das Tuch vom Kopf gezogen und strich ihm durchs Haar. »Ich glaube, wir haben uns ein Bad redlich verdient«, bemerkte sie naserümpfend.

Er lachte und rieb demonstrativ seine dreckige Wange an ihrer, ohne auf ihre lautstarken Proteste zu achten. Erst ein sanftes Zupfen an seinem Wams brachte ihn dazu, von ihr abzulassen und Pokey gegen die Brust zu stupsen. »Schon gut, kleiner Freund, ich höre ja auf.«

Fajeth sah zu Quirin, der keine Anstalten machte, sich zu bewegen. »Geben wir ihm noch ein paar Minuten, danach müssen wir unbedingt ins Badehaus.«

9. Geschöpfe aus eisigen Gefilden

Quirin hatte Tarik nichts davon erzählt, dass er der Schule für einen Tag fernbleiben musste. Er hätte sich nur unnötig Sorgen darum gemacht, bei wem er ihn hätte unterbringen können. Womöglich hätte er ihn sogar mitgenommen, und wenn es etwas gab, das er ermüdender fand als den eigenen Unterricht, dann waren es die Übungen seines Fast-Jäger-Bruders, der sich stundenlang mit seiner dämlichen Trilanze beschäftigen konnte, ohne von seinem Eifer einzubüßen. Da tat er lieber so, als würde er wie jeden Morgen zur Schule aufbrechen. Er hatte andere Pläne. Dinge, die ihn wirklich interessierten.

Quirin hatte ausnahmsweise seine Bundschuhe und ein sauberes Hemd angezogen. Selbst die Haare hatte er mit einem Kamm aus Harpienknochen zurückgebürstet.

Mit wichtigem Gesichtsausdruck und seiner Schiefertafel in der Hand marschierte er durch das hohe Tor in eine der vielen Zuchtfarmen Canthars. Das umzäunte weite Feld war erfüllt von lauem Gewinsel. Mittelgroße Echsen, die ihn, wenn sie sich auf die Hinterbeine stellten, um höchstens einen Kopf überragten, krochen über die staubtrockene Erde. Sobald später die Sonne erbarmungslos auf sie niederbrannte, würden sie unter den Holzdächern mit den Futterkrippen Schutz suchen. Die Beschichtung der Krippen blätterte an einigen Stellen ab, an denen sie von den Echsen für eine dankbare Abwechslung zum monotonen Speiseplan gehalten und vom Boden aufgeschleckt wurde.

Quirin hielt auf die dunkle Öffnung des steinernen Gemäuers zu, das aus dem Boden zu sprießen schien. Ein einfaches Schild kündigte dem Gast das Gewerbe an, welches in diesem Haus betrieben wurde.

Nachdem er die kreisrunde Eingangshalle betreten hatte, umfing ihn eine schwül-kalte Atmosphäre. Der Boden war feucht und rutschig. Er war froh, seine Schuhe angezogen zu haben. Wenn er sich streckte, konnte er den kalten Stein der Decke berühren. Nach wenigen Schritten senkte sich der Boden und Quirin hatte das Gefühl, auf einer schlammigen Welle in den Schlund der Erde gespült zu werden.

Rankenartige Schlingpflanzen waren die nackten Wände hochgeklettert und wanden sich um Öllampen, in denen schmale Flammen züngelten und unheimliche Schatten zum Leben erweckten. Die kalte Luft biss in seine Haut und ließ ihn frösteln. Beinahe hätte er die Arme um die Schultern geschlungen, als ihn eine dunkle Stimme überraschte.

»Noch ne Schulaufgabe, wie?«

Quirin drehte sich halb um, wobei er die Schiefertafel fest umklammerte, und versuchte, sein Unbehagen zu überspielen. »Guten Morgen, Herr, ich soll einen Vortrag über die Aufzucht von Wyvern halten.«

Ein alter Mann löste sich aus der Dunkelheit. Er ging gebeugt und hatte dünne, knochige Beine. Ein langer weißer Bart wucherte über sein runzliges Gesicht und verschmolz mit dem dichten Haarschopf. Eine schmale Brust, von einem fleckigen, flatternden Hemd umgeben, verdeckte die krummen Arme, die er hinter seinem Rücken hielt. »Was du nicht sagst, Junge«, brummte er. »Und gibt es diesmal wenigstens einen Schwerpunkt? Ich mache diese Arbeit hier schon fast mein ganzes Leben und ein einziger verdammter Tag reicht einfach nicht aus, um euch jungen Spunden alles zu erklären. Es reicht ja noch nicht einmal, euch einen groben Überblick zu verschaffen, meine Güte! Ich schreibe Briefe, Junge, weißt du das? Jedes Mal, wenn einer von euch hier war, schreibe ich einen netten Brief – na gut, inzwischen sind sie weniger nett als früher – an die Grünschnäbel von der Schulkommission, und erkläre denen, wie viel sandbeerensaftige Arbeit in einer Zuchtfarm steckt, verbrauche dafür Unmengen an verteufelt teurem Pergament, und was glaubst du, wie sie es quittieren?«

Der Mann funkelte Quirin so energisch an, dass er sich unwillkürlich fragte, ob er sich die richtige Farm ausgesucht hatte, geschweige denn sich sein Vorhaben überhaupt lohnte. »Ähm … Ich glaube nicht, dass sich die Leute, die in der Kommission sitzen, sonderlich Gedanken darüber machen«, antwortete er vorsichtig.

Überrascht hob der Mann die Augenbrauen. »Eben drum. Genau das, Kleiner. Wie ist dein Name?«

»Quirin.«

»So? Na gut, Quirin Wieauchimmer, weißt du, warum ich diese alten, von Gicht geplagten Finger dazu zwinge, die verdammte Feder in die Hand zu nehmen?«

Quirin war rot geworden. Er hoffte, dass man das im Halbdunkel der Eingangshalle nicht sehen konnte. Es widerstrebte ihm, seinen Familiennamen geheim zu halten, andererseits wollte er nicht unnötig Aufmerksamkeit erwecken, was bei der Vergangenheit seiner Familie ein Ding der Unmöglichkeit war. »Ich sehe darin keinen Sinn«, gestand er ehrlich.

»Ha!« Der alte Mann hob den verkrüppelten Zeigefinger. »Wo kämen wir denn hin, wenn wir bei der kleinsten Schwierigkeit schon aufgeben würden?«

Zweifelnd verlagerte Quirin sein Gewicht auf das andere Bein und verschränkte die Arme vor der Brust. Ihm fiel ein, was Tarik tags zuvor voller Verdruss vor sich hingemurmelt hatte. »Also soll man die Wand der Sackgasse so lang anbrüllen, bis sie zurückweicht, Herr? Wieso versucht Ihr nicht einen anderen Weg, der Euch eher zum Ziel führen könnte?«

Mit verdutztem Ausdruck kam der Mann so nah an Quirin heran, dass sich ihre Nasenspitzen beinahe berührten. »Du bist vorlaut und verflucht gewitzt, Quirin Wieauchimmer. Kein einziger deiner Vorgänger war je Manns genug, die Kommission infrage zu stellen, ganz zu schweigen von dem Mann, von dem sie sich Lernwissen erhofften. In dir schlummert ein wahrer Rebell, was?«

Quirin biss die Zähne zusammen und versuchte, sich nichts anmerken zu lassen. »Ist jeder, der seinen Kopf benutzt, ein Rebell?«

Da lachte der Mann schallend. Seine Stimme erfüllte den ganzen Raum und hallte selbst dann noch nach, als er sich ihm wieder mit verschmitztem Lächeln zuwandte. »Natürlich. Denk nach, hinterfrage, nimm nicht hin, was dir von oben zum Fraß vorgeworfen wird, und du wirst schneller zum Rebell, als dir lieb ist. Du magst das Wort nicht? Nun, die wenigsten sind stolz darauf, als solcher bezeichnet zu werden. Die Wahrheit allerdings ist, dass neue Ideen stets eine Rebellion bedeuten. Nur selten stellen sie sich gegen das gesamte System. Doch wer würde bei Erneuerungen schon von Rebellion sprechen? Ich gebe zu, dieses Wort hat einen negativen Beigeschmack. Es ist gebrandmarkt durch jene, die ihre Herrschaft durch neue, gesellschaftliche Ideen bedroht sehen.«

Quirin fiel es unheimlich schwer, der nachhallenden Stimme des Alten zu folgen. Obwohl er sich alle Mühe gab, verstand er den Sinn der übermäßig langen Ansprache nicht ganz. »Warum rebelliert Ihr dann nicht?«, fragte er verwirrt.

Ein seltsamer Schatten legte sich über die grauen Augen. Erst jetzt, als sich der Alte dem schwachen Licht der Öllampen zuwandte, konnte Quirin deren unendliche Tiefe erkennen.

»Was vermag mein gebrechlicher Körper noch zu verändern? Sechzig Jahre, hörst du? Sechzig Jahre arbeite ich schon hier. Ich habe mich damit abgefunden. Nur manchmal, wenn so ein junger Spund wie du hier auftaucht, verspüre ich die aufkommende Energie eines jugendlichen Geistes, der einem alten Kauz wie mir noch mal frischen Wind auf die Mühlenflügel weht. Nun, aber diese Energie ist schnell verbraucht. Zu schnell. Manchmal reicht sie nicht einmal dafür, den begonnenen Brief zu beenden. Aber Quirin Wieauchimmer, ich habe mich noch gar nicht vorgestellt. Man nennt mich den alten Joron. Willkommen, willkommen auf meiner bescheidenen kleinen Farm. Was genau willst du denn wissen?«

»Alles vom Ei zum gerade geschlüpften Wyvern. Wie lange wird gebrütet? Was muss man dabei beachten? Gibt es besondere Rituale, die die Mutter durchführt? Und was fressen Babywyvern?«

Der alte Joron gluckste und bedeutete Quirin, ihm tiefer ins Reich der Erde zu folgen. »Die Brutzeit beträgt mehrere Wochen. Sechs, um genau zu sein. Auf den Tag genau kommt es nicht an, aber je später der Wyvern schlüpft, desto kräftiger ist er. Nach spätestens sieben Wochen jedoch sollte der Kleine die Eierschale verlassen haben, sonst erstickt er am Platzmangel. Ein Hinweis darauf, dass er viel zu schwach ist, die Schale zu durchbrechen und somit eine Missgeburt, die ich zu ertränken pflege. Als Arenawyvern taugt er nichts, aber das Fleisch ist zart und lässt sich gut verkaufen.«

»Woher wollt Ihr das wissen, wenn Ihr die Wyvern gleich ertränkt?«, warf Quirin ein. Er fand die Vorstellung eines gequälten Wesens, das kaum die Welt erblickt und ihrer schon wieder entrissen wird, einfach nur grauenhaft.

»Die Erfahrung, Quirin, die Erfahrung. Sechzig Jahre arbeite ich schon hier, weißt du? Beinahe mein ganzes Leben. Ich kenne mich mit diesen Bestien aus, das kannst du mir glauben.«

Quirin presste die Lippen aufeinander, um der bissigen Antwort, die auf seiner Zunge lag, keine Fluchtmöglichkeit zu bieten.

Inzwischen hatte sich der schmale Gang in einen breiten Raum ergossen, in dem in langen, kniehohen Reihen aufgetürmter fester Erde unzählige glänzende Eier lagen, zwischen dichten Amberähren eingebettet. Quirin spürte die Kälte auf seiner Haut und schüttelte sich.

Der Alte musterte ihn. »Keiner scheint zu wissen, dass die Wyvern erst bei niedrigen Temperaturen schlüpfen. Es sind seltsame Wesen. Ein Attribut der Kälte ist, dass sie alles verlangsamt. Bewegungen, Gedanken, das Leben als solches. Nur Wyvern und Schnapper scheinen dabei aufzublühen.«

Voller Verwunderung trat Quirin näher an die Nesthügel und strich zaghaft über die glatte Oberfläche eines purpurfarbenen Eies. »Woran liegt das? In der Steppe ist es warm, es ist doch unlogisch, dass die Wyvern dort leben, wenn sie die Kälte bevorzugen.«

»Du bist ein schlauer Bursche. Streng dich ein wenig an und du kommst von selbst auf die Antwort.«

Als Quirin nach einigen Minuten den Kopf schüttelte, wurde er ärgerlich. »Du enttäuscht mich. Ich habe große Hoffnungen in dich gesetzt, nachdem du mir die Stirn geboten hast und nun kommst du nicht auf die offensichtlichste Lösung?«

Quirin zuckte mit den Schultern. Ihm machte es schon lange nichts mehr aus, angeschnauzt zu werden. Er hatte in der Schule gelernt, damit umzugehen. Wahrscheinlich gelang es Tarik deswegen, ihn immer wieder aufzuregen, denn sein Bruder hielt nichts von lautstarken Zurechtweisungen. »Ich kann einfach nicht glauben, dass die Wyvern nicht aus Lyth' Airyn stammen sollen. Wir haben hier ein warmes Klima, wahrscheinlicher wäre es also, wenn die Wyvern von irgendwoher eingewandert sind, wo es viel kälter ist. Aus Naewion zum Beispiel oder Ohaed.«

»Den beiden nördlichsten Ländern unseres Kontinents, in denen Schnee und Eis vorherrschen, ja, das ist die ursprüngliche Heimat der Wyvern. Ich danke dir Quirin, ich dachte kurz, du wärst ein ebensolcher Einfaltspinsel wie all die anderen Schüler, die hier immer wieder auftauchen.«

Quirin versuchte, sich zu erinnern, welchen weiten Weg die Wyvern hinter sich hatten. Es war gar nicht so leicht, sich klarzumachen, wie gewaltig die Anstrengung der geflügelten Echsen gewesen sein musste, bis nach Lyth' Airyn zu ziehen. Durch die eisigen Regionen der nördlichsten Länder Ohaed und Naewion, durch die Sümpfe und endlosen Weiten Azunaís, durch die anderen Fürstentümer des Landes, bis sie das Rote Gebirge schlussendlich als neue Heimstatt erkoren hatten. Allein das Klima könnte unterschiedlicher kaum sein.

»Nebenbei«, unterbrach der Alte seine Gedanken, »Schnapper sind tatsächlich eine Ausgeburt unserer wärmeren Gefilde. Zwischen Gletscherspalten und Schneeverwehungen könnte diese Unterart der Wyvern nicht überleben. Sie haben zwar ihre Flügel eingebüßt, sich aber sonst ganz gut unserem Klima angepasst. Die Kälte beim Brüten ist eines der wenigen Überbleibsel ihrer Mutterart.«

»Außerdem sind sie zähmbare Reittiere für Soldaten und Jäger«, fügte Quirin der Vollständigkeit halber hinzu.

Der Alte nickte und zeigte auf die Eier. »Die Körpertemperatur von Wyvern ist insgesamt niedriger als bei uns Menschen, obwohl die Wyvern aus unserem Breitengrad inzwischen nicht mehr im Norden überleben könnten, weil auch sie sich über die Jahre der hiesigen Wärme angepasst haben. Ansonsten müsste ich noch tiefer graben, um eine Brutstätte in eisiger Kälte anzulegen. Die Brutzeit dauert sechs bis sieben Wochen, wenn die äußeren Bedingungen stimmen.«

Quirin horchte auf. »Und wenn sie nicht stimmen? Zeitweiße zumindest? Wenn das Ei einige Tage in der Sonne gelegen hat?«

Der alte Joron musterte ihn seltsam. »Je nachdem wie weit die Entwicklung des Fötus vorangeschritten war, verendet er und das Ei fault von innen heraus, oder es hat einfach nur eine Unterbrechung stattgefunden, die aufgehoben wird, sobald die Bedingungen wieder stimmen. Du hast seltsame Fragen für einen Schüler, Quirin Wieauchimmer.«

»Ich habe einen Bruder, der Jäger ist. Er erzählt immer wieder davon, dass sie Nester von Wyvern ausnehmen und die Eier als Delikatessen verkaufen. Deswegen habe ich mich gefragt, ob man solche Eier nicht auch in Zuchtfarmen bringen könnte.«

»Kann man. Aber ich habe keinerlei Interesse daran, einen Arenawyvern zu züchten. Ich bin zu alt für eine solche Kraftanstrengung und beschränke mich auf die Rohstoffe niederer Wyvern.« Der Alte führte ihn zurück zu einer Abzweigung weiter oben, die sie vorhin ignoriert hatten. »Dein Bruder ist also Jäger. Wie ist sein Name?«

»T... Toarth«, erwiderte Quirin hastig. Sein Herz klopfte heftig und er hoffte, dass der Alte sein Stottern nicht bemerkt hatte. Dabei war er immer ziemlich gut im Lügen gewesen.

»Mh, von einem Toarth habe ich noch nie etwas gehört. Ach, sei's drum, tritt ein!«

Quirin folgte dem Alten in einen wesentlich wärmeren Raum, der von hohem Gewinsel erfüllt war. Unzählige winzige Echsen taumelten auf hauchdünnen Beinchen durch ihre Gehege, die ebenfalls mit Amberähren ausgelegt waren.

»Man muss Männchen und Weibchen von Anfang an trennen. Sie entwickeln schon sehr früh Zuneigung zueinander, die ein Leben lang hält. Wyvern sind schrecklich monogam und können bereits im Alter von einigen Tagen Kraftunterschiede bei ihren potenziellen Partnern ausmachen.«

»Mein Bruder sagte, Wyvern seien Einzelgänger.«

»Sobald sie einen Partner gefunden haben, bleiben sie zu zweit.«

»Was ist mit den Reitern?«

»Den Reitern? Redest du von dämonischen Blutreitern der Wilden Jagd oder von den Reitern aus Fleisch und Blut?«

Quirin sah ihn trotzig an. »Es gibt keine Blutreiter.«

»Aha, hat dir das auch dein Bruder erzählt? In dem Fall könnte er schon eher recht haben. Es ist ein erstaunliches Phänomen, dass die Reiter die Wyvern scheinbar zu einem Rudel versammelt haben. Ich kann dir darüber nichts erzählen, ich kenne mich damit nicht aus. Das Einzige, was ich dir dazu sagen kann, ist, dass Wyvern in der Natur immer zu zweit sind und eigentlich nicht in großen Gruppen zusammenleben. Hier nicht und auch in den nördlichen Ländern nicht. Aber wer weiß? Wir alle sind Veränderungen unterworfen, ob es uns gefällt oder nicht.«

Quirin hockte sich hin und steckte einen Finger durch die Maschen des Netzes, das um die einzelnen Gehege gespannt worden war. Ein armlanger ockerfarbener Wyvern tapste auf ihn zu und schnupperte vorsichtig. Die filigranen Flügel nutzte er beim Vorankommen als Vorderläufe.

Quirin kicherte, als ihm der Winzling den Finger abschleckte.

Joron verschränkte erneut die Arme hinter dem Rücken und wippte auf und ab. »Süß, nicht wahr? In ein paar Tagen ist seine Zunge bereits so rau wie ein Stein und in ein paar Wochen kann er dir das Fleisch von den Knochen lecken. Die Schuppen ausgewachsener Wyvern sind glatt und extrem hart, sie zu reinigen ist schwierig. Dafür sind ihre Zungen geradezu hervorragend geeignet. Aber als Zeichen der Zuneigung gegenüber einem Menschen denkbar schlecht geeignet.«

»Und was gebt Ihr ihnen zu fressen?«, wollte Quirin wissen. Noch immer schmiegte sich die kleine Echse an seine Hand, während er neckisch nach dem langen, gehörnten Schwanz fasste.

»Insekten. Später Kleintiere, Vögel. Während ein ausgewachsener Schnapper höchstens einen Bilgot jagen würde, schrecken Wyvern auch vor einem Wisent nicht zurück. Aber nicht hier. Meine Wyvern werden nicht so groß. Sobald sie annähernd dem Kindesalter entwachsen sind, werden sie geschlachtet. Mit dem Fleisch lässt sich gut handeln. Die Schuppen dienen als Schmuckstücke, ohne die scharfen Kanten, die sie mit dem Alter erhalten. Weißt du Junge, ich habe dir bisher kaum etwas erzählen können. Ich habe den Großteil meines Lebens gelernt. Dieses Wissen kannst du nicht an einem Tag ansammeln. Es ist eine Schande, dass man euch nicht länger herschickt. Für ein halbes Jahr, um zumindest die Grundlagen zu lernen. Zumindest das ...« Der Alte versank offenbar in tiefe Träumereien.

Quirin ignorierte ihn und löste sich schweren Herzens von der kleinen Echse, die ihm aus großen Augen hinterhersah. Die winzigen Wesen zu sehen und zu wissen, was in nicht allzu ferner Zukunft mit ihnen geschehen würde, raubte ihm den Atem. Auch wenn er gern noch mehr über ihre Aufzucht erfahren hätte, musste er schleunigst gehen, um nicht zu versuchen, all die Kreaturen aus ihrer grausamen Gefangenschaft zu befreien. Er nahm seine Schiefertafel zur Hand und nickte dem alten Joron zu. »Ich danke Euch dafür, dass Ihr mir Eure Zeit geopfert habt. Schreibt einen Brief, Herr Joron, oder tretet persönlich vor die Schulkommission, damit wir uns wiedersehen«, leierte er hastig herunter und stürmte aus dem Raum.

Der Weg zurück kam ihm viel kürzer vor. Die Pflastersteine brannten, obwohl die Mittagszeit noch nicht angebrochen war. Die letzten, standhaften Händler priesen ihre verderbliche Ware am Straßenrand an oder packten bereits zusammen, um den erbarmungslosen Strahlen der Sonne zu entfliehen. Tatsächlich schien diese mit jeder Minute stärker zu brennen, als habe sie vor, ganz Canthar einzuschmelzen.

Aus allen Poren schwitzend erreichte Quirin das Viertel, in dem er und sein Bruder wohnten. Die Wäsche der Waschweiber hing an langen Leinen von einer Seite der Gassen zur anderen, mal in einigen Metern Höhe, mal so, dass er im Zickzack laufen musste. Ein kühlender Wind ließ sie wild flattern und trocknete sie im Nu.

Es war ein armes Viertel, in das sich viel mehr Hütten quetschten, als es Platz gab. Manche von ihnen konnte man nur über die Dächer der Nachbarn erreichen, oder indem man sich durch schmalen Gassen zwängte.

Nach einer engen Biegung kam ihr Haus mit den rissigen Wänden in Sicht. Spärliche Gräser sprossen an ihnen empor und blassgelbes Moos wucherte wie bei den anderen Häusern von den braunen Schindeln des schiefen Daches.

Innen war es etwas kühler. Quirin stürzte sich wie ein Wilder auf den Eimer mit Brunnenwasser. Sein Durst war so groß, dass er keinen Gedanken daran verschwendete, es zuerst abzukochen.

Anschließend stürmte er in sein und Tariks Zimmer, holte das Ei vorsichtig unter seinem Bett hervor und betrachtete es eingehend. Die blauen und violetten Schlieren vereinigten sich zu wilden Strudeln und reflektierten das grelle Licht, dass seine Augen schmerzten. Er musste den Blick abwenden.

»Wo bekomme ich einen so kühlen Ort her, wie du ihn brauchst, um zu schlüpfen?« Das Ei in ein Wasserbad zu legen erschien ihm nicht besonders sinnvoll. Es würde nie die nötige Temperatur haben und falls der Wyvern schlüpfte, wenn er nicht da war, würde er ertrinken. Oder konnten Wyvern schwimmen? Eine interessante Frage ...

»Kein Risiko, wohin mit dir?«, murmelte er und sah sich um. »Ich kann dich nicht vergraben, ich kann dich nicht ertränken. In ganz Canthar gibt es nur die Zuchtfarmen, die ein ordentliches Klima bieten.

Quirin verschränkte die Beine zum Schneidersitz und schaute grimmig auf seine Zehen.

Mit einem Mal fiel ihm die Lösung für all seine Probleme ein.

10. Ernüchternde Begründung

»Weshalb sind die meisten Gnadenbringer männlich?«

»Soll das ein Scherz sein? So eine einfache Frage wird die Kommission bestimmt nicht stellen«, rief Larius und rammte seine Trilanze in den verschrammten Ledersack, der quer durch den Raum sauste.

Tarik betätigte die Hebel und versuchte, Larius von allen Seiten anzugreifen. »Antworte!« Er riss den Schalter herum. Eine gepolsterte Stange sprang aus ihrer Halterung und der Jägerschüler wurde von den Beinen gerissen. Beim Aufprall auf dem mit Strohmatten ausgelegten Boden wich Larius alle Luft aus den Lungen. Er keuchte angestrengt, während er einer zweiten Stange auswich und seine Waffe aufklaubte.

»Weil die Trilanze trotz leichtester Materialien ein relativ hohes Gewicht hat!«, brüllte er und duckte sich unter einer in dicke Stoffbahnen gehüllten Kette weg, die sogleich zurückschwang, jedoch von ihm abgewehrt wurde.

Tarik nutzte den Moment, in dem sich Trilanze und Kette ineinander verschlangen, und öffnete die Schleuse über Larius' Kopf. Zischend wurde dieser in dichten Rauch gehüllt, der die ätzende Säure der Echsen imitierte. »Du bist schwer verletzt, was tust du?«, fragte Tarik. Seine Stimme hallte durch das Sihias. Die Luft im Gebäude war schwer.

Larius hustete und kroch aus dem Nebel. »Ich hätte vorher loslassen sollen, verflucht!«

»Was tust du *jetzt*?«, wollte Tarik energisch wissen, wobei er weitere Hebel betätigte. Schwere Zahnräder setzten sich in

Bewegung und erfüllten den halbdunklen Raum mit ihrem Grollen.

»Ich bringe mich in Sicherheit und hoffe, dass ein anderer Gnadenbringer schlauer ist als ich!«

Tarik lächelte und ließ hier und da noch einen peitschenden Wyvernschwanz auf Larius zusausen, der ihnen mit gespielten Schmerzen auswich und schließlich matt vor ihm zum Liegen kam. »Ich habe versagt«, stöhnte er.

»Anders gesagt: Ich bin ein Held an den Hebeln.«

Larius sah auf. »Wie kommt das absolute Gewicht der Trilanze zustande?«

Tarik rollte mit den Schultern und sprang von einer Seite zur anderen, um sich aufzuwärmen. »Eine Trilanze muss perfekt ausbalanciert sein. Das Kampfgewicht der Klingen verdoppelt sich, da sich ein mindestens genauso großes Gewicht am anderen Ende der Stange befinden muss. Ich gebe zu, diese Fragen sind wirklich mehr als einfach, aber wir werden mit Sicherheit auch in Waffenkunde geprüft. Außerdem denkt es sich schwerer in eine andere Richtung, wenn man sich gerade im Kampf mit einem simulierten Wyvern befindet.«

»Ob sie uns auch in Anatomie prüfen?«

»Bestimmt. Zumindest, was die Schwachpunkte der Echsen betrifft.«

»Uff.« Larius wälzte sich auf den Rücken und starrte zu den komplizierten Konstruktionen an der Decke des Sihias hinauf. »Die Augen und ein geöffneter Rachen sind die einzigen Zugänge ins Hirn, weil Wyvern keine Ohren besitzen. Aber ein offener Rachen birgt die Gefahr eines Säureangriffs, also muss man einen Stoß zeitlich gut planen. Direkt, nachdem der Angriff vorbei ist. Zum Beispiel, wenn der Wyvern seine Flügelkrallen aufgesetzt hat und von den Fällern beschossen wird.«

»Oder direkt unter dem Schlüsselbein. Was muss man beachten, wenn man versucht, das Herz zu treffen?«

Larius seufzte. »Man muss die Trilanze parallel zu den Rippen halten. Wenn der Wyvern aufrecht steht, horizontal und nach einem Säureangriff, wenn er den Oberkörper nach vorn beugt, senkrecht.

Noch mal zu den nichtvorhandenen Ohren, Wyvern brüllen doch, nicht wahr? Heißt das, sie hören ihr eigenes Gebrüll nicht?«

»Sie reagieren sehr empfindlich auf Vibrationen. Sie hören sich zwar nicht, fühlen sich aber.«

»Sie kommunizieren über Brüllen und Fühlen?«

Tarik hielt in seinen Bewegungen inne. »So hat man es uns beigebracht. Eine seltsame Verirrung der Natur.« Er schnappte sich seine Übungstrilanze und sprang beschwingt nach vorn. »Los, ich bin dran.«

Die Sonne versank hinter den brennenden Dächern der Akademie, als Khaled das große Portal des Helitoriums aufstemmte. Der Ring des Türöffners glänzte kobaltblau, als wäre gerade erst ein Gehilfe hier gewesen und hätte ihn mit verdünnter Wyvernsäure poliert.

Khaled hatte sein bestes Wams übergestreift, am Gürtel Trophäen seiner erfolgreichsten Jagden. Unzählige Zähne und Klauen, Schuppen in verschiedensten Farben und Formen verzierten den paradegleichen Anzug, den er sonst mied wie einen Haufen Sandbeeren. Er hasste alle Feierlichkeiten, die mit den Bestien zusammenhingen. Er wollte sie vernichten und nicht noch den größtmöglichen Profit aus ihnen schlagen.

Der Boden des Anwesens, das in den unteren Räumen die Lehrerzimmer und Labore beherbergte und in den beiden obersten Stockwerken die Residenz der Jägerkommission, blitzte in farbenprächtigen Mosaiken auf. Perlmutt schimmerte zu seinen Füßen, dazu Kristalle, durchscheinend in Rot, Gelb und Blau, den Farben, in denen sie vorkamen.

Doch er schenkte ihnen keine weitere Beachtung. Stattdessen nahm er die geschwungene Treppe am Ende der Eingangshalle, immer zwei Stufen auf einmal. Im ersten Stock schimmerten die braungoldenen Buchrücken der Bibliothek, im Zweiten wartete Tris in einen hellgrünen Peplos gehüllt, der an ihren Schultern von zwei eleganten Fibeln zusammengehalten wurde. »Grüß dich,

Khaled. Sie warten bereits auf uns«, begrüßte sie ihn mit ernstem Gesichtsausdruck.

»Das sollen sie nicht länger«, erwiderte er mürrisch.

Sie betraten einen niedrigen Saal, der vor prachtvollen Trophäen strotzte. Ausgestopfte Jungwyvern fauchten sich in den Ecken gegenseitig an, Trilanzen und Iacter heldenhafter Jäger aus der Vergangenheit schmückten die Wände, verborgen hinter teuren Kristallvitrinen.

Khaleds Blick fiel, wie immer wenn er hier war, auf die Trilanze einer weiblichen Jägerin. Großen Tropfen gleich fielen die drei filigranen Klingen auf den geschwungenen Stab, in ihrer Mitte je ein Loch, um das Gewicht zu verringern. Die Enden schimmerten noch immer, auch Jahre nach ihrem letzten Einsatz, als Cynthia Tariks Leben über ihr eigenes gestellt hatte.

Der lange Tisch, der den Raum beherrschte, war beinahe leer. Am Ende saßen zwei Vertreter der Kommission und bedeuteten Tris und ihm, Platz zu nehmen.

»Guten Abend. Ihr hattet um eine Audienz erbeten«, sagte ein älterer Mann mit grau meliertem Haar, zurückgebunden mit einem Lederband. Dicke Ringe prangten an seinen Fingern, die er ineinander verschränkt hatte.

Links von ihm beobachtete ein vergleichsweise junges Mitglied der Kommission die beiden Ankömmlinge. Das selbstgefällige Grinsen in seinem Gesicht war Khaled schon lange ein Dorn im Auge. Aber als Agrand Leodegan vor zwei Jahren gewählt wurde, weil er selbst das Amt eines Kommissionsmitgliedes abgelehnt hatte, war er zu erleichtert gewesen, um sich allzu viele Sorgen über die Zukunft der Jäger zu machen.

Er und Tris deuteten eine Verbeugung an und setzten sich.

»Nun denn, der große Khaled van Eyran und die achtbare Tris Mharkan beehren uns mit ihrer Anwesenheit. Es ist äußerst selten, dass ihr euch für unsere Geschicke interessiert«, ergänzte Agrand hochmütig.

»Und wenn der große Khaled ruft, hören ihn gleich zwei Mitglieder der Kommission an. Ich fühle mich nahezu geehrt«, konterte Khaled.

Ein Runzeln erschien auf der breiten Stirn des Älteren. »Mein guter Khaled, die Mitglieder der Kommission haben äußerst viel zu tun. Euer Anliegen betrifft einen Schüler, nicht den Überfall eines Wyvern mit schwerverletzten Jägern.«

Bevor Khaled etwas erwidern konnte, spürte er Tris' Tritt an seinem Schienbein.

»Sehr geehrter Edalired, wir wissen zu schätzen, dass Ihr uns Eure kostbare Zeit schenkt«, erwiderte sie rasch.

»Hört, hört«, hüstelte Agrand, womit er sich einen strafenden Blick des Älteren einfing.

»So tragt uns eure Bitte vor«, forderte Edalired ohne Umschweife.

Auf Tris' Nicken hin beugte Khaled sich vor und legte seine Unterarme auf dem Tisch ab. »Mit welcher Begründung verwehrt die Kommission Tarik van Cohen nun schon zum dritten Mal die Teilnahme an der Abschlussprüfung zum Jäger?«

Kurz herrschte Stille, dann gluckste Agrand und antwortete, ohne vorher einen Blick mit Edalired gewechselt zu haben: »Tarik van Cohen hat nicht das Herz eines Jägers!«

»Gemach, Leodegan, dies mag nun wirklich nicht der wahre Grund sein«, warf Edalired beschwichtigend ein. Er wandte sich an Khaled. »Dein Schützling ist wahrlich eine Bereicherung für die Schule. Er ist in der Theorie hervorragend«, er musterte Tris, »und offensichtlich recht geschickt im Umgang mit einer Trilanze. Leider scheint die Belastung durch den Verlust beinahe aller Familienmitglieder eine zu schwere Last zu sein, als dass er sich voll und ganz auf seine Ausbildung konzentrieren kann.«

Khaled funkelte Edalired an. »Könnt Ihr das vielleicht etwas konkretisieren? Tarik sorgt für sich und seinen Bruder, das tut er mit Herz und Seele. Ihnen geht es fabelhaft. Allerdings würde es ihm wesentlich leichter fallen, wenn er endlich als Jäger sein Brot verdienen könnte.«

»Darin besteht die Schwierigkeit. Aus welchem Grund wird man wohl Jäger? Um Anerkennung zu verdienen? Das ist mehr eine glückliche Fügung. Nein, aus Überzeugung! Die Kommission konnte davon bei Schüler Tarik nichts feststellen«, erklärte Agrand ärgerlich.

»Ihr habt recht, Leodegan«, stimmte Tris zu.

Khaled sah sie misstrauisch an. Ihr rotes Haar bildete einen scharfen Kontrast zu ihrer ungewöhnlich hellen Haut. Ihre Lippen erinnerten an eine reife Moe.

»Die Kommission konnte nichts vom Feuer im Herzen des jungen Tarik feststellen, da sie ihn nie geprüft hat«, fuhr sie fort. »Niemand hat sich je die Mühe gemacht, ihn im Unterricht zu beobachten. Meines Erachtens nach begeht die Kommission einen schweren Fehler damit, Tarik nicht in die Reihen der Jäger aufzunehmen. Ich hatte selten einen eifrigeren Schüler als ihn und sein Talent ist unverkennbar. Ich spreche im Namen der gesamten Lehrerschaft, wenn ich sage, dass man ihm zumindest eine Chance einräumen muss.«

Khaled ballte die Fäuste und musterte die beiden Mitglieder eindringlich.

Edalired schüttelte kaum merklich den Kopf und Agrand hatte scheinbar Mühe, ein Lachen zu unterdrücken.

»Die Prüfung begann vor drei Jahren«, sagte Edalired, »als wir ihm zum ersten Mal das Recht verwehrten, an den Wettkämpfen teilzunehmen.«

»Wie meint Ihr das?«, flüsterte Khaled bedrohlich.

»Ist das nicht offensichtlich, Gnadenbringer?« Agrand sah in spöttisch an. »Dein kleiner Tarik hat nicht aufbegehrt. Er hat sein Schicksal einfach hingenommen, obwohl er wusste, dass er einer der Geschicktesten in seinem Jahrgang war. Letztes Jahr war er sogar der Beste, doch kämpfte er um sein Recht? Nein! Dabei *mussten* wir seinen Ehrgeiz prüfen, mussten sehen, ob er um die Reinwaschung des Namens seiner Familie kämpft! Aber nicht das Geringste. Kein Hauch von Widerstand. Wie würdest du so jemanden bezeichnen? Als unentschlossen? Als feige?« Agrands Gesicht hatte sich tiefrot verfärbt. Er wirkte so aufgebracht, dass er die Anwesenheit Edalireds wohl vergessen hatte, denn dieser schien wenig begeistert von seiner Wortwahl.

»Das genügt. Obwohl der Mantel seiner Worte aus scharfkantigen Messern zu bestehen scheint, hat Leodegan im Grunde recht. Was wir sehen wollten, einen Tarik, der um seine Ehre streitet, blieb aus. In unseren Augen mag er noch so talentiert sein, wer im Herzen kein Jäger ist, der kann auch äußerlich keiner sein.«

Khaled lehnte sich zurück und verschränkte die Arme vor der Brust. Er hatte erwartet, außer sich zu sein, stattdessen war er selbst überrascht, wie gelassen er die Begründung hinnahm. »Das ist mehr als interessant«, gab er zu. »Ich habe das Gefühl, einem Streit zwischen Geschwistern beizuwohnen. Ihr«, er sah zu Edalired, schenkte Agrand aber keine Beachtung, »seid der ältere Bruder, der Erfahrene, man könnte annehmen Weisere der beiden. Und Tarik ist das törichte, unwissende Kleinkind, dem der Ältere etwas aus einem Grund verwehrt, den es nicht vorausahnen kann.«

Agrand zog die Augenbrauen zusammen. »Erkläre das, Gnadenbringer.«

Tris fuhr sich mit der Hand über die Stirn. »Etwas derart Triviales habe auch ich nicht erwartet. Wird von den Schülern nicht Gehorsam verlangt? Gehorsam vor der Kommission? Natürlich stifte ich sie dazu an, ihre eigene Meinung zu vertreten, aber niemals würden sie sich mit der Obrigkeit derart auseinandersetzen wie mit uns Lehrern. Wir stehen ihnen nahe, sind ihnen wie eine zweite Familie, doch mit den Mitgliedern der Kommission hatten sie bis dato rein gar nichts zu tun. Ihr erwartet einen Schüler, der für seinen Traum einsteht? Dabei ist eure größte Angst doch ein Desaster, wie Tariks Vater es verursacht hat. Erinnert Ihr euch dabei nicht an den Grund? Rebellion! Und nun verlangt ihr von Tarik, dass er gegen die Entscheidung der Kommission rebelliert? Meine Güte, der Junge ist der Inbegriff von Loyalität! Eine solche Ungerechtigkeit kann ich nicht mit ansehen. Ich fordere, auch im Namen des gesamten Kollegiums, dass Tarik van Cohen nächste Woche zur Prüfung zugelassen wird!«

Khaled nickte, um ihren Worten Nachdruck zu verleihen. »Ich halte die Kommission für klug genug, ihren Fehler einzusehen und wäre sehr enttäuscht, wenn sich all die Jahre meiner Arbeit zum Wohle der Jägerschaft als nichtig erweisen würden. Ich danke Ihnen, meine Herren, und verabschiede mich nun. Ich erwarte eine baldige Antwort«, beendete er die Audienz, ohne Raum für jegliche Widerworte zu lassen. Er erhob sich und verließ mit Tris den Saal.

Kaum waren sie vor die Tür getreten, schnaubte die Lehrerin laut auf. »Diese Narren! Ich kann einfach nicht glauben, was für Einfaltspinsel in unserer Kommission sitzen!«

Khaled sah sie von der Seite an. »Ich halte nicht viel von Politik, aber selbst ich erkenne die Idiotie an unserer Spitze. Verflucht, es wäre wirklich schade, wenn mein Vertrauen auf diese Weise zerstört würde.«

»Khaled«, Tris berührte ihre Lippen, »ich werde nicht zulassen, dass sie Tarik einfach abschieben. Der Junge hat das nicht verdient. Wenn nötig, gebe ich die Gemeinschaft dafür auf. Ich könnte ohnehin nicht mit Leuten zusammenarbeiten, die der Willkür verfallen sind und sich keinen Deut um Menschlichkeit und die wahren Ideale der Jäger scheren.«

Khaled spürte die Ader an seiner Schläfe pulsieren. »Hoffen wir, dass es nicht so weit kommt.«

11. Der Barde und der Narr

Fackeln erhellten den festgetretenen Weg. Ein Lichtermeer tanzte durch die Nacht und führte die Besucher des Dorfes zu einer kreisrunden Plattform inmitten einer Menschenmenge, die sich darum scharte, als hinge ihr Leben davon ab. Das saftig grüne Gras wurde von unzähligen Händen ausgerupft, von Stiefeln und Füßen platt getreten und zahlte so den Tribut für jene Person, die auf der Bühne ihre Darbietung hielt.

Glöckchen klingelten, als sich der Narr anmutig über das Holz bewegte. Sein Gesicht war weiß bemalt, mit schwarzer Farbe waren melancholische Züge erschaffen worden.

Er wirbelte Feuerzungen durch die Dunkelheit, rasende Räder aus Flammen, die sich gegenseitig jagten, atmete eine Wolke heißer Glut aus und wärmte damit die Wangen derer, die ihm am nächsten standen. Sein Oberkörper glänzte ölig, seine Beine brachten eine luftig bunte Pluderhose zu einem wilden Tanz und seine nackten Sohlen klatschten ungestüm auf das glatte Holz. Unter ihm das Volk, das ihm zujubelte; und doch wusste er, dass er hängen würde, wenn das Lachen verblasste.

Er musste sie begeistern. Allein ihr Frohsinn war sein Lebensgarant. Gleich seiner Gefangenschaft im Palast von König Sartarius, dem Herrscher Azunaís. *Es ist ihr Spaß, der mir hier droht, denn droht er mir nicht, so hängt man mich*, dachte er voll Trauer und war erleichtert darüber, dass seine Maske zwar nichts verdeckte, es die Menschen um ihn herum allerdings nicht wussten.

Eine Peitsche knallte durch die Nacht und er warf theatralisch die Flammen in die Höhe. Während sie zurück zur Erde segelten, wurden sie von den Luftströmen gelöscht. Mit gespielten Schmerzen wand er sich am Boden und gab erstickte Laute von sich.

Ein Hüne mit Henkerskapuze schritt verheißungsvoll über die Bühne, packte ihn im Genick und schleifte ihn von der Plattform.

»Und nun hört, was nur ein Wunder vermag! Lauschet den Klängen einer verzauberten Kehle! Er kommt aus der Universität in Norfurt, als Übermensch gelobt und besungen, singt er nun daselbst und präsentiert uns sein Werk *Grenzland.* Höret den hier noch unbekannten, aber bereits legendären Fyrndolf von Weihersbrunn!«

Ein junger Mann in scharlachroter Tunika, die an den Ärmeln mit ausschweifender Goldborte bestickt war, trug einen Hocker und eine Laute in die Mitte der Bühne. Sein Haar war hellblond und leuchtete beinahe. Es verdeckte sein halbes Gesicht, in dem sich tiefe Sehnsucht brach. Er legte das Instrument auf sein angewinkeltes linkes Bein und strich sanft über die Saiten. Die Menschen hielten den Atem an, als sie dem Vorspiel lauschten. Und als er gefühlvoll zu singen begann, verfielen sie in eine entrückende Trance.

»Barfuß geh ich meinen Weg
Durch warmen Sand und weiches Gras
In das ich mich voll Wonne leg
Das Leben ist wahrlich ein Spaß

Ein milder Wind streicht mein Gesicht
In des Baumes kühlen Schatten
In gold'nen Bändern fließt das Licht
Erinnere mich, was wir gemeinsam hatten

Und plötzlich ergießt sich ein kalter Schauer
Die Blätter bieten mir nicht länger Schutz
Verzweiflung liegt schon auf der Lauer
Ganz vergess' ich meinen Trutz

Eine Wüste aus zerbroch'nem Glas sich streckt
Scherben mir in die Sohlen schneiden
Des Spiegels Antlitz rot befleckt
Mein Herz erfüllt von stummen Leiden

Wo ist die schöne Zeit nur hin
Mein Schritt verlangsamt, und so schwer
Ich weiß nicht einmal, wo ich bin
Und wer bin ich? Wo komm' ich her?

Schmerzliche Sehnsucht mich nun treibt
Durch schwarz und grau bemalte Lande
Bunter Tupfer, der meine Freude einverleibt
Suche nach gold'nem, hoffnungsvollem Bande

Ich weiß genau, dort draußen irgendwo
Liegt mein Glück, recht gut verborgen
Irgendwann, gewiss, bin ich wieder froh
Und ganz entschwunden meine Sorgen

Lange suche ich nach dem Faden
Meines wirren Lebens Labyrinth
Muss die Schuld auf meinen Schultern tragen
Wäre so gern noch einmal Kind

Des Traumes Flug sich mir entzieht
Verwirrt öffne ich die Augen
Niemals zuvor ich so verliebt
Doch konntest du es mir nicht glauben

Noch immer ist mein Herz voll Trauer
Mich sehnt es nach der einen Hand
Die durchbricht die eisige Mauer
Und meine fasst, ganz unverwandt

In mir sich langsam leise Hoffnung regt
Bin dem Horizont schon wahrlich nah
Berühre ihn, und es verfliegt
Meine Not, wie wunderbar!«

Die Finger des blutjungen Barden zupften noch ein paar Takte der schwermütigen Melodie, ehe auch der letzte Ton zum Nachthimmel emporstieg. Eine erdrückende Stille legte sich über die Besucher des Wanderzirkusses, bis ein erstes, zögerliches Klatschen die Spannung auflöste und sich rasch zu einem wahren Jubelschauer ergoss.

Fyrndolf von Weihersbrunn stand auf und verbeugte sich galant. Er lächelte, hob die freie Hand zum Gruß und winkte mit der Laute. Bevor nach einer Zugabe verlangt werden konnte, verschwand er.

Der breitschultrige Henker trat erneut auf.

Eine Gestalt löste sich aus der Menge und huschte zwischen den feiernden Leibern hindurch zu den Zelten der Schauspieler. Sie fand als Erstes den Narren, der Pfeife rauchend auf einem Stein saß und über den sie beinahe gestolpert wäre, so unscheinbar gab er sich.

»Nichts passiert, nichts geschehen, niemand hat das Leid des Narren gesehen«, murmelte dieser melodramatisch, die Stimme schwer vom Alkohol. Er blickte überrascht auf. »Täusche ich mich, oder ist das Meister Everard höchst selbst? Der Spielmann, der eine Spur von gebrochenen Herzen hinter sich herzieht und unverschämt gute Laune verbreitet!«

Ertappt zog die Gestalt die Kapuze vom Kopf. Darunter quollen dichte Locken hervor und umrahmten das fein geschnittene Gesicht eines Mannes in seinen besten Jahren. Ein dünner Schnurrbart, penibel gestutzt, zog sich über seine Oberlippe und verlieh ihm ein verwegenes Äußeres.

»Ihr habt mich erkannt. Herr Mechlan, nicht wahr? Der Narr des Königs.«

»Ehemals, ehemals. Das Schicksal hat mich hierher verschlagen. Ob es allerdings ein Besseres ist, vermag ich nicht zu sagen«, erklärte der Narr pathetisch. Die Farbe tropfte bereits von seinen Augenlidern.

»Wie kommt es, Herr Mechlan, dass ihr dem Wanderzirkus beiwohnt?«

»Nun, mein Wesen ist es, den Menschen zu gefallen. Mein Leid für ihre Belustigung, nicht wahr? Das Leid zieht sie wie magisch an, das habe ich wohl begriffen. Solang es jemanden gibt, dem das Leben noch mehr Schmerzen zugefügt hat als ihnen, werden sie mir zujubeln und meiner Person frönen. Wer wäre ich, wenn ich ihnen diesen Spaß verwehren würde?«

Everard nickte. »Das Gewerbe eines Narren ist wahrlich mühsam. Ihr erfüllt der Welt einen großen Dienst. Ich bin froh, dass ich als Barde durch sie ziehen kann. Wir haben es so viel einfacher als ihr Narren, werden wir doch von der Meute und nicht vom König beurteilt. Euer Lohn ist das Leben, unserer ein paar Münzen. Ich danke Euch, Narr, dass Euch das Wohlergehen der Menschen so sehr am Herzen liegt«, antwortete Everard, nicht ohne eine leise Spur von Spott.

»Sagt, Meister Everard, wohin zieht es Euch? Ich möchte nicht sagen, dass ich Euch beneide, denn meine Aufgabe ist gewaltig und nur selten ist ihr jemand so sehr gewachsen, wie ich es bin. Aber ein Mann Eurer Stellung und Eures Könnens besucht die Darbietung eines einfachen Wanderzirkusses nicht ohne Grund, habe ich recht?«

»Das habt Ihr«, gab Everard zu. »Ich suche den jungen Fyrndolf.«

»Hat er Euch beeindruckt? So sehr, dass Ihr Euch seiner Konkurrenz sogleich entledigen wollt? Es tut mir leid, aber ich kann Euch den Jungen nicht überlassen.«

Der Spielmann lächelte und hob die Hände vor die Brust. »Wo denkt Ihr hin, Herr Mechlan, ehrenwerter Narr! Herr von Weihersbrunn entspringt derselben Universität wie ich, wir sind prinzipiell Brüder. Ich wollte ihm nur ein wenig unter die Arme greifen, versteht Ihr? Ihn auf den ersten Schritten durch das Leben eines Spielmannes begleiten und anleiten, als jemand, der es, um es bescheiden auszudrücken, bereits zu etwas gebracht hat.«

Mechlan gluckste, wankte etwas und zeigte hinter sich zu den Zelten. »Der junge Fyrndolf meidet jeglichen Aufruhr um seine Person. Ihr findet ihn am Lagerfeuer, wo er sich neue Balladen überlegt. Lehrt ihn, Meister, er hat das Talent, ein ganz großer Barde zu werden.«

»Dessen bin ich mir sicher. Vielen Dank für Eure Hilfe, Herr Mechlan.«

Erleichtert schlich Everard davon. Es gab keinen schlimmeren Beruf als den eines Narren. Obwohl hineingeboren, haderten diese mit ihrem Schicksal und verteidigten es gleichzeitig, als ob der Ausgang einer Schlacht davon beeinflusst würde. Manch einer fasste Narren und Barden unter den Begriff der Gaukler. Aber beide hatten so wenig gemein wie Äpfel mit Birnen. Wo Narren in jedem einen Feind sahen, den sie beeindrucken mussten, um zu überleben, betrachteten Barden sich als Künstler, die die Seelen der Menschen zu berühren wussten.

Der Troubadour seufzte leise und näherte sich dem Kreis aus bunten Zelten, die im Schatten der Nacht grau und trist wirkten. Hauchfeine Töne glitten durch die kühle Luft, begleitet von einem verträumten Summen.

Fyrndolf starrte abwesend in das Lagerfeuer, über dem ein Hase briet. Immer wieder tropfte Fett in die Flammen, wo es laut aufzischte und die Luft mit verführerischem Duft tränkte.

Everard räusperte sich.

»Ich wünsche einen wunderbaren Abend, der in meinen Augen wohlverdient ist«, grüßte Everard mit melodiöser Stimme. Erst jetzt schien ihn sein jüngeres Gegenüber zu erkennen, offensichtlich ehrliche Verwunderung übernahm seine Züge.

»Grüße auch an Euch. Sagt, Fremder, kennen wir uns? Ich habe das Gefühl, Euch irgendwo schon einmal gesehen zu haben«, erwiderte Fyrndolf, wobei er sich die blonden Strähnen aus dem Gesicht strich.

Everard fühlte einen kalten Stich in seiner Brust. Mit aller Macht schluckte er die Empörung hinunter, hüstelte, verbeugte sich galant und zog unter seinem dunklen Mantel eine Mandoline hervor. »Erlaubt mir, mich vorzustellen. Everard von Feinster, Poet, Dichter und Musiker, studiert an der Universität von Norfurt, ebenso wie Ihr, Herr von Weihersbrunn.«

Fyrndolf richtete sich auf und wirkte leicht erschrocken. »Natürlich, Meister Everard! Von Euch hört man viel an der Universität. Nicht immer hat es mit der Kunst zu tun.«

Everard versuchte mit allen Mitteln, den jungen Barden nicht sofort zu hassen. Er setzte ein falsches Lächeln auf und ließ sich unaufgefordert auf einem Baumstumpf vor dem Feuer nieder. »Mein junger Freund, alles, was ich tue, hat mit der Kunst zu tun. Besonders die Liebe.«

Fyrndolf warf ihm einen geringschätzigen Blick zu. Wieso war er nicht begeistert und brach ihm gegenüber in überschwängliche Bewunderung aus, wie es die meisten anderen Menschen taten – vornehmlich Frauen. Tatsächlich hatte er schon das eine oder andere Mal des Nachts überhastet fliehen müssen, weil der Ehemann unerwartet früh nach Hause gekommen war, statt sich, wie üblich, die Birne vollzuhauen.

»Die fleischliche Liebe ist nicht zu verwechseln mit dem Gefühl, das in unserem Herzen innewohnt. Eure Ideale, Meister, entsprechen nicht im Geringsten den meinen.«

Jetzt hatte Fyrndolf es geschafft. Er hasste ihn! Zu dumm, dass er nicht einfach weiterziehen konnte. Seine Ehre stand auf dem Spiel und noch einiges mehr. Außerdem war er der Ältere und folglich Klügere. »Ihr missversteht mich, ich bin nicht gekommen, um über mich zu sprechen.«

»Das überrascht mich aber.«

Everard musste sich zusammenreißen, ihm seine Mandoline nicht über den Schädel zu ziehen.

»Mich überrascht es ebenfalls«, versuchte er, den Humor des Jungen nachzuahmen, wobei er mit den Schultern zuckte. »Ich habe Eurer Darbietung gelauscht und muss sagen, es gibt noch einiges zu verbessern.«

Fyrndolf legte nun endlich seine Laute beiseite und beugte sich vor. »Das tut mir leid. Ich werde eine Ballade über die Eifersucht verfassen. Um Eure Gram zu vertreiben, werde ich sie nach Euch benennen.«

Everard lachte auf. »Weshalb diese angriffslustige Haltung, guter Freund? Ich kann mich nicht erinnern, Euch etwas getan zu haben. Die Sache liegt doch auf der Hand. Ich komme hier ganz zufällig vorbei, sehe und höre den ganz und gar grauslichen Auftritt eines Barden *meiner* Universität und biete ihm meine Hilfe an, gespeist aus jahrelanger Erfahrung im Geschäft des Minnesangs und werde auf abscheuliche Art und Weise verbal angegriffen. Ihr enttäuscht meine hohe Achtung vor den Lehren aus Norfurt.«

Fyrndolf lächelte sanft. Everard musste zugeben, dass der Junge unverschämt gut aussah. Beinahe so gut wie er. Es brauchte nicht mehr viel und er würde sein Vorhaben in den Wind schlagen. Aber er war ein ehrenhafter Troubadour; manchmal, jedenfalls.

»Verzeiht, hochgepriesener Held zahlreicher Ehebetten, was genau an meiner Darbietung hat gefehlt, um die Mädchen verrücktspielen zu lassen?«

Everard erkannte seine Chance. Die Chance, alles doch noch zum Guten zu wenden. »Nein, mein Freund, darum geht es mir nicht. Eure Stimme ist gut geübt, Eure Melodien eingängig und zauberhaft, Eure Worte brennen sich in die Seele, auch wenn die von Euch geschaffene Atmosphäre nicht jedermanns Sache ist. Ich zum Beispiel halte nichts von Melancholie und Trauer. Davon gibt es in der Wirklichkeit bereits genug.« Er machte eine kurze Pause. »Eure Bühnenpräsenz ist scheußlich. Natürlich, so etwas bringen sie einem an der Universität nicht bei, aber ohne Bühnenpräsenz bleibt auch der epischste Vortrag nur kurz im Gedächtnis. Ich kann Euch zeigen, wie vielfältig wir die Empore als Barden nutzen können, um den Menschen ein wahres Spektakel zu bieten!«

Fyrndolf sah ihn lange an. In seinen grünen Augen spiegelten sich die tanzenden Flammen und seine helle Haut hob ihn von der Dunkelheit ab. Schließlich senkte er den Kopf und legte die Unterarme auf die Knie. »Ich lehne ab.«

Everard unterdrückte ein ärgerliches Schnauben. »Und weshalb, wenn ich fragen darf?«

»Ich mag Euch nicht.«

»Mit Verlaub, persönliche Abneigungen muss ein Spielmann zeitweilig hinten anstellen, um sich als Künstler weiterzuentwickeln.«

»Ich werde andere finden, die mir in dieser Hinsicht behilflich sein können. In diesem Wanderzirkus ist die Bühnenpräsenz zu Hause, das werdet Ihr doch nicht abstreiten?«

Wo war seine Chance nur hin? Dieser sture Junge erwies sich als schlimmer, als jedes Maultier. »Schausteller«, presste er betont verachtend hervor und spuckte aus, »versauen uns das ehrliche Gewerbe.«

Als er nicht weitersprach, sah Fyrndolf auf. »Wie meint Ihr das?«

»Ist das nicht offensichtlich? Sie bedienen sich der Illusion, der Täuschung! Nichts, was sie tun, kommt von Herzen! Wir hingegen vermitteln wahre Gefühle, geben unser Innerstes preis, um die Menschen zu berühren, sie zu begeistern und mitzureißen. Wir wollen sie nicht überfordern mit Prunk und Zauberei, wir sind wahrhaftig und kennen die Seelen unserer Zuhörer.« Selbst in seinen Ohren hörte sich das gut an. Jetzt *musste* Fyrndolf anbeißen!

»Man merkt, dass Ihr mit Worten zu jonglieren vermögt, Meister Everard. Mir tun nur all die Frauen leid, die auf Euch hereingefallen sind.«

Er bewahrte Ruhe. Schon lang hatte er kein solches Gespräch mehr geführt und er würde nicht verlieren. Er hatte unzählige Jahre mehr Erfahrung – nun, nicht ganz so viele. »Ich merke, dass aus Euch die Torheit der Jugend spricht. Nun denn, es ist nicht meine Aufgabe, Euch von Eurem Irrweg zu geleiten. Mein Weg führt mich nach Lyth' Airyn zu den Wyvernfestspielen in Canthar. Ich habe nicht die Zeit, einen Welpen zu erziehen, deshalb belästige ich Euch nicht weiter. Ich wünsche Euch ein gutes Leben, Fyrndolf.« Er stand auf und packte seine Mandoline. Noch ehe er ganz von der Schwärze der Nacht verschlungen werden konnte, rief ihn der junge Barde zurück.

»Wartet, Meister Everard!«

Er lächelte triumphierend, bevor er sich theatralisch langsam umwandte und sein Gesicht ins Licht tauchte.

»Canthar, sagt Ihr? Die Stadt, in der der Hass nach den geflügelten Bestien ihren Meister findet?«

»Die Stadt der Jäger, der legendären Streiter gegen einen Feind aus dem Norden«, stimmte er zu.

Fyrndolf haderte, das sah er ihm an. Ein Barde konnte sich schnell einen Namen machen, wenn er von Dingen sang, die man im eigenen Land nur aus Geschichten und Liedern kannte. Sagen über die reißerischen Wyvern aus dem Süden, die sich im ständigen Kampf mit den Jägern befanden, von eisblauen Echsen aus dem Norden, die dort mehr verehrt als gehasst wurden. Erzählungen von wilden Kriegsvölkern anderer Länder. Deren historische Gewichtung war wesentlich interessanter als all die schmerzlichen Liebesballaden über die Prinzessin des eigenen Landes, die einer Erscheinung im Jadewald begegnet und seither unsterblich in einen Waldgeist verliebt war.

»Zögert nicht, mein Freund, ein Wanderzirkus bietet sicherlich ebenfalls viele sehenswürdige Neuheiten. Für jemanden, der soeben erst die Universität verlassen hat, gar kein so schlechter Anfang«, rief Everard und winkte zum Abschied.

»Ich gebe zu«, hielt Fyrndolf ihn auf, »Ihr versteht Euch hervorragend auf das Manipulieren von Menschen. Euer Angebot ist zu verlockend, als dass ich es abschlagen könnte. Das heißt, insofern Ihr es Euch nicht bereits anders überlegt habt.«

Everard strich sich über den Schnurrbart und lächelte zufrieden. So sehr ihm diese Aufgabe auch missfiel und so anstrengend es werden würde, er besaß allemal die Fähigkeiten und er würde sie nutzen, um aus Fyrndolf einen wahren Troubadour zu machen. Er wirbelte herum, wobei sein Umhang lange Falten warf, und verbeugte sich vor seinem jungen Kameraden. »Freut mich außerordentlich, das zu hören! Mein Glaube wurde bestätigt, die Universität bringt doch keine absoluten Grünschnäbel hervor.« Er ging zurück zu seinem Baumstumpf, ließ sich demonstrativ nieder, schlug die Beine übereinander und legte die Mandoline beiseite. »Nun denn, wann, glaubt Ihr, wird dieser Hase gar sein?«

12. Wahre Absichten

Gi klemmte das Süßholz in die Zahnlücke und saugte an den Fasern. Seine muskulösen Arme hingen durch das Gitter des Tores und sein Gesicht klebte an den kühlen Stangen. Er liebte den Anblick der fliegenden Wyvern. Luithold achtete darauf, dass seine Besitztümer nicht in den Zwingern verrotteten, sondern genügend Zeit hatten, sich an den Freiraum der Arena zu gewöhnen. Die Jäger sollten den Zuschauern der Festspiele ein fantastisches Spektakel bieten und es sollte wirken wie eine echte Jagd.

In mancher Hinsicht boten die Gladiatorenkämpfe ein viel größeres Risiko als Jagden in der Steppe.

Wohl schützten Eisenstangen die Zuschauer vor direkten Zusammenstößen mit den geflügelten Echsen, denen die Säuredrüsen kurz vor dem eigentlichen Kampf entfernt wurden, doch es waren gewaltige Bestien, die man auf engsten Raum mit hunderten, hier in Valeria sogar tausenden, Menschen zusammenpferchte. Ein Restrisiko bestand zu jedem Augenblick. Es war in der Geschichte der Festspiele keine Seltenheit, auch unter den Zuschauern Tote zu beklagen.

Gi spürte eine Hand auf seiner Schulter und drehte den Kopf.

Neben ihm stand ein Kerl, zweimal so breit wie er, mit Muskeln, die an Melonen erinnerten. Sein Gesicht wurde von einer Säurenarbe entstellt, nur auf einer Hälfte waren Haare übrig geblieben. Er betrachtete Gi missmutig und knurrte: »Stehst wieder da wie ein fauler Sack.«

»Schiebe Wache, Mann.«

»Hilf lieber mit dem Dung, Dämlack. Fürs Däumchendrehen werden wir nicht bezahlt.«

Gi wandte sich wieder der Arena zu, wo der Wyvern wie ein Vogel an den Eisenstangen herumkletterte und dabei trotz seines Maulkorbs beeindruckend brüllte. Über ihm hing der blaue Himmel der Steppe. Es schmerzte Gi in der Seele, die Echse so sehr danach verlangen zu sehen. Er hätte alles gegeben, diese Tiere in ihrem natürlichen Lebensraum zu sehen, doch ihm war klar, dass nur die wenigsten eine solche Begegnung überlebten. In der Arena kam er ihnen am nächsten.

»Gehst du mir absichtlich auf die Eier?«, erklang nochmals die Stimme seines Kollegen.

»Gestresst?«

»Die Spiele fangen bald an, wir haben noch einen Haufen Arbeit vor uns. Ich hab gern noch was von meiner Familie.«

Gi seufzte und stieß sich vom Gitter ab. »Hast mich überredet, Stier.«

Als Tarik aus der schummrigen Dunkelheit des Sihias trat, presste er die Augenlider zusammen und stolperte.

Larius prallte kichernd von hinten gegen ihn.

Sie waren so erschöpft, sie konnten sich kaum noch auf den Beinen halten. Ihre Tage waren derart bestimmt vom Studium des Körpers und des Geistes, dass Tarik sein Zeitgefühl verloren hatte. Er wusste nur, dass die Aufregung in seiner Brust mit jedem Tag wuchs.

»Ich fühle mich, als hätte ich zu viel Amberschnaps getrunken«, presste Larius hervor. Er krallte sich an Tariks Schulter fest und blinzelte mehrmals. »Was ist denn das?«

Tarik keuchte auf, als ihm sein linkes Bein wegknickte. Mit rudernden Armen fing er sich und hob angestrengt den Blick. »Was meinst du? Ich kann überhaupt nichts sehen, es ist so verdammt hell.«

Sein Freund schirmte sich die Augen ab, gab einen erstickten Laut von sich und sprang zur Seite. In diesem Moment krachte etwas gegen Tariks Stirn und er fiel einfach um. Ein Kreischen drang an seine Ohren, das ihn den Staub ausspucken und sein Herz rasen ließ.

»Ist diese penetrante Kugel nicht Khaleds Vogel?«, vermutete Larius.

Der Brillentodi hatte sich längst wieder in die Luft erhoben und sauste nun in unablässigen Kreisen um sie herum.

Wortlos schnappte Tarik das aufgeregt fiepende Tier und löste den Faden, der das Pergamentstück an dessen Fuß hielt. Der Vogel pikte ihn in den Finger und befreite sich mit zerzausten Federn aus seinem Griff.

»Was steht da? Gibt es etwas Neues?«, fragte Larius unruhig.

»Nur, dass ich mich mit Khaled treffen soll«, gab Tarik leise zurück. Seine Hände zitterten, die Unbeschwertheit war verflogen. Angst kroch ihm in die Glieder und verbrannte ihn förmlich von innen heraus.

»Oh ... dann ... sehen wir uns morgen?«

Er schluckte und sah Larius gedankenverloren an. »Ich schicke dir den Todi vorbei.«

Sein Freund nickte, schulterte seine Trilanze und klopfte ihm zum Abschied auf den Rücken. »Wenn sich der berühmteste Jäger unserer Zeit auf deine Seite stellt, muss die Kommission dich einfach zulassen. Mach dir keine Gedanken.«

Voller Zweifel sah Tarik ihm nach, bis der Brillentodi erneut gegen ihn flog, sich in seinen Haaren verfing und wild daran zu zerren begann. Kraftlos setzte er sich in Bewegung. Er wollte sich nicht die Frage stellen müssen, was er täte, wenn man ihn erneut abwies. Die letzten Tage hatte er einen Gedanken daran erfolgreich vermieden, aber nun spürte er wieder das schreckliche Gefühl der Hilflosigkeit in sich aufwallen.

Er ignorierte den Protest des Vogels, der versuchte, sich mit all seiner winzigen Kraft zu befreien. Irgendwann segelte er in eine völlig andere Richtung, als Tarik eingeschlagen hatte. Erst nachdem der Brillentodi zurückgekommen war und ihm fast ins Auge gehackt hätte, wandte er ihm seine Aufmerksamkeit zu. »Du verrücktes Viech!« Tarik hob die Hände schützend vors Gesicht. Überrascht sah er dem Botenvogel nach und stockte in seinem Schritt. »Was? Dorthin?«, murmelte er.

Ein leichter Wind kam auf. Er fröstelte und fühlte sich völlig ausgelaugt. Auch wenn sein Herz wild klopfte, suchte er vergeblich nach derselben Kraft in seinen Gliedern.

Nach einer Weile verließ er das Akademiegelände und betrat die Stadt. Die Pflastersteine bildeten Rauten aus Schatten und dem goldenen Licht der allmählich sinkenden Sonne, die mit ihrer Spitze bereits das Rote Gebirge am Horizont berührte. Wenn er den Gerüchten Glauben schenken konnte, befand sich dort der Hauptsitz der Reiter. Unter den Bewohnern Canthars erzählte man sich hartnäckig, dass ein spiegelglatter Bergsee in vielen hundert Metern Höhe das Tor zur Welt der Dämonen und Geister bildete, aus dem die Blutreiter der Wilden Jagd Tag für Tag emporstiegen, um gegen die Jäger in den Krieg zu ziehen.

Aus einem Haus mit groben Steinwänden drang das Geklapper von Töpfen und erinnerte Tarik an seinen Hunger. Der Duft von Majoran und Muskat stieg ihm in die Nase und ließ ihm das Wasser im Mund zusammenlaufen.

Während er der Straße hinab in die Mulde der Armenviertel folgte, protestierten die Muskeln in seinen Beinen, doch wenn er den Aufstieg zu einem der drei Hügel in Angriff nahm, würde er sicher völlig außer Atem kommen. Er wischte sich mit dem Unterarm die Schweißtropfen von der Oberlippe und schmeckte das Salz, als er sie mit der Zunge benetzte.

Der lange Marsch durch die Stadt beruhigte ihn etwas. Er folgte der Straße, die sich verjüngte, bis sie sich nur noch als halb befestigter Weg durch die Gassen halb verfallener Hütten schlängelte. Balkone beugten sich über ihn und wirkten, als könnten sie jeden Moment zusammenstürzen.

Er wich Schmutz und Schutt aus und sprang über eine modrige Schlammpfütze, deren grüne Oberfläche das Gewerbe des hier wohnenden Cantharers verriet. Er hatte die Zeile der Färber erreicht. Zwischen den halbhohen Hütten waren triefende Tücher in allen Farbvariationen gespannt worden, die weder durch Wind noch Sonne trockneten, sondern allein durch die Zeit. Doch die

Wohnungen in den höher gelegenen Bereichen der Stadt waren beinahe unbezahlbar, es sei denn, man bekam als Jäger seine eigene Kuppelhütte zugewiesen.

Zwei Straßenkinder jagten an Tarik vorbei und rempelten ihn an. Ihre Haare leuchteten violett und veilchenblau und die Gesichter hatten sie sich des Spaßes halber mit den nicht ungiftigen Abwässern bemalt. Ihr Schreie hörte er noch lang, auch als er eine steile Treppe zwischen dicht stehenden Häusern erklomm. Die Stufen bröckelten an den Kanten ab und waren durch unzählige Füße platt getreten. Auch hier spannten sich Tücher und Balkone über seinen Kopf und ließen das Licht so selten durch, dass er befürchtete, die Welt hätte einen Sprung in die Schwärze der Nacht getan.

Schon bald keuchte er vor Anstrengung und hielt kurz inne. Hinter ihm stürzten die Stufen in das Tal der Stadt, dunkel wie das Maul eines Wyvern, dessen Zähne schief abstanden. Den Blick nach vorn gerichtet erspähte er erleichtert einzelne Lichtflecke an den hellen Wänden. Die Treppe wuchs in die Breite, war bald sorgfältig gepflegt und kündete stuckverzierte Bauten an, deren Türme sich in den Himmel schraubten und vom höchsten Punkt der Stadt aus an ein riesiges Nadelkissen erinnerten.

Nach einer gefühlten Ewigkeit und Feuer in den Beinen erreichte Tarik die breite Hauptstraße, die so eben angelegt war, dass sich alles nach ihr auszurichten schien. Mehrstöckige Villen reicher Kaufleute und hoch angesehener Stadtbewohner reihten sich aneinander und harmonierten in ihren kunstvoll verzierten Fassaden so erstaunlich, als wären sie alle von demselben Kopf erdacht und zur selben Zeit erbaut worden.

Wasserspeier hielten lautlos Wache, steinerne Blüten und Blätter rankten an weißen Sandsteinsäulen empor. Schatten gruben sich in die Züge hoher Statuen und an den Ecken standen ausladende Brunnen mit kristallklarem Wasser.

Tarik trank gierig und wusch sein Gesicht. Das Nass war eiskalt und weckte seine Lebensgeister. Das leise plätschernde Geräusch klang wunderbar in seinen Ohren. Er wusste von Fajeth, dass ein kompliziertes Röhrensystem das Wasser direkt aus der Grotte hierher beförderte.

Vor ihm erhob sich Valeria. Die größte und prachtvollste Arena der Stadt, auf einem der drei Hügel erbaut, der selbst das Haus des Bürgermeisters überragte. Tarik bewunderte die Weiße Krone mit aller Intensität, die er noch aufbringen konnte. Die Straße, auf der er stand, umrundete die Arena auf deren halber Höhe. Lange Geländer aus geschnitztem Holz, beinahe ebenso kostbar wie Wasser, grenzten den prachtvollen Weg ab. Steinerne Brücken reckten sich zu den Rängen der Zuschauertribüne.

Auf beiden Seiten standen die erhabenen Statuen berühmter Jäger. Tarik stellte sich an das Geländer und sah hinab zum unteren Teil des Kraters, in den die Arena eingelassen war, wo Käfige aus massiven Stahlgittern standen, dicht an den Räumen der Jäger und Züchter.

Er war mit Khaled einmal dort gewesen. Die gebogenen Tore, die auf den Kampfplatz führten, waren so gewaltig, dass er sich nicht getraut hatte, ihn zu betreten.

Seine Aufregung war mit einem Schlag wieder da. Der Brillentodi saß beunruhigend still auf seinem Kopf, als hätte es selbst dem Tier die Sprache verschlagen, als er eine der vielen Brücken betrat. Hinter ihm die Stadt, vor ihm sein Traum. Ein Traum, der viel zu gewaltig erschien, als dass er je in Erfüllung gehen könnte.

Die Mitte der Brücke war etwas breiter. Dort hatte eine Statue Platz gefunden, die man nicht übersehen konnte. Sie zeigte einen muskulösen Gnadenbringer, dessen steinerne Muskeln sich über die Arme wölbten. In den Händen eine mächtige Trilanze, mit der er durch den Rachen eines sich im Staub windenden Wyvern stieß und die geflügelte Echse an den Boden nagelte.

Torel Javeth. Er war einer der ersten Jäger gewesen, zu einer Zeit, als es die Reiter noch nicht gegeben hatte. Er hatte die Trilanze erfunden und, so hieß es, Hunderte von Wyvern ohne die Finessen eines Verbundes erlegt. Angeblich hatte er sich ganz allein auf die Jagd gemacht und seine Beute am Schwanz in die Stadt geschleift. Trotz gewisser Skepsis am Wahrheitsgehalt dieser Legende schenkte Tarik dem unbeweglichen Gesicht Torel Javeths einen bewundernden Blick, ehe er an ihm vorbei auf die dunkle Öffnung in der Außenmauer der Arena zuging.

Valeria wirkte trotz der Offenheit durch zahllose arkadenförmige Fenster und dem zierlich geschwungenen Skelett gewaltig und erhaben zugleich. Eine geniale Konstruktion, die ihren Mittelpunkt im Schlussstein des Gitterdaches fand, erlaubte erst die Größe und scheinbare Leichtigkeit der Arena.

Tarik, der nur wenig von Architektur verstand, empfand tiefe Ehrfurcht vor dem Erbauer dieser Mauern, die über die Jahrhunderte hinweg durch Schnitzereien, Statuen und Ornamente ergänzt worden waren, wodurch das Gebäude für sich ein ganz eigenes Kunstwerk ergab.

Er betrat den mittleren Rang, der gleichzeitig der Breiteste war, da von hier aus alle Zuschauer hereinkamen und sich verteilten. Drei Stufen erhöhten die hintersten Besucherreihen, damit die Leute auch dort genug von dem Spektakel auf dem Sand mitbekamen.

Neben ihm wand sich eine Wendeltreppe durch die einzelnen Stockwerke. Er ging an ihr vorbei und lehnte sich über das breite Geländer. Der Anblick raubte ihm einmal mehr den Atem. Tief unter ihm im Schatten der Mauern, der von den Lichtpunkten der einzelnen Fenster unterbrochen wurde, wölbten sich spitze Hügel unter dem Steppenboden. Schwere Steinbrocken waren etwas abseits des Mittelpunktes aufgeschüttet, ansonsten dominierte die nackte Einfachheit. In Valeria stellte Canthar zu Beginn der Spiele eine echte Jagd nach.

Jeder Verbund, der hier kämpfte, hatte eine Stunde vor dem Kampf Zeit, den Boden zu präparieren und die eigenen Fallen aufzustellen. Es gab keine Möglichkeiten, sich zu verstecken, es sei denn, sie wurden in Windeseile aufgebaut.

Der einzige, aber gravierende Unterschied zu einer Jagd in der Steppe war dem Schutz der Zuschauer geschuldet. Die Wyvern besaßen keine Säuredrüsen mehr. Dadurch wurde bereits eine der großen Gefahren der Realität ausgeschaltet, auch wenn es dennoch genügend Schwerverletzte gab, so doch seltener Tote. Nur erfahrene Verbunde zeigten hier ihr Können. Wenn alles nach Plan verlief, war es jenes Schlachten, auf das die Stadtbewohner so gierig waren und das Quirin so verabscheute.

Tarik runzelte die Stirn, als er eine Gestalt auf einem der Felsen sitzen sah. Es war eindeutig Khaled. Er musste sich zwingen, den Blick abzuwenden. Die Höhe zum Arenaboden reichte ihm völlig, um ein unangenehmes Gefühl in der Magengegend aufkommen zu lassen.

In diesem Augenblick flog der Brillentodi davon, einfach den Weg zurück, den sie gerade genommen hatten. Schnell hastete Tarik die Wendeltreppen hinunter, eine Hand zur Sicherheit an der Wand. Gleich würde er es wissen.

Aufgeregt schritt er durch den dunklen Gang, den die Jäger benutzten, wenn sie die Arena betraten. Der Torbogen über ihm ließ keinen Zweifel daran aufkommen, wer in dieser ungleichen Schlacht als Sieger hervorgehen würde.

Ihm wurde schwindlig, als er die leeren Ränge über sich sah. Der Boden war seltsam weich, aber das konnte auch dem Zittern seiner Beine zuzuschreiben sein. Er verengte die Augen, als er in den Himmel blickte. Die Wände schienen sich zur Mitte zu neigen, mit der Absicht, über ihm zusammenzustürzen, nur durch das Gitterdach davon abgehalten. Ein tödliches Gefängnis für die geflügelten Echsen, die vor ihrem Tod wenigstens noch einmal ihre ledernen Schwingen ausbreiten und sich in die Luft erheben durften, ehe die Bolzen der Iacter sie abschossen.

Tarik glaubte, das wilde Kreischen der Menge zu hören, die in wenigen Tagen hier hereinfließen und den Jägern frenetisch zujubeln würde.

Hitze stieg ihm ins Gesicht und er beschleunigte seine Schritte. Wenige Meter vor Khaled wurde er wieder langsamer, unentschlossener, bis er stehen blieb und zu ihm aufsah. Er thronte im Schneideritz auf dem Stein, die Arme auf den Knien und den Kopf gesenkt. Seine dunklen Augen fixierten Tarik und jagten einen Schauder über seinen Rücken. Der Gnadenbringer trug nichts weiter als ein ärmelloses helles Hemd und eine braune Hose, die in seinen Stiefeln steckte. Die langen Haare waren, wie sonst auch, sorgfältig zurückgebunden. Tarik schluckte. »Khaled …« Die Sekunden verstrichen.

Schließlich seufzte der Mann und drückte seinen Rücken durch.

»Warum bist du hier, Tarik?«, fragte er mit seiner dunklen Stimme.

Tarik ahnte, dass die Frage nicht so einfach war, wie sie sich zunächst anhörte. Er ließ sich Zeit mit seiner Antwort, überlegte. »Ich bin hier, weil du gerufen hast. Aber warum ich *hier* bin, weiß ich nicht.«

»Du siehst nicht gerade zufrieden aus, Junge«, bemerkte der Gnadenbringer ernst.

Er war nie ein Freund großer Worte gewesen, aber irgendwie spürte Tarik, dass etwas anders war. »Nein, denn ich sehe zu dir auf. Hast du mir etwas zu sagen, das ich nicht hören will?«

Khaled lächelte und rutschte zu ihm herunter. »Würdest du das auch der Kommission vorwerfen?«

Tarik war einen Augenblick verwirrt, dann begriff er, worauf der Gnadenbringer hinauswollte. Er blieb ihm dennoch eine Antwort schuldig.

Khaled lief um die Steinformation herum, kam von der anderen Seite zurück und schleuderte ihm etwas entgegen. Tarik fing die Trilanze auf, wobei er nach hinten abfederte. Das Gewicht der Waffe zog seine müden Arme nach unten. Er wollte gerade etwas erwidern, wollte Khaled sagen, dass er keine Kraft mehr besaß, doch der ließ ihm keine Sekunde Zeit, sondern stürmte wie ein Besessener auf ihn zu. Die Trilanze in seiner Hand schien Khaled zu verwandeln. Seine Augen blitzten gefährlich auf; man konnte sich nie sicher sein, ob der Ernst in ihnen derselbe war, mit dem er auch Wyvern jagte.

Im letzten Moment riss Tarik die Waffe hoch und blockte den kräftigen Angriff. Durch die Wucht des Aufpralls sprangen ihm beinahe die Gelenke aus den Ellbogen. Er musste sich zusammenreißen, nicht in die Knie zu gehen. Ihm war klar, dass er nicht mit schierer Gewalt gegen Khaled bestehen konnte – schon gar nicht nach seinem harten Training. Er ließ den Gnadenbringer eine Reihe von Angriffen starten, die er dadurch parierte, dass er dessen Trilanze immer in eine andere Richtung lenkte.

Er bewegte sich zur Seite, als er von einem schmalen Lichtstrahl geblendet wurde. Ein frontaler Schlag mit dem schweren Knauf der Trilanze gegen seine Brust ließ ihn nach hinten taumeln und über einen Stein stolpern.

Khaled schoss vor und fegte seine Beine fort. Hart schlug er auf dem Boden auf, alle Luft wurde aus seinen Lungen gepresst. Er keuchte und wollte liegen bleiben. Khaled würde ihn schon nicht umbringen, er würde ihn auch nicht verletzen, sondern ihm höchstens einen Schrecken einjagen, indem er die blanken Klingen der Trilanze so nah neben seinem Gesicht in den Staub rammte, dass ihm das Herz aussetzte. Er hatte ohnehin keine Chance gegen den Gnadenbringer.

Doch er kämpfte nicht seit Jahren um seine Erhebung zum Jäger, um sich bei einem übermächtigen Gegner auf dessen Barmherzigkeit zu berufen, ohne es wenigstens versucht zu haben.

Er stemmte eine Hand in den Sand und rollte sich fort. Gerade rechtzeitig, bevor seine Vision wahr werden konnte.

Als er sich aufrichten wollte, gaben seine Beine vor Schwäche nach. Er taumelte, fing sich wieder und hob seine Waffe auf. Tarik bekam kaum noch Luft. Die, die sich einen Weg in seine Lunge bahnte, brannte entsetzlich, weil sie staubtrocken war. Zeit zu schlucken blieb ihm nicht.

Khaled stieß die Trilanze von unten gegen seine Seite, direkt auf sein Standbein. Er würde nicht mehr ausweichen können, also sprang er behelfsmäßig hoch. Zu seinem Erstaunen funktionierte es und er konnte den Bruchteil der Sekunde nutzen, die Khaled brauchte, um seinen eigenen Schwung umzulenken.

Mit all seiner verbliebenen Kraft schleuderte er dem Mann, der ihm über die Jahre hinweg geholfen hatte wie ein großer Bruder, die Trilanze entgegen, ließ seine Faust auf den empfindlichen Punkt an seinem Oberarm krachen und entwaffnete den Jäger, der ihn mit der anderen Hand am Kragen packte und gegen den Felsen schleuderte, als wöge er nicht mehr als ein Küchenmesser.

Tarik konnte den Aufprall etwas abfedern, trotzdem erlaubte er sich gedanklich einen empörten Aufschrei, weil Khaled zu solch unlauteren Mitteln griff. Er wappnete sich gegen einen neuen Angriff, der diesmal ausblieb. Tarik sah zu dem Gnadenbringer auf und fühlte sich seltsam leer. »Ist das … die Antwort?«, fragte er, noch halb nach Luft ringend.

Sein langjähriger Freund kniete sich neben ihn, das Gesicht wie aus Stein gemeißelt. Er legte ihm die Pranke auf die Schulter und drückte fest zu. »Ich bin nicht die Kommission. Und ich spreche auch nicht für sie.« Seine Züge verdunkelten sich. »Ich habe mich etwas gefragt. Wie verhältst du dich, wenn du von der Kommission niemals zugelassen wirst?«

Tariks Brust hob und senkte sich unter seinem schweren Atem. Seine Gedanken allerdings waren pfeilschnell. »Und wie habe ich mich verhalten?«

»Stark.« Khaled sah ihn lange an und nickte leicht. »Ja. Egal wie die Entscheidung lautet, du wirst stark sein. Du hast mir nur bestätigt, was ich schon wusste. Selbst wenn es aussichtslos ist, wirst du nicht aufgeben. Tarik, was soll ich dir bloß sagen? Ich bin stolz darauf, dich zu kennen.«

Er streifte die Hand des Gnadenbringers ab und rappelte sich auf. »Wie meinst du das? Hast du schon mit ihnen gesprochen? Wie lautet die Antwort?«

Khaled machte eine ärgerliche Handbewegung, als wolle er eine Mücke verscheuchen. »Die Kommission ist an Idiotie nicht zu übertreffen. Das Wichtigste ist nur, dass ich meine Meinung klar ausgedrückt habe und sie mich nicht ignorieren können. Sie werden sich Zeit lassen, werden dich schmoren lassen. Aber sie können sich nicht ewig in Stillschweigen hüllen.« Er runzelte die Stirn. »Du hast die ganze Lehrerschaft hinter dir. Auch das wiegt schwer. Hoffen wir, dass die Waage sich zu deinen Gunsten neigt.«

Tarik ballte seine Hände zu Fäusten und starrte auf seine Knie. Doch keine Gewissheit. Weder in die eine noch in die andere Richtung. Das Warten würde weitergehen und ihn womöglich noch in den Wahnsinn treiben.

Er zwang sich, seinen Blick zu heben. Immerhin befand er sich an einem Ort, an dem er seinen Vater hatte kämpfen sehen. Zusammen mit Cynthia hatte er dort auf den Rängen gestanden und ihm zugejubelt. Nun saß er hier im Staub der Gegenwart, vor ihm der Mann, der mit Quirin seine ganze Familie bildete. »Warum hier?«

Khaled erhob sich, hielt ihm die Hand hin und klopfte sich anschließend die Hose sauber. »Weil es ein Ort ist, den ich verabscheue. Er hat nichts mit der Intention eines wahren Jägers zu tun. Er würdigt nicht die Gefahr, nicht das Blut, welches vergossen wird, wenn ein Verbund gegen einen Wyvern kämpft. Es ist ein Ort des Schauspiels und der Unterhaltung, zu der wir von der Kommission und dem netten Herrn im Bürgerhaus degradiert werden, um Skalen in die Kassen der Stadt zu spülen.«

»Du wolltest mir so also deinen … Unmut über die Kommission ausdrücken?«

Khaled verdrehte die Augen. »Nicht dir. Wir sind nicht allein hier. Irgendwo da hinten ist Agrand. Ich hab ihn dazu gezwungen, persönlich zu sehen, zu was der Älteste van Cohen imstande ist.«

Tarik stockte der Atem. »Eine Prüfung … aber ich habe verloren.«

»Natürlich hast du das! Du bist den ganzen Tag im Sihias gewesen. Davon abgesehen hattest du noch nie auch nur den Hauch einer Chance gegen mich.« Das Grinsen kehrte endlich auf Khaleds Gesicht zurück. Er schlang seinen Arm um Tariks Schulter. Sie holten die Trilanzen und gingen zu einem der Ausgänge, der für die Jäger reserviert war. Tarik warf noch einen letzten Blick auf das riesige Tor, durch das die Wyvern in die Arena, hinein in die heiße Illusion von Freiheit gelassen wurden.

Während sie durch die Gänge liefen und in einer niedrigen Waffenkammer haltmachten, um die Trilanzen an ihre Ständer zu lehnen, schwiegen sie. Tarik fühlte sich von der Vielfalt der wunderbaren Waffen, die an den Wänden hingen oder in Fässern standen, geradezu erschlagen. Natürlich richtete sich sein Hauptaugenmerk auf die eigene Kampfrichtung, aber auch die verschiedenen Iacter erregten seine Aufmerksamkeit. Manche waren so groß wie ein Amberwagen, der von Wisents gezogen werden musste, andere konnte man sich ums Handgelenk binden.

Aber auch die Sciss in ihrer filigranen Schönheit waren es wert, eine Weile betrachtet zu werden. Er dachte daran, wie er Vanja einmal bei ihrem Training beobachtet hatte. Die Schülerin mit den langen dunklen Haaren wirbelte das Gewicht am Ende der langen Schnur so geschickt durch die Luft, als wäre sie damit verschmolzen. Es glich mehr einem wilden Tanz als Übungen mit einer tödlichen Waffe.

»Agrand ...« Er sah Khaled von der Seite an. »Er war doch in dem Verbund, mit dem ihr euch einen regelrechten Krieg geliefert habt?«

Der Jäger verschränkte die Arme vor der Brust. »Noch so etwas, was ich hasse. Erinnerst du dich an die Ideale von diesem verblödeten Verbund? Sie haben der Kommission vorgeschlagen, mehrere Festspiele im Jahr zu veranstalten. Und ihre Begründung?«

Tarik ließ die Hand sinken, mit der er über die messerscharfen Klingen der Sciss geglitten war. »Fajeth hat es mir erklärt. Die Festspiele bringen Canthar die größten Einnahmen. Wenn man die Verbunde nur noch ausschickt, um wilde Wyvern für die Spiele zu fangen, hätte man genug, um diese öfter zu veranstalten. Die Skalen, die die Stadt mit den Rohstoffen der Wyvern verdient, könnte man auch mit den Verdiensten vermehrter Farmen decken. Ich habe mich damals schon gefragt, wie genau das zu bewältigen sein sollte. Canthars Ruf steht ebenso auf den Pfeilern der Festspiele wie auf den hochwertigen Waren, die die Wyvern liefern. Wilde Wyvern, nicht die der Zuchtfarmen. Außerdem sinkt die Nachfrage zu den Festspielen, wenn sie öfter veranstaltet werden. Bisher sind die Spiele ein einmaliges Erlebnis, auf das viele Besucher lange hinarbeiten und planen. Nun, und die Reiter sind in dieser Rechnung überhaupt nicht aufgeführt.«

Khaled hatte ihm schweigend zugehört. Die Muskeln seiner Kiefern arbeiteten. »Das Blut der Jäger wallt heißer, als dass irgendwelche Festspiele es je löschen könnten. Wir jagen, weil es unser Leben ist. Weil die Wyvern dämonische Bestien sind, derer wir uns entledigen müssen.«

Tarik folgte ihm durch die Gänge und wunderte sich, als sie an der Wendeltreppe vorbeigingen. »Wirtschaftlich betrachtet wirst du deine Gegner so nie los«, bemerkte er.

Khaled zog die Schultern hoch. »Die Wirtschaft ist mir so wichtig wie Sandbeerensaft am Stiefel.«

»Mag sein, aber mal angenommen, die Jäger würden es tatsächlich schaffen, die Wyvern in unserem Land auszurotten, was dann? Willst du anschließend Schnapper jagen? Wovon soll die Stadt leben, ohne Zuchtfarmen, Zwinger, Arenen und Jäger?«

Khaled blieb unmittelbar stehen, fuhr herum, dass sein Pferdeschwanz umherpeitschte, und funkelte Tarik wütend an. »Wie wäre es mit einem Park, in den Idioten aus allen Herren Ländern gehen können, um Grimbalds und Malaks in winzigen Käfigen zu begaffen? Du weißt genau, dass ich Jäger bin, weil ich diese Bestien mehr als alles andere hasse. Warum du dich nicht auch von dieser Kraft treiben lässt, ist mir ein Rätsel.« Zornesfunken sprühend marschierte er weiter.

Erschrocken hastete Tarik ihm nach, griff nach seinem Handgelenk und zwang ihn so, sich erneut umzudrehen. »Ist das der Grund? Warum sie mich nicht zulassen?«, wollte er atemlos wissen.

Khaleds Zorn schien zu verpuffen, seine angespannte Haltung wich. »Nein, Tarik. Die Kommission ist zu einem politischen Instrument verkommen, nur auf Profit bedacht. Ich war heute dort. Sie sprechen von Ehre und Idealen, ohne sich selbst daran zu halten. Sie haben kein Recht, dir etwas zu verweigern, weil du dich und deinen Bruder ernähren willst. Im Gegenteil, wenn ich deine Gründe mit ihrem leeren Geschwätz vergleiche, müssten sie alle vor dir auf die Knie fallen.« Er lächelte. »Na komm, du wirkst, als würdest du mir jeden Moment umkippen. Deine Rechte übrigens ...« Er rieb sich demonstrativ den Oberarm und zwinkerte.

Tarik folgte ihm durch einen schlichten Seiteneingang hinaus in den Graben mit den Wyvernkäfigen. So kurz vor den Festspielen waren viele bereits in Valeria untergebracht und schlummerten hinter ihren Eisengittern. Auch Morgun würde bald hergebracht werden, sobald man ihm die Säuredrüsen entfernt hatte.

»Sieh sie dir an. Zahm wie neugeborene Grimbalds.« Khaled trat gegen ein Gitter und weckte einen bläulich schimmernden Wyvern auf.

Das zornige Fauchen wirkte seltsam kraftlos und selbst Tarik, der einen gehörigen Respekt vor den messerscharfen Reißzähnen hatte, war enttäuscht. Morgun war feuriger gewesen. Gefährlich und groß. Zwar war auch dieser Wyvern gewaltig, doch obwohl seine Schuppen noch glänzten, schien sein Lebenswille erloschen.

Tarik nutzte den Augenblick dennoch, um sich seinen Albtraum vergangener Jahre näher anzusehen. Überrascht stellte er fest, dass die Schuppen des Wyvern ganz anders aussahen als er gedacht hatte. Im Unterricht hatte Tris ihnen Bilder von ausgewachsenen Wyvern gezeigt und durch seine Arbeit im Zwinger und seine Besuche in Zuchtfarmen hatte er in der Annahme gelebt, dass die harten Plättchen, die die lederne Haut der Echsen schützten, nicht größer als seine Handfläche wären. Stattdessen überlagerten tellergroße Panzerteile ganze Körpersegmente des Wyvern, der seinen schweren Kopf hob, sicherlich so groß wie Tariks Torso, und ihn anknurrte.

»Khaled«, rief er dem Gnadenbringer nach, der einfach weitergegangen war und nun langsam zurückkam. »Das ist ein Windtaucher, nicht wahr?«

Der Jäger warf der Echse einen gelangweilten Blick zu. »Sieht ganz so aus.«

»Sind wilde Wyvern oft Windtaucher? Ich habe noch nie einen gesehen.«

»Das ist das Problem dieser Stadt. In den Farmen werden sie darauf gezüchtet, möglichst viele kleine Schuppen zu bilden, weil sie besser in der Verarbeitung sind. Aber in der Wildnis haben Wyvern einen Plattenpanzer, wie der hier. Ebenso oft gibt es Wolkenschnitzer, die wesentlich gefährlicher sind, weil man sich, sobald sie sich aufplustern, an ihren abstehenden Schuppen aufschlitzen kann.«

Tarik nickte und ging einen Schritt näher.

»Man hat Wolkenschnitzer als Zuchtgrundlage genommen. Sie haben wirklich verdammt scharfe und gleichzeitig schön ovale und kleinere Schuppen. Sie gelten als Paradebeispiel für die Aggressivität der Wyvern. Wahrscheinlich hast du deshalb noch nie einen Windtaucher gesehen. Sie sind vergleichsweise harmlos.«

Die Echse knurrte erneut, als Tarik sich ihr näherte. Ihr langer Körper lag zusammengerollt in dem engen Käfig. Sie musste den Kopf auf den Schwanz betten, wo die scharfen Rückenzacken abgeflacht waren. Der Panzer spiegelte das letzte Abendlicht und erweckte den Anschein, als würde der Wyvern leuchten. Die wachsamen Augen, die so groß wie seine geballte Faust waren, blickten ihn aus schmalen Schlitzen an. Heißer Atem kam ihm aus den Nüstern entgegen. Er fühlte das Leben des Tieres. Die großen Flügel lagen zusammengefaltet auf dem Rücken und die Membran vibrierte, als warte sie nur darauf, gespannt zu werden, damit sich der Wyvern in die Lüfte erheben konnte. Eine gespaltene Zunge stieß hervor und schmeckte Tariks Geruch, ohne ihn zu berühren.

Er zuckte kurz zusammen, wich aber nicht zurück. Aus der Nähe betrachtet konnte er nicht einmal einen letzten Rest der Angst spüren, die ihn so lang in seinen Albträumen verfolgt hatte. Ihm war, als müsse er Mitleid mit dieser gebrochenen Kreatur haben, auch wenn er wusste, wie unbarmherzig sie sein konnte.

Er blinzelte die Bilder seiner Schwester fort und wandte sich ab. Cynthia hätte leichtes Spiel mit diesem verkümmerten Etwas gehabt. Nur Torheit könnte diesem Wyvern einen Sieg einbringen.

Er begann zu verstehen, was Quirin ihm so vehement zu erklären versuchte. Es war keine Ehre darin zu finden, ein aufgegebenes Leben zu beenden. »Du hast recht, lass uns gehen«, sagte er und folgte Khaled durch einen langen Gang unter der Straße hindurch in den Hof der berühmten Jägerunterkunft Osaris, die während der Spiele einen Hort für die kämpfenden Jäger darstellte.

»Ah, ich habe mich immer gefragt, welchen Weg ihr nehmt, wenn ihr in die Arena geht.«

»Es ist besser, als dieselben Eingänge wie die Besucher zu nehmen. Man wird permanent angehimmelt und kommt überhaupt nicht durch die Massen.«

»So was aber auch.«

Khaled seufzte. »Ich treffe mich noch mit Tris. Du solltest dich ausruhen und morgen mit deinem Training fortfahren. Quirin wartet bestimmt schon.«

Tarik nickte. Sie fassten sich gegenseitig am Unterarm. »Mach's gut und vielen Dank, Khaled.«

Als Tarik durch den Torbogen auf die Straße getreten und um die Ecke verschwunden war, drehte Khaled sich um und betrat Osaris durch eine Nebentür. Er schenkte den aufwendigen Schnitzereien am Türrahmen ebenso wenig Beachtung wie dem polierten Holzfußboden und der durch helle Farbe hervorgehobenen Maserung der Baumstümpfe, die als Sitzgelegenheiten im Salon dienten. Kurz grüßte er einen der Pagen mit ihren lächerlich purpurnen Anzügen und den runden Kappen auf dem kurz geschnittenen Haar. Immer zwei Stufen auf einmal nehmend stieg er die breite Treppe hinauf in den zweiten Stock, wo er einen teppichbedeckten Flur entlangging und sein Zimmer an dessen Ende betrat. Er suchte den Raum ab, während er den Schlüssel drehte, einmal, zweimal, um sicherzugehen.

Ein breites Bett mit samtener Decke und einem flauschigen Kissen begrüßte ihn. Auf der rechten Seite führte ein kleiner Durchgang in ein Nebenzimmer, in dem er seine Ausrüstung lagern konnte. Auf der linken Seite wehten weiße Vorhänge im Wind und ließen ihn ab und zu einen Blick auf den Balkon erhaschen. Er lehnte sich in die offene Balkontür.

Tris hatte sich auf dem Geländer abgestützt und ließ ihren Blick über die Stadt unter ihr schweifen. Von hier oben hatte man einen wundervollen Ausblick über die glitzernden Ziegel der Häuser bis zur Stadtmauer und den dahinter liegenden Wachtürmen, die Canthar endgültig von der wilden Freiheit der Steppe abgrenzten.

Das hellblaue, leichte Kleid wehte um ihre Beine und ließ die Vorstellung einer ehemaligen Jägerin in rüsthafter Schutzkleidung und mit schweißbedeckter Haut verblassen. Tris wandte sich langsam um, ein sanftes Lächeln auf ihren roten Lippen. »Da bist du ja.«

Khaled neigte den Kopf. »Was ist denn so dringend, dass wir uns unbedingt hier treffen müssen?«, fragte er mürrisch. Ihre Anwesenheit war für ihn jedes Mal eine Herausforderung.

»Wir treffen uns hier, weil man uns hier nicht belauschen kann«, erwiderte sie bestimmt.

»Wenn uns wirklich jemand belauschen wollte, würde er einen Weg finden«, gab er zurück, wohl wissend, dass dieser jemand entweder verrückt, oder lebensmüde sein müsste, da unter ihnen das Nichts war. Viele Dutzend Meter fiel der schroffe Felsen ab, an dessen Rand Osaris erbaut worden war.

Tris winkte ab. »Ich habe nachgedacht. Es kommt mir immer seltsamer vor, wie die Kommission Tariks Ablehnung begründet hat.«

Khaled stellte sich neben sie, mit dem Rücken zum Panorama, um sich besser auf sie konzentrieren zu können. »Die Kommission bestand aus zwei Mitgliedern, die für die Allgemeinheit sprechen mussten, falls es überhaupt irgendwann einmal zu Sprache gebracht worden ist.«

Tris rieb sich mit Daumen und Zeigefinger über die geschlossenen Augen. »Glaubst du ihnen etwa? Tariks Vater saß zu seiner Zeit ebenfalls in der Kommission. Er wurde geachtet und mit Respekt behandelt. Erst als er sich geweigert hat, einen Reiter zu töten, soll sein wahres Gesicht zum Vorschein gekommen sein?«

Er verengte die Augen zu Schlitzen. »Was willst du damit sagen?«

»Ist das nicht offensichtlich? Die Kommission muss verhindert haben, dass Jergan van Cohen seine Meinung öffentlich vertrat. Er war, wie Cynthia, niemand, der die Wyvern aus tiefster Seele gehasst hat.« Sie warf ihm einen bedeutsamen Blick zu. »Du hast ihn ebenso gekannt wie ich. Es war immer klar, dass er zwar ein Jäger ist, der Wyvern erlegt, aber weder aus Profitgier noch aus Selbstverwirklichung. Für ihn war es ein Broterwerb, woraus sich zwangsweise ergab, dass er niemals einen anderen Menschen umbringen würde.«

»Was du da andeutest, sind schwerste Vorwürfe gegen die Kommission«, gab Khaled zu bedenken.

»Ich weiß nur nicht, was ich davon halten soll, dass Jergan von seinem Platz als angesehener Jäger und Mitglied der Kommission zum Geächteten verstoßen wurde, nur weil er sich geweigert haben soll, einen Mord zu begehen. Das ist alles«, wehrte sich Tris aufgebracht. Sie holte tief Luft. »Und was ist mit Lirea? Ich weiß, wir haben oft und ausgiebig über sie und ihr plötzliches Verschwinden nach Quirins Geburt gesprochen. Aber eine Mutter verlässt ihren frisch geborenen Sohn und ihre Familie nicht einfach so.«

»Willst du das wirklich wieder aufrollen? Wir haben es damals nicht verstanden und werden es auch heute nicht verstehen, nur weil wir noch mal darüber reden.«

Sie schüttelte den Kopf. »Ich erwähne es nur, weil es eine weitere Sache ist, die mir seltsam vorkommt. Allein dieses Gespräch mit Agrand und Edalired heute ... Etwas läuft gewaltig schief, Khaled.«

»Das brauchst du mir nicht zu sagen«, brummte er. »Erinnerst du dich? Ich habe monatelang nicht mit Edalired und den anderen gesprochen, als sie Tarik und Quirin in die Unterstadt verbannt haben. Jergan war Jäger, und selbst wenn er sich den Reitern angeschlossen hätte, Cynthia zumindest hätte die Hütte auf ewig zugestanden, somit auch ihren Brüdern.«

Tris fuhr sich nachdenklich durch die kurzen roten Haare. »Cynthia ... Über ihren Tod habe ich wohl am meisten gegrübelt.« Traurig senkte sie den Kopf. »Es ist schon elf Jahre her ... wie die Zeit vergeht.«

Khaled biss sich auf den Rand seiner Zunge. Der Schmerz half ihm, die Fassung zu bewahren. »Ist das alles?«

Tris blinzelte und drehte sich zu ihm. »Tut mir leid, ich wollte nicht …«

»Ist das alles?«, wiederholte er schärfer.

Sie lächelte schwach, berührte ihn an der Brust und nickte. »Ich gehe. Denk darüber nach, was ich gesagt habe.«

Er sah ihr nicht nach, als sie ging. Abwesend legte er seine Hand auf die Stelle, wo eben noch ihre gewesen war. Sie erinnerte ihn so sehr an Cynthia. Ihr Lachen war noch dasselbe wie früher. Er konnte Tris nicht lachen hören, ohne gleichzeitig Cynthias Stimme zu vernehmen. Sie waren immer zusammen gewesen, wenn sie mit dem Verbund ausgerückt waren. Man hatte sie neckisch als Zwillinge des Herzens bezeichnet, während er sich nie getraut hatte, Cynthia anzusprechen.

Sie wurde früher zur Jägerin ernannt als irgendjemand zuvor. Obwohl er und Tris im selben Jahrgang und Cynthia zwei Jahre jünger gewesen waren, schlossen sie zur selben Zeit die Ausbildung an der Akademie ab und wurden ein und demselben Verbund zugeteilt. Spätestens ab diesem Moment war er ihrem warmen Wesen vollkommen verfallen.

Es war die wunderbarste und glorreichste Zeit seines Lebens gewesen. Mit all ihrem Glück und all der Freude, die er damals erfahren hatte, war der Grundstein für seine heutige Verbitterung gelegt und ihm eine atemberaubende Zukunft vorgeheuchelt worden, bis die scharfen Klauen der Echsen ihm sein Herz zerrissen und ihn bis heute ebenso unsterblich gemacht hatten wie Cynthia.

Khaled schraubte seinen Griff um das Geländer. Seine Augen brannten, aber er hatte keine Tränen mehr, die er vergießen könnte. Er füllte das Loch in seiner Brust mit Hass, der ihm half, seinen Verstand nicht zu verlieren. Er hatte sich seit ihrem Tod zwei Dinge geschworen: Die Vernichtung der Wyvern, die ihm die Frau genommen hatten, mit der er sein Herz geteilt hatte, und seine Verantwortung den letzten Überlebenden der van Cohens gegenüber ernster zu nehmen, als er durch seine tiefe Trauer eigentlich imstande gewesen wäre.

Er tastete nach der Wyvernkralle, die an einem Lederband um seinen Hals hing. Cynthia hatte sie ihm mit ihrem schelmischen Gesichtsausdruck geschenkt und ihm ins Ohr geflüstert: *Sie verlieren in ihrer Wut die Vernunft, wenn sie das hier sehen. Du musst nur schlau genug sein und dich nicht selbst von deinen Gefühlen beherrschen lassen.*

Er hielt den Atem an, zählte bis sechzig und holte tief Luft. »Es tut mir leid, aber es sind nur diese Gefühle, die mich noch am Leben halten.«

Tarik klopfte gegen das schwere Holz und wartete.

Eine Magd öffnete kurz darauf, betrachtete ihn mit missbilligendem Blick von oben bis unten und knickste.

»Verzeih Lydia, dass ich so verdreckt hier auftauche. Ist Larius schon zurück?«

»Der Herr ist gerade im Bad.«

»Ich warte hier draußen, bis er fertig ist, in Ordnung? Oder ist sein Vater da?«

»Der Herr isst auswärts. Ich werde dem jungen Herrn Bescheid geben.«

»Vielen Dank.«

Tarik ging einige Schritte zurück, aus dem Schatten des Hauses, und blickte hinauf. Er musterte Valeria mit zusammengekniffenen Augen. In dieser Arena kämpften nur die besten Verbunde. Córas Fiach, zu dem Khaled gehörte, hatte die Festspiele bisher immer als Höhepunkt abgeschlossen. Jagden wurden nicht nur nachgestellt, sondern geradezu neu erfunden. Die Jäger mussten sich jedes Mals aufs Neue Pläne überlegen, weil nicht nur bestimmte Waffen zur Verfügung gestellt wurden, sondern auch das Gelände von Tag zu Tag über Nacht umgewandelt wurde.

»Tarik, ich dachte, ich sehe dich heute nicht mehr«, rief Larius gut gelaunt und mit klatschnassen Haaren. Er hatte sich eine leichte Tunika übergeworfen und trug die Sandalen, die normalerweise fürs Haus bestimmt waren.

»Quirin ist noch nicht da und ich kann nicht einfach untätig zu Hause hocken«, erklärte Tarik. Er lächelte. »Khaled hat mich eben in Valeria verprügelt, während Agrand zugesehen hat.«

Sein Freund machte ein halb entsetztes, halb ungläubiges Gesicht. »Wie bitte? Wozu?«

»Es war eine Art Prüfung, damit die Kommission sieht, wie ernst es mir ist.«

Larius wischte sich die Tropfen aus dem Gesicht. Es half nicht viel, gleich darauf hatten sich wieder welche in seinen roten Augenbrauen verfangen.

»Oha! Und? Wie hast du abgeschnitten?«

Tarik zuckte mit den Schultern. »Khaled sagte, es sei gut gewesen. Na, wir werden sehen. Dein Vater hat wohl viel zu tun?«

»Was glaubst du denn? So kurz vor den Spielen sehe ich ihn gar nicht mehr. Wer weiß, ob er überhaupt Zeit haben wird, mir zur Prüfung alles Gute zu wünschen. So ist es eben, wenn man mit dem Spielmacher Canthars zusammenwohnt. Willst du nicht reinkommen? Lydia bereitet das Essen vor.«

»Ich hatte eigentlich gehofft, dich noch etwas entführen zu können. Meine Nerven flattern ...«

Larius grinste breit. »Ich sage ihr Bescheid und ziehe andere Sandalen an. Vater fällt nicht viel auf, aber wenn ich seine Geschenke ruiniere, wird er zur Harpyie!«

Kurz darauf wanderten sie in Richtung Südstadt. Sie wollten die Soldaten an der Stadtmauer besuchen. Während ihrer Ausbildung hatten sie vor allem im ersten Jahr einige Grundkurse gemeinsam besucht. Daher kannten sie viele der Soldaten aus der Akademie und hatten meist zu wenig Zeit, diese Bekanntschaften zu pflegen.

»Du siehst hübsch aus in diesem Stück Stoff«, bemerkte Tarik neckisch.

Larius hob die Augenbrauen. »Und du stinkst wie Wisentdung. Du hättest dich zumindest waschen können, bevor du hergekommen bist. Lydia hat ... Bemerkungen gemacht.«

Er lachte. »Das habe ich ihr angesehen!«

Sie kamen ans Südtor, wo die Wachen sie durchwinkten, und erklommen die Wendeltreppe im Torhaus, bis sie auf der zwanzig Fuß hohen Mauer standen. Der Wind wehte ihnen heiß ins Gesicht, weshalb sie unters Dach flohen; in kleine Türme, die weitere zehn Fuß in die Höhe ragten. Es waren kleinere Ausgaben der Türme, die den Halbkreis um die Farmen außerhalb der Stadt bildeten.

»Junge, Junge, ihr beiden? Ha, wie lange ist es her, seit ihr euch das letzte Mal hergetraut habt?«, begrüßte sie ein Soldat in wehendem Hemd, dessen Lederrüstung auf einem Ständer hing.

»Wenzel, warst du schon immer so hässlich?«, gab Larius zurück und lachte herzlich.

»He, das ist gegen den Steppenstaub«, verteidigte sich der Wachmann, der den Schutz über seinen Augen zurückschob und dunkle Haut und Bartstoppeln offenbarte.

»Jetzt erkenne ich dich, Wenzel, mein Bester. Meine Güte, seit wann hast du Dienst?«

»Ich werde gleich abgelöst. Spätdienst eben. Die Wolken ziehen schnell.«

»Und die Bäume singen Lieder oder was?«

Tarik schmunzelte. Man hatte ihnen im ersten Jahr beigebracht, auf die Natur zu hören. Die Jägerschüler hatten diese Lektionen immer mit einem lachenden Auge betrachtet.

»Ich kann die Bäume nicht sehen, du Idiot, sie wachsen im Norden der Stadt«, gab Wenzel zurück und stützte sich auf seinen Speer. Er deutete mit einer Hand gen Horizont.

»Aus dieser Richtung weht der Wind. Er ist einen Hauch frischer geworden.«

»Und was soll das heißen?«, fragte Larius.

»Eine laue Nacht. Und leichten Flug für alles, was fliegt.«

Larius lehnte sich über die Mauer und tat, als würde er angestrengt nach etwas suchen. Schließlich schüttelte er den Kopf und drehte sich wieder um. »Kein roter Nebel, keine Wilde Jagd. Nicht einmal eine öde Harpyie am Himmel.«

Tarik und Wenzel starrten geradeaus.

Sein Freund verschränkte die Arme vor der Brust. »Haha, witzig. Da ist nichts.«

Tarik trat neben ihn. Er war sich nicht ganz sicher, was er sah, aber es waren mindestens vier, wenn nicht fünf Gestalten am Himmel.

»Sind das ...?«

Wenzel wischte sich über die schweißbedeckte Stirn. »Wahrscheinlich. Nur Reiter fliegen in so großen Gruppen.«

Larius wirbelte herum. »Reiter? Ich ... ah ... oh.«

Der Wachmann stand starr wie eine Statue.

Die Gestalten näherten sich rasch, wurden schnell größer, bis Tarik Kopf und Rumpf der Echsen sowie ihre Reiter unterscheiden konnte.

»Wenzel ... musst du nicht, ich weiß nicht, Alarm schlagen, oder so etwas?«, fragte Larius mit zitternder Stimme.

Der Soldat kniff die Augen zusammen. »Noch nicht in Reichweite der Ballisten. Zu weit entfernt.«

»Aber sie sind in spätestens fünf Minuten hier, speien Säure und setzen die Felder in Brand!«, protestierte Larius. Er blickte Hilfe suchend zu Tarik.

Sie starrten zu den Silhouetten am Himmel, die jetzt einen großen Kreis flogen. Nach einer gefühlten Ewigkeit wandten sie sich um und entfernten sich wieder.

Tarik atmete auf.

»Puh, diesmal sind sie verdammt nah gekommen«, sagte Wenzel und griff nach dem Wassereimer.

»Diesmal?«

»Sie lassen sich immer wieder mal blicken. Wahrscheinlich um uns daran zu erinnern, dass es sie noch gibt.« Wenzel lächelte ein wenig verzerrt. »Aber wir können nicht jedes Mal die ganze Stadt in Aufruhr versetzen, wenn sie auftauchen. Gibt Kriterien, ab wann Alarm zu schlagen ist und wann nicht.«

Larius lehnte sich gegen die Mauer. Wohl um den Schweißfleck am Rücken seiner Tunika zu verdecken, den Tarik gesehen hatte. »Ich glaube, das Leben als Wachmann ist aufregender, als ich dachte.«

Er hätte ebenfalls nicht gedacht, dass die Reiter so präsent waren.

»Ist 'ne Weile her, seit sie wirklich angegriffen haben.«

»Ihr erstattet doch der Kommission Bericht?«

»Regelmäßig, klar. Aber die Schüler, die vor Kurzem einen Ausflug in die Steppe gemacht haben, wären heute wohl nicht heil zurückgekommen. Ist zwar noch nie vorgekommen, dass die Kleinen überfallen wurden, aber die Reiter plündern Karawanen ganz gern aus.«

Tarik atmete tief durch. »Das ist ... beunruhigend.«

Wenzel zog die Kappe mit dem Staubschutz ab. »Was dachtet ihr denn?«

»Uns informiert man nur über tatsächliche Zwischenfälle«, verteidigte Larius sie.

Wenzel zuckte mit den Schultern. »Ihr zählt eben noch zur Stadt und nicht zur Verteidigung. Wird sich auch ändern, sobald ihr Jäger seid. Tarik, wie sieht es übrigens aus, lassen sie dich diesmal zu?«

Tarik versteifte sich. »Noch nicht.«

»Noch nicht?«

»Lange und schwierige Geschichte«, übernahm Larius. »Aber diesmal klappt's, verlass dich drauf.«

Schritte erklangen im Treppenhaus.

»Meine Wachablösung. Wie sieht's aus, Jungs, Lust auf ein Bier?«

Larius und Tarik wechselten Blicke.

»Wir sind dabei. Aber Tarik soll sich mit dir waschen, ich nehme euch nicht mit, wenn ihr dermaßen stinkt«, befahl Larius resolut.

13. Neues Leben

Quirins nackte Sohlen tapsten über die feuchten Steine, als er hinuntersprang. Inzwischen war er so oft hier gewesen, dass jeder seiner Schritte genau abgestimmt war, um nicht zwischen die Spalten zu stürzen oder abzurutschen. Seine Hände hielt er halb ausgestreckt, immer in der Nähe einer helfenden Wand. Er duckte sich unter herabhängenden Wurzeln hindurch und zwängte sich durch eine Enge. Es wurde merklich kühler und roch so herrlich frisch, wie nirgendwo sonst.

Endlich gelangte er in die Grotte, sprang von Stein zu Stein, bis er im hintersten Teil, gut versteckt zwischen den Felsen und ausgepolstert mit langen Amberähren, das Nest erreichte. Gerade beugte er sich vor, um einmal mehr die schimmernde Oberfläche des Eies zu bewundern, als ihm für einen Augenblick das Herz stehen blieb.

Das Ei war aufgebrochen. Die zerbrochene Schale vermischte sich mit den Ähren und gab den Blick auf einen bläulich glibberigen Schleim frei, der eine erschreckend große Pfütze bildete.

Quirin starrte regungslos auf das Bild vor sich. Eine Gänsehaut überzog seinen Körper. Ihm war auf einmal schrecklich kalt. Schmerz wallte in seiner Brust auf und Angst schnürte ihm die Kehle zu. War er entdeckt worden? Hatte man das Ei deshalb zerstört?

Erst jetzt bemerkte er die schimmernde Spur, die vom Nest wegführte. Im selben Augenblick vernahm er ein leises Piepsen, das seine Erstarrung tauen ließ. Zitternd ging er um die Steine, suchte nach weiteren Spuren, bis er schließlich zu einem unregelmäßigen

Vorsprung kam, von dem aus er manchmal in den unterirdischen See gesprungen war.

Dort taumelte ungeschickt ein kleines Wesen.

Quirin konnte es kaum glauben. Der Wyvern war geschlüpft! Niemand war hier gewesen, die Natur hatte ihren eigentümlichen Lauf der Dinge genommen.

Sein Atem beschleunigte sich und er konnte nicht anders, als leise aufzulachen. Obwohl er es so sehr gewollt und alles dafür getan hatte, hätte er sich niemals erträumt, dass er es jemals schaffen würde. Tagelang war er besorgt zwischen Canthar und der Grotte hin- und hergelaufen, hatte seine Lehrer alles über Wyvern gefragt, was ihm in den Sinn gekommen war. Nun wankte das Wesen vor ihm umher, ungeschickt und voller Neugierde.

Er ließ sich auf die Knie fallen und setzte sich auf die Fersen, die Hände im Schoß vergraben. Der Kleine hatte ihn noch nicht bemerkt, drehte erst jetzt den dünnen Hals in seine Richtung und stieß ein erschrockenes Niesen aus. Er schob sich weiter zurück, stockte kurz und quiekte auf, als er den Halt verlor.

Quirin stürzte vor. Seine Finger schrammten über den Stein, doch er war zu langsam. Eine Sekunde später hörte er ein Platschen, rappelte sich auf und blickte hinunter, wo der walnussgroße Kopf der Echse gerade wieder die Wasseroberfläche durchstieß und das Mäulchen aufsperrte, um nach Luft zu schnappen.

Quirin sah fasziniert zu, wie das Wesen mit den filigranen Flügeln wedelte und sich aufrecht hielt.

»So ist das also, ihr könnt sehr wohl schwimmen«, bemerkte er und legte sich flach auf den Bauch, um bis zum Wasser greifen zu können. Kaum war seine Hand in der Nähe des Wyvern, schlängelte sich dieser triefend nass an ihr hinauf. Er war so lang und dünn wie sein Unterarm. Winzige Dornfortsätze wuchsen gebogen aus dem Schädel der Echse, die von einer rotvioletten Haut umgeben war.

Die Äuglein waren im Dämmerlicht der Grotte riesig groß, schienen ihn zu durchbohren, auch wenn es Quirin eher vorkam, als würde der Winzling ihm sagen, *lass mich bloß nicht los!*

Er kicherte, als eine weiche Zunge über seine Haut leckte. Die kleinen Flügelkrallen des Wyvern suchten in seinem Hemd nach Halt, hievten den langen Körper höher, bis er schließlich auf seiner Schulter saß und zaghaft an seinem Ohr knabberte.

Quirin war verzückt, lachte laut und rollte sich über die harten Steine. Mit jeder Minute schien der Wyvern an Geschick zu gewinnen und schlug bald zum ersten Mal mit den Flügeln, dass Quirin befürchtete, die zarte Membran würde reißen. Aber sie hielt, und hätte der Wyvern seinen Schwanz zum Ausgleich benutzt, wäre er auch nicht umgekippt. So aber landete er auf dem Rücken und musste sich erst hin und her rollen, bis er wieder auf zwei Beinen stand und sich mit den Flügelkrallen abstützte. Er lief neugierig herum, schnüffelte an allem und brachte sich immer wieder in Situationen, die ihn mehr als lächerlich aussehen ließen.

Quirin beobachtete ihn mit ungebrochener Faszination. Er vergaß völlig die Zeit, und dass eine Welt außerhalb der Grotte existierte.

Viel zu spät fiel ihm auf, dass es dunkler geworden war. Er musste zurück, wenn er vor Tarik in ihrer Hütte sein wollte.

Schweren Herzens stand er auf und lief ein paar Schritte in Richtung Ausgang, bevor er sich noch mal umdrehte. Er drapierte einige Steine zu einem für die kleine Echse unüberwindbaren Haufen und seufzte unsicher.

Der Wyvern reckte seinen Hals so hoch hinauf, wie er nur konnte, und stieß klägliche Laute aus, die dünn von den nassen Wänden widerhallten.

»Ich muss … Du bist hier sicher, Kleiner«, erklärte er mit halb erstickter Stimme.

Wieder rief der Wyvern nach ihm und versuchte, ihm zu folgen.

Unfähig sich zu rühren starrte Quirin die Babyechse an, die an einer Kante hängen blieb und nicht mehr vorwärtskam, stattdessen noch lauter nach ihm verlangte. Die dünnen Schreie ließen ihm das Blut in den Adern gefrieren. Ihm wurde klar, dass er keine Wahl hatte.

Seine Augen füllten sich mit Tränen, als er sich abwandte und schnell nach oben huschte. Der Weg war ihm noch nie länger vorgekommen, die Wände standen noch nie so nah, als wollten auch sie ihn davon abhalten, den Wyvern zu verlassen.

In seinen Beinen brannte es bald vor Anstrengung und er begann zu schluchzen. Bis er die Dämmerung über den Feldern erreichte, war sein Hemd völlig durchnässt vom Abtrocknen des Gesichts. Er keuchte, rannte los und schenkte den arbeitenden Farmern keine Beachtung. Der Boden war noch warm und machte ihm bewusst, wie durchgefroren er war.

Kurz vor den Toren Canthars verließen ihn die Kräfte. Er blieb stehen, atmete ein paar Mal tief durch und steuerte in gemäßigterem Tempo auf die Stadt zu. Die Torwächter mit ihren breitkrempigen Hüten nickten ihm freundlich zu, ließen ihn wortlos passieren und sahen ihm nicht einmal nach, als er völlig aufgelöst die gepflasterten Wege betrat.

Inzwischen waren alle auf die Festspiele eingestellt. Laternen, die an unzähligen Seilen zwischen Tausenden von Pfosten hingen, beleuchteten die Straßen in bunten Farben. Die Fassaden der Häuser waren gereinigt und geschmückt worden. Lange Banner mit den Zeichen einzelner Verbunde oder legendärer Jäger hingen aus den Fenstern, in denen Kerzen flackerten.

Auf allen größeren Plätzen und dem Markt waren riesige Bühnen aufgebaut worden, auf denen Gaukler und das fahrende Volk aller Herren Länder ihre Künste darbieten würden. Vor allem die Barden von der Akademie in Norfurt, an der Küste Azunaís, wurden mit großer Freude erwartet. Sie galten als die besten Troubadoure überhaupt.

Am Tag der Umzüge würden alle mit bemalten Gesichtern am Straßenrand stehen, sich dem Zug anschließen und dem Genuss der hiesigen Spezialitäten hingeben. Wenn es irgendetwas gab, das Quirin den Festspielen abgewinnen konnte, dann waren es die unzähligen Fremden, die die Stadt belebten. Er liebte die Gesänge der Barden, die akrobatischen Geschicke der Feuerschlucker und Jongleure. Zu keiner Zeit des Jahres war Canthar so hell erleuchtet wie in diesen Tagen.

Manchmal ließ auch er sich von der ausgelassenen Stimmung tragen, doch oft genug war er bereits Zeuge geworden, wie die Anhänger der Verbunde aufeinander losgegangen waren, sich gegenseitig niedergeschlagen und scheinbar keinen Wert auf die Festlichkeiten außerhalb der Arenen gelegt hatten.

Quirin blieb stehen und schaute zu Valeria, der Weißen Korne, hinauf. Er spuckte verächtlich aus. Sie war ein Ort grausamer Hinrichtungen, nichts weiter.

Auf einmal überkam ihn das blanke Entsetzen. Was dachte er sich dabei, heimlich einen Wyvern aufzuziehen? Wie stellte er sich das überhaupt vor?

Seine Beine wollten ihn kaum noch tragen. Lethargisch schlich er durch den Abend, bog in die Straße, in der er und Tarik wohnten, schwitzte aus allen Poren, bis er vor der Tür stand und darum betete, dass sein Bruder noch nicht da war.

Leise trat er ein. Sofort war ihm klar, dass Tarik hier gewesen sein musste. Tatsächlich lag er bereits unruhig schlummernd im Bett. Quirin setzte sich in der Küche an den groben Tisch und faltete die Hände.

Die Wut, die ihn immer übermannte, wenn er an den Wunschberuf seines Bruders dachte, blieb aus. So gern er auch die Verantwortung von sich geschoben hätte, wusste er es doch besser. Es war streng verboten, Wyvern ohne offizielle Erlaubnis aufzuziehen. Darauf stand im schlimmsten Fall die Verbannung aus Canthar. Glimpflich wäre es noch, Geldstrafen in schwindelerregender Höhe zu zahlen. Mit Sicherheit aber würde niemand aus der Familie van Cohens jemals mehr zur Ausbildung eines Jägers zugelassen werden.

Quirin presste die Zähne aufeinander. Er allein würde für den Wyvern sorgen müssen. Niemand durfte davon erfahren, schon gar nicht Tarik. Quirin wusste, dass die einzige Option darin bestand, seinen neuen Schützling zu töten oder einer Farm zu überlassen. Doch das kam nicht infrage. Auf keinen Fall!

Eher würde er ...

Nein, er hatte keine Ahnung, was er tun würde.

14. Schwelende Ungewissheit

Tarik sah hinauf zur Weißen Krone Canthars. Valeria war selbst hier zu sehen, im untersten Teil der Stadt, wie eine Königin auf ihrem überhöhten Thron. Ihre weißen Mauern schimmerten im Halbdunkel des frühen Abends und weckten erneut seine Sehnsucht, die eben noch von Müdigkeit überlagert gewesen war.

Er konnte den Festspielen zwar mehr abgewinnen als Khaled, aber auch er verspürte nur geringe Lust, selbst in den Arenen zu kämpfen. Allein ihr Symbolcharakter ließ ihn ehrfürchtig innehalten. Valeria stand für die Überlegenheit der Jäger; für ihre Spitzfindigkeit während der Jagd, die es ihnen ermöglichte, jeden noch so wilden Wyvern zu erlegen. All die Erfahrung, zusammengetragen von Generationen, sammelte sich in ihrem Innern und bot sich den Zuschauern in einem scheinbar spielerischen Spektakel dar.

Natürlich konnte ein letzter Rest von Gefahr nie ausgeschaltet werden. Hochmut war der Hauptgrund, warum noch immer voll ausgebildete Jäger in den Arenen umkamen. Dabei lehrte man ihnen an der Akademie Demut vor der natürlichen Kraft der geflügelten Echsen.

Tarik zog an dem Seil und unterdrückte ein Stöhnen. Seine Muskeln brannten vor Anstrengung, als er den Eimer aus dem Brunnen fischte und sich auf den Rückweg machte.

Es war kühl geworden. Genau richtig an diesem kräftezehrenden Tag.

Quirin erwartete ihn bereits und nahm ihm den Eimer ab. Etwas Wasser schwappte über und klatschte auf die nackten Füße des

Jungen, der ihn unbeirrt zum Kessel schleppte und diesen zur Hälfte füllte. Mit dem Rest würden sie sich den Schweiß des Tages vom Leib schrubben.

Während sie nebeneinanderstanden, erkannte Tarik erleichtert, dass sein Bruder besser gelaunt war als sonst.

»Hast du den Amberkuchen?«, fragte er mit knurrendem Magen. Quirin sprang davon, trocknete die Hände an einem Leinentuch ab und griff nach seinem Beutel, der auf dem schmalen Tisch lag.

»Er war noch warm, als ich ihn gekauft habe. O Tarik, hast du eine Ahnung, wie schwer es mir gefallen ist, ihn nicht sofort aufzuessen?«

Tarik lachte und griff nach dem weichen Gebäck. Es war so zart, dass es beinahe in seinen Händen zerfiel.

Sie aßen schweigend. Er konzentrierte sich voll und ganz auf den süßen Geschmack. Etwas Derartiges bekamen sie nur selten in den Magen und sie würdigten diesen Augenblick mit aller Leidenschaft, die sie aufbringen konnten.

Nach einer Weile leckten sie sich genüsslich die Finger ab, pickten die Krümel von der Tischplatte und seufzten zufrieden.

Quirin rutschte halb von seinem Stuhl, bis er mehr darauf lag, als dass er saß, und lächelte. »Dafür würde ich glatt noch mehr Feldräuber fangen.«

Tarik hielt nur noch mit Mühe die Augen offen. »In ein paar Tagen, Quiri, wenn alles vorbei ist.«

Sein Bruder lehnte sich vor und atmete tief ein. »Bist du morgen wieder den ganzen Tag an der Akademie?«

Er nickte bedauernd. »Es tut mir leid, dass ich nicht mehr Zeit für dich habe.«

»Ach, das ist nicht so schlimm. Ich muss sowieso noch etwas erledigen. Soll ich mich um das Essen kümmern?«

Tarik wägte ab. Er würde morgen ebenso wenig in der Lage sein, etwas zuzubereiten, wie heute. Andererseits waren Quirins Kochkünste eher bescheiden. Mühsam erhob er sich, wuschelte seinem Bruder durchs Haar und ging in ihr gemeinsames Zimmer. »Ich lasse mich von dir überraschen, in Ordnung?« Er ließ sich aufs Bett fallen und war beinahe im selben Augenblick eingeschlafen.

Quirin blieb noch eine Weile am Tisch sitzen. Das Lächeln war von seinen Lippen getropft und die Sorge kehrte zurück. Es war nicht schwer, Tarik etwas vorzumachen. Er war so mit sich selbst und seiner Prüfung beschäftigt, so müde und zerschlagen, egal zu welcher Stunde, dass Quirin getrost tun und lassen konnte, was er wollte. Dabei ergab sich das Problem, dass er die tröstende Hand seines Bruders dringend gebraucht hätte.

Erschöpft ließen sich Tarik und Larius in den Schatten des Baumes fallen. Schweiß stand ihnen auf den Gesichtern und verklebte ihnen die Haare. Das Wasser des Teiches plätscherte leise gegen das Ufer und ließ die Seerosen auf und ab wippen. Es war bereits viel zu heiß, um weiterzutrainieren.

Sie schwiegen eine Weile, lauschten ihrem Atem und schöpften neue Kraft.

Schließlich richtete Larius sich auf. »Wenn sie mich etwas über Heilkunde fragen … Davon habe ich keine Ahnung!«

Tarik lag auf dem Rücken und rührte sich nicht. Er war froh, bei seiner Antwort nur den Mund bewegen zu müssen. »Du traust dir zu wenig zu.«

»Aber es gibt so viele! So schrecklich viele Pflanzen, mit ihren Stängeln, Wurzeln, Blättern … Ich weiß bei den meisten gar nicht, wozu sie gut sind.«

»Das liegt doch auf der Hand. Heilkunde geht mit dem Überleben in der Wildnis einher. Stell dir vor, du wirst von deinem Verbund abgeschnitten, bist möglicherweise verletzt, oder hast dich verirrt. Was dann?«

Larius stöhnte, krabbelte zum Wasser und kühlte sich die Hände. »Dann ergebe ich mich meinem Schicksal und gestehe ihm seine Macht zu. So etwas darf gar nicht erst passieren.«

»Richtig, aber es könnte passieren und darauf müssen wir vorbereitet sein.«

»Gib es zu, der große Khaled hat auch keine Ahnung von Quendel und Rostklee.«

»Im Gegenteil. Erinnerst du dich, als ich vor ein paar Jahren diesen schlimmen Husten hatte? Khaled hat mir Umschläge aus Quendelöl gemacht. Nach zwei Tagen war ich wieder vollkommen gesund. Er hat mir auch beigebracht, Schürfwunden und Prellungen mit Rostklee zu behandeln, der leichter zu finden ist als Yamsblüten. So oft, wie Quirin sich prügelt, ist das bitter nötig.«

»Lass uns durch den Garten gehen, Tarik«, bat Larius. Er zerrte so lang an Tariks Hemd, bis er sich widerwillig erhob und mit ihm den Teich umrundete.

Sie blieben bei jeder Pflanze stehen, diskutierten über deren Anwendungsgebiet und Eigenschaften, bis Tarik sich schließlich vor den schwarzen Blüten einer kniehohen Blume niederließ.

»Wie heißt diese hier?«

Sein Freund blieb auf Abstand. »Hyoscyamuskraut. Kannst du mir erklären, weshalb man es hier finden kann? Ich dachte, es sei giftig.«

Tarik lächelte und blies sacht gegen die Blume, bis sich die Pollen lösten und davonschwebten. »Nur wenn man nicht weiß, wie man es verwendet.«

»Das hat uns niemand beigebracht, wenn ich mich recht erinnere«, gab Larius nachdenklich zurück.

»Nein, aber ich weiß es.«

»Wirklich?«

»Man kann viel von Meister Isgaroth lernen.«

»Das ist doch ein Witz! Dieser Kauz, für den du Pergamentrollen zum Bürgermeister schleppst?«

Tarik erhob sich und blickte zu der Hütte auf dem Teich.

Der Schamane lief gerade geschäftig umher, stockte kurz und hob den Arm zum Gruß, als Tarik ihm zuwinkte.

»Zugegeben, er ist seltsam. Dafür besitzt er eine Unmenge an Wissen. Du hast ja keine Ahnung, woran er gerade arbeitet ...«

Larius lachte. »Bestimmt hat er wieder eine seiner berühmten Schnapsideen. Wie zum Beispiel diese Sache mit dem Glas. Als ob man aus Sand Kristall machen könnte, pff.«

Tarik war zu müde um zu widersprechen. Er setzte sich auf einen Stein und zog die Beine an. Die Sonne vertrieb sie bald wieder zu ihrem schattigen Platz am Teich. Sie streckten ihre Glieder aus und fragten sich gegenseitig Lernwissen ab, bis Isgaroth unvermittelt vor ihnen auftauchte.

»Jungs, was liegt ihr hier so faul herum? Das Leben an der Akademie scheint ja ganz schön entspannt zu sein «, rief er gut gelaunt. Eine gelbe Robe umspielte seine Knöchel. Er strich sich verschmitzt über den langen Bart.

»Es wird erst wieder entspannt sein, wenn die nächste Woche vorbei ist«, brummte Larius und richtete sich auf, um zumindest den Anschein von Respekt zu wahren.

»Ah ja, die Prüfungen. Eine Schande, dass du deshalb keine Zeit hast, dem alten Isgaroth zu helfen, Bursche«, wandte der Schamane sich nun an Tarik, der aufstand und den Kopf senkte.

»Es tut mir wirklich leid, Meister.«

Der alte Mann gluckste und hielt sich den runden Bauch. »Das muss es ganz und gar nicht! In jungen Jahren steckt man doch voller Energie. Man kämpft noch mit den Muskeln um seine Träume. Das ist nichts mehr für mich. Mir wollen ja nicht einmal mehr meine Hände gehorchen. Wenn ich eine Feder führe, verhunze ich gleich das ganze wertvolle Pergament. Dafür brauche ich dich ja, Junge! Übrigens, du musst etwas für mich zum Bürgermeister bringen. Ich weiß, du hast keine Zeit, aber es ist von höchster Dringlichkeit.«

Tarik legte die Stirn in Falten. »Was hättet Ihr denn getan, wenn Ihr mich nicht zufällig hier getroffen hättet?«

Isgaroth seufzte. »Ich hätte den Todi nach Fajeth geschickt, aber das gute Kind hätte wahrscheinlich wieder auf sich warten lassen. Tust du mir den Gefallen, Tarik?«

Er sah Larius an und nickte.

Sein Freund zog eine Grimasse.

»Keine Sorge, bis zum Training mit den anderen bin ich wieder da. Meister, könntet Ihr Larius so lange in Eure Heilkünste einweihen? Er hat es selbst gesagt, er muss diesbezüglich noch viel lernen, und unsere Zeit bis zur Prüfung ist knapp bemessen.«

Isgaroth schien nicht lange überlegen zu müssen. Er strahlte und wirkte, als wolle er den rothaarigen Jungen umarmen. »Natürlich! Diese Idee scheint mir als Gegenleistung für deine Dienste ausgesprochen willkommen. Na kommt! Ich möchte verhindern, dass mein Räucherstäbchen gleich die ganze Hütte in Brand steckt.«

Larius warf Tarik einen vernichtenden Blick zu. Er machte eine unmissverständliche Handbewegung und presste die Lippen aufeinander.

Tarik lachte in sich hinein und folgte mit Larius dem Schamanen über den Steg. Wind spielte mit ihrem Haar und kühlte ihre schweißbedeckten Leiber etwas ab. Ein Malak flog über sie hinweg, die langen Ohren wie zwei Schweife hinter sich herflatternd.

In der Hütte begrüßte sie der schwere Geruch von süßem Rauch, der sich wie ein Tuch über Mund und Nase legte. Die unzähligen Phiolen und Fläschchen warfen das matte Licht zurück, das sich erst durch den Dunst kämpfen musste, der von einem dünnen Stäbchen in einer ovalen Steinschale emporstieg.

Isgaroth verschwand kurz in seinem chaotischen Hinterzimmer und kehrte mit einem länglichen Kästchen zurück, das er Tarik mit spitzen Fingern überreichte. Sein faltiges Gesicht wirkte verschwörerisch.

»Es beinhaltet die neusten Erkenntnisse. Sei also äußerst vorsichtig, wenn du dir nicht die Arme wegexplodieren lassen willst«, wobei er die Betonung auf das Wort *explodieren* legte.

Larius, der sich angeekelt von den Regalen abwandte, sah die beiden fragend an. »Explodieren? Dieses Wort habe ich noch nie gehört.«

Tarik nickte ernst, nahm das Kästchen entgegen und wandte sich zum Gehen.

»Halt, warte! Was heißt dieses ... weg...«

Er ignorierte seinen Freund und machte sich auf den Weg zum Herrenhaus. Es thronte zwar auf dem Hügel, an dessen Hang sich die Akademie befand, aber der Weg war steil und eine ähnliche Treppe wie hinauf zu Valeria gab es nur auf der anderen Seite vom Haupttor der Stadtmauer her.

Er ging zügig und erlaubte es sich nicht, seinen Gedanken nachzuhängen. Larius machte es ihm nicht leicht, Gelassenheit zu bewahren, obwohl Khaled und Tris ihm beide schon oft gesagt hatten, dass er die Theorie wahrscheinlich besser beherrschte als die meisten Jäger.

Als sich der anstrengende Aufstieg bemerkbar machte, ragte das flache Dach des Herrenhauses über ihm auf. Er wurde von Pokey abgefangen, noch ehe er durch das Eingangsportal in die Residenz der van Sidahans eintrat. Tarik nickte dem Wächter am Eingang zu und folgte dem Grimbald, der ein ungewöhnlich hohes Tempo vorgab, in den lichtdurchfluteten Kreuzgang und blieb vor der schweren Holztür des Ratszimmers stehen, in dem er Fajeths Vater vermutete.

Pokey bemerkte, dass er ihm nicht mehr folgte, und rannte zu ihm zurück.

»Nein, Kleiner, zuerst muss ich zu Gwalhir.«

Pokey fletschte die Zähne und sprang hoch. Er bohrte ihm die Reißer in den Unterarm.

Tarik entglitt die Schachtel. Erschrocken fing er sie mit der anderen Hand auf und schüttelte den knurrenden Grimbald ab, der erneut zum Sprung ansetzte, als die Tür von innen aufschwang.

»Pokey, genug!«, grollte die tiefe Stimme eines elegant gekleideten Mannes durch den Kreuzgang.

Der kleine Bär fauchte, sprühte Geifer und blieb in Lauerstellung.

»Verschwinde, du hast hier nichts zu suchen!«, bekräftigte der Mann und der Grimbald sauste davon.

Tariks Atem hatte sich bei dem Gedanken, was geschehen wäre, wenn er seine Fracht auf den Steinboden hätte prallen lassen, beschleunigt. Er versuchte, sein aufgeregtes Herz zu beruhigen, indem er sich seinem Gönner zuwandte. »Ist Fajeth schon wieder krank?«, fragte er, eine angemessene Begrüßung unterschlagend.

Der Mann vor ihm war groß und überragte ihn um eine Handbreit. Sein grau meliertes Haar fiel gepflegt auf seine Schultern und der lange dunkle Kinnbart war säuberlich gestutzt. Das Gesicht durchzogen tiefe Falten, die sein edles Äußeres jedoch betonten. Gwalhir van Sidahan war in eine bordeauxrote Robe mit an den

Ärmel verzierendem Silberbrokat gekleidet. Filigrane Stickereien bedeckten die Brust des Bürgermeisters, neben dem Tarik sich stets wie ein Lausebengel vorkam. Die grünen Augen schienen ihn zu durchleuchten.

»Sie hat sich übernommen, wie so oft. Komm rein Tarik, komm nur rein.« Er breitete die Arme aus und führte ihn ins Ratszimmer.

Er ließ sich nicht zweimal bitten und nahm von Gwalhir ein Tuch entgegen, mit dem er sich das Blut vom Arm wischte und es auf die Bisswunden presste.

»Tut mir leid, Pokey nimmt seine Aufgabe manchmal etwas zu ernst.« Der Bürgermeister ließ sich Tarik gegenüber auf einem gepolsterten Sessel nieder.

»Ich bin es inzwischen gewohnt. Es scheint nur oberflächlich zu sein. Pokey wollte bloß meine Aufmerksamkeit«, gab er trotz der schmerzhaften Wunde zurück und reichte Gwalhir die längliche Schachtel.

»Meister Isgaroth sprach bereits mit dir über seine bahnbrechende Entdeckung, nicht wahr?«, erkundigte sich Fajeths Vater, während er die Schachtel öffnete, mit spitzen Fingern einen Iacterbolzen mit gläserner Spitze herausnahm, ins Licht hielt und inspizierte.

Tarik versuchte, das Pochen in seinem Unterarm zu ignorieren. Er richtete seine Aufmerksamkeit auf das Geschoss, dessen geschliffene Spitze in allen Farben leuchtete. »Das hat er. Was hast du mit dem Bolzen vor? Willst du die Jagd revolutionieren?«

Fajeths Vater lächelte ihm zu, dann beugte er sich zu ihm vor und gab ihm den Bolzen, in dessen Spitze reine Wyvernsäure schwappte. Eine winzige Bombe von etwa der Größe, die der Schamane ihm so eindrucksvoll vorgeführt hatte.

»Die Jäger haben kein Interesse daran, ihre Jagdweisen von Außenstehenden revolutionieren zu lassen, das solltest du am besten wissen. Nur weil ich der Bürgermeister bin, heißt das noch lange nicht, dass ich dort etwas zu sagen habe.«

»Worum geht es dann? Steigt Canthar jetzt in den Waffenhandel ein?«

Sein Gegenüber lehnte sich wieder zurück und sah aus dem Fenster in den beeindruckenden Garten der van Sidahans.

Tarik erkannte die Brücke und im Hintergrund, zwischen all dem so beeindruckenden Grün blitzte etwas Weißes hervor. Vermutlich der Pavillon.

»Ein Umbruch steht bevor«, gab Gwalhir nachdenklich zurück.

Als er auch nach Minuten des Schweigens nichts hinzugefügt hatte, senkte Tarik den Kopf und blickte auf seine vor Schmutz stierenden Trainingsstiefel hinunter. Er war sich sicher, dass er fürchterlich stank, aber dem Bürgermeister schien das nichts auszumachen.

Als erwachte er aus einer Trance, blickte Fajeths Vater ihn nun unverwandt an. »Ich halte viel von dir, Tarik, sehr viel. Meine Tochter wird einen treuen, verantwortungsbewussten und selbstsicheren Mann brauchen, wenn sie eines Tages meine Arbeit übernimmt.«

Tarik blinzelte verunsichert. »Vielen Dank, Gwalhir.«

Der musterte ihn durchdringend. »Nur um sicherzugehen, dass du mich verstehst, für mich bist du der Mann, den ich mir für Fajeth wünsche.«

Er spürte, wie ihm das Blut in den Kopf schoss und sein Puls sich gleichzeitig beschleunigte. Er hatte gewusst, dass Gwalhir ihn mochte, nicht aber, dass er ihn bereits als Schwiegersohn ansah. So sehr er sich auch darüber freute, seine Zweifel waren zu tief in ihm verwurzelt, um sie einfach zu zerstreuen. »Gwalhir ... als Oberhaupt dieser Stadt steht Fajeth ein angesehener Mann zu. Ich habe nichts erreicht, das ihr zur Ehre gereichen könnte.«

Der Bürgermeister erhob sich und stellte sich mit hinter dem Rücken verschränkten Händen ans Fenster. Das lange Haar wallte ihm über die Schultern und eröffnete die Konturen seiner Schulterblätter.

Die Zeit dehnte sich und Tarik befürchtete, dass Gwalhir ihm zustimmen würde.

»Würdest du sie denn freigeben, um einem anderen Platz zu machen?«, unterbrach dieser die Stille, ohne sich zu ihm umzudrehen, »Wohl wissend, dass es Fajeth das Herz brechen würde?«

Tarik hielt die Luft an. Er konnte das Gefühl in seiner Brust nicht beschreiben. Es war, als kämpften zwei wilde Tiere in ihm und verbissen sich in seinen Lungenflügeln, seiner Kehle. Allein schon der Gedanke, Fajeth zu verlieren, ließ ihn schwindeln. Aber er war mittellos. Er wollte auf gar keinen Fall, dass sie sich für ihn verbürgte. Man würde sie verspotten, wie man ihn verspottet hatte, würde ihre Stellung anfechten und sie herausfordern.

»Siehst du wirklich nur die Vorteile, Gwalhir?«, flüsterte er erstickt.

Der Bürgermeister senkte leicht den Kopf, wandte sich zu ihm und schenkte ihm ein Lächeln, das ihn schmerzhaft an Fajeth erinnerte.

»Wir müssen dieses Gespräch nicht vertiefen. Ich merke schon, dass es langwierig würde. Du gehst mit einer Gewissheit vor, die dich ehrt, weil du dabei weder an dich, noch an Fajeth denkst, sondern nur an ihre gesellschaftliche Stellung. Aber sie ist bereits als Zukunft Canthars bei den Bewohnern anerkannt. Sie kümmert sich aufopferungsvoll um die ihr zugeteilten Aufgaben, mehr als nötig wäre, mehr als gut für sie ist. Niemand würde sie infrage stellen. Niemand wird es je müssen, wenn sie einen Jäger zum Mann nimmt, der sich über die Jahre hinweg allen Vorurteilen zum Trotz in diese ehrenhafte Loge gekämpft hat.«

Tarik schüttelte den Kopf. »Ich weiß noch nicht einmal, ob ich zugelassen werde.«

»Nun, aber ich weiß es.«

Überrascht sah er zu Gwalhir auf.

Der lächelte erneut, stellte sich neben den Sessel und legte eine Hand auf die geschwungene Lehne.

»Auf meine Nachfrage bekam ich vor zwei Stunden die Bestätigung, dass man dich prüfen wird. Es wundert mich, dass du es noch nicht weißt.«

Tarik sprang auf, wobei er den Sessel grob nach hinten stieß. »Gwalhir, du hast doch nicht …«

»Keine Sorge, ich habe nur nachgefragt. Ich habe weder einen Befehl noch einen Wunsch geäußert.«

»Dir ist bewusst, dass du bloß nicht …«

»Tarik«, unterbrach der Bürgermeister ihn sanft, »ich habe mich nicht eingemischt. Fajeth und ich wissen, dass unser Eingreifen dir mehr schaden könnte, als dass es dir nutzen würde. Das ist genau das, was ich meine. Du kämpfst mit Feuereifer und deiner eigenen Kraft. Dennoch benutzt du deinen Verstand. Tarik, du hast meinen Segen und meinen hochachtungsvollen Respekt, bei allem, was du tust.«

Ihm wurde heiß und kalt zugleich. In seinen Ohren rauschte es, als er sich klarzumachen versuchte, was das bedeutete. Er brauchte einen Moment, bis ihn die volle Erkenntnis traf und ihm Tränen in die Augen stiegen. Die Freude schnürte ihm die Kehle zu, machte es ihm unmöglich, zu sprechen. Er sah Gwalhir dankbar an und konnte auf einmal ein Lachen nicht mehr verhindern. Erleichterung durchströmte ihn und er lachte aus vollem Hals, bis auch der Bürgermeister einstimmte und ihm schließlich auf die Schulter klopfte.

»Geh zu ihr. Und nimm dich vor Pokey in Acht.«

»Gwalhir ... wie kann ich dir nur danken?«

»Mach meine Tochter glücklich, van Cohen! Geh zu ihr, ich muss mich ebenfalls auf den Weg machen.« Er strahlte geradezu. »Oh, die Zeit des Umbruchs ... Die Kommission wird mich ungern anhören, wenn nicht sogar fortjagen. Aber glaub mir Tarik, in naher Zukunft wird sich einiges ändern. Schau nicht so fragend, ich muss mich sputen. Auf, auf zu Fajeth.«

Tarik nickte heftig und stürmte hinaus. Er war so beschwingt, dass ihm der Weg bis zu Fajeths Gemach wie eine Ewigkeit vorkam, die er mit langen Schritten überbrückte. Vor ihrer Tür zwang er sich, zuerst die Stiefel auszuziehen und auf leisen Sohlen einzutreten. Sogleich wurde er von dem Grimbald begrüßt, der ihn anfauchte und zufrieden die Reißzähne bleckte. Tarik legte einen Finger an die Lippen und zeigte auf Fajeth, die auf einem gepolsterten Stuhl auf dem Balkon schlummerte, eine weiße Decke über dem Schoß.

Er schlich hinaus, stellte sich hinter sie und schlang die Arme von hinten um sie. Als er seine Lippen an ihr Ohr legte, merkte er, dass sie wach war und sich ihm halb zuwandte.

»Mir scheint, als würdest du immer nur schlafen, anstatt zu arbeiten«, flüsterte er scherzhaft.

Fajeth rieb ihren Kopf an seinem Kinn, hielt die Augen geschlossen und lächelte. »Das ist, weil ich so gern von dir geweckt werde.«

Sie umschlang seine Unterarme und blinzelte, als er vor Schmerz zurückzuckte. »Pokey!«

Tarik zog seine Arme zurück und kniete sich vor sie.

»Bring mir diesen Grimbald! Pokey, wo bist du? Pokey!«

Er verschloss ihren Mund mit seinen Lippen, spürte die Hitze, die von ihr ausging, und nahm ihre Hand. »Er geht seiner Aufgabe gewissenhaft nach, nimm es ihm nicht übel«, beschwichtige er sie. Die Aufregung staute sich in ihm und er konnte es kaum erwarten, sie vor Freude an sich zu drücken. Aber noch beherrschte er sich.

»Er nimmt sie zu ernst, du bist nun wirklich nicht sein Feind!«

Tarik lachte. »Etwas Ähnliches hat dein Vater auch gesagt. Er ist ein Grimbald! Er versteht einfach nicht, dass es etwas Wichtigeres geben kann als dein Wohlergehen und damit hat er recht.«

Fajeths Ärger schien sich in Luft aufzulösen. Sie umfasste seinen Hinterkopf und zog ihn zu sich heran. Endlich spürte er sie am ganzen Körper, sog ihren Duft ein und fühlte sich so frei und unbeschwert wie schon seit Jahren nicht mehr. Er weinte vor Glück, ohne sich dessen zu schämen. Es war lange her, seit er das letzte Mal Tränen vergossen hatte, und der Anlass war ein völlig anderer gewesen. In seiner Brust tobte ein einziges Gefühlschaos.

»Pokey weiß, was gut für mich ist«, witzelte Fajeth, nahm sein Gesicht in ihre Hände und lächelte. »Er hat es dir gesagt«, stellte sie voller Freude fest, wobei sie seine Tränen fortwischte. »Ich wollte sofort zu dir, als wir die Nachricht bekamen, aber er hat es mir verboten.«

Tarik schüttelte den Kopf und strich ihr eine Strähne hinters Ohr. »Manchmal bist du schrecklich unvernünftig.«

Sie kniff ihm in die Nase. »Deswegen habe ich ja euch Männer. Und Pokey. Zeig mir deinen Arm.«

Er folgte ihrem Befehl, knirschte mit den Zähnen und musste zugeben, dass der Grimbald ordentlich zugebissen hatte.

»Meine Güte, wie wird er erst reagieren, wenn du wirklich krank bist?«, fragte er besorgt. »Er würde mir den Arm abreißen, wenn ich nicht alles stehen und liegen lasse, um zu dir zu eilen.«

»Er ist bloß gewissenhaft, wie du gesagt hast. Geh und wasch dich ab. Dann bring mir Salbe und Verband.«

»Zu Befehl, wertes Fräulein.« Er wich ihrem gespielten Schlag aus und betrat ihr Zimmer. Dort war es merklich kühler als draußen und wesentlich angenehmer. Die hoch stehende Sonne ließ ein gleichmäßiges Licht ein, ohne mit ihrer erbarmungslosen Hitze zu prahlen.

Tarik wusch die Wunde aus, zog die verlangten Utensilien aus der untersten Schublade einer länglichen Kommode und kehrte zu Fajeth zurück, die sich von ihrer Decke befreit hatte. Auf ihrer Stirn standen feine Schweißperlen.

Sie strich ihm eine kühle Paste auf die Bisswunde und verband sie anschließend. Ihre Finger arbeiteten schnell und geschickt.

»Hier draußen ist es zu heiß«, entschied Tarik.

Fajeth fuhr sich mit dem Handrücken über die Stirn. »Vor ein paar Stunden war es geradezu herrlich.«

Er verzog den Mund und reichte ihr die Hand. Sie richtete sich mühsam auf. Da nahm er sie einfach hoch und trug sie ins kühle Zimmer, wo er sie kichernd wie ein Kind aufs Bett legte. Sie zog ihn zu sich und vergrub ihre Finger in seinem Haar, presste sich an seine Brust und schloss die Augen.

Tarik sog den Duft hinter ihren Ohren ein, wobei er ihr gleichzeitig über den Rücken strich. Hier war sein Platz. Direkt an Fajeths Seite. Er war so glücklich, dass er beinahe vergaß, was ihn noch erwartete.

»Dein Vater ist auf dem Weg zur Kommission. Er sprach von Veränderungen. Davon, dass man seine Worte nicht wohlwollend aufnehmen wird. Weißt du, was er gemeint hat?«

»Mh«, machte Fajeth und tastete mit ihren Fingern nach seinen Lippen. »Muss ich es ausführlich erklären, oder reicht dir zunächst die kurze Version?«

Tarik atmete in ihr Haar. Seine Neugier war geweckt. »Letzteres sollte für den Moment reichen.«

»Ah. Also schön. Er hat vor, einen Friedensvertrag mit den Reitern aufzusetzen.«

Tarik zog überrascht die Augenbrauen zusammen. »Wie bitte? Wie kommt er denn auf diese Idee?«

Sie tauchte aus seiner Umarmung auf und lächelte verschmitzt.

»Doch die lange Version? Genügt es nicht, wenn ich sage, dass wir davon nur profitieren können? Dass die Bürger dieser Stadt nicht länger in Angst leben müssten, wenn sie in die Steppe gehen, weil ihnen die Reiter der Wilden Jagd auflauern könnten?«

»Wer hier glaubt denn wirklich, dass es Verfluchte sind, die auf den Wyvern reiten?«

»Genug, Liebster. Das weißt du genau.«

»Aber wie stellt Gwalhir sich das vor? Ich meine, allein die Festspiele basieren zum Großteil auf dem Schrecken dieser Legenden. Es werden Geschichten von Kriegen, Jäger gegen Blutreiter nachgespielt, geradezu verherrlicht. Die Besucher lieben es ebenso wie die Bewohner. Abgesehen davon, dass die Konditionen der Reiter mit Sicherheit beinhalten würden, alle Echsen, die in der Stadt gezüchtet und missbraucht werden, freizulassen. Das kann Canthar sich wirtschaftlich nicht leisten. Die Wyvern sind die Haupteinnahmequelle der Stadt. Es sind die Attraktionen der Festspiele, der Handel mit Knochen, Panzer und Sehnen, Trophäen und Fleisch von Wyvern. Wenn das alles wegfällt, steht diese Stadt einer wirtschaftlichen Krise gegenüber.«

Fajeth nahm sein Gesicht in ihre Hände. »Genauso wird die Kommission argumentieren. Nachdem mein Vater die Bedrohung durch die Wyvern mit der Statistik der letzten fünfzehn Jahre widerlegt hat. Du könntest Politiker werden, Geliebter.«

Tarik blinzelt verwirrt. »Aber …«

Sie legte ihm erneut einen Finger auf die Lippen, sah ihm in die Augen und kam ihm langsam näher. Ihr Kuss war sanft, tastend. Und schmeckte göttlich.

Als sie sich wieder von ihm löste, war sein Kopf leer.

»Lass uns die lange Version der Argumentation meines Vaters auf später verschieben. Es wird heftige Diskussionen geben, hitzige Dispute. Vor allen Dingen wird es nicht innerhalb der nächsten Wochen entschieden. Monate, wenn nicht sogar Jahren werden vergehen, sogar vergehen müssen, bis wir die Veränderungen spüren. Aber sie werden kommen Tarik, glaub mir. Der Wandel dieser Welt ist beständig. Wir können nicht ewig Echsen nachjagen, die ihre Aggressivität aus dem Norden mitgebracht, sich inzwischen aber an die hiesige Lebensweise angepasst haben. Und jetzt halt mich, rede nicht länger. Ich liebe dich zu sehr, als dass ich jetzt Lust hätte, mich mit Wirtschaft und Politik zu beschäftigen.«

Er nahm sie wieder in die Arme und lächelte selig, als er sich daran erinnerte, was viel näher lag. Endlich hatten seine Bemühungen einen Sinn. Er trainierte nicht mehr umsonst. Das Ziel lag nun nah vor ihm und war so real wie noch nie.

Es dauerte nicht lange und Fajeth war eingeschlafen. Er löste sich sanft von ihr, hauchte ihr einen Kuss auf die Stirn, deckte sie zu und stand auf.

Pokey sprang neben sie, blickte ihn zweifelnd an und rollte sich schließlich zusammen.

Tarik sah den beiden noch kurz zu, ehe er durch die Tür trat und seine Stiefel anzog. Larius würde sich bei ihm bedanken, dass er ihn so lange bei Meister Isgaroth gelassen hatte.

Am Abend kehrte er erschlagen, schweißgebadet und glücklich in die Unterstadt zurück. Seine Gedanken hingen wie flatternde Schmetterlinge über ihm. Er nahm seinen Weg kaum wahr.

Die Sonne war bereits hinter den Schindeln der Häuser versunken und Schatten wuchsen aus den Ecken. Endlich kühlte es langsam ab.

Am Brunnen hatten sich die Frauen der Nachbarschaft versammelt. Er grüßte sie, und sie grüßten zurück. Ihr Schnattern war noch bis zur Haustür zu hören.

Doch mit einem Schlag waren sie fort. Sein Herz begann augenblicklich in der Brust zu trommeln, dass es ihm in den Ohren wehtat.

Die Tür hing nicht mehr in ihren Angeln, sie hing nicht schief, sie hing überhaupt nicht mehr. Jemand hatte sie eingetreten. Dem morschen Holz war es zu verdanken, dass sie einfach nach innen gekippt war, statt zu zerbrechen. Sie lag dort wie ein graugrüner Teppich, von sandigen Stiefelabdrücken bedeckt.

»Quirin?«, rief Tarik atemlos und stürmte hinein. »Quirin, wo bist du?«

Er schwang die Tür zum Nebenzimmer auf und schnappte nach Luft.

Sein Bruder lehnte mit angezogenen Knien am Bett. Das Möbelstück war in der Mitte durchgebrochen und rote Farbe glänzte auf der dünnen Decke. Der Junge war kalkbleich und tränenüberströmt.

Er warf sich neben ihm auf den Boden. »Quirin, ist dir etwas passiert? Wer war das? Haben sie dir etwas angetan?«

»Ist gut Tarik, mir geht's gut. Es war schon so, als ich heimkam.«

Tarik nahm ihn in eine schützende Umarmung.

Zunächst wirkte es, als wolle Quirin seine Arme abstreifen, oder es einfach nur über sich ergehen lassen. Doch dann drückte er sich an ihn.

»Es tut mir so leid ... ich hätte nie gedacht, dass sie ... verflucht, sie müssen mich wirklich hassen.«

»Da ist eine Nachricht ... auf dem Tisch. Du sollst nicht zur Prüfung, steht da. Sonst ... sonst ...«

»Sh, ganz ruhig. Mach die Augen zu und denk an etwas anderes. Alles wird gut, in Ordnung? Ich verspreche dir, dass alles in Ordnung sein wird.«

»Tarik ... könntest du nicht einfach ...«

»Was?«

»Ach, nichts.« Quirin drückte sich wieder enger an ihn und vergrub sein Gesicht an seiner Schulter.

Nach einer Weile löste er sich behutsam aus Quirins Umklammerung. Mit steifen Schritten ging er in die Wohnstube. Das Dreibein, an dem der Kochtopf immer hing, war umgekippt, der Topf lag in der Asche.

Der Esstisch war halb zersplittert, etwas wie eine Axt musste hier gewütet haben. Mit roter Farbe war die Warnung darauf geschmiert: *»Vergiss die Prüfung, sonst trifft es deinen Bruder!«*

Tarik starrte fassungslos auf die Nachricht. »So weit würdet ihr nicht gehen«, knurrte er leise.

Hinter ihm erklangen Schritte.

»Lass uns aufräumen, Quirin. Heute brennt wohl ein großes Feuer.«

»Von was sollen wir denn jetzt essen?«

»Vom Boden, Kleiner. In Khorshid und Nafuur kennt man nicht einmal Tische. «

Quirin verzog das Gesicht. »Schön. Und was essen wir?«

»Hilf mir, das Feuer zu entzünden, wir haben noch einige Srobs in der Speisekammer.«

»Nicht schon wieder …«

»Oder … wir gehen zu Khaled. Ich werde sowieso mit ihm über das hier reden müssen. Je früher, desto besser. Doch, ja, das ist eine gute Idee. Komm, zieh dir Schuhe an, wir gehen.«

»Ich ziehe nie Schuhe an, das weißt du. Fein, gehen wir zu Khaled. Solang ich keine Wisentleber essen muss, ist es mir egal. Srobs hängen mir zum Hals raus.«

Nachdem sie die Kuppelsiedlung endlich erreicht hatten, mussten sie feststellen, dass der Gnadenbringer nicht zu Hause war.

»Es gibt nur einen Ort, wo er sich sonst regelmäßig aufhält«, meinte Tarik. Sie stiegen weiter hinauf, gingen auf Valeria zu, bogen jedoch nicht in die Brücken ein, sondern entgegengesetzt in die Straße, an deren Ende Osaris thronte, geschlagen aus dem Felsen, auf dem die Jägerunterkunft erbaut worden war.

»Wenn er nicht dort ist, gehen wir zu Fajeth.«

»Tarik … wir sind schon durch die halbe Stadt gelaufen!«

»Zu Fajeth ist es näher als zu uns. Wie willst du außerdem in einem kaputten Bett schlafen, mh?«

Quirin verschränkte die Arme vor der Brust und schnaubte.

Tarik stieß die Tür zu der noblen Unterkunft auf und hörte schon von Weitem das Gelächter, das aus der Schenke drang.

»Und so kam es, dass der Jagdverbund Córas Fiach, der berühmteste und erfolgreichste der letzten beiden Jahrzehnte, sich in einem Hinterhalt wiederfand. Es war eine tiefe Schlucht in den Ausläufern des Roten Gebirges, auf dessen Hängen der Sucher das Nest eines Wyvern ausgemacht und einen feinen Plan erdacht hatte. Es hätte so glatt laufen können, wenn sich die Schlucht nicht plötzlich mit rotem Nebel gefüllt hätte. Er drang aus den Poren des Steins, von Norden her, aus Richtung der Höhlen. Alles, was er berührte, wurde zu Asche, und auf einmal war die Luft erfüllt von schwerem Flügelschlagen. Das Kreischen von Bestien riss an den Ohren der Jäger, sie mussten die Waffen fallen lassen und ihre Trommelfelle schützen.

Bald schon sahen sie Gestalten, die sich aus dem Dunst schälten. Rot feurig hielten sie auf die Männer und Frauen Córas Fiachs zu. Schwarze Wyvern mit beschlagenen Rüstungen, Reiter, so groß und kräftig, dass nur ihre Blutwyvern sie tragen konnten. Aus den dunklen Höhlen ihrer Totenköpfe drang grelles Licht und sollte die Jäger blenden, aber der Reißer Kaith drängte die anderen in einen Spalt im Gestein, ehe der Nebel sie erreichen konnte. Ehe auch die Wilde Jagd ihre Speere schleudern und sie auslöschen konnte.

Nur der Gnadenbringer Khaled schnappte sich zuerst seine Gefährtin Arthea, denn sie waren zu weit von dem rettenden Spalt entfernt. Er warf sich auf sie und ließ den Nebel seine Rüstung zersetzen, bis ihm das Fleisch offen lag. Dann brüllte er, und er brüllte so laut, dass seine Stimme von den Bergen widerhallte. Es lösten sich Steine von den Spitzen und krachten mit Getöse in die Schlucht, schlugen auf die Reiter ein, die sich gar selbst in Nebel auflösten und mit letztem Kreischen verschwanden.

Ich schwöre es, meine Freunde, so war es. Es mag schon viele Jahre her sein, aber seht, hier sitzt der Gnadenbringer eigens, neben Kaith, dem Reißer. Sie sind die besten Saufkumpane und können bestätigen, wovon ich soeben berichtet habe.«

Der Sprecher war ein untersetzter Mann mit Vollbart, dessen Weste von verschüttetem Bier glänzte. Am Tisch saß neben Khaled und Kaith ein halbes Dutzend Besucher, die Krüge umklammert und die Augen starr.

»Sag Khaled, stimmt das?«, fragte ein junger Mann halb erstickt. »Ich kann's nicht glauben, was Ronnar da erzählt. Es klingt wie in einem Märchen.«

Es war Kaith, edel wirkend in seinem langen Mantel, der antwortete. Er trug die Haare kurz und hatte einen schmalen Bart um den Mund herum. »So wahr wir hier sitzen, Nolan, so wahr wir hier sitzen. Komm schon Khaled, zeig ihm die Narben. Hässlich sind sie, verteufelt entstellend. Kannst du dein Bier bei dir behalten, wenn du sie siehst?«

»Schon gut, schon gut, ich glaub's euch! Meiner Treu, ich sitze mit Legenden am Tisch!«

»Und diese Legenden geben dir jetzt einen aus. Verflucht, bald geht das Spektakel wieder los, da muss man sich doch erst mal ordentlich einen hinter den Latz kippen!«, lachte Kaith. Khaled hingegen lächelte schief. Ronnar erzählte immer die besten Geschichten. So abstrus, dass er sich selbst manchmal nicht mehr erinnern konnte, wie es wirklich gewesen war.

Ein Ellbogen in seinen Rippen ließ ihn aufblicken.

»Ist das nicht dein Schützling? Mit dessen Schützling?«

»Tarik?«, fragte Khaled überrascht, als der junge Mann und sein kleiner Bruder an ihrem Tisch erschienen. Auf dem Gesicht des Jägerschülers lag bitterer Ernst.

»Ich muss mit dir reden, Khaled. Könntest du ... kurz mit nach draußen kommen?«

Er erhob sich. Ein leichter Schwindel erinnerte ihn, dass er gut dabei war. Auf bestem Weg, die Nacht später wieder zu vergessen.

Sie gingen nach draußen auf den Innenhof. Die Kühle des späten Abends strich ihm liebkosend über die Haut. »Was gibt's?«

»Man ist bei und eingebrochen und hat das halbe Haus demoliert.«

Er versteifte sich. »Wie bitte?«

»Und man hat mir eine Nachricht hinterlassen. Sollte ich zur Prüfung antreten, vergreifen sie sich an Quirin.« Während er das sagte, drückte Tarik die Schulter seines Bruders, der stumm zu Boden starrte.

»Du machst keine Scherze?« Khaled schüttelte ungläubig den Kopf. Wütend schlug er mit der Faust in die andere Hand. »Diese hinterhältige und feige Bande! Gerade jetzt, wo die Kommission dich zulässt!« Er wandte sich an Tarik und griff ihm unters Kinn. »Mach bloß keinen Rückzieher, verstanden? Man versucht, dich von außerhalb einzuschüchtern, mit anderen als den legalen Mitteln. Aber niemand wird es je wagen, diese auch wahr zu machen. Erst recht nicht, sobald du einer von ihnen bist. Ein gottverdammter Jäger meine ich.«

In Tariks Augen brach sich tausendfacher Zweifel. »Aber Khaled … ich könnte mir nie verzeihen, wenn …«

»Still, Junge. Sie werden es nicht wagen, darauf hast du mein Wort. Und darauf, dass ich jedem Einzelnen das Gehirn rausprügele, falls sie die Grenze überschreiten sollten.«

Tarik senkte den Blick. Quirin zappelte unruhig mit den Beinen.

»Könntest du uns bei dir schlafen lassen? Die Betten sind reif fürs Feuer.«

»Ihr übernachtet hier, verstanden? Ich zahle euch ein Zimmer für zwei Nächte im Voraus, dann habt ihr genug Zeit, euch wieder einigermaßen einzurichten. Im Fundus des Verbunds gibt es außerdem noch einige alte Feldbetten, die nicht mehr gebraucht werden. Ich rede mit den anderen, aber es dürfte kein Problem sein, sie euch zu überlassen.«

»Danke, Khaled.«

»Ja, danke, Khaled«, sagte auch Quirin.

»Bedankt euch nicht, lasst uns reingehen und euch etwas Ordentliches zu Essen bestellen. Bier oder Wein?«

»Bier reicht.«

»Und du?«

»Eine Limonade?«, fragte Quirin hoffnungsvoll.

»Sehr gut. Kommt, sonst verpassen wir die nächste Heldengeschichte von Ronnar. Ich muss ein Auge darauf haben, dass er es nicht übertreibt.«

15. Schamvolle Lektion

Die Klippe stürzte zu seinen Füßen steil ab. Zerfurchtes Geröll hing lose von der Grasnarbe, als habe ein Riese davon abgeschlagen, so schien es Fyrndolf zumindest, dessen rostroter Umhang heftig im salzigen Wind umherpeitschte und sein goldenes Haar zu einem wilden Tanz entführte.

Unter ihm krachten riesige aufgescheuchte Wellen tosend gegen die Brandung aus spitzen und unbezwingbaren Felsen. Die Gischt spritzte viele Meter hoch herauf und fiel träge zurück in die Schwärze des Meeres, wo sie sich zu dichtem Schaum formierte, der an das dunkle Ufer geschwemmt wurde.

Ein unendlicher Anblick der Naturgewalt, die beinahe sein gesamtes Gesichtsfeld einnahm. Noch nie hatte er so weit blicken können, ohne etwas zu sehen – nur Wellen, Wasser, aggressive Macht.

Es war wunderschön und atemberaubend, erdrückend, ja beinahe beängstigend. Er spürte das harte Holz seiner Laute an seinem Rücken und fühlte sich seltsam getröstet. Das Tosen und Rauschen unter ihm hatte eine einzigartige Faszination. Eine Tödliche, wenn er bedachte, wie tief er stürzen würde, wenn er auch nur einen einzigen Schritt vorwärts tat.

Schwere Wolken zogen wütend über ihn hinweg und brachten kalten Nieselregen mit sich, der sich wie eine zweite Haut auf ihn legte, sodass er längst durchnässt war, noch ehe das kleine Dorf in Sicht kam.

Fyrndolf vernahm die beschwingten Schritte Everards, der sich neben ihn stellte und gegen den Wind blinzelte. »Ah, ein stets berauschender Anblick, dieses Meer. Es lockt tief vergrabene Gedanken an die Oberfläche und regt selbst den mürrischsten Troubadour zu unvergleichlichen Klängen an, nicht wahr? Mein Freund, Ihr wirkt, als hättet Ihr das Meer noch nie gesehen!«

Fyrndolf senkte den Blick und sah am sandigen Ufer Treibholz liegen. »Nicht mit eigenen Augen, doch wohl im Geiste.«

Everards Bart zuckte belustigt, als er ihn von der Seite musterte. »Eine Reise also, die sich schon jetzt bezahlt macht. Sagt an, Herr von Weihersbrunn, was verbindet Ihr in diesem Moment mit dem vor Euch liegenden Anblick?«

Fyrndolf hatte die ständig bohrenden Fragen des älteren Barden zu Beginn verabscheut und auch jetzt stand ihm nicht der Sinn danach, sich tiefer gehend damit zu beschäftigen. Aber er hatte gemerkt, dass Everard ihn dazu anstiftete, nicht nur seinen eigenen Gedanken nachzuhängen, sondern den Grund zu durchbrechen, den er mit seinen Überlegungen erreichte. Er gestand es sich nicht gern ein, aber er begann, leise Bewunderung für Everard zu empfinden, wenn dieser ihn ein ums andere Mal überraschte. »Unruhe«, antwortete er deshalb wahrheitsgemäß.

»Interessant. Dabei wirkt Ihr selbst ganz ruhig, geradezu entspannt.«

»Ich mag Unruhe mit der Gewalt vor mir verbinden, doch das heißt nicht, dass ich diese auch dabei verspüre.«

Everard lachte leise auf. »Bilder der Seele, mein Freund. Als Dichter verstehe ich einiges davon.«

Fyrndolf runzelte die Stirn. Everard war etwas größer als er, aber von schmaler, eleganter Gestalt. Sein Aufzug erinnerte an die vielen bunten Barden, die er zu seiner Lehrzeit an der Universität in Norfurt gesehen hatte, dennoch hob Everard sich von diesem Volk ab. Dabei hatte er narrengleiche wie auch melancholisch tiefsinnige Kollegen getroffen. Jede Art von Dichtern, so hatte er damals geglaubt. Everard glich niemandem. Vom Hörensagen hatte er die niedrigste Meinung von ihm gehabt, inzwischen hatte er in Everards Seele blicken dürfen. Nicht oft, nicht tief, aber es hatte genügt, um dem Troubadour eine zweite Chance einzuräumen. »Nun denn, was verbindet Ihr mit dem Meer?«, fragte er, ehrlich gespannt auf die Antwort.

Everard breitete die Arme aus und seufzte. »Ewige Bewegung. Macht durch Veränderung. Veränderung als die größte Macht des Lebens. Dennoch das gewaltigste Monument gegen die Zeit, denn Wasser mag verändern, doch es selbst bleibt unverändert. Es ist ein gewaltiges Geheimnis, ein einzigartiges Rätsel. Man kann es ebenso wenig greifen wie Luft, oder Zeit. Man versucht, es zu beschreiben und gelangt doch nie zum Kern. Das Wesen des Meeres ist unergründlich. Ich kann meine Verbindung nicht so trefflich beschreiben wie Ihr es tatet. Wie kann man etwas so Ewigliches versuchen, auf ein Wort zu reduzieren?«

Fyrndolf schmunzelte und fühlte sich in seinen Überlegungen bestätigt. Es war die richtige Entscheidung gewesen, sich Everard anzuschließen. »Meister Everard, auch Ihr fühlt Unruhe. Und seid so ruhig und beherrscht.«

»Überhaupt nicht, mein Freund! Heute Abend wird gefeiert, in mir herrscht die Unruhe der Vorfreude! In Kapheim gibt es ein fabelhaftes Wirtshaus, in dem man uns gebührend empfangen wird. Die Flößersuppe ist wirklich nicht zu verachten. Bei meinem letzten Besuch war ich kurz versucht, eine Ode an diese Suppe zu dichten, bis mir die Geschichte über die Sirenen zu Ohren kam.«

»Eure Ballade vom *Weißen Stein* ist seit letztem Jahr sogar Unterrichtsmaterial«, bemerkte Fyrndolf und erinnerte sich an die mystischen Zeilen. Er rümpfte die Nase. »Ebenso lehrt man *Die lustige Gesellschaft*, welche kaum als Kunst zu bezeichnen ist.«

Ein unbeschwertes Lachen hallte ihm entgegen. »Aber, aber, nicht jedermann möchte ununterbrochen von verschnörkelten Symphonien beschallt werden. Manchmal ist Einfachheit das Maß aller Dinge. Doch wenn Euch der *Weiße Stein* mehr zusagt, so seid Ihr wohl auch ein Freund von *Zephyros*, oder irre ich mich?« Everard nahm seine Mandoline zur Hand, hängte sie sich um, und während sie dem schmalen Weg entlang der Klippen folgten, sang er zu einer düster traurigen Melodie:

Kathedralen schattiger Wolkenberge
Hinter Mauern aus Kristall.
Düsternis fließt überall
Als hohler Spott durch uns're Tage.

Diese Welt gleicht einer Kammer
Wie Nichts, das schwarze Licht,
das gegen den Rest von Hoffnung ficht.
Auf den Amboss prallt der Hammer.

Der Mut, das Schicksal zu fordern,
Wuchs in eines Mannes Herzen.
Doch es keimten ungeahnte Schmerzen,
Wie auch Glück und Tugend modern

Tausend Teufel im Geiste
Ein Leib aus verharschten Qualen.
Niemals wird er damit prahlen
Wie sein eigenes Blut vereiste.«

Fyrndolf sang im Geiste mit. Everard hatte recht, er liebte das Trauerspiel um Zephyros, dessen Geschichte erst in der allerletzten Strophe aufgelöst und von den meisten Barden weggelassen wurde, da sie die mythische Frage nach dem Warum unbeantwortet lassen wollten. Er glaubte hingegen, dass man das Schicksal des antiken Mannes, eines der ältesten Lieder, die an Norfurt gelehrt wurden, benennen musste, um das Entsetzen zu schüren, welches ihn jedes Mal befiel, wenn er daran dachte. Manch einer behauptete, Zephyros sei das Werk einer Elbin, einem noch älteren Wesen als dieser selbst. Fabelwesen, wohlgemerkt. Aber diese Geschichte hatte ihn schon immer fasziniert.

Als Everard die letzten Strophen anstimmte, erfand er kurzerhand eine zweite Stimme, die den rauen Ton des älteren Troubadours aufhellte:

»Stummer Vertrauter der Hölle,
Legt öligen Fluch auf seine Haut.
Und alle, die ihm je vertraut,
Blicken in des Todes Quelle.

Auf ewig unsterbliche Tat
Harrt er auf den erlösenden Tod.
Doch in seiner unsterblichen Not,
Bleibt es leer in seinem Grab.

Zephyros, du schwarzer Unglücksrabe,
Hast gemordet deinen eig'nen Sohn.
Dafür gebührt dir nun der Lohn.
Es sei, die ewigliche Klage.«

Everard zupfte die letzten Takte und strahlte ihn an. »Ah, ein wunderbares Gefühl, wenn Musik lebendig wird! Unser Abendessen ist uns damit sicher.«

Verstimmt ruckte Fyrndolf an seinem Umhang. »Denkt Ihr immer nur an Euren Profit?«

Everard legte den Kopf schief, wobei seine grünen Augen leuchteten. Das scharf geschnittene Gesicht ließ sich nur schwer lesen, weshalb Fyrndolf bisher darauf verzichtet hatte.

»Musik allein füllt nicht den Magen. Manchmal dient sie eben nur als Mittel zum Zweck. Aber es ist ein schönes Mittel, mit dem wir den Menschen nicht nur Münzen entlocken, sondern auch ihre Herzen füllen. Ihr müsst wirklich noch einiges lernen, mein blutjunger Freund.«

Der Krug schäumte über und das Rindenbier lief an der geriffelten Seite entlang auf den kruden Tisch. Zwei dampfende Teller wurden danebengestellt und entließen ihren Duft in die rauchgeschwängerte Luft des Wirtshauses, in das sie eingekehrt waren.

Everard strich sich jauchzend über den Bart. Nur ein Speichelfaden, der ihm vom Kinn hing, hätte das Bild mehr unterstreichen können als die großen Augen des Troubadours.

Fyrndolf beugte sich über den Teller und rümpfte die Nase. Große Brocken glibberiger genoppter Finger schwammen an der Oberfläche, an der sich Fetttropfen gebildet hatten. Der eigentümliche Geruch von Fisch und Wasser war ihm noch zu neuartig, um ihn genauer einschätzen zu können.

Everard neben ihm schlürfte bereits genüsslich und bespritzte dabei den bunten Stoff seines Wamses. Mit vollem Mund wandte er sich um. »Isch, mein Freund, isch! Esch ischt ganz köschtlich!«

Fyrndolf hustete und wischte sich die Bröckchen aus dem Gesicht. Hungrig hob er den Löffel an den Mund und probierte etwas von dem Sud.

Everard lachte laut, als er würgend ausspuckte und sich den Mund hielt, als ob er gleich erbrechen würde.

»Eine Ode an die unterschiedlichen Geschmäcker der Menschen! Eine Symphonie über die Andersartigkeit, über Gegensätze und Vielfalt! Und die Flößersuppe als Grundlage, welch Ausmaß an kreativer Dichtung! Ich unterbreite Euch einen Vorschlag, Eure Suppe für meinen Bilgotbraten, na?«

Fyrndolf spülte mit Rindenbier nach, um den widerlichen Geschmack aus seinem Mund zu vertreiben. »Was soll das sein, Everard? Noch etwas, mit dem Ihr mich vergiften wollt?«

»Wo denkt Ihr hin? Bilgots sind Süßwassertiere. Sie bevorzugen kristallklares Wasser, wie das der hoch gelegenen Gebirgsseen. Es sind Säuger, keine Fische. Sehr zartes Fleisch, durch den teuren Import eine Delikatesse!«

»Was das Essen anbelangt, scheint Ihr Euch auszukennen, was?«

Everard tat entrüstet. »Mein Freund, als Barde muss man über alles Bescheid wissen! Wie kann man etwas besingen, von dem man keinen Schimmer hat? Man will doch nicht als dahergelaufener Strolch gelten, immerhin bereist man die ganze Welt! Ein Barde ist die Verbindung zwischen den Kulturen. Was glaubt Ihr, wer dem Volk sonst Kunde von den Eigenarten anderer Länder bringt? Herolde? Ha! Diese Spatzenhirne überbringen Botschaften, ohne den eigenen Grips zu benutzen, geschweige denn zu verstehen, was sie erzählen. Sie sind den hohen Herren vorbehalten, nicht dem einfachen Volk.«

»Fehlt nur noch eine Ode an den Spielmann«, stellte Fyrndolf fest.

Everard hielt ihm den Löffel vor die Nase und hob eine Augenbraue. »Euer Hang zur verschnörkelten Kunst ist ein Anfängerfehler. Sie vermag nicht das gemeine Volk zu beeindrucken.«

»Das Gegenteil scheint Ihr beim Wanderzirkus festgestellt zu haben.«

Everard schnaufte. »Von Worten, die niemand verstanden hat, weil Eure Stimme, Eure Melodie die Aufmerksamkeit gefordert hat! Ihr habt die Menschen in Trance versetzt. Das mag zeitweilig in Ordnung gehen, auf Dauer ist es ermüdend. Das Volk will fröhlich sein, tanzen, den Kummer des Tages vergessen!«

»Mein Gesang soll die Faszination in ihnen wecken. Sie sollen eine distanzierte Begeisterung in sich wahrnehmen. Ich bin zuversichtlich, dass mich die Lehrer in Norfurt nicht belogen haben, als sie mir sagten, dass ich dies mit Bravour schaffen würde.«

»Es stimmt! Ihr seid bereits jetzt ein wahrer Meister der Verzauberung. Ein Könner, Experte, ein Prinzipal, eine Koryphäe, verflucht, was wollt Ihr hören? Ein solch von sich überzeugter Barde, direkt von der Universität, ist mir wahrlich noch nie begegnet. Soll ich Euch die Wahrheit sagen, so bitter sie auch schmecken mag?«

Fyrndolf spürte Ärger in sich aufsteigen. »Soll ich Euch auch noch darum bitten, mit Euren Demütigungen fortzufahren?«

»Ha! Ihr seid eingeschnappt! Haha! Das ist köstlich! Ihr macht meiner Suppe Konkurrenz, junger Sänger! Haha!« Everard lachte laut und verschüttete dabei einiges von der Flößerbrühe. Eine Weile schien er mit sich selbst zu kämpfen, bis er in wenigen Schlucken sein Bier hinunterstürzte und den Krug laut auf die Tischplatte schlug. Er wischte sich nicht einmal den Schaum vom Bart. »Soll ich mich etwa getäuscht haben? Ich ging davon aus, dass Ihr aus der Gauklertruppe des Wanderzirkus hervorstecht, aber wie mir scheint, passt Ihr doch ganz wunderbar zu diesem Durchschnittshaufen. Wärt Ihr allein, zöget Ihr um Eurer selbst Willen durch die Welt, wäre es nicht einmal sicher, ob Ihr genug Begeisterung, distanziert oder ehrlich, hervorrufen könntet, um genug in den

Magen zu bekommen.« In seinen Augen funkelte es gefährlich, was Fyrndolf überhaupt nicht behagte.

Everard klatschte laut in die Hände. »Meine Herrschaften, hört her! Richtet eure Kürbisköpfe auf diesen Blondschopf. Er ist ein frischer Absolvent der hoch geschätzten Universität in Norfurt und wird euch nun besingen, um sein Abendbrot zu verdienen. Ganz recht! Lauscht und werft eure Münzen in seinen imaginären Hut, den ein Barde stets für solche Gelegenheiten zur Hand haben sollte!«

Er grinste und wandte sich wieder seiner Suppe zu. »Nur zu! Sie warten, Herr von Weihersbrunn. Ohne Hut werden es nur Kupfermünzen sein. Verdient Euch eine warme Mahlzeit und belustigt mich.«

Fyrndolf kochte vor Wut. Er verspürte die ungeheure Lust, Everards Kopf gegen die Tischplatte zu schlagen, um die verräterischen Lippen aufplatzen zu sehen.

Stattdessen griff er nach seiner Laute und rutschte von seinem Platz. Die vielen Menschen im Wirtshaus blickten ihn erwartungsvoll an, einige tuschelten unverhohlen, andere saßen unbeeindruckt in ihren dunklen Ecken und schienen völlig desinteressiert.

Er stellte sich vor den Tresen, lächelte sanft und überlegte kurz, welchen Ton er anschlagen sollte. Er beschloss, sich nicht auf Everards Hänseleien einzulassen. Der Barde mochte vor Erfahrung nur so strotzen, andererseits hatte er nur einen der vielen Wege betreten, die ein Spielmann mit seiner Musik einschlagen konnte – und das würde er ihm nun beweisen.

Seine Fingerkuppen schlugen die Saiten an. Er spielte die ersten Akkorde und versuchte, sich nicht anmerken zu lassen, wie sehr es ihn verunsicherte, dass es immer noch Gäste gab, die ihn nicht eines Blickes würdigten.

Er schloss die Augen, um sich davon nicht ablenken zu lassen. Erinnerungen keimten auf, warum er Barde geworden war. An all das Blut auf der Laute von seinen wundgespielten Fingern. An die Kraft, die es gebraucht hatte, die eigene Sehnsucht in die Stimme zu legen und sie den Menschen ins Herz zu stoßen wie einen kalten Speer.

»Horch
Tief in mir
Liegt ein dunkles Geheimnis
Verborgen im Schatten
Des Labyrinths
Meines Herzens.

Horch
Genau, sonst
Wirst du es nicht hören.
Eine leise Stimme
Die wispert

Unter dem Gebrüll der Welt,
das sich wie ein dichter Mantel
um mich legt,
ist es nur ein Stottern.
Unsicher, zaghaft
Regt es sich in mir.

Horch
Denn ich bin taub
Für mein eigenes Leid.
Es treibt einen Keil
In meine Seele,
die sich erhebt!

Allein, sie verstummt erneut ...

Ich sehe die Menschen
Durch einen dichten Schleier.
Verschwommene Züge
Uniformes Geschwätz

Wie Regentropfen fallen sie
An mir vorbei.

Versetzen mir tausend spitze Nadeln
Und ziehen weiter.

Bin ich denn auch
Ein einzelner Tropfen?
Gebärde ich mich wächsern?
Wie nah müssen wir einander kommen,
um zu verschmelzen?

Verschmelzen wir gar erst
Im großen Fluss,
im See,
im Meer der salzigen Tränen?

Eine große Masse,
nicht länger einsam.
Doch noch immer
Wird mein Ruf nicht erhört.

Horch
Wenigstens
Ein Mal
Dem Herz eines anderen.
Rette einen Menschen.

Horch
In dich selbst hinein
Lausche und erkenne
Deine eigene Sehnsucht

Im Labyrinth führt jede Wand
Zum Ausgang.
Doch keine Abkürzung,
keine Abweichung
Entschlossenheit.

Wie sag ich es mir selbst,
wo ich doch so gern
eigene Wege gehe.«

Die Saiten schwangen zitternd aus. Er öffnete die Augen und merkte es selbst, er hatte sich etwas beweisen wollen. Deshalb hatte er versagt. Weil er nicht an sich geglaubt, sondern zugelassen hatte, dass ihn die Zweifel seiner eigenen Magie beraubten.

Die Gäste hatten sich wieder ihrem Essen zugewandt und ihn ignoriert. Erst als die Musik verebbte, stockten sie kurz, weil sich etwas geändert hatte. Eine einzelne Münze klirrte auf den Boden, rollte ihm vor die Füße und blieb verhöhnend liegen.

Fyrndolf sah den Skalen betrübt an. Nicht die lächerliche Bezahlung, die schon an eine Beleidigung grenzte, sondern seine eigene Unsicherheit trieb ihm die Schamesröte in die Wangen. Er ließ das Geld liegen und ging zu Everard, vor dem einige gestapelte Schüsseln und zwei leere Krüge standen. Der Troubadour leckte sich über die fettigen Lippen, die sich zum Reden öffneten, als er sich neben ihn setzte.

»Wäre ich stets so einfühlsam, wie ich mich vor der Frauenwelt zu geben pflege, würde ich es Euch nicht sagen, aber habe ich es Euch nicht gesagt? Und dann verschmäht Ihr auch noch die Münze! Lernt, so schnell es geht, dass Ihr niemals, nie, hört Ihr, auch nur eine einzige Münze liegen lasst! Ein armer Lehrling kann es sich nicht leisten, so arrogant zu sein.«

Fyrndolf schwieg. Seine Niederlage war so offensichtlich wie ein Schlag ins Gesicht. Er wusste nicht einmal, was er dabei fühlen sollte. Wut? Auf wen? Auf Everard, oder sich selbst? Oder die Lehrer in Norfurt, die ihn auf eine solche Situation nicht vorbereitet hatten?

Everard rieb sich über den Bauch und rülpste laut. Als eine Magd kam, um den Tisch abzuräumen, kniff er ihr in die Hinterbacken und warf ihr eine Kusshand nach. Ihr Fluchen brachte ihn zum Kichern.

Mit einem leisen Seufzen bestellte Everard einen Bilgotbraten und Bier, das er unauffällig zu ihm hinschob, ehe er nach seiner

Mandoline griff und sie sich auf den Schoss legte, um sie zu stimmen. »Es ist nicht das Lied, Fyrndolf. Solch verzweifelte Schreie der Seele habe ich früher selbst verfasst. Sie sind in einer Gesellschaft wie dieser nur nicht angemessen. Zumindest nicht so früh am Abend.«

Mit diesen Worten erhob er sich und stellte sich mit aufgesetztem Hütchen an die Stelle, wo sich Fyrndolf zuvor präsentiert hatte. Er schwang die Mandoline über die Schulter und hob eine Hand. »Freunde des bittersüßen Rindenbieres! Ich rufe euch zu, richtet eure Schweinsäuglein auf den wohl berühmtesten Barden dieser Seite der Welt! Vor euch steht niemand geringerer als Meister Everard von Feinster, der Troubadour des Volkes und der Frauen!«

Gelächter erklang. Die durchdringende Stimme hatte sich bis in die hintersten Ecken gekämpft. Ausnahmslos alle blickten gespannt zu ihm hin.

Everard stemmte die Hand in die Hüfte und ließ die Glöckchen an seinen Füßen klingeln. Sein arglistiger Gesichtsausdruck schien das helle Geräusch zu verspotten – oder andersherum.

»Wer lacht da, hä?! Ihr solltet in Jubel ausbrechen! Ich habe bereits gespeist, es war ganz angenehm, und bezahlt habe ich auch, also warum sollte ich ein Publikum mit meinen Liedern verwöhnen, wenn es meiner nicht würdig ist? Nicht? Na gut, dann gehe ich eben!« Er wandte sich ab, als hinter ihm Stimmen laut wurden. Die Lautstärke schwoll an, bis er sich breit grinsend wieder umdrehte und die Mandoline durch die Luft schwang.

»So lobe ich es mir! Ihr seid eine wunderbar lustige Gesellschaft!« Damit sprangen seine Finger so rasend schnell über die Saiten, dass es selbst Fyrndolf die Sprache verschlug. Eine fröhliche, unbeschwerte Musik wirbelte umher und fing die ausgelassene Stimmung der Gäste auf.

»Schaut nur her, wir sind beisammen,
lassen Sorgen, Sorgen sein.
Hell lodern unsrer Herzen Flammen
Heut wird niemand einsam sein!

Wird auch niemand trüben Blickes
Die Fröhlichkeit der anderen fressen.
Wird stattdessen mit hohem Hicks
Allen düstren Kummer vergessen

Freunde reicht herum den Krug!
Sprich, dass die Melancholei,
mich dünkt, sie grenzet an Betrug,
heute fern verbannet sei!

Lasst uns springen auf und nieder,
lasst uns wild im Tanze drehen,
lasst uns regen unsre Glieder,
lasst uns bunte Bilder sehen!«

Während er sang, sprang Everard umher, lief zu jedem Tisch und forderte die Gäste zum Tanzen auf. Die Strophen wurden immer öfter von dem beschwingten Refrain unterbrochen, bei dem schließlich alle aus voller Kehle mitsangen. Nach einer gefühlten Ewigkeit leitete der Barde sanft zu einem gemächlichen Rhythmus über. Er saß auf dem Tresen, ein Bein angezogen, das andere lose herunterbaumelnd, und machte ein betrübtes Gesicht.

»Ach wer weiß, ob nach zwei Jahren,
wir noch leben, ich und du?
Was wollt ihr von mir erfahren?
Ach meine Freunde, hört ihr zu?«

Erwartungsvoll schaute er in die Runde. Sofort wurde es wieder laut und die unterschiedlichsten Namen wurden durcheinandergerufen.

Fyrndolf hörte aus den vielen Titeln vor allem den *Weißen Stein* heraus, was ihn einerseits wunderte, weil es eben eines der ruhigeren und traurigen Lieder war, andererseits war es nur offensichtlich, dass die Bewohner des Dorfes, aus dem die Legende kam, sie von Meister Everard persönlich hören wollten.

Er kannte das Lied zu gut, als dass er momentan Lust verspürte, es zu hören, deshalb schob er den Teller mit den Knochen des Bilgotbratens von sich und ging hinaus.

Die frische Luft und der heftige Wind halfen ihm, sich von der Blamage im Wirtshaus zu erholen. Die Zweifel allerdings blieben in seinen Gedanken kleben wie dickflüssiger Sirup.

Er hatte heute einiges gelernt und würde alles dafür tun, dass sich etwas Derartiges nicht wiederholte. Womöglich war es nicht verkehrt, sich das eine oder andere von Everard zeigen zu lassen.

Er hätte bestimmt auch seinen eigenen Weg gefunden. Doch die Zeit wäre schnell vorübergezogen. Mit den Gauklern vom Wanderzirkus hatte er sich gut verstanden, wahrscheinlich auch deshalb, weil sie ihn in Ruhe gelassen hatten. Er hatte seinen Anteil bekommen und war die gelungene Abwechslung zum lächerlichen Auftritt des Narren, zum spannenden Messerwerfen, den bewundernswerten Artisten, Feuerspuckern und Magiern gewesen.

Mit hängendem Kopf ging er durch die von Dreck stierenden Gassen des Dorfes. Es stank nach Fisch, mehr noch, als er zum kleinen Hafen kam, bestehend aus einer Reihe Holzstege, die ins Wasser führten. Fischerboote mit ihren Netzen schwankten in den Wellen hin und her, passten sich ihnen an, um nicht von ihnen zerstört zu werden.

So war es auch mit dem Leben als Barde. Man musste sich anpassen, um zu überleben. Everard hatte diese Tatsache gemeistert. Er selbst lernte es nun Schlag auf Schlag. Das Hinterfragen seiner Prinzipien war hart, aber er würde nach dem heutigen Sturz und allen anderen, die noch folgen mochten, aufstehen. Gestärkt und selbstständig. Auf einer ganz eigenen Mission: Die Menschen mit seinen Worten zu begeistern.

Und sich selbst. Ab und an.

Als er nach durchgefrorenen Stunden die Tür zum Wirtshaus hinter sich zufallen ließ, kochte die Stimmung noch immer. Everard stand schwankend auf einem Tisch, leere Krüge rollten über den Boden. Die Menschen grölten mit, als der Troubadour die Klammer schloss und sang:

»Wenn das Glück mich wird beglücken,
dass ich hier wieder einkehr'n darf,
vermag nichts mich mehr zu entzücken,
und sei das Wetter noch so scharf.

Meine Freunde, liebster Wirt!
Was wir heut' Nacht getrieben
Hat sich bald in alle Welt verirrt.
Erzählt nur fröhlich, wie wir verblieben

Der Morgen graut, ich geh' zu Bett,
davon kein Wort! Haltet den Mund!
Ich geb' zu, es war mehr als nett,
gute Leute, bleibt mir ja gesund!«

Damit fiel der Troubadour vom Tisch, wurde aber aufgefangen und auf die Füße gestellt. Fyrndolf sah gerade noch, wie Everard geschickt eine Hand um die Hüfte der Magd legte und sich fortführen ließ.

Kurz schwankte er zwischen Abscheu und Bewunderung. Dann stahl sich ein Lächeln auf sein Gesicht und er holte seine Laute vom Rücken. Er konnte Trübsal blasen, oder seinen Stolz überwinden und seiner Berufung folgen, die aus ihm eines Tages einen berühmten Barden machen würde.

»Ich sehe, meinen Meister hat eure Laune umgehauen! So nehmt nun vorlieb mit seinem Lehrling, gebt mir nur eine zweite Chance! Auch ich habe ganz fabelhafte Lieder in meinem Repertoire, die eure Beine zum Zucken und Tanzen verleiten werden!«

16. Unbarmherzige See

Bedächtig löste sich das Schiff von der Kaimauer und trieb auf das offene Meer hinaus. Männer liefen geschäftig umher und warfen sich gegenseitig Anweisungen zu. Schwere Taue erschlafften, als der Anker dumpf auf den Planken zum Liegen kam. Die Segel knallten im Wind, blähten sich zum Zerreißen und schoben das Schiff durch die Wellen. Die Sonne war gerade erst aufgegangen und berührte mit ihren Strahlen das morgendliche Wasser, das dadurch einen öligen Glanz erhielt.

Fyrndolf wusste in seiner Begeisterung nicht, wohin er seinen Blick zuerst wenden sollte. Zum bunten Treiben der Matrosen und Passagiere an Deck, oder zum Hafen, welcher sichtbar an Größe und behaglicher Enge verlor? Oder sollte er gar seine erhöhte Position auf dem Achterdeck aufgeben und zum Bug gehen, um den salzigen Wind der See noch vor allen anderen einzuatmen und sich in der endlosen Weite des aufbauschenden Blaus verlieren, auf das sie zusegelten?

»Jo, Barde! Der Tag ist so frisch wie die Überfahrt! Erheitert einen einsamen Steuermann mit einer Geschichte!«, vernahm er eine donnernde Stimme hinter sich.

Hin- und hergerissen erkannte er die Aussichtslosigkeit seiner Situation. Selbst wenn er die richtigen Worte finden würde, die ihn von dieser Aufforderung loslösen könnten, bestand die Gefahr, dass der Rabatt für die Überfahrt darunter leiden konnte. Deshalb drehte er sich lächelnd um. »Mit dem größten Vergnügen! Ein Spielmann freut sich immer, wenn nach ihm verlangt wird!« Er zupfte seine gestreifte Jacke mit den Puffärmeln zurecht und tat nachdenklich.

»Weiß der Herr schon, in welche Richtung die Geschichte gehen soll?«

»Der Herr heißt Vincent und ist Seemann geworden, weil er gern Dinge aus aller Welt erfährt.« Der Matrose zwinkerte ihm zu, wobei sein langer Vollbart wippte. Unter den buschigen Augenbrauen blitzte es schelmisch auf.

»Und Fyrndolf, wie der vor Euch stehende Barde heißt, ist Spielmann geworden, weil er gern Dinge aus aller Welt sieht. Mir scheint, wir sind uns ganz ähnlich, was, Vincent?«

Ein belustigtes Lachen grollte aus der Brust des Seemanns, wobei er leicht den Kurs korrigierte. »Eine Tatsache, junger Fyrndolf, kein Schein. Nun, wie steht es um die Geschichte?«

»Ah, richtig. In Azunaí soll sich etwas schier Ungeheuerliches zugetragen haben. Prinzessin Aridea ...«

»Bitte, Fyrndolf, nicht schon wieder das Rumgejammer über die hirnrissige Prinzessin Aridea, die mit einem imaginären Waldgeist herumbändelt. Wer kennt diese Geschichte nicht schon?«

»Die Gerüchte um Waldgeister sind bestenfalls grausiger Unfug«, widersprach Everard, der gerade mit zerzaustem Haar die Treppe des Achterdecks erklomm. Er gähnte herzhaft und lehnte sich an die Reling, die Augen zu müden Schlitzen verengt.

Fyrndolf unterdrückte seinen Ärger. Nicht zuletzt, weil er die Gelegenheit erahnte, seinen Platz mit dem älteren Barden tauschen zu können.

»Da Ihr meinen Lehrling unterbrochen habt, beginne ich von Neuem. Diese Geschichte muss wahrheitsgemäß überliefert werden, immerhin steht der Ruf Prinzessin Arideas auf dem Spiel, welche aufgrund einer beschämenden Begebenheit mit ihrer jüngeren Schwester, Prinzessin Mariella, in bösem Streit liegt.« Everard räusperte sich und rieb sich über das vom Schlaf geschwollene Gesicht. »Vor vier Jahren, als der traditionelle Wettbewerb der Gaukler und Troubadoure im Palast des Königs ausgetragen wurde, verliebten sich beide Töchter seiner Majestät in einen ganz famosen und charmanten Spielmann, der mit Wortwitz und geschickter Zunge die Herzen der Mädchen im Thronsaal zum Schmelzen brachte und bei seiner Siegesfeier am Kopf des Tisches des Königs keinen Hehl aus seiner Zuneigung zu Aridea machte. Mariella glühte Stunde um Stunde mehr vor Eifersucht, was dem Spielmann natürlich nicht entging. Dennoch verbrachte er die Nacht mit der älteren Tochter, die er für ansehnlicher erachtete, auch wenn Mariella in ihrer kindlichen Schönheit nicht als gering zu schätzen war.«

Fyrndolf hatte ursprünglich vorgehabt, sich an den Bug zu schleichen, aber Everards Worte machten ihn stutzig.

»Dass Mariella von dem formidablen Spielmann verschmäht wurde, behagte ihr ganz und gar nicht. Sie schwärzte ihre Schwester beim König an, der den armen Spielmann unter Schmach aus dem Palast jagen ließ. Einige Monate vergingen, doch Prinzessin Aridea konnte ihn nicht vergessen. Die Tat ihrer Schwester war ihrer Ansicht nach unverzeihlich, weshalb sie bis heute kein gutes Verhältnis zueinander haben. Auch aus dem Grund, weil Aridea sich so schmerzlich in den jungen Mann mit der Laute verliebt hatte, dass sie seither kein einziges Mal gelacht haben soll. Nur manchmal, heißt es, verschwindet sie für einige Zeit. Zunächst wusste niemand, wohin sie ging, bis Mariella ihr einstmals folgte. Der Jadewald, Ort der Zuflucht für Aridea, ist voller Magie, mit mächtigen hohen Buchen, deren leuchtende Blätter ein undurchdringliches Dach bilden, sodass das Licht nur als grüne Strahlen zum Boden stößt. Moosüberwachsene Steine bilden Hügel in unheimlichen Formen. Nicht selten berichten einfache Wanderer von Trollen mit dicken Keulen oder langen Drachen, die Feuer speiend über den Boden kriechen. Alles Unfug, sage ich, als jemand, der bereits mehr als einmal durch den Jadewald gezogen ist.« Everard gähnte hinter vorgehaltener Hand. »Nun, aber was suchte Aridea in diesem Wald? Ich kann es euch sagen. Sie traf sich dort mit ihrem Spielmann. Keiner der beiden konnte den anderen jemals vergessen, weshalb er von Zeit zu Zeit zum Palast zurückkehrte, um sie zu treffen. Vielleicht treffen sie sich sogar gerade in diesem Augenblick. Wer weiß? Ah, Prinzessin Mariella mag erzählen, sie zusammen gesehen zu haben, aber das glaube ich nicht. Sonst wüsste es auch der König und der Spielmann würde längst nicht mehr unter den Lebenden weilen. Gehängt, erschlagen, gevierteilt, irgendein grausames Schicksal würde ihn ereilt haben. Ich glaube, Mariella hat sich nicht getraut, ihrer Schwester bis ins Herz des Waldes zu folgen und hat stattdessen wilde Gerüchte von Waldgeistern gestreut. Von einer verrückten Prinzessin, die niemals lacht und immer wieder zwischen den Bäumen zu Schall und Rauch verpufft. Wer weiß schon, was im knirpshaften Kopf einer solchen, ich will mal sagen, *Persönlichkeit* vor sich geht?« Er zuckte mit den Schultern und seufzte. Er hatte wohl sein Hütchen in der Kajüte gelassen, wie er sich so an den Kopf fasste, und machte gerade Anstalten, umzukehren, als Vincent sich räusperte.

»Woher wollt Ihr wissen, dass es sich so zugetragen hat? Ich möchte damit nicht sagen, dass mir Eure Version der Geschichte weniger behagt, im Gegenteil. Sie klingt wesentlich plausibler als alles andere, was ich bisher darüber gehört habe.«

Everard verbeugte sich tief vor dem Steuermann. »Mein Name ist Meister Everard von Feinster, und als Troubadour des Königs weiß ich so einiges mehr als meine Kollegen.«

Vincent schien damit zufrieden, denn er nickte und starrte gedankenverloren nach vorn auf das Wasser.

Fyrndolf folgte Everard hinunter auf das Deck und zur gemeinschaftlichen Kajüte der Passagiere. Ihre Überfahrt nach Lyth' Airyn würde noch die nächsten drei Tage andauern, aber er wollte seine brennende Ahnung so schnell wie möglich äußern. »Everard«, sagte er laut, damit der Troubadour sich zu ihm umdrehte, statt sich in die Hängematte sinken zu lassen. »Ihr seid es, nicht wahr?«

Die dunklen Ringe unter den Augen des älteren Barden zeugten von einer langen letzten Nacht. Mal wieder. Fyrndolf würde sich nie daran gewöhnen.

»Was meint Ihr, junger Freund?«, fragte Everard müde.

»Ihr seid der Spielmann, der vor vier Jahren den Wettbewerb gewonnen hat. Das ist jedem in Norfurt bekannt! All die schaurigen Geschichten über Waldgeister und verrückte Prinzessinnen habt Ihr selbst in die Welt gesetzt! Ihr tut es ab, als wäre es nichts weiter als eine lustige Geschichte. Dabei liebt Ihr Prinzessin Aridea! Wie könnt Ihr dem Mädchen so etwas antun?« Fyrndolf war außer sich. Er hatte die Hände zu Fäusten geballt und stand kurz davor, dem ausdruckslosen Gesicht seines Gegenübers ein Veilchen zu verpassen.

»Und ich dachte, ich hätte zu wenig geschlafen«, murrte Everard und legte sich hin.

Fyrndolf stürzte vor und packte ihn am Kragen. Die Hängematte schwang gefährlich hin und her, als er Everard hineinpresste und wütend anfunkelte. »Sagt die Wahrheit! Warum erzählt Ihr Vincent eine völlig andere Geschichte als allen anderen bisher? Ihr seid doch ein Lügner! Ein elender Hund!«

Das Bärtchen des Älteren zitterte. »Meine Güte, Ihr übertreibt es mal wieder maßlos! Dieser Vincent wollte etwas Neues hören! Was? Es gibt nichts Neues! Er ist Seemann und wahrscheinlich besser über die Dinge in der Welt informiert als der Rest der Welt.«

»Dann habt Ihr ihn gerade angelogen?«

»Ich habe vielleicht einige Tatsachen verdreht, damit eine altbackene Geschichte frischen Wind erhält.«

Fyrndolf sah ihn an, ließ ihn schließlich los, ging einige Schritte rückwärts und begann zu lachen. Er schüttelte sich und konnte gar nicht mehr aufhören. Glucksend richtete er nach einer Weile einen Finger auf Everard. »Ihr müsst aber auch immer die Oberhand behalten, wie? Selbst wenn Ihr nichts zu erzählen habt, habt ihr etwas zu erzählen. Oder an wen richten sich Eure Lügen? An Vincent oder mich?« Er richtete sich zu seiner vollen Größe auf. »Ich werde Euch niemals trauen, Everard. Ihr seid ein hinterhältiger Strolch, ohne auch nur einen Funken Ehre im Leib.«

Er ließ ihn einfach zurück und ging hinaus.

Everard sah dem jungen Barden nachdenklich hinterher. Mit einer abwesenden Bewegung strich er sich über den Bart, wobei er noch den kräftigen Griff an seinem Kragen spürte. Auch das Gewicht des Briefes wog schwer auf seiner Brust. Er hatte ihn schon so oft gelesen, glatt gestrichen und wieder in die Innentasche seiner Jacke gesteckt, dass er wohl bald zu Staub zerfallen würde. Aber er kannte den Inhalt ohnehin auswendig.

»Wenn du nur wüsstest, Bursche«, murmelte er verstimmt in die leere Kajüte hinein.

Fyrndolf stürmte mit unterdrückter Wut auf das Deck in die morgendliche Brise. Ein kleiner Schatten huschte ihm vor die Füße, pfeilschnell und erstaunlich zielgenau. Ein überraschter Aufschrei hallte durch die Luft, als er zu Boden ging – nicht etwa, weil die See so unruhig war, sondern weil sich ein kleines Mädchen an seinem Bein festklammerte.

Er rollte über die Planken und blieb benommen liegen. Das Schiff schaukelte sanft auf und ab und er hätte Lust gehabt, einfach dortzubleiben, wo er war. Doch ein unablässiges Zupfen an seinem Hosenbein verleitete ihn dazu, den Kopf zu heben und den Plagegeist zu mustern.

»Versteck mich!«, forderte das Mädchen forsch. Es war vermutlich keine sechs Winter alt und hatte einen herrlich buschigen Blondschopf.

Irritiert von den befehlsgewohnt zusammengezogenen blieb er wie erstarrt.

»Hörst du nicht? Versteck mich, bevor es zu spät ist, schnell!«

Er hätte gern erst die Fragen gestellt, die ihm juckend auf der Zunge lagen, aber er verspürte den noch stärkeren Drang, dem Mädchen alles zu geben, wonach es verlangte. Er sprang auf die Beine und griff dem Kind unter die Achseln. Es war federleicht, fast schien es ihm, als trüge er nicht mehr als seine Laute.

Sie eilten einige Meter weiter nach vorn, wo Stricke einige Fässer an Bord hielten. Ein hohes Bündel Taue, halb zugedeckt von einem Segel, lag zwischen ihnen und der Reling versteckt.

Mit zwei Handgriffen hatte Fyrndolf das Mädchen in die Mitte der Taue gesetzt und ihm den Stoff über den lockigen Kopf geschoben. Er setzte sich so zwischen die Fässer, dass man das Kind unmöglich sehen konnte, er aber dennoch einen herrlichen Blick über das Wasser hatte. Er legte die Arme hinter den Kopf, lehnte sich zurück und schloss die Augen.

Nach einer Weile hörte er hinter sich ein leises Kichern. »Du bist vielleicht seltsam.«

»Wieso seltsam?«

»Na, seltsam eben. So seltsam wie Kauz, oder Zottel. Wieso sagst du nichts? He, du, wie heißt du überhaupt?«

Fyrndolf schmunzelte. Dieses Mädchen war wie seine Schwester. Nur die Augen ... die Augen waren völlig andere.

»Fyn. Sag Fyn zu mir.«

»Gut Fyn, ich bin Prinzessin.«

»Natürlich, das habe ich mir doch gleich gedacht.«

»Mach dich nicht lustig! Du musst nett zu mir sein! Du bist Prinz Fyn, oder nein, du siehst komisch aus. Wie ein Paradiesvogel. Du bist ein Narr, ganz einfach. Und mich, die Prinzessin dieses Schiffes, musst du belustigen. Wehe, wenn ich nicht belustigt bin! Dann hängst du, Narr Fyn!«

Ja, genau wie seine Schwester. Sehnsüchtig ließ er den Blick über das Meer zu seiner Seite gleiten. Es war schon so lange her ...

»Mauerblümchen«, flüsterte er heiser. Seine Kehle fühlte sich auf einmal ganz rau an.

»Was hast du gesagt? Ach, nicht wichtig, mir ist langweilig. Belustige mich!«

»Ich bleibe lieber ruhig hier sitzen. Sonst mache ich noch Eure Verfolger auf Euch aufmerksam, Prinzessin.«

»Oh.«

»Vor welchen Monstren beschütze ich Euch eigentlich?«

»Vor einem Drachen natürlich«, antwortete das Mädchen verschwörerisch.

»Und darf der arme Narr fragen, wo denn die Frau Mutter ist? Die Königin oder gar der Herr Vater, der König?«

»Ich bin Prinzessin über dieses Schiff, sonst niemand. Und auf der Mutter lastet ein Fluch.«

»Der Drache?«, vermutete Fyrndolf.

»Ganz recht.«

»Dann wird es wohl unsere Aufgabe sein, diesen Fluch von Ihrer Majestät zu nehmen?«

»Ganz recht.«

Fyrndolf nickte leicht. »Wir brauchen einen Plan, Prinzessin.«

»Wie kannst du es wagen, Narr?«

»Ihr wisst bereits, wie wir das Untier erlegen?«

»Ganz recht. Natürlich weiß ich das.«

»Verzeiht, ich hatte vergessen, dass Ihr den Drachen schon Euer ganzes Leben lang kennt. Von Geburt an, möchte ich sagen. Ist Eure Frau Mutter denn überhaupt schon immer ein Drache gewesen?«

»Ist sie nicht. Aber es ist schon lange her. Der Fluch verfolgt sie überallhin. Und er ist so schrecklich gemein ... Als wir noch an Land waren, hat sie wenigstens versucht, Vater zu fressen.«

»O nein! Euer Herz muss voller Wut sein, ob des Drachen mörderischen Versuchs.«

Kurz herrschte irritierte Stille. Doch die verärgerte Antwort ließ nicht lange auf sich warten und glich einem peitschenden Donner. »Ich verstehe ja gar nicht, was du sagst! Du wirst gehängt, wenn ich dich nicht verstehe, hörst du? So ein seltsamer Narr.«

»Natürlich, vergebt mir, Prinzessin. Ich werde von nun an auf meine Worte achten.«

Ein zufriedenes Schnauben war zu hören. »Also, hör gut zu, Narr Fyn. Wir müssen dem Drachen eine Falle stellen. Du darfst ihm nicht wehtun, sonst tust du auch der Königin weh und dann wirst du gehängt. He, Narr, du hörst mir zu, ja? Gut, weil es sonst gefährlich werden könnte. Für dich natürlich. Mir kann nichts geschehen, du passt ja auf mich auf. Also hör schon, ich bleibe versteckt und du machst, was ich dir sage. Pass nur auf, dass du alles richtig machst.«

Fyrndolf zog ein Bein an und legte den Arm darauf. »Sonst werde ich gehängt, so muss das sein. Ein ungehorsamer Narr muss sofort ersetzt werden. Das war schon immer so, Prinzessin, ich weiß das. Trotzdem frage ich mich, ob Ihr bereits einen Ersatz für mich habt, falls ich einen Fehler mache. Ich frage, weil mir Euer Wohlergehen am Herzen liegt, Prinzessin, denn ohne Narr seid Ihr dem Drachen schutzlos ausgeliefert.«

Fyrndolf konnte den Atem des Mädchens hinter sich hören. Er war erstaunt, wie lange es das Halbdunkel zwischen den Tauen bereits ausgehalten hatte. Just in diesem Moment raschelte das Segel und er spürte kleine Hände an seinem Rücken.

»Dreh dich nicht um, Fyn«, warnte Prinzessin und setzte sich dabei so dicht an ihn, dass er ihren winzigen Körper spürte. »Ich erlaube dir nicht, Fehler zu machen, ganz einfach.«

Fyrndolf zog eine Augenbraue in die Höhe. Inzwischen waren sie so weit aufs Meer hinausgefahren, dass der Hafen nur noch als dunkler Punkt und die Landzunge als blasser Schemen am Horizont zu sehen waren. Sie waren in das Reich der Wellen vorgedrungen, die eine Kostprobe ihrer Kraft zum Besten gaben und das Schiff auf und ab schaukeln ließen.

Die Matrosen riefen sich etwas zu, doch Fyrndolf verstand kaum etwas davon. Die Sprache der Seemänner war eine eigene, wie er bereits festgestellt hatte.

Niemand ist frei von Fehlern, dachte er. »Wenn Ihr es befehlt, Prinzessin, werde ich keine machen.«

Everard klopfte an die Tür zur Kajüte der Kapitänin und drückte gegen das von geschickten Fingern geformte Holz, nachdem er die Aufforderung dazu vernommen hatte. Die Feder seines Hütchens streifte an der niedrigen Decke entlang, also nahm er es ab und steckte es auf den Griff seiner Mandoline, die er vorsichtshalber in den Händen hielt, statt sie über den Rücken zu hängen.

»Everard von Feinster, verdammt, was ist dein Geheimnis?«, begrüßte ihn die tragende Stimme einer mittelgroßen Frau mit wallendem, schwarzen Haar und blutroten Lippen.

Er verneigte sich tief, mit elegant auf den Rücken gelegter Hand.

Ein Finger legte sich unter sein Kinn, verleitete ihn dazu, wieder aufzusehen und das charmante Lächeln zu erwidern.

Die lehmbraunen Augen verschlangen ihn beinahe und lenkten von den zarten Falten ab, die sich um sie herum in die von Wind und Wetter gegerbte Haut gegraben hatten.

Er sah die Hand zu spät auf sich zusausen. Es knallte und seine Wange ging in Flammen auf. Dabei war die Ohrfeige nicht einmal überraschend gewesen, nur heftig und eisenhart.

»Liederlicher Bastard«, zischte die Frau und trat einen Schritt zurück, um sich mit vor der Brust verschränkten Armen an einen grob behauenen Tisch zu lehnen, auf dem sich scheinbar wahllos vergilbte Karten und Messinstrumente verteilten.

Everard rieb sich über die schmerzhaft brennende Wange und hoffte, dass sein Lächeln nicht allzu verzerrt wirkte.

»Garwena idís Bartok, es ist mir, wie immer, eine ganz außerordentliche Ehre.«

»Spar dir deine schleimigen Floskeln und komm zur Sache, ehe ich es mir anders überlege und dich kielholen lasse.«

»Meine Liebe, nun sei doch nicht ungerecht. Ich tue nur meine Pflicht.«

»Pflicht!«, rief sie verächtlich und schüttelte ihre schwarze Mähne. Ein schmales Stirnband hielt das Haar zurück, auch wenn sich die eine oder andere Strähne in ihr Gesicht verirrte. Ein gefüttertes Mieder lag über einem cremeweißen, schulterfreien Hemd mit großzügigem Ausschnitt und betonte die beeindruckende Taille der Frau. Ein enzianblauer Rock bedeckte die Beine bis zu den Knien, wo lange Stiefel übernahmen und zusammen mit dem im Gürtel steckenden Messer ihr gefährliches Äußeres komplettierten. Mit dieser Frau Späße zu treiben, konnte ungemein schiefgehen, das wusste Everard, deshalb war er mehr als froh, so glimpflich davongekommen zu sein.

»Diese Pflicht ist der einzige Grund, warum du noch am Leben bist, mein Lieber. Du bist auf meinem Schiff. Gut, ich habe dir den inoffiziellen Rabatt gewährt. Aber warum bist du hier?«

Everard schwieg und sah sich um. Alles war genauso eingerichtet, wie er es in Erinnerung hatte. In guter Erinnerung. Das Bett unter dem kleinen eckigen Fenster, die Schräge in der Decke, wo der Balken für das Achterdeck verlief. Die eingebauten Schränkchen, die Karten an den hölzernen Wänden. Er erlaubte sich ein sehnsüchtiges Seufzen, setzte sich unerlaubt auf einen wackligen, dreibeinigen Hocker und legte sich die Mandoline auf die Beine. Seine Finger zupften unbewusst an den Saiten und untermalten die Atmosphäre mit einer zarten Melodie.

»Es gibt nicht viele wie uns«, begann er schließlich. »Wir sind wie bunt leuchtende Schatten in der Menge aus Ignoranz und Idiotie.

So etwas wie Streit können wir uns untereinander nicht leisten, Garwena.«

Sie schnaubte aufgebracht. »Das ist ja reizend. Ich kann mich nicht daran erinnern, dich inmitten einer stürmischen Nacht, ohne ein Wort verlassen zu haben. So nicht, mein Freund. O nein! Du kannst mir erzählen, was du willst, mir redest du kein schlechtes Gewissen ein.« Sie schlug auf den Tisch. »Wie kannst du es überhaupt wagen? Ist dir eigentlich bewusst, wie sehr du mich gekränkt hast? Wie meine Mannschaft von mir denken musste?«

Everard sah sie aufmerksam an und schmunzelte, als sie geendet hatte. So stürmisch war auch ihre letzte Nacht gewesen, und das nicht nur in einer Hinsicht. »Ich könnte dir mein überstürztes Verschwinden sehr wohl erklären. Aber da du so ausdrücklich darauf verzichtest, muss dir genügen, dass es nicht freiwillig war. Du hast das Glück, wenn man es denn so nennen kann, nicht von einem Land zum anderen reisen zu müssen, um der Aufgabe gerecht zu werden, derer wir uns verschrieben haben. Dir gehört dieser Teil der See, eine immer gleiche Tätigkeit, auch wenn die Gesichter um dich herum stets wechseln.«

Garwena verengte die Augen zu schmalen Schlitzen. »Du tust es doch. Du versuchst, mein Gewissen zu belasten.«

Everard tat überrascht. Seine Melodie stockte kurz. »Das war nicht meine Absicht. Im Gegenteil, es ehrt mich, dass du so enttäuscht über meine Abwesenheit warst.«

»Hörst du dich eigentlich reden, du eingebildeter Schnösel?«

Everard legte die Mandoline zur Seite, stand auf und ging zu ihr. Wie sehr er die harten Konturen ihrer Wangenknochen liebte; beinahe ebenso wie die Blitze ihrer Augen. »Ich werde mich nicht beklagen. Ich habe mir dieses Leben selbst ausgesucht. Deswegen solltest auch du nicht in Gram versinken. Stattdessen sollten wir diese Tage dankbar annehmen, denn ich kann dir hier und jetzt versprechen, dass einige Zeit ins Land gehen wird, ehe wir uns wiedersehen, meine süße Idís.«

Er wollte gerade eine Strähne aus ihrem Gesicht streichen, als sie ihn grob an sich zog und ihre Finger in seinem Haar vergrub. »Halt endlich die Klappe, widerlicher Sänger. Und denk dran, ich nehme es dir verdammt übel, dass du mich so lang allein gelassen hast.«

In ihrem Kuss lag alle Leidenschaft, die sie so lange zurückgehalten hatten. Sie verbanden die Elemente und wurden zum Feuer auf dem Wasser, auf einem Schiff, das von der Luft in Richtung Lyth' Airyns getrieben wurde, ganz wie es von ihnen verlangt worden war.

Prinzessin rannte die Treppen zum Achterdeck hinauf und wirbelte um den Steuermann. »Komm doch her, komm her Drache, trau dich nur!«, schrie sie, so laut sie konnte.

Vincents Lachen hallte über das ganze Schiff und die Matrosen, die von ihrer Arbeit aufsahen, fielen darin ein.

Prinzessin aber hastete unbeirrt weiter, blieb kurz stehen, sah sich gehetzt um und stürzte weiter, als hinge ihr Leben davon ab.

Fyrndolf lehnte lässig am Mast, hielt unauffällig eine Hand am Seil, und beobachtete seinen Schützling. Die Sonne stand bereits hoch am Himmel und der Wind hatte abgeflaut, weshalb das Segel eingeholt worden war. Nur das kleine Rahsegel am Bug trieb das Schiff langsam voran.

Prinzessin sauste an ihm vorbei, machte eine Runde über das Deck und kam schließlich völlig außer Atem vor ihm zum Stehen. Ihr blonder Schopf war zerzaust und das helle Kleid fleckig, was der niedlichen Schönheit des Mädchens aber keinerlei Abbruch tat.

»Ihr seid ein ganz grauslicher Köder, Prinzessin«, bemerkte Fyrndolf fröhlich. Sie keuchte und stützte sich auf den Knien ab.

»Vielleicht hat der Drache das Interesse an Euch verloren?«

»Niemals! Er ist doch die Königin!«

Er setzte gerade zu einer Antwort an, als sie einen spitzen Schrei ausstieß und davonstob. Eine junge Frau hatte sich in ihrem Rücken angeschlichen und jagte der Kleinen nun nach, die in aufgeregter Panik in einen ungewollten Hinterhalt, nämlich wieder zum Achterdeck hinaufrannte.

Die Frau trug ein einfaches Kleid, das von einer Kordel zusammengehalten wurde. Der Stoff wirbelte um sie herum, als sie das Kind lachend einkreiste, welches kreischte und nach dem Narren Fyn rief.

Er überlegte nicht lange, sondern stellte sich, einem Prinzen würdig, unter die Reling des Achterdecks.

»Prinzessin, springt herunter!«

Das Gesicht der Kleinen erschien über ihm. »Du hast ja eine Meise, Fyn!«

Er breitete lachend die Arme aus. »Vertraut mir, Prinzessin. Ich habe Euch mein Wort gegeben, keinen Fehler zu machen.«

Sie blickte kurz zurück und kletterte dann auf die Reling. Mit einem herzerweichenden Schrei ließ sie sich fallen.

Er schnappte sie aus der Luft und setzte sie sogleich wieder ab.

»Und nun stellt Euch etwas geschickter an, damit die Falle zuschnappen kann!« Damit lief er zurück an seinen Platz. Prinzessin wartete am Fuße der Treppe auf die Frau, deren blasses Gesicht üblen Ärger ankündigte.

»Raja, komm sofort her! Ich schwöre, ich ziehe dir die Ohren lang! Bleib endlich stehen, Raja!«

Prinzessin hastete zu Fyrndolf und klammerte sich mit geweiteten Augen an seinem Bein fest. Sobald die Frau in Reichweite war, zog er an der Schnur. Ein ausgefranstes Netz fiel vom Mast herab und bedeckte die Frau, die in eine Masche trat, stolperte und Fyrndolf direkt in die Arme fiel.

Prinzessin sprang jubelnd davon und stieß die kleinen Fäuste in die Luft. »Ja, wir haben den Drachen gefangen! Narr Fyn, du darfst am Leben bleiben! Ganz recht, da siehst du, wie großzügig ich bin.«

Fyrndolf schenkte der Frau ein entschuldigendes Lächeln. Er half ihr, aus dem Netz zu steigen, hielt sie aber fest, als sie sich Prinzessin schnappen wollte.

»Seid nicht zu streng mit ihr, sonst wälzt sie alles auf mich ab.« Er zwinkerte.

Die Frau warf einen Blick zu ihrer stolz hüpfenden Tochter und lächelte ebenfalls. Sie strich sich die lose zusammengehaltenen Haare zurück und fasste sich an den Oberarmen. »Ich muss zugeben, Ihr habt sie gut im Griff, Herr …«

»Fyrndolf.« Er reichte ihr die Hand. »Mein Name ist Fyrndolf von Weihersbrunn, meines Zeichens Barde.«

»Karelka. Von nirgendwo. Meines Zeichens Mutter einer kleinen Furie.«

Er nickte. »Vielen Dank, Karelka, für Euer Verständnis.«

»Ich muss widersprechen. Ich habe herzlich wenig Verständnis für Hechtsprünge vom Achterdeck. Ich hoffe, Ihr versteht, dass ich Euch dafür einen Tadel aussprechen muss. Auch Raja wird ihr Fett wegbekommen.«

Er seufzte theatralisch. »Oje! Sie wird mich wohl hängen lassen. Gibt es denn keine Möglichkeit, dieses Schicksal von mir abzuwenden?«

Karelka legte den Kopf schief. Sie hatte eine spitze Nase und einen schmalen Mund. Das Haar war aschfarben, obwohl sie nicht sehr viel älter sein konnte als er. Erst jetzt bemerkte er eine feine Narbe, die ihr Kinn teilte.

»Ihr werdet bemerkt haben, dass Raja meine Tochter ist. Sie ist mir sehr ähnlich, also dürfte es Euch nicht wundern, wenn ich ihr verbieten würde, Euch zu hängen, solang Ihr mich belustigt.«

Er hob die Augenbrauen. »Ich hatte mich schon gefragt, woher sich Prinzessin so gewählt auszudrücken vermag. Wohl an, Herrin, was soll ich für Euch tun?«

»Ihr seid Barde, also werdet Ihr singen.«

Graue Schatten glitten langsam über die Planken. Es war tiefste Nacht, doch der Mond und die Sterne strahlten so hell über dem sanft wogenden Wasser, dass jeder Gegenstand und jede der drei Personen am Bug des Schiffes ein eigenes Gespenst hinter sich herzog.

Tief im Wasser lag der schwere, algenbewachsene Anker und hielt sie an Ort und Stelle. Vor Kurzem erst waren alle Lichter bis auf das Hecklicht gelöscht worden. Es waren die einzigen drei Stunden der Nacht, in denen sich das Schiff nicht fortbewegte, denn es herrschten Legenden vor, die besagten, dass man die tiefen Wasser zu dieser Zeit der Nacht nicht stören durfte, sonst würden die Unholde des Meeres aus ihrem Schlummer geweckt.

Sie hatten einen grandiosen Sonnenuntergang erlebt. Der lodernde Ball am Horizont war in wenigen Minuten vom Meer verschluckt worden, ganz so, als hätte er den Halt des Himmels verloren. Doch die Strahlen hatten die weichen Federwolken noch eine ganze Zeit rot, orange und purpur gefärbt, bis auch sie schließlich versiegten und den halb milchgetrübten Blick auf das Sternenzelt freigaben.

Es war kalt geworden, also hatten sie sich ihre Decken aus der Gastkajüte geholt und sich darin eingewickelt.

Fyrndolf lehnte an der Reling, ein Bein angezogen und die Laute auf dem Knie zupfend. Karelka hielt Prinzessin im Arm. Um ihre Schultern lag zusätzlich ihr Plaid, der aus dicker Wolle bestand.

Er und die Frau hatten sich viel erzählt, aber noch mehr hatte sie seinen Liedern gelauscht und verträumt in die Ferne gesehen. Während er sang, beobachtete er ihr verhärmtes Gesicht, das sich nach und nach entspannte, bis es beinahe friedlich wirkte. Er sah ihr an, dass sie hart arbeiten musste. Obwohl sie aus armen Verhältnissen kam, wusste sie genau über die Umstände in Azunaí und den umliegenden Ländern Bescheid, liebte es, sich wie eine Königin zu gebärden und ihrer Tochter alles beizubringen, was sie konnte. Sie reiste nach Lyth' Airyn, um das Geschäft ihres Onkels zu übernehmen, der vor Kurzem verstorben war.

Bei seiner Frage, was mit Rajas Vater geschehen sei, hatten sich ihre Züge verdunkelt. »Er wohnt in einer völlig anderen Welt.« Zu mehr als dieser geheimnisvollen Antwort hatte sie sich nicht hinreißen lassen.

Da war das Mädchen noch wach gewesen. Es hatte traurig dreingesehen und Fyrndolf aus den großen Augen angeschaut. »Sie hat es versucht, Fyn. Aber sie hat es nicht geschafft, ihn zu fressen.«

Er hatte nicht verstanden, was Prinzessin damit hatte sagen wollen, aber nicht weiter nachgefragt, da ihm die düstere Stimmung, die mit diesem Thema einherging, nicht behagte.

Silbernes Licht fiel auf Raja, die ruhig in den Armen ihrer Mutter schlummerte. Ihr Brustkorb hob und senkte sich in einem gleichmäßigen Rhythmus, während ihre Hände das Plaid Karelkas fest umklammerten, als habe sie Angst, dass diese verschwinden könnte, während sie schlief.

Fyrndolf ließ seine Spielhand sinken. Ihm brannten schon die Fingerkuppen und sein Hals fühlte sich etwas kratzig an. Sein Verhalten war fahrlässig. Jeder vernünftige Barde hätte schon viel früher mit dem Singen aufgehört.

Die Frau blickte weiterhin auf die ruhige See.

Er folgte ihrem Blick. Irgendwo in der Ferne leuchtete ein schwaches Licht. Ein Leuchtturm, wie er annahm. Sein Rücken schmerzte, aber in diesem Moment empfand er nicht die geringste Lust, den friedlichen Augenblick zu stören, um sich in eine bequemere Position zu setzen. Er musterte Raja, die ihn so sehr an seine Schwester erinnerte.

Auf einmal drehte Karelka den Kopf und sah ihn an. »Diese Ruhe gleicht dem Frieden.«

Er lächelte.

»Sie sind beide nur ein weiterer trügerischer Wimpernschlag des Lebens.«

»Wieso sagt Ihr so etwas?«

Sie setzte gerade an, etwas zu erwidern, als es irgendwo knallte.

Sie zuckten zusammen.

Fyrndolf sah einen Schemen aus dem Unterdeck hervortreten, der sich wankend in alle Richtungen drehte. Als er sie entdecke, schlurfte er in ihre Richtung.

Eine kalte Hand schraubte sich um seinen Arm. Karelka starrte ihn angstvoll an. »Das ist die Antwort … Du musst verschwinden, Fyrndolf, schnell!«

Er zögerte, denn in ihren Augen spiegelte sich blankes Entsetzen. »Wer ist das?«, fragte er mit einem Blick an ihr vorbei auf die sich nähernde Gestalt.

»Geh, ich bitte dich!«

Er ließ eine weitere Sekunde verstreichen, ehe er sich aufrappelte, die Laute ergriff und davonstolperte. Bevor er wusste, was er tat, flüchtete er hinter zwei Fässer in den Schatten. Andernfalls hätte das helle Licht des Mondes ihn sicher verraten.

Sein Herz klopfte ihm bis zum Hals, als er sich an die Reling presste und seinen lauten Atem verfluchte.

»Was machst du hier, Karelka?«, blaffte eine dunkle Stimme.

Fyrndolf war sich sicher, dass der Mann, dem sie gehörte, das ganze Schiff aufwecken würde.

»Das geht dich nichts an«, antwortete die Frau leise, aber bestimmt.

Ein Lachen erklang. »Geht mich nichts an, ja? Du gehst mich was an, und was du mit unserer Tochter anstellst. Wem gehört diese Decke, hä? Bist wohl nicht allein hier, wie? Wo ist er? Wo ist dieser Bastard?«

Fyrndolf verschluckte sich und musste husten. Endlich begriff er, was Prinzessin ihm hatte sagen wollen. Der Fluch! Der Fluch, der auf Karelka lastete, war ihr Vater!

»Moreno, hör auf, hier so herumzuschreien. Du bist ja betrunken. Wieso musst du nur immer betrunken sein?«

Schwere Schritte hallten über das Deck. Der Mann war ein Riese, er würde Fyrndolf mit einer Hand zerquetschen, wenn er ihn in die Finger bekäme. Aber er hatte nicht vor, sich erwischen zu lassen. Er stürzte hinter den Fässern hervor, gerade als Moreno dahinter nachsehen wollte. Der brüllte los und machte einen Ausfallschritt.

Fyrndolf spürte den Lufthauch an seinem Ohr, als die Pranke an ihm vorbeigriff. Obwohl er die Situation nicht im Geringsten lustig fand, musste er an Everard denken. Wie oft hatte dieser Lustmolch schon vor mordlustigen Ehegatten fliehen müssen?

Ein Weinen zerriss die Luft. Prinzessin war erwacht.

Fyrndolf blickte sich nicht um, sondern stürzte zum Mast. Keuchend riss er an dem Seil und das Netz fiel herab.

Moreno bellte zornig und zerriss die Maschen mit bloßen Händen.

Er taumelte rückwärts weiter.

»Lass ihn in Ruhe! Er hat nichts gemacht!«, schrie Karelka.

Moreno hatte sich gerade befreit, als seine Frau auf ihn zurannte und sich an seinen fleischigen Unterarm klammerte. »Hör auf, hör endlich auf! Er ist Barde!«

In seinem Wutrausch war Moreno so sehr auf Fyrndolf fixiert, dass er Karelka wie beiläufig zu Boden schlug.

Prinzessin schrie auf, weinte hemmungslos und verkroch sich unter der Decke.

»Ein Barde, ha! Das sind die schlimmsten Lüstlinge. Du bist ja dünn wie mein kleiner Finger. Ich zerquetsche dich wie einen Wurm, versprochen! Renn nur, räudiger Hund du, mir kannst du nicht entkommen!«

Damit hatte er wohl recht. Es machte keinen Sinn, auf einem Schiff davonzulaufen. Es sei denn, er sprang über Bord. Er umrundete den Mast und versuchte, Moreno Hindernisse in den Weg zu schieben.

Der Hüne bewies mit zielsicherem Ungeschick, dass er sturzbesoffen war. Er polterte über ein Bündel Taue und schlug heftig auf den Planken auf.

Fyrndolf hetzte weiter, blieb vor Prinzessin stehen und rang nach Atem.

»Fyn, mach, dass es aufhört«, weinte Raja und klammerte sich an seinem Bein fest.

»Ich habe … es versprochen«, keuchte er. Da wurde er von hinten am Kragen gepackt und davongeschleudert. Der Aufprall presste alle Luft aus seinen Lungen und ließ tanzende Sterne vor seinem inneren Auge erscheinen. Er kroch halb blind weiter, rollte zur Seite, als Morenos Faust nach ihm schlug, und sprang taumelnd auf.

Der Hüne war vom Schwung getragen auf die Knie gefallen. Mit aller Kraft ließ Fyrndolf seine Laute gegen dessen Kopf krachen. Der Mann gab einen erstickten Laut von sich und fiel endgültig.

Schwer atmend starrte Fyrndolf auf den abgebrochenen Griff seines Instruments. Er hatte völlig vergessen, dass er es die ganze Zeit über festgehalten hatte; nun rauschte ein Wirbelsturm durch seinen Kopf. Er wollte etwas sagen, wollte den Augenblick ungeschehen machen, doch die Splitter seines Handwerkes stachen ihm anklagend ins Herz.

»Mutter! Wach auf, Mutter!«

Rajas Stimme riss ihn aus seiner Starre. Er torkelte zum Mast, wo Prinzessin sich über Karelkas reglose Gestalt beugte und an ihr zerrte.

Er fiel neben sie und drehte die Frau auf den Rücken. Eine Platzwunde ließ dunkles Blut über ihr Gesicht laufen, aber als er sein

Ohr an ihren Mund drückte, hörte er ihren Atem. »Alles gut, Prinzessin, sie schläft nur.« Er zog Raja an sich und nahm sie in den Arm.

Das Mädchen rollte sich zusammen und weinte leise. Er wiegte sie und versuchte, sie und sich gleichermaßen zu beruhigen. Noch immer pochte es in seinem ganzen Körper. Der Griff seiner Laute lag schweißnass in seiner Hand. Er schaffte es nicht, seine Finger zu öffnen, um das nutzlos gewordene, polierte Stück Holz fortzuwerfen.

Ein Schnaufen ertönte hinter ihm. Instinktiv ließ er Prinzessin los, als er auch schon gepackt und in die Höhe gehoben wurde. Moreno schleifte ihn grunzend zur Reling. Das unbarmherzige Holz in seinem Rücken brach ihm beinahe die Rippen, während der Hüne ihn dagegen presste. Er wurde an den Haaren gepackt und sein Kopf nach hinten gerissen.

»Du stinkende Ratte, genieß den letzten Atemzug deines erbärmlichen Lebens.«

Fyrndolf würgte und stieß die gesplitterte Seite seiner Laute in Morenos Augen, dass dieser aufjaulte wie ein gequälter Wisent. Er wurde losgelassen und nutzte die Gelegenheit, um unter den Armen des Mannes durchzuschlüpfen. Hätte er nachgedacht, hätte er vielleicht anders gehandelt, so aber warf er sich mit aller Macht gegen Moreno, der taumelte und nach einem Halt suchte. Er erwischte Fyrndolfs Wams und sie stürzten gemeinsam über die Reling.

Eiskaltes Wasser drang ihm in Nase und Mund. Der Schock ließ all seine Lebensgeister aufheulen. Er ruderte mit den Armen, bis er die Oberfläche des Wassers durchstieß und nach Luft schnappte. Hinter sich hörte er hektisches Platschen und gurgelnde Wortfetzen. Mit gleichmäßigen Bewegungen drehte er sich um und sah Moreno wild um sich schlagen.

»Hil... Hilfe!« Der Hüne tauchte unter, kam wieder hoch und versuchte, sich mit aller Kraft über Wasser zu halten.

Fyrndolf war wie gelähmt. Der Mann würde ohne sein Zutun ertrinken. Andererseits konnte er es nicht wagen, ihm zu helfen. Moreno würde ihn mit sich in die Tiefe ziehen.

Über ihnen wurde es laut. Lichter wurden angezündet und Fußgetrappel erklang. Fyrndolf zitterte am ganzen Leib, nicht nur vor Kälte. Er hörte Prinzessin schreien und sah, wie sich Körper über die Reling beugten.

»Mann über Bord!«

Als er zum zweiten Mal hinsah, war Moreno verschwunden. Einzig ein halbes Dutzend Luftblasen kündeten von der Stelle, an der er untergegangen war.

»Verflucht!«, keuchte er und tat, was er absolut nicht hätte tun sollen. In langen Zügen tauchte er unter. Die Lungen so voll wie nur möglich, schwamm er direkt in die Schwärze des Meeres, dessen beißende Kälte an seiner Haut riss. Seine Glieder wurden taub und seine vollgesogene Kleidung machte es ihm schwer, sich zu bewegen.

Die Wahrscheinlichkeit war gegen ihn. Irgendwann brannte es so sehr in seinem Brustkorb, dass er keine Möglichkeit mehr fand, weiter nach Morenos Körper zu suchen. Er drehte ab und unterdrückte die aufkommende Panik. Er konnte nur hoffen, nicht in die falsche Richtung zu schwimmen, denn um ihn herum war nichts als pechschwarzes Wasser.

Ihm wurde auf einmal schrecklich heiß. Er hatte das Gefühl, direkt in der Glut eines riesigen Feuers zu liegen, während man ihn mit weiteren Kohlen bedeckte.

Ein schwaches Leuchten bohrte sich in seine Iris und mit neu geschöpfter Stärke katapultierte er sich an die Luft.

»Dort ist er! Los, werft schon!«

Halb blind und hustend tastete er nach dem zugeworfenen Seil, umklammerte es.

Als er die harten Planken unter sich spürte, brach er zusammen, rang weiter nach Luft. Tränen ungläubiger Erleichterung vermischten sich mit dem salzigen Meerwasser, das ihm in Kehle und Augen brannte.

Jemand zog ihn aus und wickelte ihn in zwei Lagen Decken. Kräftige Arme packten seine Schultern und drückten ihn zurück, sodass er die Reling an seinem Rücken spürte.

»Fyrndolf, sieh mich an.«

Er hätte beinahe aufgelacht. Noch nie war er so froh gewesen, Everards Stimme zu hören.

»Los, sieh mich endlich an«, forderte der Troubadour nun energisch. Etwas hatte sich verändert. Er war kein Fremder mehr. Er war nun Fyrndolf. Nur noch Fyrndolf. Ganz ohne Floskeln.

»Du sollst im Saft deiner eigenen Lust verrotten, Everard von Feinster«, spuckte er ihm entgegen. Die Züge des Älteren waren verschwommen, aber er glaubte, eine Mischung aus Sorge und unterdrückter Wut daraus lesen zu können.

»Der ist ja völlig hinüber«, bemerkte ein Matrose im Hintergrund.

Everard ignorierte ihn.

»Was ist mit dem anderen? Da war noch einer im Wasser, ich hab's genau gesehn«, erklang eine zweite Stimme.

»Verdammt, was, beim König der Wilden Jagd ist hier los?«, bellte nun eine Frau.

Everard schüttelte den Kopf und half Fyrndolf beim Aufstehen. Sobald er in einer aufrechten Position war, übergab er sich auf die Stiefel des Troubadours, der einen Schwall Flüche über ihn ergoss.

Obwohl ihm übel war, schaffte Fyrndolf es, den Kopf zu heben und zu Prinzessin rüberzusehen, die ihn aus angstgeweiteten Augen anstarrte, sich aber nicht von der Seite ihrer Mutter rührte, neben der inzwischen ein Matrose kniete.

»Der Fluch ist gebrochen«, wisperte er bedauernd.

17. Ein Stein kommt ins Rollen

Ein heißer Wind fegte über die Felsen. Er wirbelte den Staub vom Steppenboden, trug ihn hinauf in schwindelerregende Höhe und ließ ihn gegen die korallenroten Steine branden, auf denen er sich gedankenschwer niedergelassen hatte.

Wachsende Schatten streckten sich über gelbe Gräserinseln, die zwischen tiefen Rissen in der trockenen Erde wucherten.

Die größte Hitze war längst überstanden. Nur noch schneidende Böen wallten auf, zerrten an seiner Kleidung und versuchten, ihn kraftvoll von seinem Platz zu wehen.

Unter sich sah er eine Herde wilder Schnapper vorüberziehen, über ihm kreiste die königliche Gestalt einer Harpyie, auf ihrer unermüdlichen Lauer nach unvorsichtigen Kleintieren.

Er hatte einmal erleben dürfen, wie ein Mungo sich unvorsichtigerweise aus dem Schutz seiner Höhle gewagt und eine Harpyie ihn in einem halsbrecherischen Sturzflug erwischt und in der Luft zerrissen hatte. Mühelos hatten die kräftigen Klauen dem Tier das Fleisch von den Knochen geschabt und einen roten Schweif hinter sich hergezogen. Es war ein beeindruckendes Schauspiel gewesen, grausam und über die Maßen majestätisch.

Er streckte die Beine aus, schlug sie übereinander, stützte sich mit den Händen ab und legte den Kopf in den Nacken, um in den brillantblauen Himmel zu blinzeln, in eine endlose Weite, die ihn sich klein und unbedeutend fühlen ließ.

Er lächelte bei diesem Gedanken. Seine Anwesenheit hier, hoch oben auf den roten Felsen, zollte den nötigen Tribut. Er war an genau dem richtigen Ort.

Selbst durch geschlossene Lider spürte er die Zeit verstreichen. Es wurde farbiger, dämmrig. An nichts zu denken, erschien ihm herrlich befreiend. Und doch war er irgendwann so weit, dass er die Augen öffnen musste.

Sein Blick glitt über ferne Baumansammlungen und dunkle Flecken auf dem rissigen Steppenboden. Schließlich fixierte er Canthar, dessen Krone sich dunkel vom Horizont abhob. Unzählige Türme verschmolzen zu einer dicht gedrängten Gitterwand und erweckten eher den Eindruck eines Gefängnisses, als einer weltoffenen Stadt.

»Wie treffend«, flüsterte Tarik. »Nichts ist so endgültig wie die Mauern Canthars. Kein Schlüssel, keine Hoffnung auf Leben, geschweige denn Freiheit zu finden. Kein Erbarmen mit den Gebrochenen. Wozu den König der Wilden Jagd im Roten Gebirge suchen. Er wohnt dort, in Canthar.« Er senkte grimmig den Kopf. »In Valeria.«

Diese freie Einsamkeit führte stets dazu, dass er mit sich selbst sprach, solang niemand in der Nähe war, der ihn einen verrückten Narren schelten konnte.

»Ah, ja. So muss ihre Sicht der Dinge sein, was?« Er richtete sich auf und drückte nachdenklich den Rücken durch. »Haben sie damit nicht auch recht? Die Reiter und ihre mörderischen Flugechsen. Canthar kann in ihren Augen nur den sicheren Tod darstellen. Doch für Jäger und Bewohner ist diese Stadt eine wahre Bastion gegen den Fluch aus dem Roten Gebirge.«

Er lehnte sich vor und legte die Arme auf die angezogenen Knie. Eine Bastion war Canthar wahrhaftig. Vor ihm die Stadt, weit hinter ihm erhob sich das Zentrum des Roten Gebirges. Er saß genau dazwischen, doch sein Blick war der Stadt zugewandt.

»Ich sehe meine Zukunft vor mir. Der Kampf nähert sich endlich dem Ende. Bald wird Ruhe einkehren und der Lohn für all den Schweiß und die Tränen, die ich vergossen, den bitteren Saft, den ich zu schmecken bekommen habe, wird ausgezahlt.« Ein Kribbeln breitete sich in ihm aus. Vorfreude. Erleichterung. Aufregung. Eine wilde Mischung aus Gefühlen.

Je länger er so dasaß, desto mehr verschwanden sie. Nur noch Gelassenheit. Ein vollkommenes Gleichgewicht, das ihn alles vergessen ließ. All die quälenden Erinnerungen lösten sich auf, und das Einzige, das zurückblieb, angespült wie eine Muschel am Strand, war die absolute Gewissheit, dass nichts, was die Menschen taten, was er tat, irgendeine Auswirkung auf die Natur hatte. Die Erde blieb unbeeindruckt von seinem Versagen, der Wind pfiff auch dann noch, wenn er all seine Prüfungen meisterte. Das Gestein mochte vom Regen nass werden, doch die Tränen würden niemals tiefer dringen, sondern immer nur einen glänzenden Schimmer auf die raue Oberfläche legen.

Egal, was er tat, wohin sein Weg ihn führte, der vor ihm liegende Anblick würde sich nicht verändern.

Tarik spürte sie, diese Gewissheit, spürte sie in jeder Faser seines Körpers. Und er wusste, nun war er bereit für die Kommission.

Quirin packte seine Sachen, noch während der Lehrer dabei war, sich zu verabschieden. Schnell wie der Wind huschte er aus dem niedrigen Gebäude und flog beinahe über den Boden. Es war *die* Gelegenheit! Tarik würde den ganzen Tag im Helitorium verbringen, was im Umkehrschluss bedeutete, dass er länger als sonst bei Vyr sein konnte.

Er hatte den schnell wachsenden Wyvern schon bei seinem zweiten Besuch getauft und dabei festgestellt, dass die kleine Echse erstaunlich gut schwimmen konnte. Er hatte vorher nie von wassergeselligen Wyvern gehört.

Quirin kam langsam außer Atem, als er den Stadtkern betrat. Sein Ziel war der Hinterhof einer Zuchtfarm, weiter unten, in der Nähe einiger Zwinger. Dort waren nur wenige Bewohner unterwegs. Um diese Uhrzeit gingen alle ihrem Tagwerk nach. Eigentlich hätte er noch Unterricht in Rechnen gehabt, doch er ging schon lange nicht mehr hin. Wahrscheinlich wusste kaum jemand, dass er überhaupt dort hätte sein sollen.

Er drängte sich in die Schatten der Häuser und zog den Hanfsack aus seinem Tragebeutel. Nur ein kleines Viereck Sonnenlicht flutete den Hof. Stimmgewirr drang aus einem der Lagerräume und ließ ihn vorsichtiger werden. Er schlich sich an große Holzkisten heran, zwischen deren losen Latten blutrote Fleischfetzen herausquollen.

Mit gerümpfter Nase kletterte er an einer solchen Kiste hinauf und griff nach deren Inhalt, den er in den Sack stopfte, bis dieser ein befriedigendes Gewicht erreichte.

Eine Tür schwang auf und Quirin fiel vor Schreck beinahe hinunter. Er konnte sich gerade noch festhalten und in die Kiste flüchten, wo er zwischen dem Unrat und den Überresten von Wyvernfraß lauschte, bis der Gehilfe des Züchters wieder verschwand.

Als er sich sicher glaubte, warf er den Sack hinaus und kletterte dann geschwind hinterher. Mit seiner Beute machte er sich davon.

Quirin schleifte den Sack durch die leeren Gassen und hoffte mit hochrotem Kopf, dass ihn niemand aus den Fenstern heraus beobachtete. Er war ein Dieb, auch wenn niemand außer ihm mit dem Inhalt seines Sackes etwas anfangen konnte.

Der Torwächter sah ihn schon von Weitem kommen und seufzte, als Quirin seine Last kurz abstellte und durchatmete.

»Schon wieder? Was macht Altuin mit dem ganzen Zeug?«

»Dünger, hab ich doch gesagt.«

Der Wächter streckte den Rücken durch. »Jaja. Er soll es selbst holen, oder dir zumindest einen Wisentkarren mitgeben. Ist ja kein Zustand. Bist schon ganz schwach auf deinen dünnen Beinen.«

»Geht dich nichts an, ich tue, wofür ich bezahlt werde«, murrte Quirin und setzte seinen Weg fort.

Lügen war ihm schon immer viel zu leicht gefallen. Den Sack hingegen zwischen den ganzen Farmen hindurch bis zur Grotte zu schleppen nicht. Seine Arme brannten wie Feuer, als er den Eingang erreichte, und der schwierigste Teil stand ihm erst noch bevor.

Er zog das Gewicht irgendwann nur noch von Stein zu Stein und machte sich nichts draus, dass der Inhalt ordentlich durchgeschüttelt wurde. Schon lange bevor er die Grotte erreichte, hörte er das freudige Kreischen des Wyvern, der ihm auf den letzten Metern entgegengehüpft kam und geradezu von den Beinen warf.

Quirin lachte laut und musste Vyr davon abhalten, ihm das Gesicht abzulecken. Inzwischen war dessen Zunge so rau geworden, dass er ihm die Haut aufgerissen hätte. Doch die Echse schien das noch nicht zu begreifen.

»Haha, langsam Vyr, langsam!«

Der Wyvern hatte Quirins Mitbringsel entdeckt und fraß sich gierig durch die Überreste von Bilgots und Wisenten, die als Abfall in den Kompostkisten oben in der Stadt vor sich hinschwelten. Es kam jeden Tag mehr dazu, deshalb waren die Innereien noch frisch und Vyr tat geradeso, als sei er völlig ausgehungert.

Quirin setzte sich auf einen der feuchten Steine und beobachtete seinen tierischen Freund bei dessen Mahl. Wie groß er in den letzten zweieinhalb Wochen geworden war! Wenn sie sich beide aufrichteten, hatten sie in etwa dieselbe Höhe. Durch seine breiten Schwingen wirkte Vyr aber viel gewaltiger, auch wenn er schrecklich dürr und knochig war. Er konnte noch so viel an Essen herbeischaffen, die Statur der Echse nahm kaum an Muskelmasse zu. Sie wedelte unbeholfen mit den Flügeln und bewegte sich im Wasser wie ein Fisch.

Quirin streckte seine Hand aus und berührte die kleinen Dornfortsätze an Vyrs Nacken. Das Horn war warm, wenn auch nicht so sehr wie die rotvioletten Schuppen, die sich zaghaft ausbildeten und Quirin Hoffnung machten, dass der Wyvern sich trotz seiner Gefangenschaft hier unten einigermaßen normal entwickelte.

Er war ein zweites Mal beim alten Joron gewesen und hatte betrübt feststellen müssen, dass andere Jungwyvern wesentlich kräftiger waren, aufgeweckter und nicht so schrecklich tollpatschig, wie Vyr sich gelegentlich gab. Andererseits hatte keiner von ihnen diesen frechen Glanz in den Augen, diese Lebendigkeit. Vyr müde zu bekommen, wurde immer schwieriger.

Das Reißen und Zerren verstummte nach einer Weile und die Echse schleckte sich genüsslich über das Maul. Die kleinen Fangzähne blitzten hervor, aber Quirin wusste, dass ein Wyvern seine Beute nicht in Fetzen riss und verschlang, sondern mithilfe der Widerhaken an der Zunge das Fleisch von den Knochen schabte. Deshalb versuchte er, Vyr seine gut gemeinten Begrüßungen abzugewöhnen.

Mit ihren großen dunklen Augen sah ihn die Echse fragend an, blickte zur spiegelnden Oberfläche des unterirdischen Sees und wieder zurück. Grinsend zog sich Quirin das Hemd über den Kopf, streifte die Hose ab und stürzte sich in das kühle Nass. Sobald er untertauchte, vergaß er alles andere um sich herum. Er genoss den Augenblick, bevor ihn der Schädel seines Freundes an der Brust berührte und ihm deutlich machte, was er wollte. In kräftigen Zügen tauchte Quirin ihm nach, tiefer in die Dunkelheit hinein. Er starrte durch das Wasser, ohne etwas zu sehen, ohne Angst davor zu haben, was geschehen würde, wenn er die Richtung verlor.

Er konnte es kaum abwarten.

Und dann, endlich, leuchtete es vor seinem inneren Auge auf. Gleißend hell zunächst, ehe sich langsam strahlende Konturen aus dem blendenden Weiß herausbildeten. Formen von Steinen, wabernden Algen, umherschwirrenden Teilchen, die noch zu unscharf waren, um sie genau zu erkennen. Sogar die Rohre der Pumpen, die hoch in die Stadt führten, hatte er bereits entdeckt.

Seine Lungen protestierten, aber er zögerte den Moment des Auftauchens hinaus. Er wollte Vyr sehen, der irgendwo im Hintergrund schwamm, das Maul geöffnet, um die Kühle des Wassers zu spüren.

Er wusste es, weil er es spürte, als wäre er der Wyvern selbst. Deshalb überraschte es ihn auch nicht, als vor ihm die Gestalt eines mit den Armen rudernden Jungen auftauchte. Er sah sich selbst, aus Vyrs Augen. Er hätte sich gern noch länger zugeschaut, doch er musste Luft holen. Rasch schwamm er zur Oberfläche. Keuchend blinzelte er.

Alles wirkte so normal, so gewöhnlich.

Vyr tauchte neben ihm auf und jauchzte glücklich. Seine Flügel verursachten große Wellen, gegen die Quirin ankämpfen musste, um nicht unterzugehen.

Er fing den Blick der Echse ein. »Noch mal Vyr! Mach das noch mal!«

Mit diesen Worten tauchte er ab.

Als es zum ersten Mal geschehen war, dass Vyr ihn durch seine Augen hatte sehen lassen, war ihm beinahe das Herz stehen geblieben. Es geschah immer nur, wenn er sich in völliger Finsternis befand. Der Wyvern schien sein Unbehagen oder sein Fordern zu spüren und ihm helfen zu wollen. Wie auch immer er es schaffte, Quirin wusste es nicht. Er hatte versucht, etwas über dieses unglaubliche Phänomen in Erfahrung zu bringen, doch niemand, weder der alte Joron, noch seine Lehrer, oder Khaled hatten etwas darüber zu sagen vermocht. Es war, als besäße Vyr eine faszinierende Fähigkeit, welche bisher allen verborgen geblieben war. Weil sich niemand in Canthar jemals die Mühe gemacht hatte, einen Wyvern als ein wertvolles Wesen anzusehen, geschweige denn als Freund.

Zusammen erkundeten sie den Grund des Sees, übten sich in ihrer einzigartigen Symbiose und beobachteten sich gegenseitig bei ihren Schwimmkünsten. Quirin bedauerte, nicht so lange tauchen zu können wie sein tierischer Freund, denn das stetige Auf und Ab war anstrengend und nervtötend.

Als sie sich auf die Steine der Grotte zogen, wurde Quirin von der Schwerkraft niedergedrückt.

Auch Vyr ächzte leise, ehe er sich erschöpft zusammenrollte und den Kopf so auf seinen Schwanz legte, dass er Quirin beobachten konnte. Die lange Zunge hing leicht zwischen den Vorderzähnen heraus. Sein Freund sah so ulkig aus, dass er ein Kichern nicht unterdrücken konnte.

Er stand auf, um den Sack mit dem Futter zu holen. Bestürzt stellte er fest, dass kaum noch etwas übrig war. Er hatte sich den Rücken für eine einzige Mahlzeit krumm geschleppt.

Er musterte Vyr, der die Lider geschlossen hatte. In diesem Tempo konnte es nicht weitergehen. Ihm musste schleunigst eine Lösung einfallen.

Wo eben noch ausgelassene Freude gewesen war, kehrten Bitterkeit und Sorge ein. Er spielte mit dem Feuer. Das bedeutete, dass Vyr in Lebensgefahr war.

Quirin zitterte. Es war nicht länger Wut, die ihn beherrschte. Er hatte Angst um seinen Freund. Er hatte keine Wahl mehr. Er würde es nicht allein schaffen, den kleinen Wyvern durchzufüttern. Mit geballten Fäusten blickte er Richtung Ausgang. Niemandem sonst konnte er vertrauen. Er musste es seinem Bruder sagen.

Tarik sah in die zahlreichen Gesichter und fragte sich, woher die Kommissionsmitglieder auf einmal die Zeit hernahmen, zu seiner Prüfung zu erscheinen. All die Jahre hatten sie nicht eine Stunde gefunden, ihn vortreten zu lassen und nun, einen Tag vor den Festspielen, sollte ihr Interesse an ihm so groß sein, dass sie beinahe geschlossen auf ihn warteten?

Der Raum war leer bis auf den langen Tisch, an dem die Mitglieder saßen.

Er hatte auf einem einfachen Stuhl vor ihnen Platz genommen. Einige Meter kalter Fliesen trennten sie voneinander, doch Tarik fühlte sich nicht unter Druck gesetzt, auch wenn er bezweifelte, dass alle Prüflinge derart auf dem Präsentierteller saßen.

Seine Hände lagen ruhig auf den Oberschenkeln. Er fixierte jeden der Prüfer und prägte sich ihre Gesichtszüge genau ein.

Eine Frau, wenige Jahre älter als Khaled, mit spitzen Lippen und wallendem blonden Haar, schien ihn mit ihren Blicken aufschlitzen zu wollen.

Auch Agrand Leodegan wirkte mehr als verdrossen. Offensichtlich legte er es mit seiner prunkvoll bestickten Robe darauf an, ihn einzuschüchtern.

Neben einigen weiteren, älteren Kommissionsmitgliedern schaffte es nur ein Einziger, Tarik zu verunsichern. Es handelte sich um einen Jungen mit hochgezogenen Augenbrauen. Seine Züge waren makellos, seine Haut bleich wie Kreide. Die spitze Nase zuckte hin und wieder und das kurze schwarze Haar war penibel nach hinten gebürstet. Er konnte nicht viel älter als Quirin sein.

»Tarik van Cohen, im Namen der hier versammelten Kommissionsmitglieder möchte ich dich recht herzlich zu deiner mündlichen Prüfung begrüßen. Diese Situation ist für uns alle ungewöhnlich und hat entsprechend das Interesse vieler Mitglieder geweckt. Ich möchte dir meinen Segen aussprechen. Deine Hartnäckigkeit hat uns alle beeindruckt. Du bist völlig zu Recht hier.«

Tarik nickte Edalired zu, dessen grauweißer Bart beim Sprechen aufwallte. Auch er war festlich gekleidet, doch bei seiner imposanten Gestalt hatte Tarik das Gefühl, dass alles andere unter der Würde dieses Mannes gewesen wäre.

»Ich gebe offen zu, ich bin wahrhaftig gespannt. Beginnen wir also ohne Umschweife mit der Prüfung. Leodegan, stellt Eure erste Frage.«

Die Raubtieraugen des Jüngeren leuchteten. »Ich danke Euch, Edalired. Zu Anfang etwas Leichtes. Wer erfand die Trilanze und warum?«

»Das war Torel Javed, der zusammen mit Amra Darg und Fial Kestra den Orden der Jäger begründete. Torel soll der Legende zufolge der Erste gewesen sein, der einen Wyvern erlegte. Sicher ist aber, dass er nach einer Waffe strebte, mit der er den Echsen den Garaus machen konnte, ohne sich selbst in unnötige Gefahr zu bringen. Der lange Stab hält die Bestie auf Abstand, die drei Klingen erhöhen die Chance, unter die Schuppen des Panzers zu dringen. Jeder Lehrling lernt zuerst, nicht frontal auf den Wyvern einzustechen, da sonst die Klingen abbrechen würden. Natürlich bestanden sie zu Torels Zeiten noch aus einfachem Stahl und auch der Stab war nichts weiter als ein Stück trockenes Holz. Erst über die Jahrhunderte wurde die Herstellung der Trilanze perfektioniert, zu einem ganz eigenen Handwerk. Heute ...«

»Das reicht«, unterbrach Agrand ihn grob. Er wedelte mit der Hand vor seinem Gesicht herum. »Ich möchte dich bitten, präzise auf die Fragen zu antworten und nicht das Blau vom Himmel herunterzuschwafeln.«

Tarik versteifte sich verärgert. »Natürlich, ich bitte um Verzeihung.«

»Kommen wir zur zweiten Frage, ebenfalls obligatorisch. Wie behandelt man Wunden, die von einem Säureangriff verursacht wurden?«

»Nun, das kommt ganz darauf an, wo man sich gerade befindet und welche Möglichkeiten sich dadurch eröffnen. Jeder Jäger sollte Carnapulver mit sich führen. Es hemmt den Schmerz und verhindert, dass die Wunde nässt.«

»Nebenwirkungen?«, wollte Agrand gelangweilt wissen.

»Übelkeit und starker Schwindel. Gelegentlich auch Halluzinationen.«

»Angenommen du hast dein Pulver vergessen, woraus stellst du es während einer Jagd her?«

Diese schleichende Unterstellung sollte ihn aus dem Takt bringen, aber Tarik konnte darüber bloß lächeln. »Die Carnawurzel wächst nur in höheren Lagen. Wenn man nicht zufällig im Roten Gebirge jagt, sollte man hoffen, dass ein Mitglied des Verbundes etwas Pulver hat, sonst verstirbt man innerhalb weniger Tage. Entweder die Wunde entzündet sich, oder sie ist so großflächig, dass sie nicht einmal diese Zeit braucht. Bisher hat man noch kein anderes Mittel gefunden, dass die Säure neutralisiert. Man kann höchstens die Symptome mit Yamsblüten oder Rostklee bekämpfen.«

»So, Tarik van Cohen, du weichst also den Fragen aus?«, witzelte Agrand Leodegan spöttisch. Er sah zu den anderen Prüfern und zuckte mit den Schultern. »Wir sind nicht gerade beeindruckt von deinem rhetorischen Talent. Also bitte, ich wiederhole mich nur ungern.«

Tarik spürte, dass Agrand mit ihm spielte. Sollte er es ruhig versuchen. Er brauchte Khaleds Versicherungen nicht, dass ihm die Theorie ins Fleisch übergegangen war.

»Die Carnawurzel wird gemörsert. Ein einzelner Tropfen Feuchtigkeit zerstört die nötige Konsistenz. Man findet sie meist an Felsvorsprüngen, da sie nur sehr wenig Erde benötigt und beinahe noch weniger Wasser, um zu wachsen.«

»Fein, du scheinst es langsam zu begreifen. Bestimmt weißt du auch, woraus ein Iacter gebaut wird, obwohl diese Waffe nicht deinem eigentlichen Repertoire zugeordnet ist.«

»Der Griff besteht aus dem Beckenknochen eines Wyvern, der Bogen aus einer Rippe. Je nachdem, welche Größe der Iacter haben soll aus Hals- oder Brustrippe. Und die Sehne aus ineinander verschlungenen Halsfasern.«

»Beschreibe uns die Unterschiede in der Anatomie von Wolkenschnitzern und Windtauchern.«

»Windtaucher sind wesentlich filigraner gebaut. Ihre Knochen sind leichter und dünner. Sie haben einige Gelenke, die Wolkenschnitzer nicht haben, sodass sie auch andere Bewegungen ausführen können. So können sie sich beispielsweise komplett zusammenrollen, da sie mehr Wirbel und Knochensegmente in den Flügeln besitzen. Die Krallen sind kürzer, die Schuppen kleiner. Der Kiefer fasst weniger Zähne, dafür wachsen längere Reißer im Vordergebiss. Die …«

»Genug, wechseln wir das Thema. Welche Aufgabe haben Sucher und Schlitzer in einem Verbund? Kurz und knapp bitte.«

»Der Sucher ist Fährtenleser und Fallensteller. Der Schlitzer ist, wenn ich es so nennen darf, der Leichenschänder. Er beteiligt sich nicht direkt an der Jagd, sondern wird anschließend erst aktiv. Er entfernt die Säuredrüsen der Wyvern, damit beim Transport kein Unfall geschehen kann, oder …«

»Kurz und knapp war die Vorgabe. Wir haben schließlich noch andere Prüflinge. Ich habe noch eine ganze Reihe Fragen, die Heil- oder Waffenkunde betreffend. Und auch zur Geschichte des Ordens, zur Aufzucht und den Jagdweisen. Fühlst du dich noch dazu in der Lage, Tarik van Cohen?«

Er sah Agrand fest in die Augen und nickte.

Die nächsten Stunden zogen sich hin. Irgendwann hatte Tarik das Gefühl, er hätte sich die Kehle blutig geredet. Inzwischen stand ihm der Schweiß auf der Stirn und seine Konzentration ließ nach. Er ließ die Kommission suchen, ließ sie in seinem Gedächtnis bohren und graben, bis ihm der Schädel zu platzen drohte. Zweimal stockte er bei einer Antwort und musste grübeln. Einmal wusste er einfach nichts zu sagen. Ihn hatte es noch nie interessiert, zu welcher Zeit sich das »van« in die Namen der Stadtbewohner eingeschlichen hatte. Wenn er deshalb durchfallen würde, hätte er zumindest gelernt, dass man vor genau zweihundertdreiundsechzig Jahren in den höheren Kreisen Canthars damit begonnen hatte, Bürger für außerordentliche Leistungen mit diesem winzigen Wort zu adeln.

Der totalen Erschöpfung nahe taumelte Tarik später aus dem Prüfungsraum und direkt in Fajeths Arme.

Khaled klopfte ihm beruhigend auf den klatschnassen Rücken. »Sie haben dich ja ausgequetscht wie eine überreife Moe. Wie ist dein Gefühl?«

Tarik hatte die Augen geschlossen und genoss Fajeths stärkende Umarmung.

»Frag mich in zwei Stunden noch mal, wenn ich geschlafen habe.«

Tarik blickte in die Gesichter seiner Mitschüler und war erstaunt, wie viele unterschiedliche Emotionen er in ihnen lesen konnte.

Vanja, die ihm gegenübersaß, ließ sich rein gar nichts anmerken. Höchstens der zusammengepresste Kiefer zeugte von ihrer Anspannung. Sie hielt die Arme vor der Brust verschränkt, ihr Zopf hing über ihre rechte Schulter.

Ihre beste Freundin Coleen war in Tränen aufgelöst und schluchzte unterdrückt in Vanjas Bluse hinein.

Wie ein aufgeregter Brillentodi blickte Lelani alle paar Sekunden zum großen, geschnitzten Portal, hinter dem sich der Prüfungsraum befand, in den sie nacheinander gerufen wurden, um das Ergebnis entgegenzunehmen.

Der grobschlächtige Cord neben ihr lief Gefahr, jeden Moment zu schmelzen und als große Pfütze über den marmorierten Boden zu fließen. Der Schweiß rann ihm in Strömen über das Gesicht.

Vor allem Jimoh, der bleiche Junge, dessen Mutter in der Steppe von einem Wyvern getötet worden war, zitterte, dass Tarik glaubte, die Vibrationen in der Luft spüren zu können.

Die tief hängende Nervosität verwandelte die Luft in eine konzentrierte Masse, die durch den Korridor waberte und ihnen schwer vor der Nase hing.

Niemandem war nach Reden zumute. Falls man einem von ihnen allerdings wohlgefällige Gelassenheit unterstellen wollte, wäre Pepas der Richtige. Er war der Einzige von ihnen, der nie aktiv an einer Jagd teilnehmen würde. Von Anfang an war der stille, von einer abweisenden Haltung geprägte Junge mit dem rabenschwarzen Haar ganz versessen darauf gewesen, Schlitzer zu werden. Diese galten allgemein als verschroben und eigenbrötlerisch, als Spiegel reinsten Desinteresses. Manche gingen gar so weit, sie bei der Aufzählung der Mitglieder eines Verbundes rein zufällig zu vergessen. Das mochte an der technischen Art ihrer Arbeit liegen, nicht zuletzt aber an dem Vorurteil, sie wären nicht besonders integrationsbemüht.

War eine Jagd erfolgreich, begannen die Schlitzer mit ihrem Werk, den Kadavern die noch immer gefährlichen Säuredrüsen zu entfernen. Gefährlich war dies allemal. Der gravierende Unterschied zu einer Jagd bestand darin, dass sich die Schlitzer ganz auf ihre Fähigkeiten verlassen konnten, während ein lebendiger Wyvern zu jeder Zeit einen Unsicherheitsfaktor darstellte.

Nichtsdestotrotz waren Schlitzer essenziell für jeden Verbund und vor allem furchtbar rar. Dass ein Jahrgang überhaupt einen Anwärter für diese in der Bevölkerung doch etwas verpönte Position hervorbrachte, war bereits eine äußerst glückliche Fügung.

Tarik war sich sicher, dass Pepas es schaffen würde. Der sah das wohl genauso, denn ein seltenes Lächeln formte seine blutleeren Lippen.

In diesem Moment knarzte es und das Portal schwang auf. Wie betrunken schwankte Larius heraus, die Augen wächsern und starr nach vorn gerichtet. Ohne sie zu beachten, torkelte er Richtung Ausgang. Kurz bevor er die Treppen zur Halle erreichte, blickte er sich zu den ihm aufgeregt zugewandten Köpfen um und formte seine zitternden Lippen zu einem ungläubigen Lächeln.

Tarik nickte ihm anerkennend zu.

Eine Stimme forderte Vanja auf, den Prüfungssaal zu betreten.

Jedes Mal, wenn ein Wechsel vollzogen wurde, stieg die Nervosität im Korridor und sank anschließend nur wenig.

Tarik war ganz steif, als er allein darauf wartete, dass Cord herauskam und er endlich hineingerufen wurde. Ihm kam es vor, als säße er schon seit Stunden hier. Er fixierte einen Punkt auf dem Boden, schloss die Augen und versuchte, das Rauschen in seinem Kopf zu unterdrücken. Immer wieder ging er in Gedanken die Prüfung durch, erinnerte sich an jedes noch so kleine Detail. Die vielen Kommissionsmitglieder, die ihn fixiert hatten, die nachhallende Stimme Agrands. Die kalten Blicke des Jungen mit dem kurzen, pechschwarzen Haar. Wie kam es, dass ein Kind in der Kommission saß?

Tarik biss sich auf die Unterlippe, bis es schmerzte. Verflucht, wieso dauerte das so lange? Diese ganze Warterei war schlimmer als die Prüfung selbst!

Seine gespitzten Ohren vernahmen Cords schwere Schritte, noch bevor dieser das Portal öffnete. Er blieb kurz stehen, sie sahen sich in die Augen.

Wortlos setzte Cord sich wieder in Bewegung, lief schweigend an ihm vorbei. Tarik schluckte schwer. Mechanisch stand er auf, spürte die Anspannung in jeder Faser seines Körpers. *Es ist völlig gleich, wie das Ergebnis lautet*, versuchte er, sich einzureden. *Nichts, was ich tue, hat Bedeutung.*

Es gelang ihm nicht, seine erlebten Gefühle aus der Steppe heraufzubeschwören. Er wollte den Triumph ... wollte ihn so sehr!

»Tarik van Cohen«, rief ihn die Stimme. Es war so weit.

Er trat in den Raum, in dem sich seine Zukunft entscheiden würde.

Wieder die unzähligen Gesichter. Sie schienen so müde, wie er sich fühlte. Es konnte nicht angenehm sein, den ganzen Tag Prüfungen anzuhören und anschließend zu entscheiden, wer es verdiente, zum praktischen Teil zugelassen zu werden und wer nicht.

»Setz dich, Tarik«, bat Edalired ihn freundlich. Agrand neben ihm blickte starr in den hinteren Teil des Raumes. Er wirkte, als hätte er in eine vergorene Moe gebissen.

»Machen wir es kurz, mein Junge. Du hast Jahre darauf gewartet, hier zu sein – und dich ganz fantastisch darauf vorbereitet. Wir haben selten jemanden gesehen, der die Geschichte und die Arbeit eines Jägers mit so viel Leidenschaft studiert hat.«

»Auch wenn man natürlich sagen muss, dass er genug Zeit dafür hatte«, warf Agrand ein.

Edalired räusperte sich. »Wie dem auch sei, wir freuen uns, dir mitteilen zu können, dass du übermorgen in Tywlis zu deiner endgültigen Prüfung antreten darfst. Ihr Schüler werdet die Festspiele eröffnen. Ich freue mich schon darauf!«

Tarik spürte, wie sich Wärme in ihm ausbreitete. Er musste sich zwingen, das Kribbeln auf seiner Haut nicht sofort wegzukratzen. Er lockerte sich, so gut es ging und nickte. »Vielen Dank. Ihr ehrt mich, Edalired. Ich danke Ihnen allen, dass Sie erschienen sind, um dieser Prüfung beizuwohnen. Ich werde Sie nicht enttäuschen, das verspreche ich.« Mit diesen Worten trat er den Rückzug an. In ihm staute es sich und er fürchtete, jeden Moment explodieren zu müssen. Tränen traten ihm in die Augen.

Hinter ihm schlug das Portal zu. Er atmete tief durch, legte den Kopf in den Nacken und flüsterte: »Danke, danke, danke!«

18. Beginnende Festlichkeiten

Fajeth hatte sich bei ihm untergehakt und führte Quirin an der anderen Hand durch die dicht gedrängte Menschenmenge. Aufgeregtes Stimmengewirr und leise Musik lagen in der Luft.

Er lachte glücklich, als Fajeth auf einmal stehen blieb, sich umdrehte und ihn mit glänzenden Augen küsste. Sie sahen sich an und wussten, was der andere dachte. Worte waren überflüssig.

Zumindest, bis Quirin ihm genervt gegen das Schienbein trat. »Lasst das, mir wird gleich schlecht!«

Tarik erkannte im Halbdunkeln und unter der dick aufgetragenen Farbe kaum den Gesichtsausdruck seines Bruders, aber er wusste dennoch, dass Quirin seine Worte nicht so ernst gemeint hatte, wie sie geklungen hatten. Die Tradition gebot es, sein Gesicht unter weißer Farbe zu verbergen. Fajeth war die Einzige unter den Stadtbewohnern am Straßenrand, deren Haut unbedeckt im fahlen Licht der Laternen leuchtete. Sie hatte später noch einen offiziellen Auftritt.

Ein Horn schallte durch die abendliche Luft und alle Köpfe der sich an den Straßenrand drängenden Stadtbewohner und Besucher der Festspiele wandten sich dem Stadttor zu, bei dem die berühmte, bunte und lichterfrohe Parade der Jäger begann.

Am Horizont kündigte sich eine sternenklare Nacht an, doch noch dominierte das ersterbende Tageslicht mit seinem orangeroten Himmel, der die Lehmziegel der Stadt aufleuchten ließ. Bereits jetzt brannten in den Fenstern unzählige Kerzen, um die legendären Verbunde zu begrüßen, deren Zug von einer lebensgroßen Wyvernattrappe angeführt wurde. Mächtige lederne Schwingen zerteilten die Luft und wirkten Dank eines komplizierten Konstruktes unglaublich lebendig. Der große Kopf der smaragdgrünen Bestie drehte sich in alle Richtungen und öffnete beständig das Maul, um in die Menge zu brüllen. In den kristallenen Augen spiegelten sich die Lichter der Lampions an den hohen Laternen, die sich bis Valeria schlängelten.

Dem Wyvern folgten feierlich gekleidete Trommler. Sie wirbelten mit ihren Stöcken einen so aufregenden Rhythmus auf das gespannte Leder der Instrumente, dass ihre Bewegungen zu diffusen Bildern verschwammen.

Die Menge jubelte, als der Fahnenträger des ersten Verbundes durch das Stadttor schritt. Die Standarte wehte einige Meter über dem Boden im warmen Wind der Steppe und zeigte die Silhouette Valerias als dunklen Hintergrund. Im Vordergrund wand sich ein Wyvern, über dem eine blutige Trilanze schwebte.

Tarik erblickte Agrand. In der festlichen Version ihrer Jagdrüstung wirkten zwar alle Mitglieder seines Verbundes furchteinflößend und erhaben zugleich, doch das Kommissionsmitglied überragte alle. Auf seiner Brust prangte eine runde Messingplatte mit eingraviertem Iacter. An seinem Gürtel hingen edle Köcher voller Bolzen und am Rücken trug er die mächtige Waffe. Schwarz schimmerte das dunkle Holz des Iacters, der so lang war wie Agrands Arme, wenn er sie ausbreitete. Am Querbogen spannte sich eine dicke Schnur aus elastischen Wyvernsehnen und brach das Licht der Fackelträger, die den Verbund umrahmten.

»Imirt Fiach, der Jagdverbund der Spiele«, erklang hinter ihnen eine Stimme.

Tarik drehte sich lachend um. »Da bist du ja.«

Larius grinste zurück. Im immer schwächer werdenden Licht leuchtete die weiße Farbe auf seiner Haut und die schwarz umrandeten Augen verliehen ihm das Äußere eines Geistes. »War nicht leicht euch in dem Gedränge hier zu finden.«

»Wärst du pünktlich am Treffpunkt gewesen, hättest du nicht suchen müssen«, mischte Fajeth sich lächelnd ein und begrüßte ihn mit einer Umarmung.

Tarik wollte etwas hinzufügen, als Quirin ihn am Ärmel zog.

»Ich sehe überhaupt nichts.«

Er hob ihn kurzerhand auf seine Schultern.

Inzwischen marschierte der zweite Verbund an ihnen vorbei, immer im Rhythmus der Trommeln.

Dem Beben der Luft schien sich auch Tariks Herz angepasst zu haben. Er vergaß fast zu atmen, als er der Darbietung der beiden Reißerinnen des jüngsten Verbundes zusah, den Canthar je gestellt hatte. Die Sciss wirbelten wie wütende Schlangen in alle Richtungen und zerrissen imaginäre Flügelmembranen, fraßen sich an unsichtbaren Schuppen fest und zerfetzten die Luft so eindrucksvoll, dass die Zuschauer leise aufstöhnten, während sie sich wohl bildlich ausmalten, was die Jägerinnen erst mit einem realen Wyvern anstellen konnten.

Auch die Gnadenbringer stellten ihr Können imponierend zur Schau. Die drei Spitzen der Trilanzen blitzten gefährlich auf, während das matte Gegengewicht am anderen Ende der Stange aus der Dunkelheit heraus zuschlug.

»Ealaín Fiach …«, hörte Tarik Larius sagen.

Fajeth blickte mit glänzenden Augen zu den vorüberziehenden Jägern. »Der Jagdverbund der Kunst. Schmeichelhaft einerseits, mit Argusaugen beobachtet andererseits.«

»Erinnert ihr euch noch daran, was das für eine Sensation war, als alle Abgänger der Akademie vor zwei Jahren ihren eigenen Verbund gegründet haben?«, wollte Larius aufgeregt wissen. Er blickte Tarik an. »Wir sollten es ihnen gleichtun!«

»Darüber können wir uns Gedanken machen, wenn wir die Prüfung bestanden haben.«

Larius schüttelte energisch den Kopf. »Das ist unser Jahr. Wir bestehen und tun es Ealaín Fiach nach! Ach nein, wir übertreffen sie noch!«

»Deine Zuversicht hätte ich gern.«

»Also, ich finde die Idee wunderbar«, bemerkte Fajeth gut gelaunt. Sie zwinkerte Tarik zu und deutete zur Parade. »Da ist Khaled.«

Die Menge jubelte laut, als sie ihre Idole erkannte.

»Córas Fiach«, kommentierte Quirin auf seinen Schultern.

»Die einzigen Jäger, die sich auf Wahrung der Ordnung berufen. Sie sind Wächter der Erinnerungen, Verfechter der Wurzeln der Jagd und zielstrebiger, als alle anderen zusammen«, ergänzte Tarik. Fajeth griff nach seiner Hand und drückte sie. Sie wollte etwas sagen, aber er lächelte nur, und so wandte sie sich wieder den vorbeiziehenden Berühmtheiten zu.

Als sich die Nacht endgültig über die Stadt gelegt hatte und der letzte Verbund schillernd an ihnen vorbeizog, schlossen sich die Stadtbewohner der Parade an. In einem einzigen riesigen Fackelzug schlängelten sich Jäger und Besucher, Händler und Familien, Gaukler und Reisende durch die Stadt, immer den Laternen nach, bis hinauf nach Valeria.

Tarik, Quirin, Fajeth und Larius nahmen den kürzesten Weg zur Weißen Krone, durch winzige Gassen und Winkel der Stadt, die nur Einheimische kennen konnten. Halb rennend, halb vor Lachen kugelnd bezwangen sie die vielen tausend Treppen, bis sie den Fuß des Hügels erreichten. Sie gelangten zu einer Hintertür der Arena, den kein einfacher Besucher betreten durfte. Zwei Wachen lehnten auf ihren Lanzen, die leichte Rüstung auf Hochglanz poliert. Als sie sie entdeckten, richteten sie sich zu ihrer vollen Größe auf.

»Fräulein van Sidahan, Euer Vater erwartet Euch bereits voller Ungeduld.«

Fajeth gluckste. »Das kann ich mir vorstellen!« Sie drehte sich zu Tarik und umarmte ihn.

Ihr Kuss war voller Leidenschaft und warf ihn beinahe um. Ihre Lippen lösten sich von seinen und fanden sein Ohr. »Bis nachher. Ich liebe dich.«

Er drückte sie fest an sich und verspürte nicht den geringsten Drang, sie wieder loszulassen. »Ich liebe dich auch. Kaum zu fassen, dass ich dich mit der ganzen Stadt teilen muss.«

Sie kicherte und küsste ihn auf die Nase, ehe sie sich von ihm löste und in einem Seitengang der Arena verschwand.

Eine Faust boxte Tarik gegen die Schulter, eine andere traf seinen Oberschenkel.

Larius grinste breit, Quirin rollte mit den Augen.

»Ihr habt recht, wir sollten uns schleunigst einen guten Platz suchen«, murmelte Tarik und bemerkte, wie ihm die Röte ins Gesicht stieg.

Fyrndolf beugte sich ergriffen über das Geländer und ließ seinen Blick über jeden Teil der Arena wandern, den er sehen konnte. Die Ränge waren vollgestopft von lärmenden, aufgeregten Zuschauern. An jeder Säule und vor allem an den Trägern des Käfigdaches waren Lampions befestigt und verwandelten Valeria in ein eindrucksvolles Lichtermeer.

Unten auf dem späteren Kampfplatz, der jetzt zur Parade diente, brannten Fackeln und erweckten mit ihrem unruhigen Licht jeden noch so düsteren Flecken zum Leben. Eine riesige Tribüne stand dort, schlicht und funktional. Nur die bleichen Knochen von Wyvern zierten den Rand wie eine mahnende Palisade.

Fyrndolf hatte es schlicht die Sprache verschlagen. Er kannte zwar jede einzelne Geschichte, jede Dichtung und jede Ballade zu den Festspielen in Canthar – und so manch eine war derart bildlich beschrieben, dass er gedacht hatte, eine gute Vorstellung darüber zu haben, doch die Realität war schier unbeschreiblich. Allein das erhabene Gefühl, viele Meter über dem Boden zu schweben und auf all die Lichter herabzuschauen war das Größte, was er je erlebt hatte.

»Dieses Jahr nimmt die Parade den Weg der allerersten Spiele. Die Routen werden jedes Mal völlig neu geplant. Offenbar sind sie wieder bei null angelangt«, sinnierte Everard hinter ihm.

Nur mit Mühe riss Fyrndolf sich von dem magnetischen Anblick los. »Das hat wohl traditionelle Bedeutung?«

Everard lächelte. »Alles hier hat traditionelle Bedeutung, mein Junge. Du kannst jeden Handel, jede Teigschnecke und jede Bewegung der Wisente beim Kacken in irgendwelchen Geschichtsbüchern nachlesen. Die Mauern dieser Stadt stecken so voller Legenden, dass die Landesbibliothek in Arnstein einen ganzen Flügel mit Büchern über Canthar besitzt.«

Der ältere Barde trug einen bunten Hut mit langer Harpienfeder. Sein samtenes Wams mit hohen Schultern, gesäumt von Goldbrokat, war über und über mit Stickereien versehen. Er hatte den dunklen Ziegenbart ordentlich gestutzt und strahlte trotz der Schatten übers ganze Gesicht. »Das ist das Faszinierende an dieser Stadt. Die Vergangenheit bestimmt die Gegenwart. Dennoch, oder vielleicht gerade deswegen, herrscht hier eine geordnete Stabilität.«

Fyrndolf wollte etwas erwidern, als ein Hornstoß gellte. Die Vibrationen brachten seine Brust zum Beben und übertönten sogar seinen Herzschlag. Erschrocken wandte er sich wieder der Arena zu, wo die Fackelträger einmarschierten.

Die gewaltige Attrappe des Wyvern tanzte über den Boden, brüllte aus voller Kehle und ließ die Mauern Valerias erzittern. Die Trommler postierten sich in einer Reihe vor der Tribüne, während die einzelnen Verbunde eine bemerkenswerte Kür gaben, ehe auch sie sich gut sichtbar für alle Zuschauer aufstellten.

Der Rhythmus erreichte seinen Höhepunkt. Die Stäbe prasselten auf das Leder der Instrumente, ohne dass die einzelnen Töne voneinander zu unterscheiden waren.

Im nächsten Augenblick legte sich eine angespannte Stille über die Arena.

Fyrndolf hielt den Atem an.

Ein Mann in festlicher Robe, gefolgt von einem Herold und einer jungen Dame in elfenbeinfarbenem Kleid, erklomm die Bühne. Er überragte seine Begleiter um mindestens einen Kopf.

»Ich begrüße alle, die in diesen besonderen Tagen nach Canthar gekommen sind und all jene, die das ganze Jahr über auf diesen einen Moment hingearbeitet haben«, erklang seine tragende Stimme. »Die nächste Woche wird uns hoffentlich wieder einen Hochgenuss der Sinnesfreuden bescheren. Wir werden auf diesem Boden die mutigsten und wildesten Kämpfer in den Ring schicken. Sie werden ihr Leben riskieren, um uns die Feinheiten der Jagd nahezubringen. Heißt mit mir die Legenden der Festspiele willkommen, begrüßt die Jäger Canthars!«

Tosender Beifall erhob sich.

Fyrndolf konnte nicht anders, als begeistert in die Hände zu klatschen, bis ihm die Handflächen brannten. Die ausgelassene Stimmung schlug wie eine überwältigende Welle über ihm zusammen und riss ihn mit.

Die Banner der einzelnen Verbunde wehten leise im Wind. Fyrndolf las gleichermaßen Grimm und Ausgelassenheit in den Gesichtern der Jäger. In ihren Rüstungen und mit den ahnungsvoll blitzenden Waffen wirkten sie furchteinflößender, als es je in den Geschichten beschrieben worden war. Oder seine Vorstellungskraft war erbärmlicher, als er gedacht hatte.

Er beobachtete, wie die Frau in dem hellen Kleid nach vorn trat. Allein ihre anmutigen Bewegungen ließen den Großteil der Zuschauer jubeln.

»Wer ist das?«, raunte Fyrndolf Everard zu, der aufmerksam das Geschehen auf der Bühne beobachtete.

»Fajeth van Sidahan, Tochter des Bürgermeisters, der gerade die Rede gehalten hat. Sie hat sich in den letzten Jahren einen fabelhaften Ruf erworben.«

»Dort stehen nun die edlen Streiter, die uns die nächsten Tage versüßen werden«, begann die junge Frau und schenkte den Jägern ein bezauberndes Lächeln. »Sieben Verbunde kämpfen in den Arenen Canthars um Ruhm und Ehre, als Lehrer und Beschützer unserer Geschichte und Tradition. Sogleich werden wir Zeugen kunstvoller Darbietungen dieser tapferen Krieger. Hiermit«, sie breitete ihre Arme aus, »erkläre ich die einhundertvierundneunzigsten Wyvernfestspiele für eröffnet!«

Die Menge brach erneut in Jubel aus. Noch stärker, noch lauter, noch ergreifender.

Fyrndolf verschluckte sich und hustete sich die Seele aus dem Leib, bis auch das letzte Klatschen verhallt war. Eine gespannte Stimmung lag nun über den Rängen.

Kinder huschten über den Platz und löschten die Fackeln, bis nur noch die Lampions ihr mattes Licht verteilten.

»Die Tochter Canthars«, wisperte Everard ihm ins Ohr.

»Wie bitte?«

»So wird Fajeth auch genannt. Ihr Leben ist mit dieser Stadt verbunden, so wie das ihres Vaters und ihrer ganzen Familie. Solange der Bürgermeister der Kopf Canthars ist, ist sie das Herz und die Bürger sind die Lunge. Wir, mein Freund, sind die Luft, die eingeatmet wird und die diese Stadt am Leben erhält. Alles bedingt sich. Nichts ist so faszinierend wie der Geist in diesen alten Mauern.«

»Und Fajeth ist überlebenswichtig für Canthar?«, fragte Fyrndolf skeptisch.

Everard beugte sich näher an sein Ohr, um die magische Stille um sie herum nicht zu stören. »Stell dir vor, sie sei eine Prinzessin, auf die die Bürger insgeheim noch stolzer sind, als auf ihre berühmte Armee aus Wyvernjägern. Sie wird ebenso behütet wie verehrt. Jeder Bewohner Canthars würde sein Leben für Fajeth geben, das ist die einzige Wahrheit, Junge.«

Fyrndolf blickte zur Tribüne. Das elfenbeinfarbene Kleid der Frau schien über allem zu schweben – und langsam begriff er, was Everard meinte.

Der Platz unter ihnen war in Windeseile geräumt worden. Die riesige Wyvernattrappe zog brüllend Kreise, während die Fahnenträger der Verbunde ihre Standarten in regelmäßigen Abständen um den Kampfplatz verteilten. Die Jäger schwärmten aus und vermischten sich.

»Ein seltener Anblick«, bemerkte Everard.

Fyrndolf hätte gern gefragt, was der Barde damit meinte, aber als die Jäger auf einmal einen wilden Tanz um die Attrappe begannen, der so ernsthaft und leidenschaftlich wirkte, als stünden sie einem echten Wyvern gegenüber, hatte er dessen Bemerkung schon wieder vergessen.

19. Verdichtende Ereignisse

Tarik schreckte aus seinem leichten Schlaf hoch, als etwas kreischend durch das Zimmer flog und sich zielsicher in seinen Haaren verfing.

Je mehr das Wesen zappelte – und darin war es wirklich gut –, desto mehr ziepte und zwickte es ihn.

»Verflucht, du verrückter Vogel, hör sofort auf damit!« Ärgerlich fischte er den Federball aus seinem haarigen Gefängnis.

Der Brillentodi schrie noch lauter, als er offenbar erkannte, dass er seinen Auftrag erfolgreich ausgeführt hatte. Es war ein sehr alter und ergrauter Vogel, dessen Federn derart struppig abstanden, dass der veränderte Windwiderstand ihn wohl weit hilfloser durch die Luft trudeln ließ, als es bei Khaleds Brillentodi der Fall war.

Tarik öffnete das kleine Stück Pergament und las mit wachsender Verwunderung die Nachricht.

Die Sonne war zwar erst vor Kurzem aufgegangen, doch er war zu unruhig, um erneut einschlafen zu können.

Heute war der lang ersehnte Tag. Alles würde sich in ein paar Stunden entscheiden, wenn er am späten Nachmittag in Tywlis zur Prüfung seines Lebens antrat.

Er sah zu Quirin, der ein Auge geöffnet hatte und den fröhlich lärmenden Vogel fixierte. »Von wem ist das Vieh?«

»Meister Isgaroth möchte mir etwas für die Prüfung geben«, erklärte Tarik bemüht sachlich. In Wahrheit war er so aufgeregt, dass er es gar nicht mehr erwarten konnte herauszufinden, was der Schamane sich für ihn hatte einfallen lassen.

Quirin drehte sich desinteressiert auf die andere Seite und zog die Decke über den Kopf.

Tarik holte tief Luft und sprang aus dem Bett.

Er hatte den Weg zur Akademie noch nie so schnell zurückgelegt. All seine Muskeln brannten vor Erregung, von Müdigkeit keine Spur. Dabei waren er, Larius, Fajeth und Quirin noch lange wach gewesen. Sie hatten der beeindruckenden Darbietung der vereinten Jäger zugesehen und anschließend viel Spaß beim Beobachten der hinausströmenden Zuschauer gehabt. Später hatte er lange wach gelegen und sich an den bedeutungsschweren Tag in der Steppe erinnert, um irgendwann einigermaßen beruhigt einschlafen zu können. Damals wie heute war es völlig gleich, was heute geschehen würde, die Welt würde weiterhin ihren jahrtausendealten Trott beibehalten. Ob er nun Jäger wäre oder nicht.

Seine Füße verursachten dumpfe Geräusche, als er über den Holzsteg zur Hütte des Schamanen ging. Das Wasser des Teiches glänzte sanft im morgendlichen Licht, die Seerosen schwankten sacht auf und ab. Am Ufer ließ die alte Weide ihre langen Arme wie einen Vorhang herabfallen. Er, Larius und Fajeth hatten oft unter ihr gelegen, um der Hitze des Mittags zu entfliehen.

Noch ehe Tarik eintreten konnte, kam Isgaroth herausgepoltert und presste ihn in einer heftigen Umarmung an seine dürre Brust. »Tarik, mein Junge, welch Glück, dass dich Cooshe gefunden hat! Ich hatte da meine lieben Zweifel. Der Arme ist nicht mehr der Jüngste, obwohl ihn das zu einem geeigneten Brillentodi für mich macht, was?« Er lachte übermütig und zerrte Tarik in seine Hütte. Auf dem schweren Tisch lagen unzählige Pergamentrollen verstreut, aus einem kleinen Tintenfass ragte eine zerrupfte Feder. Es roch streng nach Wisentdung und Schwefel. Aus dem hinteren Raum kreischte ein Huhn seine Empörung in die Welt.

»Wie ich sehe, geht es Euch gut, Meister«, bemerkte Tarik grinsend. Er nahm auf einem dargebotenen Schemel Platz und wartete, bis Isgaroth sich ihm gegenüber niedergelassen hatte. Der Schamane verschränkte die Finger ineinander und legte die Hände in den

Schoß. Seine eng anliegende Robe war an manchen Stellen bereits vom nachlässigen Umgang ausgefranst.

»Ich habe gehört, dass du die mündliche Prüfung mit Bravour abgeschlossen hast«, eröffnete er das Gespräch verschmitzt.

Tarik nickte bescheiden.

Isgaroth brach in lautes Lachen aus. Er klopfte ihm auf den Oberschenkel. »Glückwunsch Junge, das ist ganz großartig! Auch wenn es mich wahrlich nicht überrascht. Bist ein gescheiter Bursche, wie er mir bisher noch nicht untergekommen ist. Ich kann mir nur schwer vorstellen, dass du den Rest deines Lebens mit einer Waffe im Anschlag verbringen möchtest.«

»Nun, ich möchte die nächsten Jahre zwar als Gnadenbringer arbeiten, doch was die Zukunft bringt, vermag ich nicht zu sagen. Sollte ich heute bestehen und tatsächlich zum Jäger erhoben werden, könnte es immer noch sein, dass mir die Jagd nicht zusagt. Wer weiß, vielleicht ende ich irgendwann als Lehrer an der Akademie«, gab Tarik trocken zurück.

Sein Gegenüber wippte mit dem Fuß nachdenklich auf und ab.

»Mh, das würde zu dir passen. Ich könnte mir aber auch etwas völlig anderes vorstellen.« Er deutete auf eine vergilbte Landkarte an der Wand. Ein Großteil davon war mit roten Bergen bedeckt. »Die Reiter werden mit der Zeit immer stärker werden. Sie hatten viele Jahrzehnte, um eine Kolonie aufzubauen. Niemand weiß genau, wo sie sich verstecken, aber glaub mir, Canthar wird bald häufiger gegen die Reiter zu Felde ziehen, als Wyvern jagen. Wer kann sagen, ob sich daraus nicht bald ein Krieg entwickeln wird? Falls es so weit kommen sollte, ist diplomatisches Geschick erforderlich. Ich glaube, dass du allein durch deine Vergangenheit, und die deiner Familie, ein guter Repräsentant wärst, um eine Einigung mit den Reitern erzielen zu können.«

Tarik runzelte verwirrt die Stirn. »Ihr blickt wahrlich sehr weit in die Zukunft, Meister. Darüber habe ich noch nie nachgedacht.«

»Natürlich nicht, du richtest dein Augenmerk allein auf das erfolgreiche Absolvieren der Akademie. Und so soll es auch sein. Die Jugend bündelt ihre Energie auf ein nahes Ziel, das Alter, und ich möchte auch sagen, die Weisheit, behält die Gesamtheit im Auge.« Der Schamane kratzte sich den silbernen Bart. »Gwalhir sieht dieser Entwicklung ebenfalls besorgt entgegen und ergreift … Maßnahmen.«

Tarik erinnerte sich an sein letztes Gespräch mit dem Bürgermeister. Seit diesem Tag schien die Sonne allein für ihn zu strahlen. All seine Sorgen hatten sich hinten angestellt, ganz vorn stand sein Traum vom Jägerdasein. Beinahe ebenso unglaublich war die Tatsache, dass Gwalhir von ihm erwartete, Fajeth um ihre Hand zu bitten. Er hatte die erste der beiden Prüfungen bestanden, alles lief einfach perfekt.

Dennoch, es war, wie Isgaroth sagte, nur eine Frage der Zeit.

»Meister … Ihr sagt, ein Krieg mit den Reitern stehe bevor. Nun aber habe ich erfahren, dass der Bürgermeister eine Einigung mit ihnen zu erwirken versucht. Wozu also die Bomben?«

»Es ist immer gut, etwas in der Hinterhand zu haben, oder nicht? Ich bin der Zeit gern etwas voraus und auf alle Eventualitäten vorbereitet.« Der Schamane seufzte. »Aber verrate niemandem, dass der friedliebende Schamane Isgaroth in Wahrheit ein völlig übergeschnappter Kauz ist, der mit explosiven Dingen spielt.« Er legte sich einen Finger auf die Lippen, um seine Worte zu unterstreichen. »Nun, jedenfalls sollte das nicht unser Gespräch belasten. Du wirst die richtigen Entscheidungen treffen, dessen bin ich mir sicher. Ich hoffe nur, du verlierst nicht deine Gutmütigkeit. Höre auf dein Herz und lass die Stimme der Vernunft beizeiten außer Acht, sie kann ein garstiger Begleiter sein. Du bist jung und darfst dir Fehler erlauben. In meiner Position ist das leider nicht mehr ganz so einfach. Aber Tarik, ich quatsche dir hier die Ohren voll, dabei hast du am Tag deiner Prüfung sicherlich Besseres zu tun, als mit mir über weit entfernte Dinge zu plauschen.« Isgaroth zwinkerte und griff hinter sich in ein Regal. Er bedeutete Tarik, die Hand zu öffnen, und ließ einen kleinen Beutel hineinfallen. »Das hier ist der eigentliche Grund, weshalb ich dich herbestellt habe. Bitte. Falls die Echse dir zu nahe kommen sollte. Oder du etwas Ablenkung brauchst. Wie auch immer.« Er nickte bedächtig. »Niemand hat es so lang bei mir ausgehalten, oder konnte mit meiner quirligen Art etwas anfangen.

Ich bin froh um die Zeit, die wir hatten. Und völlig gleich, wer du nach der Prüfung sein wirst, es war mir eine Ehre, Tarik van Cohen.«

Ergriffen öffnete Tarik den Beutel und schob eine dicke Schicht Daunen beiseite. Zum Vorschein kam eine kleine gläserne Kugel. Erstaunt hob er den Blick. »Das ist doch ...«

»Nur eine kleine Aufmerksamkeit. Wenn du deinen Traum im Rachen eines Wyvern verlierst, wäre es ganz gut, wenn du wieder hinausfindest.«

Tarik hob die Kugel mit spitzen Fingern hoch. Es war eine Bombe von der Größe, die er auf den Boden geschmettert hatte. Er erinnerte sich zu gut an die durchschlagende Wirkung des Kleinods.

»Lass es krachen«, fügte der Schamane gut gelaunt hinzu. »Und lass dich auch in Zukunft ab und zu mal hier blicken. Ich bin mir sicher, dass wir noch einige gute Unterhaltungen zu führen haben, Junge.«

Tarik konnte es kaum fassen. Ihm verschlug es glatt die Sprache. Er packte die Bombe behutsam wieder ein, legte den Beutel beiseite und drückte den alten Mann fest an sich. »Vielen Dank, Meister«, sagte er erstickt.

Der Schamanen befreite sich sanft aus der Umklammerung. Ein schelmisches Lachen vertiefte die Fältchen um die leuchtenden Augen. »Und dir viel Glück.«

Mit einem Nicken nahm Tarik das Geschenk und verabschiedete sich von seinem langjährigen Lehrer und Freund. Er schwor sich, Isgaroth zu besuchen.

Draußen erwartete ihn die nächste Überraschung. Quirin kauerte am Rand des Stegs und schnappte vernehmlich nach Luft.

Als er ihn erreichte, wischte dieser sich den Schweiß in die verklebten Haare und richtete sich ärgerlich auf. Er bohrte die nackten Zehen in das sandige Ufer. »Wieso musstest du unbedingt so rennen?«, keuchte er. »Ich bin kaum hinterhergekommen!«

»Was machst du hier, Quiri?«

Sein Bruder zog die Augenbrauen zusammen. »Quirin! Wie oft muss ich es dir noch sagen, mein Name ist Quirin!«

Tarik hob beschwichtigend die Hände. »Tut mir ja leid.«

Quirin senkte den Kopf. »Überhaupt nicht. Aber egal, ich muss mit dir reden.«

»Hier? Jetzt?«

»Was dagegen?« Quirin reckte ihm trotzig das Kinn entgegen.

»Nein, überhaupt nicht. Ich wundere mich nur. Was ist denn so wichtig?«, wollte Tarik besänftigend wissen.

Sein Bruder sah ihn nicht an und schien zu überlegen. Er setzte zu sprechen an, stoppte und holte schließlich tief Luft. »Ich bin gerade dabei, einen Wyvern aufzuziehen.«

Tarik blinzelte verwirrt. Sein Bruder starrte ihn so eindringlich an, dass er plötzlich lachen musste.

»Das ist nicht komisch, ich meine das ernst! Ich habe das Ei in der Steppe gefunden und es in die Grotte gebracht. Und es ist wirklich ein Wyvern geschlüpft! Ich muss ihn füttern, er ...«

»Schluss jetzt!« Er legte Quirin seine Hände auf die Schultern. »Ich weiß nicht genau, was du damit bezwecken willst, aber ich nehme zur Kenntnis, dass du dich bemühst, mich aufzumuntern.«

»Du verstehst gar nichts!« Sein Bruder befreite sich strampelnd. Zornig ging er einen Schritt zurück. »Ich verstoße gegen das Gesetz, Tarik! Und ich habe mich dazu entschlossen, es notfalls auch gegen deinen Willen zu tun. Der Wyvern ist inzwischen zu groß, um allein in der Grotte zu bleiben. Ich schaffe es nicht, genügend Futter für ihn zu besorgen. Man wird ihn finden!« Seine Stimme brach ab. »Ich brauche deine Hilfe«, fügte er leise hinzu.

Eine Wolke schob sich vor die Sonne und ein riesiger Schatten fiel über die Stadt. Die wärmenden Strahlen waren auf einmal verschwunden und Tarik fuhr ein kalter Schauder durch die Glieder, als er allmählich begriff. »Wenn es stimmt, ist das Verrat.« Das Wort klang seltsam aus seinem Mund.

Quirin schluckte schwer.

Tarik ließ sich auf die Knie fallen, um auf gleicher Höhe mit ihm zu sein. Er konnte nicht glauben, dass sein Bruder, der ihn mit seinen strahlend blauen Augen verbittert ansah, zu so etwas fähig war. »Dir ist klar, was das bedeutet?«, fragte er heiser.

Quirin senkte den Blick. »Einen Wyvern zu halten, außer als Züchter, ist verboten. Ich werde verstoßen, wenn das rauskommt.

Ich weiß. Tarik ... Hilf mir.« Seine dünne Stimme verflüchtigte sich in der kühlen Luft des Morgens.

»Wie kannst du nur?«, Tarik zitterte am ganzen Körper. Von einem Moment auf den anderen war er in eine bodenlose Schlucht gestürzt, war gefangen in einer Kluft zwischen seinem Traum und dem letzten Rest seiner Familie. Er musste sich entscheiden. So kurz vor dem Ziel. Nachdem er so weit gekommen war wie noch nie. »Wieso ausgerechnet jetzt?«

»Weil ich mich vorher nicht getraut habe. Aber jetzt schaffe ich es nicht mehr allein.« In Quirins Blick lag ein flehendes Bitten.

Tarik schloss die Augen. In seiner Faust fühlte er den Beutel, den er Minuten zuvor von Meister Isgaroth erhalten hatte. Er zählte auf ihn. Khaled zählte auf ihn. Fajeth. Larius. Die Kommission, die ihn endlich zugelassen hatte. Er hatte die Chance bekommen, all den Zweiflern in dieser Stadt die Stirn zu bieten.

Das sollte er aufgeben, nur weil sein kleiner Bruder in seiner verfluchten Arroganz und all seinem kindlichen Egoismus darauf bestand? Nachdem er sich jahrelang dafür abgemüht hatte, sich den einzigen Traum zu erfüllen, den er jemals gehabt hatte?

Tiefe Enttäuschung erfasste ihn und grenzenlose Wut!

Als er die Augen öffnete, schreckte Quirin zurück.

»Ich habe alles für dich geopfert, Quirin. Alles. Du wusstest es nie zu schätzen. Jetzt nimmst du mir auch noch das Letzte, das mich dazu gebracht hat, nicht aufzugeben.« Er machte eine Pause, fuhr sich über die Stirn. »Es ist an der Zeit, dass du mir den Respekt zollst, den ich verdiene. Du wirst den Wyvern töten, oder ich erledige das. Ich werde heute zur Prüfung antreten und ein Jäger werden. Und danach geht es uns beiden besser.«

Quirin wich noch weiter zurück.

»Nein! Das werde ich nicht. Und du wirst es auch nicht! Wenn du mir nicht helfen willst, werde ich einen anderen Weg finden!«

Tarik packte ihn am Oberarm.

Quirin keuchte vor Schmerz auf.

»Du wirst tun, was ich dir sage! Deine Undankbarkeit hat mich all die Jahre zurückgehalten. Sei ein Mann und beweise, dass es dir nicht egal ist, was ich für dich aufgegeben habe!«

»Nein! Du wirst ihm nichts tun!«

Tarik musste sich zusammenreißen, um seinen Bruder nicht wild durchzuschütteln. Er wollte ihn anbrüllen, wollte seinen Zorn hinausschreien, die sich in den Jahren in ihm angestaut hatte. Er hatte Quirin noch nie wirklich böse sein können, doch nun war das Fass endgültig übergelaufen.

Er erstarrte.

Tränen liefen Quirin übers Gesicht. Aber sie waren nicht der Grund für das plötzliche Verschwinden seiner Wut. In den Augen seines Bruders spiegelte sich blanke Angst.

Verdammt, keiner von ihnen hatte es jemals einfach gehabt. Sie hatten bisher nur durchgehalten, weil sie einander vertraut hatten. Sie hatten sich gegenseitig gestützt und Mut zugesprochen. Er mochte der große Bruder sein, aber Quirin hatte ihm im Gegenzug mindestens ebenso viel gegeben. Er ließ ihn los und stolperte zurück. »Quirin, ich ...« Tarik konnte sich nicht einmal entschuldigen, so schnell war der Junge fortgerannt. Ohne einen Blick zurück hastete Quirin davon, weg von all der Bitterkeit, für die er verantwortlich war.

Tarik starrte ihm unbeweglich nach. Seine Gefühle und Gedanken rotierten wie in einem rasenden Karussell. Er konnte sich nicht entscheiden, wusste nicht, was er tun sollte.

Die Angst, die er bei Quirin gesehen hatte, lähmte ihn. War er dafür verantwortlich? Nach all den Jahren, in denen er alles für ihn getan hätte, reichten wenigen Sekunden des Zorns, um das Vertrauen zwischen ihnen zu zerstören? Dabei war Quirin doch der Grund, weshalb er Jäger werden wollte. Er hatte sein wahres Ziel aus den Augen verloren ... Die Zeit lief ihm davon. Er musste etwas tun. Nur was?

Vielleicht sollte er zu Fajeth gehen, mit der er ohnehin verabredet war. Aber wäre es nicht besser, Quirin nachzulaufen und zu versuchen, ein unvoreingenommenes Gespräch mit ihm zu führen?

Tarik setzte sich mechanisch in Bewegung. Er musste so oder so das Gelände der Akademie verlassen. Der Weg dehnte sich, gegen seinen Willen nahm er alles gestochen scharf wahr. Als ob sich etwas in ihm sträubte, das eigentliche Problem zu ergründen.

Er wurde von einer Horde Erstklässler abgelenkt, die im Garten Unkraut jäteten und sich lauthals stritten, wer den Eimer zum Komposthaufen bringen sollte.

Zwei Brillentodis jagten einander und veranstalteten einen Höllenlärm, der in seinem Kopf dröhnte wie Glockenschläge. Tarik presste eine Hand auf seine Augen und atmete tief durch, während er die Hilflosigkeit in seinem Herzen zu verbannen versuchte. Natürlich würde er zur Prüfung gehen. Wenn er versagte, beseitigte sich das Problem von selbst. Sollte er bestehen, konnte er immer noch nach einem Ausweg suchen.

Warum nur war Quirin ein derart störrischer Rebell? Woher nahm er die tiefe Abscheu gegen scheinbar alles und jeden in dieser Stadt? Auch wenn es niemals leicht gewesen war, so hatten sie doch auch schöne Zeiten miteinander erlebt. Vor Kurzem erst, als sie die Feldräuber verjagt hatten, oder gestern bei der Parade. Er erinnerte sich an Quirins leuchtende Augen, als sie Fajeths Eröffnung der Festspiele gelauscht hatten. Der Junge mochte es gut verbergen, aber er verehrte sie mindestens genauso wie er.

Tarik betrat durch das hohe Tor die Stadt und sah sich unschlüssig um. Da traten drei Jäger aus einer Seitengasse heraus. Er erkannte seine ehemaligen Mitschüler. Ihr Auftauchen ließ seinen Atem stocken.

»Sieh an, sieh an. Tarik van Cohen, der die Kommission bestochen hat, um zur Prüfung zugelassen zu werden. Wie fühlt es sich an, Halunke?«, wollte eine schlanke junge Frau mit feuerrotem Haar verächtlich wissen. Sie war eine Meisterin der Folter mit Worten, doch er konnte sich im Moment nicht an ihren Namen erinnern. Die anderen beiden, ein muskulöser Gnadenbringer und ein hinterhältig dreinblickender Schlitzer, mit denen er noch nie viel zu tun gehabt hatte, nahmen ihn von zwei Seiten in die Mangel.

Tarik lächelte so freundlich wie möglich. »Eine nette Geschichte, die ihr euch da ausgedacht habt.«

»Haben wir? Ich frage mich nur, wie viele Skalen dein geliebter Khaled lockergemacht hat, damit du uns so frech ins Gesicht lügen kannst.«

»Ich weiß nicht, was ihr von mir wollt.«

»Was wir wollen?« Der Schlitzer lachte mit spitzer Zunge. Er stellte sich breitbeinig neben Tarik, die Hände hinter dem Rücken verschränkt. Sein halblanges, schwarzes Haar verdeckte die Hälfte seines Gesichtes, doch der Blick der stechend kalten Augen bohrte sich tief in seine. »Es gibt noch Menschen in dieser Stadt, denen es nicht egal ist, was für ein Abschaum die Ränge der Jäger beschmutzt. Wenn die Kommission zu feige ist, ihren Kurs dir gegenüber beizubehalten, werden wir dafür sorgen, dass du einen anderen Beruf wählst.«

Tarik blickte wachsam von einem zum anderen. Noch mehr Ärger konnte er wirklich nicht brauchen, doch allem Anschein nach wurde es brenzlig. Und er war wütend. Schrecklich wütend. »Wart ihr es, die mein Zuhause verwüstet haben? Habt ihr meinen Bruder bedroht?« Er lachte bitter auf. »Wieso macht ihr euch solche Sorgen? Vielleicht werde ich in ein paar Stunden von dem Wyvern gefressen und euer Problem hat sich von selbst erledigt.«

Die Jägerin schnaubte. »In den letzten zehn Jahren hat es nur einen Toten bei der Prüfung gegeben und der war ein absoluter Idiot.«

»Wie sehr ihr doch das Andenken eines ehemaligen Kameraden ehrt.« Tarik erinnerte sich wieder an den Namen der vor ihm Stehenden. Leya, die singende Reißerin, wie sie auch genannt wurde. Aus dem Jagdverbund der Kunst, Ealaín Fiach.

Sie trat vor und bohrte ihm einen Finger in die Schulter. »Du würdest uns niemals den Gefallen tun, dich von einem Arenawyvern töten zu lassen. Deine Gesinnung mag der Tradition der Jäger komplett abgehen, aber du weißt mit einer Trilanze umzugehen, das muss man dir lassen.«

»Ganz recht«, zischte der Gnadenbringer von der Seite. »Er würde zumindest eine Minute länger in einem Kampf gegen mich überleben, als alle anderen.« Er spuckte ihm vor die Füße. Tarik wäre gern zurückgewichen, aber der Schlitzer bewegte sich taktisch klug um ihn herum. Er sah keine Chance, zu fliehen.

»Was wollt ihr von mir hören? Dass ich nicht zur Prüfung antreten werde?«

Leya kicherte. »Hört nur die Angst in des Welpen Stimme. Wärst du wirklich bereit, nach drei Jahren verbissenem Kampf um die Zulassung, einfach aufzugeben, weil drei Jäger dich ein wenig in die Ecke treiben?« In ihren Augen blitzte es. »Nein Tarik van Cohen, du würdest wegen einer solchen Lappalie nicht den Schwanz einziehen. Aber wir werden dafür sorgen, dass du nicht zur Prüfung antrittst, keine Sorge.« Sie nickte den beiden anderen zu. Tarik sah aus den Augenwinkeln eine Faust auf sich zusausen und duckte sich.

Ein Tritt gegen sein Schienbein ließ den Schmerz aufflammen, aber er hechtete zur Seite und rollte sich ab. Als er auf die Füße springen wollte, ergriff Leya ihn von vorn. Er packte ihren Arm und verdrehte ihn. Sie schrie auf und im nächsten Moment stieß er sie gegen den Gnadenbringer, der sich auf ihn stürzen wollte.

Tarik nutzte den Augenblick der Verwirrung zur Flucht, doch da schnitt ihm der Schlitzer den Weg ab. Seine Bewegungen wirkten schlaksig, waren allerdings effektiv. Tarik war bald umzingelt und spürte, wie sich der Kreis um ihn enger zog. Da griff Leya von der Seite an, er wich zurück. Im nächsten Moment krachte etwas gegen seinen Hinterkopf und alles wurde schwarz.

Fajeth sah zu, wie ihr Vater sich das Amberbrot in den Mund schob und gleichzeitig nach seinem Becher griff, um nachzuspülen. Der Bürgermeister war erst vor wenigen Minuten in den Speisesaal gestolpert, mit wirr zerzaustem Haar, aber freudig strahlenden Augen.

»Du solltest nicht so schlingen«, riet sie ihm schmunzelnd.

Gwalhir schluckte und lächelte breit. »Natürlich nicht, mein Schatz.«

»Es ist deine eigene Schuld, dass du verschlafen hast«, setzte sie hinzu.

Er nickte.

»Außerdem wäre niemandem damit geholfen, wenn du ausgerechnet heute an einem Stück Amberbrot erstickst.«

Gwalhir ließ die Hand mit der Gabel auf den Tisch sinken und warf ihr einen schelmischen Blick zu. »Deine Redseligkeit früh am Morgen ist so selten wie bezaubernd. Es freut mich, dass du gute Laune hast. Es mag wohl daran liegen, dass dein Liebster heute endlich an sein Ziel kommt.«

Fajeth legte die Fingerspitzen aneinander und erwiderte das ehrliche Lächeln. »Bezaubernd, Vater? Wo du mich sonst immer als kratzbürstige Harpyie bezeichnest?«

Ihr Vater zuckte mit den Schultern und nahm einen weiteren Schluck Quellwasser. »Ich sagte doch, es kommt selten genug vor.«

Sie seufzte leise und musterte die Krümel auf ihrem Teller. Die Nacht war tatsächlich kurz gewesen, für sie beide. Dennoch konnte sie es kaum erwarten, Tarik wieder in ihre Arme zu schließen. Es war ein seltsames Phänomen. Sie ertrug es leichter, über längere Zeit von ihm getrennt zu sein, wenn sie sich an seine Abwesenheit gewöhnt hatte, als ihn gehen zu lassen, nachdem sie zusammen gewesen waren. Dann dauerte es bisweilen mehrere Tage, ehe sie ihren Tätigkeiten wie üblich nachgehen konnte. Sie lächelte abwesend. Er war ihr süßes Gift, das sie schwindlig machte. Sie musste nur an die Güte in seinen Augen denken, um wieder an ihr Glück erinnert zu werden, dass er sie erwählt hatte.

Dieses Gefühl war mit den Jahren immer stärker geworden. Sie konnte sich kaum noch vorstellen, wie es wäre, ohne ihn leben zu müssen.

Sie bewunderte seine Stärke und Widerstandskraft. Wie oft wäre er beinahe an den unbarmherzigen Gesetzen dieser Stadt gescheitert? Er war getreten und verprügelt worden wie ein streunender Malak, der in den Überresten am Wegesrand wühlte. Doch immer wieder hatte er sich erhoben und war zwei Schritte nach vorn gestolpert, ehe er einen zurück in das nächste Desaster gestoßen worden war.

Sie stellte sich vor, wie sein Atem ihren Nacken streifte. Er war der sanfteste Mensch, der ihr je begegnet war. Es wunderte sie nicht, dass die Leute Bedenken an seiner Standhaftigkeit äußerten, aber wer ihn kannte, wusste, dass er niemals aufgab und für das eintrat, was er für richtig hielt. »Ich freue mich so für ihn. Es macht mich glücklich, wenn er es auch ist«, gab sie zu.

Ihr Vater kaute gerade an einer Wisentkeule. »Tarik van Cohen«, bestätigte er, »gehört wahrlich einer seltenen Gattung an. Einen ehrlicheren und derart treuen Mann wirst du nicht noch einmal finden.« Er grinste breit. »Aber das hast du ohnehin nicht nötig.« Er wischte mit einem Stofftuch das Fett aus seinem Bart. »Sei unbesorgt, er ist nicht so weit gekommen, um heute zu scheitern.«

Sie schob ihren Becher gedankenverloren vor und zurück. »Ich zweifle nicht an ihm, Vater. Dazu kenne ich ihn zu gut.« Sie hob den Blick. »Wie wird es wohl sein, wenn er Jäger ist? Auf die Jagd geht. Sich in Gefahr begibt. In ein Gefecht mit den Reitern verwickelt wird.«

Er schmunzelte und schob eine Zwiebel über den rostbraunen Tonteller. »Ganz wie deine Mutter«, murmelte er.

»Wie bitte?«

Er nahm den Knochen der Wisentkeule und reichte ihn Pokey, der seine Pfoten darum schloss, ehe er sich gierig daran machte, die sehnigen Überreste abzureißen. »Manchmal nimmst du deine Arbeit zu ernst.«

Fajeth blickte aus dem Fenster. »Fängt das wieder an?«

»Ich liebe dich, Fajeth. Du bist meine Tochter und die gewissenhafteste Person, die ich kenne. Oft genug frage ich mich, wie du die Stadt führen willst, wenn ich mein Amt niederlege. Du wirst dann keine Zeit mehr haben, Feldräuber zu jagen, Wisente einzufangen, Kräuter zu den Schamanen zu bringen, den Händlern ihre Plätze auf dem Marktplatz zuzuweisen. Du weißt, ich könnte diese Liste endlos weiterführen.«

»Durch all diese Dinge vertrauen die Menschen Canthars mir.«

»Und das ist fantastisch! Aber nun ist es an der Zeit, dich etwas zurückzuziehen und dich nur noch auf die wichtigsten Dinge zu konzentrieren. Glaub mir, andernfalls wirst du es nicht schaffen.«

Sie lächelte offenherzig. »Möchtest du mir damit sagen, dass ich mehr arbeite als du?«

Er blieb ernst. »Wenn dies den Anschein hat, dann nur, weil du noch lange nicht alles weißt. Es gibt Dinge, die in dieser Stadt geschehen, die dich zutiefst schockieren würden. Fajeth, ich habe dich bislang nur die positiven Probleme lösen lassen.«

Sie zog die Augenbrauen zusammen. »Positive Probleme? Das klingt mehr als merkwürdig.«

»Und doch bin ich mir sicher, dass du verstehst, was ich meine.«

Sie fasste sein Handgelenk. »Vater, du darfst mich nicht aus deinen Geschäften ausschließen. Du sagst es selbst, eines Tages werde ich die Geschicke dieser Stadt führen und bis dahin muss ich auf alles vorbereitet sein, muss alles wissen, was du tust. Sag mir, was hat die Kommission zu deinem Vorschlag gesagt?«

»Was zu erwarten war, sie haben gelacht und es für einen schlechten Scherz gehalten. Aber der erste Schritt ist getan, das Thema steht im Raum.« Er nickte. »Bald wird es so weit sein, dass du von all den Dingen erfährst, von denen ich dich bisher verschont habe.« Er blickte sie voller Wärme an. »Doch bis dahin muss dein Freund seine Prüfung bestehen.«

Sie zog ihre Hand zurück und musterte ihn argwöhnisch. »Mir scheint, dass du mir mehr verheimlichst, als mir bisher klar war.«

Er lachte herzhaft und hielt sich dabei den gefüllten Bauch. »Meine liebe Tochter! Du machst deinen Vater gerade sehr glücklich. Mit deiner Aussage bestätigst du ihm, dass er dir trotz aller Widrigkeiten einen letzten Rest deiner kindlichen Unschuld bewahrt hat.«

Fajeth lehnte sich zurück und überhörte seine Worte. Sie war es gewohnt, von ihm veralbert zu werden. Doch was er zuvor gesagt hatte, machte sie nachdenklich.

»Und wo ist er nun? Dein Geliebter?«, hakte Gwalhir nach.

»Er verspätet sich.«

20. Unwiderrufliche Entscheidungen

Tarik zuckte vor Schmerz zusammen, als er blinzelnd den Kopf hob. Sterne schwirrten vor seinen Augen, die sich langsam an das dämmrige Licht gewöhnten.

Ein heiseres Lachen kämpfte sich aus seiner Kehle. »Ein Diplomat, was, Meister? Scheint, als wäre ich nicht gerade erfolgreich gewesen«, stöhnte er, stemmte sich auf die Knie und arbeitete sich langsam in die Senkrechte. Ihm wurde schwindlig, aber es gelang ihm, sich auf den Beinen zu halten.

Schwankend glitt er an der rauen Lehmwand entlang, zählte seine Schritte und blieb vor einem kleinen, vergitterten Fenster knapp über der Straße stehen. Er befand sich in einem typischen Lagerraum der Mittelschicht, irgendwo in der näheren Umgebung der Akademie. Nur dort gab es Keller dieser Art. Schlicht, klein, dunkel. In den Armenvierteln konnten die Leute froh sein, überhaupt ein Dach über dem Kopf zu haben. Die Gefahr einer Überschwemmung in den Tälern der Stadt zur Zeit der Monsune war einfach zu groß, als dass man auf die Idee käme, noch tiefer zu graben.

In den Händlervierteln waren die Keller mit Waren gefüllt, wesentlich größer und mit Laternen ausgestattet. Zumindest das konnte er sicher sagen. Von draußen strömte eine intensive Hitze in den kleinen Raum. Tarik kniff die Augen zusammen, das Licht war grell. Die Sonne musste längst im Zenit stehen.

»Verflucht!« Er umklammerte die rostigen Gitterstäbe. Niemand war um diese Uhrzeit unterwegs. Entweder hielten sich die Leute bereits in den kleineren Arenen auf, oder sie warteten bis zum frühen Abend auf die Vorstellungen in Valeria.

»Mit viel Glück könnte ich es gerade rechtzeitig schaffen«, sprach er zu sich selbst, um die nervenaufreibende Stille zu vertreiben.

Er ließ von dem winzigen Fenster ab, von dem er höchstens die Pflastersteine der Straße bewundern konnte, und ging zu der schweren Gittertür. Tarik streckte seinen Arm durch die Stäbe und versuchte, die Tür von außen zu öffnen. Sie war natürlich verschlossen. Sein Herz klopft schmerzhaft gegen seine Brust, während er fieberhaft überlegte, was er tun konnte.

Er rüttelte an der Tür, trat dagegen, rief um Hilfe, doch es war vergebens. Er war auf sich allein gestellt. Mit Sicherheit hatten Leya und die anderen beiden dafür gesorgt, dass niemand ihm öffnen würde, selbst wenn in diesem Haus jemand wohnen sollte.

Frustriert tigerte er mit vier langen Schritten die Diagonale seines Gefängnisses auf und ab, ignorierte den pochenden Schmerz in seinem Hinterkopf. Er würde sich nicht einfach diesem Schicksal ergeben. Nicht nach all dem, was er bisher durchgestanden hatte. Er musste es tun, für ... Er stockte und ließ den Kopf hängen. Ja, für wen eigentlich? Wem machte er hier etwas vor? War er so überzeugt von den Lehren der Jäger, oder wollte er ihnen nur beweisen, dass die Familie van Cohen unweigerlich mit der Geschichte der Jäger verbunden war und man ihn nicht einfach aus der Kuppelsiedlung verbannen konnte?

Bitterkeit.

Das war es, was er verspürte, wenn er an die Art dachte, wie sie ihn und Quirin behandelt hatten, obwohl sie nichts dafür konnten, was ihr Vater getan hatte.

Mit der Wut auf die Wyvern konnte er im Grunde ebenso wenig anfangen wie sein Bruder. Sie war nach den Jahren fast gänzlich verraucht. Nur hatte Quirin den Mut, das auch offen zur Schau zu tragen.

War er selbst zu feige?

Andererseits wäre es genauso feige, jetzt einfach aufzugeben. Er konnte als Jäger wahrscheinlich mehr bewirken, als als ewiger Schüler der Akademie. Es würde der Kommission einen tiefen Stich versetzen, wenn sie ihn zum vollwertigen Jäger ernennen musste, und er sie anschließend für Quirin verriet.

Er lachte auf. Schwarze Bitterkeit wohnte in seinem Herzen. Schade, dass er es nicht früher bemerkt hatte, im Gegensatz zu der Kommission. Offensichtlich kannte sie ihn besser als er sich selbst.

Doch was würden seine Freunde sagen, wenn er den Jägern den Rücken kehrte? Khaled könnte sein Handeln niemals verstehen, vermutlich würde er ihrer Freundschaft den Todesstoß zufügen. Der Gnadenbringer hatte so viel für ihn getan ...

Und welches Recht hätte er, Fajeth um ihre Hand zu bitten? Keines. Er wäre weniger als ein Niemand. Weniger als er jetzt war.

Er versuchte, seine schweißnassen Hände an der Hose trocken zu reiben und dachte an die vergangenen Tage zurück. Hatte Quirin sich nicht schon die ganze Zeit über seltsam benommen? Er war so auffällig ruhig gewesen, hatte sich nicht einmal über seine Schule aufgeregt, sondern war stillvergnügt gegangen und ohne Beschwerden gekommen.

Tarik biss die Zähne zusammen. Es hätte ihm auffallen müssen! Stattdessen war er nur auf sich fixiert gewesen, hatte alles andere um sich herum kaum noch wahrgenommen. Er hatte seinen kleinen Bruder im Stich gelassen. Kein Wunder, dass er nicht schon früher von dem Wyvern erzählt hatte. Dass er also hier war, hatte er sich selbst zuzuschreiben.

»Ein Wyvern, Quirin!« Er raufte sich die Haare. Wollte ihn denn die ganze Welt verhöhnen? Er hatte Jahre gebraucht, um überhaupt in die Nähe der geflügelten Echsen gehen zu können. Und nun hatte sein eigenes Fleisch und Blut den Schrecken seiner Vergangenheit aufgezogen. Die Wyvern hatten ihm tatsächlich alles genommen. Die Schwester, den Vater und nun auch noch den Bruder. Was für eine Ironie!

Nichts war jemals einfach gewesen. Nun aber schien seine Entscheidung das explosive Potenzial einer Bombe zu haben. Und das alles nur, weil Quirin seine wahren Gefühle nicht versteckte. Weil er mutiger war als er, Tarik, für den nun so viel auf dem Spiel stand.

Tarik drehte sich ruckartig um und wäre beinahe gestürzt, als ihn ein plötzliches Schwindelgefühl übermannte. Keuchend stolperte er zu der Eisentür. Er hielt sich fest, ließ die andere Hand in die Tasche seiner Leinenhose gleiten, fühlte den kleinen Beutel und zog ihn behutsam heraus.

»Das könnte funktionieren«, murmelte er und wischte die feuchten Handflächen am Oberschenkel ab, ehe er die kleine gläserne Kugel von der schützenden Hülle befreite, zwei Schritte zurückging und sie auf den Boden vor der Tür schmiss.

Die Explosion zerriss ihm beinahe das Trommelfell. Die plötzliche Hitze fraß schwarze Löcher in Hemd und Hose und verbrannte ihm den Unterarm, den er sich vors Gesicht hielt. Grimmig starrte er auf die dichten Rauchschwaden, die sich langsam verflüchtigten und den Blick auf einen klaffenden Krater im Boden freigaben. Die Tür war aus der Verankerung nach draußen geflogen. Mauerstücke bröckelten herab.

Tarik vergeudete keine Zeit, sprang darüber hinweg, fand hinter der nächsten Biegung eine Treppe und sprintete hinauf. Sie führte in einen Innenhof, dessen eine Hälfte bereits in Schatten lag und ihm die fortgeschrittene Stunde verriet.

Obwohl es eigentlich längst zu spät war, verbannte er jegliche Gedanken aus seinem schmerzenden Kopf und rannte los.

Quirin starrte regungslos auf die glatte Oberfläche des unterirdischen Sees. Sein Körper war von einer Gänsehaut bedeckt und ließ die Härchen an seinen nackten Armen und Beinen abstehen. Er hatte sich dermaßen verkrampft, dass er sich zum Atmen zwingen musste.

Sein Kopf war leer. Alles, was er wahrnahm, war sein Spiegelbild im Wasser. Er hatte den Mund zu einem schmalen Strich zusammengepresst und wirkte bleich. Aber das mochte am schummrigen Licht liegen.

Eigentlich hätte er längst fort sein müssen, aber etwas hielt ihn zurück. Als würde eine eisige Faust um seine Brust ihn unbeweglich machen. Er war zu keiner Regung fähig, nicht einmal zu einer gedanklichen.

Es wäre viel zu gefährlich, bei der größten Hitze des Mittags aufzubrechen. Doch das war nur eine Ausrede. Worauf wartete er noch?

Er zwang sich, seine Hände zu öffnen und die blutleeren Finger zu bewegen. Sie kribbelten, alles an ihm war schrecklich kalt, selbst in seinem Innern.

Er wusste es, wollte es sich nur nicht eingestehen. Tarik sollte kommen und ihn von seinem Vorhaben abhalten. Sollte ihm versichern, dass alles gut werden würde, dass sie es zusammen schon schaffen würden. So wie es bisher immer gewesen war.

Aber er kam nicht.

Egal, wie lange er noch wartete, Tarik hatte ihn aufgegeben. Er hatte sich von ihm abgewendet und würde höchstens auftauchen, um seine Drohung wahr zu machen. Er war jetzt ein Jäger. Einer derjenigen, die gewissenlos mordeten, andere Wesen quälten, für den eigenen Ruhm. Für Gold. Für Ansehen.

Ein Schatten legte sich über ihn, wuchs, bis er eine feuchte Schnauze an seiner Schulter spürte, die ihn auffordernd anstupste.

»Er ist das Monster«, flüsterte Quirin mit schmerzender Kehle, »nicht du.« Heißer Atem wärmte sein linkes Ohr und kitzelte ihn, ohne dass er wie sonst den Drang dazu verspürte, zu lachen. Instinktiv hob er die Hand und tätschelte Vyrs Nüstern, der ihn um zwei Köpfe überragte. Seine wunderschönen rotvioletten Schuppen reflektierten die wenigen Sonnenstrahlen, die sich hierher verirrten. Sein Hals hatte die Länge von Quirins Oberkörper und mit seinen bereits gewaltigen Schwingen konnte er ihn einhüllen. Die Membran seiner Flügel schimmerte wie Perlmutt und vibrierte sanft, als er mit seinen Flügelkrallen über die Felsen kratzte, um näher heranzukommen.

Quirin drehte sich halb um. Die lange Zunge des Wyvern schnalzte durch die Luft und entlockte ihm ein zaghaftes Lächeln.

Gleich darauf liefen ihm die Tränen übers Gesicht. Er zog die Knie an, umschlang sie mit seinen Armen und legte seinen Kopf darauf. Ein Schluchzen schüttelte ihn, das sich unkontrolliert ausbreitete, bis er am ganzen Körper zitterte.

Ein Stupsen.

Er hob den Blick. »Er hatte Angst vor euch, verstehst du? So lange ... Dabei seid ihr überhaupt nicht zum Fürchten.«

Vyr legte den Kopf schief und schien ihn fragend anzusehen.

»Doch. Ich hab nie verstanden, wieso er so seltsam war. Wie tot.« Die Erinnerung holte ihn ein. Er war noch so jung gewesen, als Cynthia gestorben war. Es war alles kaum mehr als ein Schemen, aber die Jahre danach waren die einsamsten seines Lebens gewesen.

»Vater hat versucht, ihn aufzumuntern, aber Tarik war nicht mehr hier. Seine Augen waren immer so kalt und haben so weit weggesehen ... Und dann ist Vater gestorben und Khaled musste uns helfen. Khaled hat ihn gerettet. Mich hat niemand gesehen ...«

Das Entsetzen griff mit eisiger Hand nach ihm. Entschlossen klatschte er auf seine Knie und sprang auf. Er nahm die Beuteltasche, aus der er zwei große Lederflaschen herauszog und mit kristallklarem Quellwasser füllte. Er verschloss sie mit einem Korken und legte sie zurück zu dem Rest Brot und den beiden letzten Moe, die er zu Hause noch gefunden hatte. Sogar die Sandalen hatte er eingepackt. Er bückte sich nach dem Sonnenhut neben seinen Füßen und setzte ihn auf. Länger zu warten wäre eine unnötige Quälerei seiner selbst gewesen. Er kraulte Vyr. Direkt hinter den noch zierlichen, sanft geschwungenen Hörnern mochte der Wyvern es am liebsten. »Zeit zu gehen, Kleiner.«

Der Wyvern schnaubte, als wolle er ihn daran erinnern, wer hier kleiner war.

Quirin seufzte und sprang die Felsen hinauf. Auf halbem Weg drehte er sich um und winkte. »Komm schon, diesmal darfst du mit.«

Die Echse stieß einen fragenden Laut aus und machte probeweise einige Schritte vorwärts.

»Ja, genau! Immer weiter!«

Fajeth hatte das Gesicht in den Händen vergraben. »Wo bist du?«, flüsterte sie voller Schmerz.

Etwas Weiches schmiegte sich an ihre Seite und drängte sich zwischen ihre Arme.

»Vater sagte, er hätte es sicherlich vergessen. Dass er vor Aufregung wahrscheinlich völlig durch den Wind ist.« Sie beugte sich über Pokey und drückte ihre Nase gegen seine.

»Aber aus diesem Grund wollte er doch unbedingt vorher zu mir kommen. Damit ich ihn beruhigen kann. Nicht wahr? Das war es doch.«

Ihr flauschiger Wächter machte große Augen und knurrte vernehmlich. Fajeth stand auf und ging zur Balkontür. Die Sonne ließ die Pflastersteine der Stadt erglühen.

»Es macht keinen Sinn, hier zu warten und sich den Kopf darüber zu zerbrechen. Er wird nicht mehr kommen. Die Prüfung beginnt bald.« Doch sie konnte das stechende Gefühl in ihrem Innern kaum ertragen. Was hatte sein Verhalten zu bedeuten? Tarik hatte sie noch nie versetzt. Er war viel zu verantwortungsbewusst, um sich nicht zumindest vorher schon zu entschuldigen. War ihm etwas zugestoßen? Es wäre nicht allzu abwegig, nachdem man ihn zum dritten Mal abgewiesen hatte, dafür zu sorgen, dass er scheinbar aus eigenem Antrieb nicht kam.

Aber ihr Vater hatte diesen Gedanken als unmöglich abgetan. »Die Gilde der Jäger ist mehr als ehrenhaft. Wenn wir unser Vertrauen in diese Leute hinterfragen, woran können wir dann noch glauben?«, hatte er sie geduldig gefragt.

Sie atmete tief durch und versuchte, die Unruhe aus ihrem Herzen zu verbannen. Mit neu entfachter Entschlossenheit marschierte sie aus ihrem Zimmer und machte sich, dicht gefolgt von Pokey, auf den Weg nach Tywlis.

»Was auch immer sie dazu bringt, den Beginn in die Länge zu ziehen, bald müssen sie kapitulieren«, bemerkte Everard verstimmt.

Fyrndolf schirmte die Augen ab und wünschte sich, er hätte, wie die übrigen Zuschauer, einen Sonnenschutz. Er verstand auch nicht, weshalb die erste Prüfung der Akademieschüler bis jetzt aufgeschoben worden war. Die Menge schrie ihren Unmut hinaus. Die Leute erwarteten voll Ungeduld den offiziellen ersten Kampf der Festspiele, wofür sie selbst die Nachmittagshitze in Kauf nahmen.

In dieser vergleichsweise winzigen Arena hatten sich überwiegend die Stadtbewohner versammelt. Die Ränge glichen halbrunden Treppenstufen, die, je weiter man vom Kampfplatz entfernt saß, immer höher reichten. Die Zuschauer saßen dicht an dicht und hatten trotz zahlloser Köpfe vor sich eine gute Sicht auf den staubigen Platz, über dem ein gigantischer Käfig errichtet worden war.

Im Halbschatten der Mauern war ein Wyvern angekettet. Er zerrte an seinen schweren Fesseln und stimmte in das Brüllen um ihn herum ein. Er presste sich in den schmalen Streifen, der nicht vom Licht geflutet war, als würden ihn die Strahlen sonst verbrennen.

Everard hatte ihm bereits erklärt, dass die Echse wahrscheinlich seit Wochen im Dunkeln eines Zwingers ihr Dasein gefristet hatte. Ohne Bewegung, siechend in ihrem eigenen Dreck.

»Wohl kaum ein würdiger Gegner für einen Jäger. Doch man bedenke, dass diese Schüler noch nie einen echten Kampf ausgefochten haben. Immer nur gegen die Attrappen im Sihias oder schwingende Säcke«, hatte der ältere Barde, heute in eine schlichte, helle Tunika gewandet, erläutert.

Fyrndolf seufzte vernehmlich und legte seine Ellbogen auf die Knie. Er spürte eine wogende Unruhe in sich aufbranden, eine ungewohnte Aufregung. Bald würde er Zeuge von Inhalten legendärer Lieder. Selbst über die Schüler der Akademie hörte man nur Bewundernswertes. So oder so, in dieser Stadt pulsierte das Leben.

»Ah, endlich«, bemerkte Everard mit einem Lächeln und hob den hereingeschmuggelten Wasserschlauch an die Lippen.

Ein Raunen ging durch die Menge, als der Bürgermeister, gefolgt von zwei bewaffneten Stadtwachen, zur Mitte des Platzes ging, die Arme ausbreitete und wartete, bis die Menge verstummt war. »Lange genug haben wir auf diesen Moment gewartet! Ich möchte euch nicht mit langen Reden weiter vertrösten, wo wir doch alle wissen, was heute hier geschehen wird. Die Prüfung unserer Jägerschüler soll hiermit beginnen!«

Jubel brandete auf.

Fyrndolf reckte seinen Kopf, um besser sehen zu können.

Der Bürgermeister verschwand hinter hohen, beschlagenen Eisentoren, aus denen eine Gruppe junger Frauen und Männer in den typischen Lederrüstungen der Jäger strömte und sich über den Platz verteilte.

Trommeln wurden geschlagen. Während die Schüler ihre Positionen einnahmen und sich Handzeichen gaben, arbeiteten zwei von ihnen an einem Konstrukt, das Fyrndolf nicht genau identifizieren konnte. Aus seinen Büchern wusste er allerdings, dass die Jäger stets mithilfe einer Falle versuchten, den Wyvern am Boden zu halten, um ihn dann niederzustrecken. Andernfalls war das Risiko zu groß und die Echse zu unberechenbar, um diesen Beruf für längere Zeit ausüben zu können.

»Mein Freund, mein Freund, ich bin gespannt. Es gibt nichts Erfrischenderes als die kreativen Ideen junger Leute.« Everard verschränkte glucksend die Arme vor der Brust.

Auch Fyrndolf blickte gespannt auf die Bemühungen der Schüler und konnte es kaum erwarten, bis man die Ketten des Wyvern löste und die eigentliche Jagd begann.

Er prüfte wohl zum hundertsten Mal den Sitz seiner metallbeschlagenen Armschützer. Das Leder darunter schmiegte sich weich an seine Haut. Er war froh, dass auch der Rest der Rüstung gut saß und ihn nicht in seinen Bewegungen einschränkte. Er würde all seine Finesse aufbringen müssen, um gegen den Wyvern zu bestehen.

Die Trilanze, mit der er schon so lang trainierte, lehnte an der Außenmauer zum Kampfplatz, wo das wütende Brüllen des geflügelten Tieres durch die Arena hallte. Die Menge war außer sich und feuerte die anderen an, als ginge es um Leben und Tod.

Nun, es ging um nichts anderes. Irgendjemand würde sterben. Es mochten Minuten vergehen, oder gar Stunden, aber Blut würde fließen. Jede Jagd fand irgendwann ihr Ende.

Er dachte nicht daran, was er gleich tun würde. In Gedanken war er diesen Tag bereits unzählige Male durchgegangen, hatte jeden einzelnen Augenblick verplant, jeden möglichen Ausgang erwogen. Er hatte sich immer wieder im Staub gesehen, zerfleischt ... Wie oft war er nachts schweißgebadet aufgewacht und hatte sich gefragt, welcher Teufel ihn eigentlich ritt? Weshalb wollte er unbedingt Jäger sein? Um es seinem Vater heimzuzahlen, der nicht an ihn glaubte? Um Teil einer legendären Gesellschaft zu sein? Das war doch verrückt! Er spielte mit seinem Leben.

»Ich hätte Farmer werden sollen«, brummte er nervös und zupfte einmal mehr an den Bändern seiner Stiefel.

Er hob den Blick zu einer hochgewachsenen, kräftigen Gestalt, die starr durch die Gitterfenster im Vorbereich den Kampf in der Arena beobachtete. Khaled wirkte wie eine muskelbepackte Statue. Wären da nicht die langen zu unzähligen Zöpfchen geflochtenen Haare, die von einem sanften Wind mit Leben erfüllt wurden, hätte Larius den Gnadenbringer sicher mit der Skulptur von Torel Javeth verwechselt.

»Der Kampf wird gleich vorbei sein«, verkündete der Bürgermeister. Er klang angespannt, beinahe verdrossen.

Fajeth saß zu seinen Füßen auf einem Stein, den Kopf auf ihren Knien. Alle paar Sekunden schaute sie zum Eingangstor, als würde sie dadurch etwas bewirken können. Als würde Tarik allein durch ihr stures Ausharren auftauchen.

Larius schluckte und betrachtete den Staub auf seinen Schuhen. Er würde seinem Freund gern helfen, wo auch immer er gerade war. Doch er traute sich nicht, dafür seine eigene Prüfung in Gefahr zu bringen. Er würde es nicht aushalten, ein weiteres Jahr darauf warten zu müssen, gegen einen Wyvern zu kämpfen – nicht, wo er so kurz davor stand.

»Verdammt, wo steckst du?«

Es sah seinem Freund überhaupt nicht ähnlich, zu irgendetwas nicht zu erscheinen. Er musste wirklich in der Klemme stecken. Larius raufte sich die Haare. Es war frustrierend, nichts tun zu können, als zu warten. Was hätte es gebracht, Tarik zu suchen? Er konnte überall und nirgendwo sein! Fajeth hätte die Zeit nutzen sollen, nachdem ihr klar geworden war, dass er nicht mehr kommen würde. Aber es hatte keinen Sinn, ihr für etwas die Schuld zu geben, das sie ohnehin nicht mehr ändern konnten.

»Komm schon, noch ist es nicht zu spät«, murmelte Larius.

Rufe wurden laut. Erst vereinzelt, dann immer mehr, bis tosender Beifall die Arena erzittern ließ.

Der Bürgermeister straffte seine Schultern und sagte etwas zu seiner Tochter. Anschließend postierte er sich vor dem Tor, das zum Kampfplatz führte.

»Vorbei«, hauchte Vanja ihm ins Ohr.

Larius starrte sie fassungslos an.

Die anderen Schüler hatten sich in ihren Rüstungen aufgerichtet und blickten in seine Richtung.

»Er wird kommen«, entgegnete Larius, obwohl er selbst kaum noch daran glaubte.

Vanja drehte ihren langen, dunklen Zopf zu einer Schnecke und steckte ihn unter die Lederhaube, die ihr Gesicht völlig verbarg. Nur zwei winzige Nasenschlitze blieben offen. Über die beiden Löcher für die Augen setzte sie die Kristallbrille. »Wäre besser für uns alle. Ein einzelner Gnadenbringer ist ziemlich dürftig.«

In diesem Moment sprang Fajeth mit einem Schrei auf. Sie stürmte vor und warf sich einem nach Atem ringenden Tarik an den Hals, der scheinbar mit letzter Kraft die schwere Tür zum Vorbereich geöffnet hatte. Er sah schrecklich aus, das Hemd und die Hose hingen in Fetzen, das Gesicht und die Arme waren verbrannt, die Haare bedeckt mit Ruß und Staub wie der Rest von ihm, der nicht vom Schweiß glänzte.

Larius wollte etwas sagen, wollte seinem Freund zurufen, wie froh er war, ihn zu sehen, als Khaled an ihm vorbeiging.

»Was ist passiert?«, fragte er mit drohendem Unterton.

Tariks Züge waren hart. »Nichts, womit ich nicht hätte rechnen müssen.« In seiner Stimme klang Bitterkeit mit. »Einige Jäger wollen mich nicht in ihren Reihen haben. Wahrscheinlich die meisten. Sag mir Khaled, was muss ich noch alles beweisen?«

Der Gnadenbringer zeigte keine Regung. »Zieh dich um, ihr seid in wenigen Minuten dran«, erwiderte er gepresst.

Ohne ein Wort löste Tarik sich von Fajeth und hastete in die Rüstkammer. Larius heftete sich an seine Fersen.

Während sein Freund sich die Überreste seiner Kleidung vom Leib riss, informierte er ihn über all die Dinge, die wahrscheinlich keinen Unterschied mehr machten, die er aber dennoch loswerden wollte. »Ich wusste es! Ich wusste, du würdest es irgendwie schaffen! Als klar war, dass du bei deiner dir eigentlich zugeteilten Prüfung nicht würdest mitmachen können, hat Cord sich bereit erklärt, an deiner statt teilzunehmen. Es gab ein riesiges Durcheinander! Es waren einige Kommissionsmitglieder hier, sie wollten uns viel Glück wünschen. Und weißt du, wer es schlussendlich war, der sich dafür eingesetzt hat, dass du eine zweite Chance bekommst?«

Tarik bedeutete Larius, die einzelnen Rüstungsteile auf dem Rücken ineinander zu haken.

»Edalired vermutlich«, gab er wortkarg zurück.

»Eben nicht! Es war Leodegan! Er klang zwar, als würde er dich am liebsten in der Arena sterben sehen, aber ...«

»Agrand Leodegan?«

»Ja, ob du es glaubst oder nicht! Khaled war mindestens genauso überrascht wie du! Und Edalired auch! Alle eigentlich! Übrigens war Tris auch hier. Sie ist gegangen, nachdem sie sich fürchterlich mit Khaled gestritten hat. Keine Ahnung, was die beiden hatten.«

»Hilf mir mal«, bat Tarik und Larius schnürte ihm die Armschützer fest.

»Beeilt euch, Jungs! Der Bürgermeister ist gerade zurückgekommen. Uns bleiben noch Sekunden!«, rief Jimoh ihnen zu.

Der schmächtige Junge schien unter dem Gewicht seines Iacters zu schwanken.

Tarik, der sich mit geübten Griffen die Schutzhaube über den Kopf gezogen hatte, streifte die Brille über und schnappte sich die letzte noch verbliebene Trilanze. Sie war etwas zu leicht für ihn, aber gut ausgewogen und scharf. Er hatte schon mit schlechteren Waffen gekämpft.

Die anderen Prüflinge hatten sich bereits vor dem Tor aufgereiht. Vanja stand vorn, schräg hinter ihr Lelani und Coleen, alle drei ihre Sciss wie Peitschen haltend.

Jimoh vollendete die Raute und zeigte Larius und Tarik, wie sie sich hinstellen sollten.

»Eigentlich sollte Cord unseren Sucher darstellen, aber dann musste er ja heldenhaft deinen Platz übernehmen«, klang die durch die Haube gedämpfte Stimme Vanjas. »Deshalb ersetze ich ihn. Wir haben nur drei Reißerinnen und einen Fäller. Einzig unsere Gnadenbringer sind vollständig. Machen wir also das Beste draus«, fügte sie hinzu.

Das Tor wurde geöffnet und Licht flutete in den Vorbereich.

Tarik kniff die Augen zusammen und packte den schlanken Stab seiner Trilanze fester. Es ging alles so schnell. Er hatte sich überhaupt nicht auf diesen Moment vorbereiten können. Aber das war jetzt unwichtig. Alles, was zählte, war der donnernde Jubel der Zuschauer, die die Anwärter begrüßten.

»Scheint, als hätten die anderen eine gute Show abgeliefert«, bemerkte Vanja zufrieden.

Es war eine bunt gemischte Masse, die sich rings um sie erhob und von allen Seiten anzufeuern schien. Ihm wurde schwindlig, als er versuchte, einzelne Gesichter zu erkennen, deshalb unterließ er es und wandte sich der Kreatur vor ihnen zu.

Der Wyvern brüllte aus voller Kehle und zerrte kraftvoll an seinen Ketten. Der mächtige Kiefer schnappte schon jetzt nach ihnen, obwohl sie noch weit entfernt waren.

Schläge peitschten durch die Luft, als die Echse mit ihren Flügeln schlug und sich über den Boden erhob, um wieder und wieder von ihren Fesseln zurückgezerrt zu werden. Ihre Wut war beinahe greifbar und Geifer tropfte zwischen den langen Zähnen auf den sandigen Boden. »Oje, wo haben sie denn diesen Wyvern ausgegraben? Der ist ja noch voller Energie«, brachte Larius zitternd hervor.

Tarik ignorierte seinen Freund. Er hatte die dunkle Blutspur entdeckt, die zu dem leblosen Körper des Wyvern vom Vorkampf führte, den man unter die Mauer zu den Zuschauerrängen geschleift hatte.

In diesem Moment schlug das Tor hinter ihnen mit einem lauten Knall zu.

Vanja wirbelte zu ihnen herum. »Kreis!«

Sie folgten ohne Zögern ihrem Befehl.

»Gibt nicht viel, was wir machen können«, erklärte sie knapp, nachdem sie sich um sie herum postiert hatten. »Wir haben es mit einem ziemlich lebendigen Wolkenschnitzer zu tun, der sich wahrscheinlich direkt auf Tarik stürzen wird. Er ist der Größte und Kräftigste und somit potenziell Gefährlichste von uns.« Sie warf ihm einen eindringlichen Blick zu.

Er nickte angespannt.

»Wir folgen dem Schema, müssen zunächst irgendwie versuchen, ihn an den Boden zu nageln. Sobald wir das geschafft haben, werden Lelani, Coleen und ich ihn von drei Seiten in Schach halten, damit Jimoh ihm einen Bolzen in den Rachen jagen kann, sobald er sich aufstellt. Dann schlagt ihr beiden zu«, sie deutete auf Larius und Tarik.

Er schüttelte den Kopf. »Wir sind zu wenige, als dass Larius und ich so lang warten könnten. Einer von uns muss euch Reißerinnen helfen, anders haben wir keine Chance.«

»Ich mach das«, sagte Larius aufgeregt und wirkte im selben Moment, als wollte er sich für seine Worte ohrfeigen.

Tarik wollte erneut widersprechen, hielt sich aber zurück. Er musste seinem Freund vertrauen, auch wenn er ihn instinktiv schützen wollte.

»Also gut, hat jemand einen Vorschlag, welche Falle wir einsetzen sollen?«, wollte Vanja wissen.

»Gitterstäbe«, erklang die hohe Stimme Jimohs, der seinen Iacter abgestellt hatte. »Wir sind in einem Käfig voller Gitterstäbe. Fallen im Sand, schön und gut, aber dafür haben wir keine Zeit. Seile!« Er schien vor Aufregung die Hälfte von dem, was er sagen wollte, zu verschlucken.

»Ist wohl das Einfachste. Schnappen wir uns ein paar Seile und fesseln das Viech an den Käfig. Dann geht's ratzfatz und wir brauchen auch nicht mehr als drei Reißerinnen, weil die vierte Seite vom Gitter ersetzt wird«, fügte Coleen an. Sie zwirbelte das lange

Band ihrer Sciss zwischen Daumen und Zeigefinger und hatte die andere Hand in die Hüfte gestemmt.

»Klingt nach einem Plan. Tarik, du musst ihn solange ablenken, bis wir alles vorbereitet haben. Los geht's!«, bestätigte Vanja.

Sie verteilten sich. Tarik rannte zurück zu dem kleinen Fenster des Vorbereichs und blickte in Fajeths warme Augen.

»Viel Glück«, wünschte sie ihm.

Er drückte kurz ihre Hand, auch wenn er durch das Leder der Handschuhe kaum etwas spürte, und drehte sich dann um. »Du musst jemanden zu Quirin schicken«, sagte er vehement. Ehe sie ihm eine Frage stellen konnte, lief er los, auf den Wyvern zu. Aus den Augenwinkeln sah er die anderen, die hektisch, aber nicht planlos durch die Arena rannten.

Ein Horn erklang und die Ketten der Echse wurden gelöst. Ein ohrenbetäubendes Kreischen ging durch die Luft, als der Wyvern heftig mit den Flügeln schlug und sich auf Tarik stürzte, halb fliegend, halb mit den kräftigen Beinen abstoßend.

Er bekam unter seiner Haube nur schlecht Luft und das Kristall seiner Brille hatte auf dem linken Auge einen Haarriss. Aber er ließ sich davon nicht ablenken, verfolgte mit der Spitze seiner Trilanze die Echse, die rasch näher kam.

Das war keine Jagd. Es war eine Situation, wie sie hoffentlich niemals in freier Wildbahn vorkommen würde. Man warf sie ins kalte Wasser, einzig darauf bedacht, die Spontanität und den Instinkt der Schüler zu prüfen. Sie sollten bekommen, was sie wollten!

Tarik sprang im letzten Moment zur Seite und rollte sich ab.

Der Wyvern flog an ihm vorbei, hatte zu viel Geschwindigkeit, um auf sein Ausweichmanöver zu reagieren.

Aber das würde ihm kein zweites Mal passieren, das wusste Tarik. Er sprintete zum anderen Ende des Platzes, unter die Ränge der Zuschauer und verfolgte jede Bewegung des Wyvern, der sich in die Luft erhoben hatte und auf ihn zuhielt. Tarik hob die Trilanze auf Brusthöhe und wartete.

Etwas traf die Echse am Hals, es knackte und dunkles Blut tropfte schwer in den Sand vor seinen Füßen. Ein Bolzen ragte aus dem Fleisch der Bestie, die einen kläglichen Laut ausstieß und ein Manöver flog, immer höher und höher, bis sie sich mit scharfen Klauen an der Kuppel der Arena festhielt und ihren Schmerz hinausschrie.

Tarik gab Jimoh ein Zeichen der Dankbarkeit und folgte dem Fäller zu Vanja und den anderen, die gerade zwei Seile miteinander verknoteten, von denen sie ein Ende um die mächtige Strebe des Käfigs geschlungen hatten.

»Wie weit seid ihr?«

»Eigentlich fertig. Das ist eine verdammt billige Konstruktion, sag ich dir! Die hätten uns genauso gut gleich mit bloßen Händen kämpfen lassen können! Wenn ich das gewusst hätte ...«

»Würdest du heute trotzdem hier stehen«, beendete Vanja gelassen Coleens Satz und schickte Lelani auf Position. »Jimoh, such Schutz hinter dem Kadaver und hilf Larius und Tarik. Ihr zwei«, sie wandte sich an ihn und seinen Freund, »scheucht dieses Monster hierher! Klar?«

»Klar«, gab Larius tapfer zurück.

Tarik starrte zu dem Wyvern über ihnen. »Er macht Jagd auf uns«, stellte er sachlich fest. »Es bringt nichts, ihn zu scheuchen. Der Einzige, der das kann, ist Jimoh. Bleib hier und biete dich als Köder an«, wandte er sich an Larius.

»Als Köder?«, quiekte dieser nervös.

Tarik antwortete nicht, sondern lief, den Wyvern fest im Blick, zur Mitte des Kampfplatzes, wo bisher das meiste Blut des Tieres heruntergetropft war. Sein Nacken schmerzte, aber er durfte seinen Gegner auf keinen Fall aus den Augen verlieren. Jede Sekunde konnte alles entschieden werden. Er musste aufmerksam bleiben. »Jimoh!«

Der Fäller verstand. Mit wenigen Handgriffen hatte er seinen Iacter nach oben gerichtet und schoss einen Bolzen auf die Echse ab. Sie war zu weit weg, um ernsthaft in Gefahr zu geraten, stieß sich aber dennoch vom Gitter ab.

Sie segelte wie eine Harpyie auf der Suche nach Nahrung durch die Luft, fixierte Tarik mit ihren gelben Augen und wich einem weiteren Schuss des Fällers aus.

»Komm schon, du hältst es selbst kaum noch aus«, flüsterte Tarik. All seine Sinne konzentrierten sich auf den Wyvern. Es gab nur noch ihn und das kreisende Geschöpf.

Seine Hände waren verschwitzt und machten es ihm schwer, die Waffe fest zu packen. Er hatte sich inzwischen an den leicht verzerrten Blick durch das Kristallglas gewöhnt, auch wenn sein Sichtfeld zu den Seiten hin stark eingeschränkt war. Schweiß brannte auf seinem Gesicht, rann seinen Nacken hinab, über Stellen, an denen die Explosion der Bombe ihn verletzt hatte.

All dies hatte keine Bedeutung. Ihn interessierte nur der blassgraue Wolkenschnitzer, dessen Brüllen unablässig durch die Arena hallte, ohne an Intensität zu verlieren.

Ein weiterer Bolzen pfiff hinauf. Die Echse legte die Flügel flach an den stämmigen Körper und setzte zum Sturzflug an.

Tarik ging in die Knie und stützte die Trilanze am Boden ab. Er hoffte inständig, dass Jimoh den richtigen, den einzigen Augenblick erwischen würde.

Die armlangen Zähne des Wyvern blitzten auf, als er seinen Rachen aufriss und ihm einen Schwall Säure entgegenspritzte. Die durchscheinende Flüssigkeit klatschte ihm auf die Haube, die gepanzerten Schultern und den ledernen Brustharnisch. Um ihn herum wurde der Sand in die Höhe gepeitscht, seine Brille war von Schlieren überzogen. Tarik harrte aus, bis die geflügelte Kreatur wenige Meter über dem Boden die Schwingen ausbreitete und den Sturz abbremste.

Er warf sich auf den Bauch und spürte die stark aufgewirbelten Winde um sich herum. Warum zum Teufel waren dem Wyvern die Säuredrüsen nicht entfernt worden? Es war strikt verboten, eine derart gefährliche Bestie in eine Arena voller Menschen zu entlassen! Zumindest erklärte es deren ungebrochenen Kampfeswillen, was ihn jedoch nur noch mehr beunruhigte.

Ein weiteres Geschoss zerfetzte die feine Flügelmembran des Wyvern, der daraufhin zornig aufschrie und die Richtung wechselte, auf Jimoh und Larius zu.

Der zweite Gnadenbringer baute sich schräg vor dem Fäller auf, die Waffe drohend auf das sich rasch nähernde Geschöpf gerichtet.

Jimoh hatte nachgeladen und kurbelte wie verrückt, um den Iacter zu spannen.

Tarik rappelte sich auf, als der Wyvern den beiden Jägerschülern auswich und knapp über dem Boden auf die drei Reißerinnen zuhielt. Er begann zu rennen, quer über den Kampfplatz, der von tiefen Furchen durchzogen war.

Larius schloss zu ihm auf.

Sie wurden Zeugen einer beeindruckenden Darbietung der drei Kämpferinnen mit der Sciss. Methodisch zerschnitten sie die Luft, nachdem sie mit dem ersten Versuch das Seil am Käfig wie ein Lasso um den Schädel ihrer Beute hatten zuschnappen lassen. Nun trieben sie den Gefangenen mit schmerzhaften kleinen Stichen ihrer Waffen zur Weißglut. Das Tier zerrte blindwütig an seiner neuen Fessel und peitschte mit seinem gehörnten Schwanz, dass die Erde um sie herum donnernd aufgerissen wurde.

Tarik war als Erster bei dem Wyvern und übernahm Vanjas vorderste Stellung. Er brüllte, um die Echse zu verwirren, während er mit seiner Trilanze nach den kräftigen Beinen schlug. Die drei rasiermesserscharfen Dolche trieb er unter die winzigen, vor Erregung abstehenden Schuppen. So gefährlich Wolkenschnitzer auch in der Luft sein mochten, so angreifbar waren sie am Boden.

Larius kam ihm zu Hilfe. Sie fügten der gepeinigten Echse tiefe Wunden zu. Diese bäumte sich auf, als würde sie zu einem Säureangriff starten, als das Seil um ihren Hals mit einem lauten Knall riss. Plötzlich befreit, fegte der Wyvern Coleen mit seinem Schwanz zur Seite und schleuderte Lelani mithilfe einer Druckwelle, verursacht durch das Schlagen der gewaltigen Flügel, an die Gitterstäbe des Käfigs.

Der Schädel schoss nach vorn und beinahe hätten die langen Fänge Larius geschnappt. Doch dieser stach mit seiner Trilanze kraftvoll in den Kiefer der Bestie, wo die Waffe stecken blieb.

Die Kreatur torkelte zur anderen Seite des Platzes.

»Sieh nach den anderen!«, rief Tarik seinem Freund zu und folgte dem Wyvern. Es musste schnell gehen, solange ihr Gegner benommen war. Sie hatten keine zweite Falle aufstellen können. Dies war also vermutlich ihre letzte Gelegenheit, ihn zu erlegen.

Während er über den Platz rannte, sah er etwas, das ihn auf eine Idee brachte.

Der Wyvern hatte sich in den spärlichen Schatten der Mauern geflüchtet, als wäre er dadurch für seine Angreifer weniger gut sichtbar. Seine Bewegungen wirkten ruckartig. Er zog eine dunkle Spur hinter sich her. Dennoch durfte man gerade eine verletzte Echse niemals unterschätzen. Sie hatte nichts mehr zu verlieren, ihr Ende war ohnehin besiegelt. In Canthar gab es keine Gnade für einen Wyvern, ob verletzt oder nicht. Und die Zuschauer wollten ihn leiden sehen. Wollten ihn sterben sehen. Dem Leben entrissen, durch die Hände von einem der ihren. Die Jäger, auf die sie so stolz waren, sollten ihre Stärke demonstrieren. Wie Puppen, die von einer höheren Macht gelenkt wurden, sollten sie die Wesen abschlachten.

Tarik verstand allmählich Khaleds Abscheu gegenüber den Festspielen. Schlachtfest war wahrlich das passendere Wort.

Das schmerzerfüllte Geschrei der Kreatur ließ das Blut in seinen Adern gefrieren. Er beschleunigte sein Tempo, um in einem Halbkreis in den toten Winkel des Wyvern zu gelangen. Er achtete darauf, sich so vorsichtig wie möglich zu bewegen, um keine Vibrationen in der Luft auszulösen. Der Wyvern achtete offenbar kaum auf seine Umgebung. Tarik musste sich durch das Toben der Menge nicht einmal wirklich anschleichen. Während er mit seinem Blick die Echse fixierte, bückte er sich langsam, legte die Trilanze auf den Boden und tastete nach dem Objekt seiner Begierde.

Als er seine Finger um das abgerissene Seil schloss, wirbelte der Wyvern herum. Kurz bohrte sich der Blick der gelben Augen in seine, ehe ein empörter Aufschrei seine Kehle verließ.

Tarik stemmte sich hoch und zog an dem Seil, das sich um die Trilanze im Kiefer der Bestie gewunden hatte. Das Tier ging mit einem Schmerzenslaut zu Boden, wo es sich vor Qualen wand.

Er packte seine Waffe und sprang vorwärts, als ihn auf einmal der Schwanz des Wyvern traf und quer über den Platz schleuderte. Ihm wurde alle Luft aus seinen Lungen gepresst. Er blieb benommen liegen. Schwarze Flecken tanzten vor seinen Augen, während er japsend auf dem Bauch lag, eine Gesichtshälfte in den Sand gepresst. Sein linker Armschützer hatte sich gelöst, lag irgendwo hinter ihm. Der Schmutz fraß sich in die offene Wunde seiner Verbrennung und ließ ihn beinahe ohnmächtig werden. Ein weiterer dumpfer Schmerz breitete sich auf seinem Rücken aus, wo ihn der Dornfortsatz getroffen hatte.

Er hörte durch das Rauschen in seinen Ohren ein heiseres Schnaufen, das langsam näher kam.

Tarik drückte sich mit der unverletzten Hand und einem lang gezogenen Stöhnen auf die Seite, blinzelte, bis aus den vielen dunkeln Flecken ein einziger wurde. Der Wyvern schleppte sich in seine Richtung, röchelte und spuckte Blut in den Staub der Arena.

»Geschlagen«, keuchte Tarik und kämpfte sich auf die Knie. Seine Trilanze lag zu weit von ihm entfernt, als dass er sie holen könnte. »Du bist ... geschlagen!«

»Tarik!«

Er hätte vor Freude aufjauchzen können.

»Tarik, mach, dass du da wegkommst!«, hörte er Larius rufen. Aber er konnte nicht. Die Stimme seines Freundes klang wie aus weiter Ferne und der Wyvern war nur noch zwei Meter von ihm entfernt. Er sah der Echse in die blutunterlaufenen Augen, kniete vor ihr, zu schwach, um aufzustehen. Sie starb, sie wussten es beide. In ihrem einst wilden Blick lag nur noch ein Flehen.

Plötzlich flackerte vor seinen Augen ein Bild auf. Es sah sich selbst, wie er dort im Staub kniete, eine winzige Kreatur mit kraftlos herabhängenden Armen. Doch mit dem nächsten Blinzeln verschwand dieses Bild und die Echse öffnete mit letzter Kraft den Rachen.

Er lächelte.

Und packte Larius' Trilanze.

Er riss sie mit einem Ruck aus dem Kiefer des Wyvern. Blut schwappte aus der riesigen Wunde in eine rasch anwachsende Lache. Die rasselnden Geräusche aus dem Rachen des Tieres verursachten ihm eine Gänsehaut.

Er konnte seinen Blick nicht abwenden. Es war, als würde er zum ersten Mal in seinem Leben die wahre Natur des Wyvern erkennen. Als hätte er eine Seele.

Auch bei Morgun hatte er damals dieses seltsame Gefühl gehabt, dass etwas nicht stimmte. Nicht richtig war.

Ergeben ließ der Wyvern sich vor ihm nieder. Zuerst knickten ihm die Beine ein, dann schlug der Schädel dumpf auf dem Boden auf. Die Blutlache wuchs wie eine aufgehende Blume unter seinem mächtigen Leib. Der letzte Atem kämpfte sich durch die riesige Lunge, die nicht aufgeben wollten. Und er würde noch nicht sterben. Es würden Minuten vergehen, ehe er verblutet war. Dabei hatte er nicht einmal mehr die Kraft, mit der Schwanzspitze zu zucken.

Tarik ließ die Trilanze fallen und hob eine Hand an die Schnauze des Wesens. Sie war warm und feucht und pulsierte. Tränen stiegen ihm in die Augen und vernebelten seine Sicht. Dieses gewaltige Geschöpf war längst nicht mehr so grausam und bösartig, wie er es in Erinnerung hatte. Es hatte sich seinem Schicksal ergeben.

Wie gut nur, dass Quirin ihn nicht so sah ...

»Tarik! Geh weg von ihm!«, hörte er Larius hinter sich. Sein Freund blieb schlitternd neben ihm stehen und zerrte ihn von dem sterbenden Tier fort. Er keuchte vor Schmerz auf, als er auf die Beine gezogen wurde. Schwankend hielt er sich an Larius fest.

»Hörst du die Menge?«, fragte dieser voller Ehrfurcht, gedämpft durch die Haube. »Sie wollen, dass du ihn tötest.«

Er wankte, zog sich die Brille ab und hustete.

»Ich ... kann nicht«, flüsterte er.

»Was?«

»Ich kann es nicht tun! Ich bin kein Mörder, Larius. Ich habe mir all die Jahre etwas vorgemacht.«

»So ein Quatsch«, schimpfte Larius, packte ihn bei den Schultern und sah ihn eindringlich an. »Du warst doch immer derjenige, der mich weitergetrieben, mich ständig ermahnt hat, nicht aufzugeben! Sieh nur, wie weit wir gekommen sind! Mach jetzt nicht schlapp! Und versetz diesem jämmerlichen Etwas endlich den Gnadenstoß!«

Tarik blickte auf. Ungläubig starrte er durch die Gläser seines Freundes in dessen Augen, als er es begriff. Natürlich, wie hatte er es vergessen können! Cynthia selbst hatte es ihn doch gelehrt!

»Du hast vollkommen recht«, entgegnete er und kämpfte sich vor. Es kostete ihn alle Kraft, nach der Trilanze am Boden vor dem Kopf der Echse zu greifen und die drei Spitzen sanft an der Einkerbung, wo evolutionär einst das Gehör gesessen hatte, anzusetzen. Dort würde es schnell gehen. Kein Schädel war im Weg, er würde direkt ins Hirn dringen. Er musste es nur noch tun.

Die Menge tobte. Er zitterte und wusste, je länger er damit wartete, desto schwerer würde es ihm fallen.

Der Wyvern regte sich kaum noch. Sein Atem war flach, nur noch ein leises, gequältes Pfeifen entwich seinem Maul. Tarik schloss die Augen und stemmte sein ganzes Gewicht auf die Trilanze. Sie glitt hinein wie durch weiches Amberbrot.

Fast hörte er die Bestie seufzen.

Das Pfeifen verstummte.

21. Ausbruch

Der Gnadenbringer stützte sich auf seine Waffe, als würde er sich aus eigener Kraft nicht mehr auf den Beinen halten können. Es hätte Fyrndolf auch nicht gewundert, wenn es so wäre.

Die Zuschauer johlten ihre Entzückung hinaus, warfen die Fäuste in die Luft und bejubelten die jüngste Generation ihrer Jäger. Manch einer riss sich das Hemd vom Leib und schleuderte es Richtung Kampfplatz. Doch die meisten Kleidungsstücke segelten nur bis kurz vor den Gitterkäfig.

Er spürte einen stechenden Schmerz im Hinterkopf. Er hatte sicherlich einen Hitzeschlag, obwohl er sich darum bemüht hatte, genug zu trinken. Allerdings war ihr Wasserschlauch schon seit dem ersten Kampf leer und seine Kehle fühlte sich völlig ausgedörrt an.

Das Wogen der Menge erfasste ihn immer wieder, auch wenn er längst keine Energie mehr besaß, sich daran zu beteiligen. Er wusste nicht, wie er zwischen Erstaunen und Abscheu entscheiden sollte. Er spürte die Wut, die jede Faser der Bewohner Canthars zu durchziehen schien, aber er kannte ebenso viele Geschichten von majestätisch bewunderten Wyvern aus dem Norden, aus dem Eisgebirge in Azunaí, wo sie beinahe schon verehrt wurden.

Er beugte sich vor und stützte die Ellbogen auf den Knien ab.

Everard neben ihm wippte erregt mit dem Bein. »Fantastisch«, murmelte er immer wieder, wobei er den Gnadenbringer fixierte, der der Echse den Todesstoß versetzt hatte.

Fyrndolf fragte sich, ob der Barde jedes Jahr hierher kam, um die Anwärter auf den Jägerorden zu sehen oder sich die Festspiele einzuverleiben. Er wusste zwar nicht, wie ein Kampf in Valeria zuging, aber eine Jagd wurde meistens nach immer demselben Schema abgewickelt; hatte er zumindest gedacht. Allein die beiden Kämpfe der Neulinge hatten ihn eines Besseren belehrt. Ohne Kreativität und Spontanität wurde eine Jagd schnell ins Gegenteil verkehrt.

Und ohne den Zusammenhalt eines Verbundes war diese von Anfang an zum Scheitern verurteilt. Sobald ein Mitglied nicht sofort auf Befehle reagierte, brachte es die ganze Gruppe in Todesgefahr. Es war also durchaus ein kompliziertes, dynamisches Miteinander, ein Schauspiel, wie er es noch nie miterlebt hatte. Doch er musste sich eingestehen, dass er kaum etwas von der Welt gesehen hatte. Er kannte nur die Theorie, die Geschichten und Balladen, Erzählungen und Lieder. Nichts war je mit der Wirklichkeit zu vergleichen. Wie sollte er diese nur jemals in Worte fassen?

»Bist du mit der Darbietung zufrieden?«, wollte er von Everard wissen. Eigentlich sollte er nur auf ihn aufmerksam werden, denn ihm war schwindlig und er wollte sich hinlegen.

»Durchaus, o ja. Wenn nicht sogar höchst entzückt! Ich sehe Potenzial, in großen Mengen, in gewaltigen Ausmaßen. Junges, edles Blut. Kraft und instinktiver Zusammenhalt. Risiko für den Sieg, für Ruhm und Geld. Die Zukunft des Ordens wäre wahrlich eine glorreiche.«

Fyrndolf horchte auf. »Wäre?«

Everard rückte sein Hütchen zurecht und warf ihm einen kurzen Blick zu, ehe er sich wieder den abziehenden Schülern zuwandte. »Du hast sicherlich schon von den Reitern gehört?«

Fyrndolf schob sich näher an ihn heran. »Gerüchte, ja. Blutreiter vom Roten Gebirge. Menschen, die ihre Seelen der Wilden Jagd verkauft haben, derer sie nun dienen. Schauermärchen.«

»Ganz und gar nicht. Wie so oft versteckt sich die Wahrheit in einer Hülle aus Hirngespinsten und Legenden.« Nun lächelte er Fyrndolf offen an, wobei sich sein Ziegenbärtchen in die Höhe reckte. »Wir beide sollten diesen Gerüchten auf den Grund gehen, was meinst du? Sobald die Festspiele vorüber sind. Sag schon, Freund, wäre das ein Abenteuer für unseresgleichen?«

Er hob überrascht die Augenbrauen, strich nachdenklich eine goldene Strähne aus seinen Augen und fragte sich zum ersten Mal, seit er Everard von Feinster an jenem schicksalhaften Abend am Wanderzirkus begegnet war, was dieser eigentlich im Schilde führte. Nicht, warum er ihn mitgenommen hatte, sondern was tatsächlich sein Plan war. Er konnte sich nicht länger vorstellen, dass sein erfahrener Führer sich bloß von Lust und Laune treiben ließ.

Er verschränkte die Hände hinter dem Kopf und blinzelte in einen hellblauen Himmel. »Nun, zumindest klingt es nach gutem Stoff für eine epische Ballade, Everard. Und du weißt, diesem Metier habe ich mich voll und ganz verschrieben.«

Tarik ließ sich auf den Stein sinken, zu dem Khaled ihn gebracht hatte, nachdem der Gnadenbringer Larius geholfen hatte, ihn aus der Arena zu führen.

Ihm klingelten noch die Ohren von dem Wutausbruch des Älteren, der sich auf die Suche nach einem Kommissionsmitglied gemacht hatte, um die Sache mit dem Säureangriff zu klären.

Tarik fühlte sich völlig ausgelaugt, hatte nicht einmal mehr die Kraft, aufrecht zu sitzen. Sein Kopf fiel ihm wie von selbst in den Schoß.

Die Einzige, die ihm jetzt Trost spenden konnte, war Fajeth, die ihre herrlich kühlen Hände auf sein Gesicht legte und ihm die heiße Stirn küsste, nachdem sie ihm die Haube abgezogen hatte.

»Die Säure …«, versuchte er, sie zu warnen.

Aber sie lächelte nur und zog den anderen Armschutz ab.

»Getrocknet, mein Liebster. Halb verdampft. In jedem Fall harmlos. Du siehst furchtbar aus.«

Er schmunzelte. Dann wurde ihm übel und er musste den Kopf wieder sinken lassen. »Hast du … Quirin finden können?«

Sie fuhr unbeirrt fort, ihm die Rüstung auszuziehen, öffnete Haken für Haken, zog Lederbänder aus den Ösen und ließ die einzelnen Teile in den Sand fallen.

»Mein Bote hat einen Brillentodi geschickt. Dein Bruder war nicht zu Hause.«

Er stöhnte und fuhr sich mit der vor Schmutz starrenden Hand durch das verschwitzte Gesicht.

»Mach dir keine Sorgen Tarik. Er versteckt sich bestimmt irgendwo, weil du das getan hast, was du dein ganzes Leben lang wolltest.«

»Du verstehst nicht«, murmelte er leise, sodass sie ihr Ohr näher an seinen Mund bringen musste. »Er hat heimlich einen Wyvern großgezogen. In der Grotte. Ich …« Er schluckte schwer. »Wir haben uns gestritten. Es war furchtbar. Ich war so wütend, Fajeth …« Er suchte gequält ihren Blick. »Ich bin ausgerastet und er hat Angst bekommen. Ich sagte, er müsse den Wyvern töten, sonst würde ich es tun. Hörst du mich, Fajeth? Weißt du, was er jetzt denkt? Ich hätte ihm helfen müssen. Er kam zu mir, weil er nicht weiter wusste, und ich habe ihn angeschrien. Das habe ich noch nie getan. Nie. Er muss mich hassen. Und fürchten.« Er raufte sich die nassen Haare. »Ich weiß nicht, was schlimmer ist.«

»Tarik, sh, beruhige dich. Quirin ist noch immer dein Bruder und er weiß, dass du ihn liebst. Du warst schließlich fortwährend für ihn da und er ist nicht dumm. Er kann seine Gefühle nur nicht offen zeigen. Das ist ihm schon immer schwergefallen.« Sie lächelte sanft.

Am liebsten hätte er sich in ihre Arme sinken lassen und alles, was geschehen war, vergessen.

»Ihr hattet es niemals leicht. Wahrscheinlich hat er sich oft einsam gefühlt. Aber du hast getan, was du konntest. Es ist einfach seine Art, verbittert zu sein. Hast du dich jemals gefragt, warum er so rebellisch ist? Er wollte dich beeindrucken. Wollte mehr Zeit mit dir verbringen, als möglich war. Er ist schließlich noch ein halbes Kind.« Sie strich ihm liebevoll durchs Haar. »Selbst wenn er jetzt wütend und enttäuscht sein mag, wird er doch zurückkommen. Da bin ich mir ganz sicher. Er hat nur noch dich, und er liebt dich, so wie du ihn liebst. Dass er einen Wyvern aufzieht, kann ich schwer glauben, aber andererseits wundert mich bei ihm nichts.

Sei's drum, wir bringen das schon wieder ins Lot. Mach dir nicht so viele Gedanken.«

Ein Schauder erfasste ihn und er lehnte sich erschöpft an Fajeth. Wenn nur alles so einfach wäre, wie es aus ihrem Mund klang.

Ein Schatten fiel auf sie, als Khaled sich neben sie kniete und Tarik seine schwere Pranke auf die Schulter legte. »Du warst beeindruckend, Tarik. Ihr alle wart es. Aber vor allem du hast alle Erwartungen übertroffen.«

Aus seiner Stimme konnte Tarik einen selten zu hörenden Respekt herausfiltern. Leiser fügte der Gnadenbringer hinzu: »Cynthia und dein Vater wären stolz auf dich gewesen.«

Tarik nickte halb. Er konnte jetzt nicht an seine Schwester denken, obwohl er es nur ihr zu verdanken hatte, dass er tatsächlich hier war.

»Hast du die Jäger erkannt, die dich überfallen haben?«, wollte Khaled wissen.

»Es war Leya. Die anderen kenne ich nicht beim Namen. Nur sie war von Ealaín Fiach. Einer war Schlitzer und noch sehr jung.«

»Nun, davon gibt es nicht viele. Ich werde mich darum kümmern, keine Sorge. Du feierst jetzt erst einmal deinen Sieg, verstanden?« Er zwinkerte ihm zu.

»Wir müssen deine Wunden versorgen«, bestimmte Fajeth.

Tarik fand es zu anstrengend, zu widersprechen. Er war froh, einfach nur sitzen zu können. In seinem Kopf drehte sich alles. Er versuchte, einen klaren Gedanken zu fassen.

Wie gern hätte er Fajeth geglaubt. Aber sie hatte seinen Wutausbruch nicht miterlebt. Sie hatte die Angst in Quirins Augen nicht gesehen. Er musste ihn finden! Musste alles aufklären, ihm sagen, dass er bereit war, das Risiko einzugehen, das ein versteckt gehaltener Wyvern mit sich brachte.

Nur am Rande bekam er mit, wie die anderen Schüler zu ihm kamen, um ihn zu beglückwünschen. Selbst Gwalhir wurde von seiner Tochter verscheucht, als sie seine Wunden auswusch und verband. Am liebsten hätte er sich von ihr in die Grotte entführen lassen, wo sie niemand vermisste und sie alles bleiben lassen konnten, was noch getan werden musste.

Aber es war noch nicht vorbei. Zuerst winkte die imposante Siegesfeier, der er in den vergangenen Jahren stets ferngeblieben war, weil die Sehnsucht ihn sonst zerfressen hätte.

Plötzlich wurde sein Blick klar. Er erhob sich.

Fajeth protestierte. Sie hielt seinen Arm fest, als er zum Ausgang gehen wollte.

»Wo willst du hin? Bleib stehen, ich muss erst noch die Salbe für deine Verbrennung finden. Und dein Rücken …«

»Ich gehe.«

Sie schnappte nach Luft. »Wohin denn bitte?«

»Ich muss Quirin finden.«

»Sei nicht albern, in deinem Zustand kannst du froh sein, überhaupt noch zu stehen!«

Er ignorierte sie und ging weiter.

Sie rannte an ihm vorbei, ging rückwärts, um ihm erbost ins Gesicht schauen zu können. »Liebster, du bist verrückt! Was soll dieser Aufstand?«

Er streckte seine Hand nach ihr aus und lächelte. »Soll ich etwa hierbleiben und feiern? Mir ist nicht danach zumute, solang mein Bruder nicht bei mir ist und ich mir nicht sicher sein kann, ob es ihm gut geht.«

Sie nahm seine Hand und führte sie an ihre Lippen. »Das verstehe ich. Es tut nur weh, zu sehen, wie du dir die Freude über die bestandene Prüfung selbst verwehrst, als wäre es ein Verbrechen und nicht dein Traum, der endlich in Erfüllung gegangen ist.«

Er schüttelte den Kopf. »Was war das nur für ein Traum? Ich habe mich selbst zu einem Mörder verurteilt.«

Sie hakte sich bei ihm ein. Gemeinsam gingen sie die Straße hinunter, die geflutet wurde vom Licht der schwächer werdenden Nachmittagssonne.

»Ist das deine Meinung oder die von Quirin?«

»Es ist die Wahrheit. Fajeth, du hast die Prüfung gesehen. Obwohl es unsere erste Jagd war, obwohl wir keinen vollständigen Verbund stellen konnten und grausam ausgestattet waren, hatte der Wyvern doch nie eine Chance! Es war kein fairer Kampf, es war ein Schlachten. Zum Vergnügen der Zuschauer. Blut für Spiele.

Dabei wurde dem Leben des Wyvern nicht einen einzigen Augenblick gedacht. Diese Kreatur ist aber nicht das, als was sie immer dargestellt wird. Sie hat uns angegriffen, aber welche Wahl hatte sie schon? Entweder wir oder sie. Schlussendlich hätte es keinen Unterschied gemacht, wenn wir getötet worden wären. Spätestens nach dem zweiten Opfer wäre die Kommission eingeschritten, hätte Khaled geschickt, der kurzen Prozess gemacht hätte. Es war für den Wyvern vorbei, als man ihn gefangen hatte. Er wusste es. Ich konnte es in seinen Augen sehen, als er gebrochen vor mir lag. Und dann dieses Bild. Es war kaum mehr als eine Illusion …« Er seufzte bei dem bitteren Gedanken. »Ich weiß noch, wie furchtlos und stolz mich Morgun angesehen hat. Trotz seiner Gefangenschaft in einem dunklen Loch hat er sich noch den letzten Rest seiner freien Natur bewahrt. Wer war ich schon im Angesicht seiner Majestät? Es gab eine Zeit, in der mich ihr Anblick nur in Angst und Schrecken versetzt hat. Du weißt es selbst. Nachdem ich miterleben musste, wie ein Wyvern meine Schwester zerfleischt hat, weil sie mich schützen wollte. Weil der Wyvern seine Brut schützen wollte.« Er wurde leiser. »Es war kein Angriff, es war nicht einmal Rache. Es war Notwehr. Das habe ich längst begriffen, mir aber nie eingestehen wollen, weil genau diese Einsicht meinen Vater umgebracht hat.«

Eine Zeit lang liefen sie schweigend nebeneinander her.

Fajeth stützte ihn noch immer, aber sie taten beide, als bemerkten sie es nicht.

»Wir jagen schon lange nicht mehr aus der Not nach Fleisch oder aus Selbstschutz. Das Einzige, worum es inzwischen geht, ist Profit. Diese Festspiele dienen nur der perversen Befriedigung der Hassgelüste der Bewohner dieser Stadt. Sag mir, wie viele von ihnen waren in einem Zuchthaus, haben das winzige Leben der Echsen gesehen, das Leid der Umstände, unter denen sie aufgewachsen sind? Und wie viele folgen nur einer anerzogenen Wut, die nichts mit der Realität und der wahren Natur der Wyvern zu tun hat?« Er lachte auf und ignorierte den Schmerz in seinem Rücken, wo ihn der Dornfortsatz der Echse getroffen hatte. »Ich weiß es schon so lang! Ich wollte es nur nicht glauben, obwohl Quirin mich immer und immer wieder daran erinnert hat. Ich war nichts als ein Feigling, der zu stur war, einzusehen, dass er den falschen Weg eingeschlagen hat. Dieser Sieg«, er spie das Wort regelrecht aus, »hat keine Bedeutung für mich. Er erfüllt mich nur mit Scham, an etwas so Grausamen teilzuhaben.«

Er stockte und sah sie von der Seite an. »Nur wenn ich dich sehe, spüre ich das Bedauern in mir aufwallen. Ich habe jetzt die Möglichkeit, endlich der Mann für dich zu sein, den du verdienst.« Seine Stimme versagte.

Fajeth schwieg und starrte geradeaus. Ihre Hände auf seinem Arm hatten sich verkrampft und eine Strähne ihres blonden Haares war ihr ins Gesicht gefallen.

Er hätte es gern hinter ihr Ohr gestrichen, doch er wagte kaum, zu atmen, während er auf ihr Urteil wartete.

Schließlich senkte sie den Kopf, um die Tränen zu verbergen, die er in ihren Auen glitzern sah. »Ich habe es dir schon so oft gesagt, Tarik ... Für mich zählt nicht, was du bist. Mir ist es völlig gleich, welchen Beruf du wählst. Ich will nur, dass du glücklich bist, dann bin ich es auch. Ich liebe dich, daran wird sich nie etwas ändern. Und wenn du Farmer wärst, oder Goldschmied, was würde es für einen Unterschied machen? Von mir aus könntest du Wisentdung schaufeln, bis du wie ein Gülleloch stinkst, ich würde mich dennoch nie für jemand anderen entscheiden. Warum begreifst du das nicht, du dummer Junge?«

Sie konnte die Tränen nicht mehr zurückhalten. Sie rannen über ihre schmutzigen Wangen. Er blieb stehen und hob ihr Gesicht, damit sie ihn ansehen musste. Ihre Worte hatten ein Feuer in seiner Brust entfacht, das sich warm in ihm ausbreitete. Er küsste sie sanft. Sie machte ihn glücklicher, als sie es sich vorstellen konnte. Warum nur musste alles so kompliziert sein. »Ich liebe dich auch, meine wunderbare Fajeth van Sidahan«, flüsterte er voller Verlangen. Sie sollte ihn niemals wieder loslassen. Auf ewig sollte sie ihm gehören, ihm allein.

»Komm, gehen wir deinen Bruder suchen«, gab sie mit rauer Stimme zurück.

Er legte einen Arm um ihre Schulter.

Je länger sie unterwegs waren, desto schwieriger wurde es für Tarik, nicht an seine Prüfung zu denken. Das Bild des sterbenden Wyvern hatte sich scheinbar unlösbar in seine Netzhaut gebrannt und strahlte heller als das Tageslicht.

Das Gefühl, als sich seine Trilanze in den Schädel der Echse gesenkt hatte, war allgegenwärtig und verursachte ihm Übelkeit.

Dafür also all die Jahre Verbissenheit? Der angebliche Mut, es mit all seinen Zweiflern und Hassern aufzunehmen?

Er konnte über seine eigene Ignoranz nicht einmal lachen. Er hatte seinen Bruder verraten. Dabei hatte er sich geschworen, dass ihm nichts jemals wichtiger sein würde als Quirin. Er hatte kläglich versagt ...

Etwas Weiches streifte sein Bein und er zuckte erschrocken zusammen. »Pokey ...«

Der Grimbald war bisher ein kleines Stück hinter ihnen geblieben.

Als sie sich der Hütte näherten, in der er und sein Bruder lebten, sprang der Bär an ihm vorbei und übernahm die Führung. Er stieß sogar die neue Tür auf, die nur angelehnt gewesen war, und knurrte in die Stille des Raumes.

Tarik und Fajeth traten ein und stellten fest, dass der Bote die Wahrheit gesagt hatte. Quirin war nicht hier.

»Vielleicht ist er in der Grotte«, vermutete Fajeth, während sie in den hinteren Teil ging, um in das winzige Schlafzimmer zu schauen.

Tarik starrte wortlos in eine Ecke und rührte sich nicht.

Ein dumpfer Schlag erklang und eine graue Kugel fiel betäubt in die Küche. Der Brillentodi rappelte sich halb auf und krächzte verwirrt.

Sofort war Fajeth bei ihm und nahm die Nachricht entgegen. Sie sah auf und schüttelte den Kopf. »Es gab einen Vorfall in Tywlis. Ich muss sofort zurück.«

Sie sahen sich stumm an. Die Sekunden sprangen vorbei, ohne dass sich einer von ihnen rührte.

Pokey riss sie aus ihrer Starre, indem er einen bellenden Laut von sich gab und die Nackenhaare sträubte.

»In Ordnung. Ich werde in der Grotte nachsehen«, gab Tarik leise zurück. Er konnte seine Anspannung kaum verbergen.

Fajeth eilte zu ihm und stürzte sich in seine Umarmung. Ihr Kuss brannte heiß auf seinen Lippen. Als sie sich von ihm löste, strich sie ihm über die Wange. »Ich versuche, das so schnell wie möglich zu klären, und komme nach. Mach dir keine Sorgen. Wir schaffen das schon.«

Er zwang sich zu einem Lächeln und nickte schließlich. Mit einem letzten Blick hetzte sie hinaus, gefolgt von einem erregten Grimbald und dem torkelnden Brillentodi.

Tarik vermied es, erneut in die Ecke zu sehen. Ihm war sofort aufgefallen, dass sein Bruder den Rucksack mitgenommen hatte. Die beiden Wasserschläuche waren ebenfalls fort, sie hingen normalerweise in der Nähe des Kessels an der Wand.

Und wenn Quirin seine Sandalen dabei hatte, war er längst nicht mehr in der Stadt.

Jeder Atemzug brannte in seiner Lunge. Jede Bewegung löste eine Kaskade des Schmerzes in beinahe jedem Teil seines Körpers aus. Seine Waden hatten sich verkrampft und die kühle, feuchte Luft der Grotte schien ihn von innen heraus zu durchbohren.

Er wäre auf den nassen Felsen beinahe ausgerutscht, als er halb rennend hinabgestiegen war. Nun suchte er aufmerksam jeden Zentimeter ab, rief Quirins Namen und lauschte angestrengt dem Echo seiner eigenen Stimme. Ihm war schwindlig. Er hatte sich auf dem Weg hierher am Straßenrand übergeben. Fast hätte er dabei seine frischen Klamotten erwischt. Er wusste, dass er am Ende war. Aber es war ihm unmöglich, an etwas anderes zu denken, als an seinen Bruder, der vielleicht in großer Gefahr schwebte, der überstürzt gehandelt hatte, weil er ihn in eine ausweglose Situation gebracht hatte.

Es knirschte unter seinen Halbstiefeln. Als er sich bückte, entdeckte er die zerbrochenen Eierschalen.

Obwohl er es gewusst hatte, versetzte ihr Anblick ihm einen Stich. Quirin hatte nicht gelogen. Er hatte einen Wyvern großgezogen. Genau hier war er geschlüpft.

Wie war er an das Ei gekommen? Seit wann hatte er es vor ihm geheim gehalten? Wie hatte er die ganze Zeit über so blind sein können, nicht zu bemerken, dass sein Bruder etwas ausheckte?

Er schwankte, hielt sich mühsam auf den Beinen. Es hatte keinen Sinn, Quirin war längst fort. Wahrscheinlich war er direkt nach ihrem Streit davongelaufen.

Betäubt trat Tarik den mühsamen Aufstieg an. In seinem Kopf herrschte gähnende Leere.

Draußen zog die Sonne an den Schatten der Stadt, dehnte sie und sank dabei immer tiefer dem Roten Gebirge entgegen. Als er die weit entfernten Felsen erblickte, traf ihn die Erkenntnis wie ein Schlag.

Die Reiter!

Quirin hatte vor nicht allzu langer Zeit seine Bedenken bezüglich der Reiter geäußert, hatte heute gedroht, einen anderen Weg zu finden, seinen Wyvern aufzuziehen. Welchen anderen Weg konnte er gehen?

Instinktiv hielt Tarik auf die Berge zu, als er nach einer Weile zu einer Farm kam. Er überlegte nicht und klopfte. Sein Herz schlug wie verrückt.

Eine kleine Frau mit wettergegerbter Haut öffnete und rümpfte die Nase.

»Wir haben nicht einmal mehr einen Strohsack zum Schlafen, du wirst schon in die Stadt gehen müssen, auch wenn's teuer ist.«

»Verzeiht, mein Name ist Tarik van Cohen. Ich habe eine Bitte an Euch. Könntet Ihr jemandem sagen, dass ich zu den Reitern gehe? Ich muss meinen Bruder finden.«

Sie blinzelte überrascht. »Was?« Die strähnig ergrauten Haare fielen ihr ins Gesicht. »Was bist du denn für ein komischer Kerl? Reiter ... Wovon faselst du?«

Er packte sie verzweifelt an den Schultern.

»Bitte! Es ist wichtig! Fajeth van Sidahan oder der Bürgermeister müssen es erfahren!«

Sie stieß ihn von sich, warf ihm einen bösen Blick zu und langte nach der schweren Tür, um diese schwungvoll zuzuschlagen. Drinnen fluchte sie laut.

Er lächelte zufrieden. Jemand wusste Bescheid. Alles andere war unwichtig.

Er drehte um, und alles, was er fortan wahrnahm, war die dunkler werdende Silhouette des Gebirgsmassives am Horizont.

Glossar

Amber: *Goldgelbes Getreide, Hauptnahrungsmittel Lyth' Airyns.*

Bilgot: *Nachtaktives Schnabeltier, gilt als Delikatesse in Canthar.*

Brillentodi: *Faustgroßer Botenvogel mit schwarzen Ringen um die Augen.*

Canthar: *Stadt der legendären Wyvernjäger, liegt ihm Fürstentum Leontia des Landes Lyth' Airyn, grenzt im Westen an das Rote Gebirge.*

Carnawurzel: *Pulver der Wurzel neutralisiert Wyvernsäure, essenzieller Bestandteil bei der Wyvernjagd.*

Córas Fiach: *Jagdverbund der Ordnung.*

Ealaín Fiach: *Jagdverbund der Kunst.*

Fäller/in: *Mitglied eines Jagdverbundes, Waffe ist der Iacter. Der Fäller kann eine Jagd vorzeitig durch den Goldenen Schuss während eines Säureangriffs in den Rachen des Wyvern beenden.*

Feldräuber: *Walnussgroße Käfer mit grünem Chitinpanzer, die oftmals die Amberernte zerstören.*

Gnadenbringer/in: *Mitglied eines Jagdverbundes, Waffe ist die Trilanze. Versetzt dem Wyvern als Nahkämpfer normalerweise den Gnadenstoß, sobald dieser am Boden ist.*

Grimbald: *Bär von der Größe eines etwa dreijährigen Kindes, der aufgrund seiner Niedlichkeit von den meisten unterschätzt wird. Besitzt extrem scharfe Krallen und Zähne.*

Harpyie: *Raubvogel der Steppe.*

Helitorium: *Gebäude, das den Sitz der Jägerkommission beherbergt.*

Hyoscyamuskraut: *Giftige Pflanze.*

Iacter: *Waffe der Fäller, ähnlich der azunaíschen Armbrust.*

Imirt Fiach: *Jagdverbund der Spiele.*

Malak: *Fliegender Affe mit langen Ohren.*

Moe: *Pfirsichähnliche rote Frucht. Der Saft einer überreifen Moe wird gern als Färbemittel verwendet.*

Mungo: *Längliches Säugetier, das in Kolonien in der Steppe lebt.*

Osaris: *Jägerunterkunft, direkt gegenüber Valeria. Ist mit der Arena durch einen Tunnel verbunden.*

Reißer/in: *Mitglied eines Jagdverbundes, Waffe ist die Sciss. Wird aktiv, sobald der Wyvern am Boden gefesselt ist und treibt ihn, meist mit drei anderen Reißern zusammen, danke vieler kleiner Verletzungen dazu, Säure zu speien.*

Sandbeerensaft: *Zynisches Schimpfwort. Der Kot der Brillentodis wird als Sandbeeren bezeichnet und ist so trocken, dass es unmöglich wäre, Saft daraus zu pressen.*

Schlitzer/in: *Mitglied eines Jagdverbundes. Entfernt dem Kadaver es Wyvern die noch immer gefährlichen Säuredrüsen.*

Schnapper: *Flügelloser Verwandter der Wyvern. Wird von der Stadtwache Canthars als Reittier genutzt.*

Sciss: *Waffe der Reißer, eine Klinge oder Klaue am Ende eines langen Seiles aus Wyvernsehnen.*

Sihias: *Gebäude, in dessen Innern zahlreiche Konstrukte das Nachahmen des Kampfes gegen einen Wyvern erlauben.*

Sucher/in: *Mitglied eines Jagdverbundes, spürt die Beute auf und erstellt Fallen, mit denen der Wyvern am Boden festgenagelt wird.*

Trilanze: *Waffe der Gnadenbringer, Speer mit dreifacher Spitze.*

Tywlis: *Kleinere Arena in Canthar, in der die Abschlussprüfungen der Jägerschüler abgenommen werden.*

Universität Norfurt: *Universität der Künste in Azunaí, die u. a. Barden ausbildet.*

Valeria: *Auch Weiße Krone der Stadt genannt, größte Arena Canthars, thront auf einem der drei Hügel.*

Vaska: *Giftiger, handtellergroßer Skorpion.*

Wisent: *Pelzige Huftiere, deren Fleisch neben Amber als Grundnahrungsmittel dient.*

Wyvern: *Drachenähnliche Flugechsen, die Säure speien können. Besitzen keine Vorderbeine, bewegen sich am Boden auf den Krallen ihrer Flügel vorwärts.*

Yamsblüten: *Arzneimittel bei Schürfwunden und Prellungen.*

Dramatis personae

Agrand Leodegan: *Mitglied der Jägerkommission und des Jagdverbundes Imirt Fiach. Rivale Khaleds.*

Arthea: *Reißerin von Córas Fiach.*

Coleen: *Jägerschülerin im letzten Jahr, Reißer-Anwärterin.*

Cord: *Jägerschüler im letzten Jahr, Gnadenbringer-Anwärter.*

Cynthia van Cohen: *Schwester von Tarik und Quirin. Gestorben, als sie Tarik vor einem Wyvern beschützte.*

Edalired: *Älteres Mitglied der Jägerkommission.*

Everard von Feinster: *Troubadour aus der Universität Norfurt, bekannt als Frauenheld.*

Fajeth van Sidahan: *Tochter des Bürgermeisters aus Canthar, Freundin von Tarik.*

Fyrndolf von Weihersbrunn: *Junger Barde aus der Universität Norfurt, wurde von Everard unter die Fittiche genommen.*

Gi: *Arenaarbeiter in Valeria.*

Gunar: *Sucher von Córas Fiach.*

Gwalhir van Sidahan: *Bürgermeister Canthars, Fajeths Vater.*

Isgaroth: *Schamane, der auf einer schwimmenden Plattform im Schultrakt Canthars lebt.*

Jergan van Cohen: *Vater von Tarik und Quirin, im Kampf gegen einen Reiter und dessen Wyvern bei der Jagd gestorben.*

Jimoh: *Jägerschüler im letzten Jahr, Fäller-Anwärter.*

Jori: *Malak Khaleds.*

Joron: *Wyvernzüchter.*

Kaith: *Reißer von Córas Fiach.*

Karelka: *Mutter von Raja.*

Khaled van Eyran: *Gnadenbringer von Córas Fiach, Verlobter der verstorbenen Cynthia van Cohen.*

Krijn: *Fäller von Córas Fiach.*

Larius Eyla Tarn: *Jägerschüler im letzten Jahr, Gnadenbringer-Anwärter, Freund von Fajeth und Tarik.*

Lelani: *Jägerschülerin im letzten Jahr, Reißer-Anwärterin.*

Lydia: *Bedienstete im Hause Eyla Tarn.*

Moreno: *Vater von Raja.*

Pepas: *Jägerschüler im letzten Jahr, Schlitzer-Anwärter.*

Pokey: *Grimbald, Wächter von Fajeth.*

Quirin van Cohen: *Rebellischer Zehnjähriger, Bruder von Tarik.*

Raja: *Lässt sich gern Prinzessin nennen, sucht sich Fyrndolf als Spielgefährten.*

Stier: *Arenaarbeiter in Valeria.*

Tarik van Cohen: *Jägerschüler, der um die Zulassung zur Abschlussprüfung kämpft.*

Tris Mharkam: *Lehrerin an der Jägerakademie, ehemalige Reißerin von Córas Fiach.*

Vanja: *Jägerschülerin im letzten Jahr, Reißer-Anwärterin.*

Vincent: *Matrose, Steuermann.*

Vyr: *Wyvern Quirins.*

Wenzel: *Stadtwache, Freund von Tarik und Larius.*

Danksagung

Die Geschichte um Tarik und Quirin hat auch ohne Wyvern einige Hindernisse bewältigen müssen. Dieses Buch in seiner jetzigen Form existiert nur dank vieler Menschen, die an mich und die beiden geglaubt haben.

Ich danke Tobias Eisermann, der mich mit seinem Enthusiasmus beflügelt und zu einer Kämpferin gemacht hat. Marie Weißdorn, die nach der Korrektur von Band 2 bestens gewappnet war, Band 1 in seiner Stimmigkeit zu überprüfen. Christine Hochberger für das Lektorat und Juliane Schneeweiß für das atemberaubende Cover, das ich unbedingt behalten wollte. Und auch Kier Tockner und Janina Robben für die wundervollen Illustrationen.

Danke Tasmin, dass du immer zu mir gehalten und mich aufgemuntert hast, als nicht klar war, wie es mit den Wyvern weitergeht.

Was dies betrifft, muss ich mich auch bei den unzähligen Menschen bedanken, die mir in dieser Zeit Mut gemacht und mich unterstützt haben. Euch alle aufzuzählen würde den Rahmen sprengen, aber ich bin zutiefst gerührt gewesen – und bin es noch. Eure Worte treiben mich weiter!

Marc Stehle

Dunkler Herrscher 1

Geist der Finsternis

Sein Leben lang hat der junge Paladin Menden den sechs Reichen und seinem Orden mit bedingungsloser Hingabe gedient. Doch seiner Treue zum Trotz wird er eines Tages eines grausamen Verbrechens beschuldigt. Auf der Flucht, verzweifelt und von seinen einstigen Ordensbrüdern gejagt, entschließt er sich zu einem undurchschaubaren Pakt mit den Mächten der Dunkelheit. Während die Grenzen zwischen Freund und Feind immer weiter verschwimmen, wird Menden in einen heraufziehenden Krieg zwischen Orks, Zwergen und Tiermenschen verwickelt. Noch ahnt er nicht, wessen finsterer Wille wirklich hinter den sich anbahnenden Ereignissen steckt, welche ganz Thersia in ihren Grundfesten zu erschüttern drohen.

Ein Krieger des Lichts, verloren in den Schatten.

Eine Welt am Abgrund.

Die Zeit der Finsternis bricht an.

ISBN: 978-3-946172-51-2 (Taschenbuch)
ISBN: 978-3-946172-27-7 (E-Book)

Marie-Luis Rönisch

DIAMANTDRACHE

Nichts als Staub und Asche bedeckt das Königreich Candiora, über welches Ewalyn eines Tages herrschen soll. Auf ihren Schultern lastet die Bürde eines hungernden Volkes, das schon seit vielen Jahrhunderten von einem Drachen terrorisiert wird. Die Bestie von Dorion verbrennt Getreidespeicher, tötet ohne Reue und ist außerdem der Hüter einer fremden Welt. Denn im Schatten der Berge von Dorion befindet sich Dahana. Dort gibt es einen Überfluss an Nahrung, fruchtbaren Boden und Hoffnung auf eine bessere Zukunft.

Um ihren Untertanen zu helfen, begibt sich Ewa auf eine gefährliche Reise. Sie stellt sich der Bestie und erkennt, dass sich hinter den goldenen Augen ein Mann verbirgt, der einst einem mächtigen Fluch zum Opfer fiel. Nicht einmal die Liebe kann seinen Panzer durchdringen, denn sein Herz ist umschlossen von Diamant. Bereits ein einziger Kuss könnte für sie beide tödlich enden.

ISBN: 978-3-946172-59-8 (Taschenbuch)
ISBN: 978-3-946172-35-2 (E-Book)